BELINDA BAUER

Der Tod so nah

GOLDMANN
Lesen erleben

Belinda Bauer

Der Tod so nah

Thriller

Aus dem Englischen
von Marie-Luise Bezzenberger

GOLDMANN

Die englische Originalausgabe erschien 2016 unter dem Titel »The Beautiful Dead« bei Bantam Press, an imprint of Transworld Publishers, London.

Dieses Buch ist auch als E-Book erhältlich.

MIX
Papier aus verantwortungsvollen Quellen
FSC® C014496

Verlagsgruppe Random House FSC® N001967

1. Auflage
Deutsche Erstveröffentlichung Oktober 2018

Umschlaggestaltung: UNO Werbeagentur, München
Umschlagmotiv: Bahnhof: Arcangel/Paul Bucknall
Frau: Arcangel/Christie Goodwin
Redaktion: Julie Hübner
em · Herstellung: kw
Satz: omnisatz GmbH, Berlin
Druck und Bindung: GGP Media GmbH, Pößneck
Printed in Germany
ISBN: 978-3-442-48835-3
www.goldmann-verlag.de

Besuchen Sie den Goldmann Verlag im Netz

Ich danke der Cardiff Poker Tour
für all den Spaß und das Gratis-Geld …

Der Tod und das Mädchen

Das Mädchen:
Vorüber! Ach, vorüber!
Geh wilder Knochenmann!
Ich bin noch jung, geh Lieber!
Und rühre mich nicht an.

Der Tod:
Gib deine Hand, du schön und zart Gebild!
Bin Freund, und komme nicht, zu strafen.
Sei gutes Muts! ich bin nicht wild,
Sollst sanft in meinen Armen schlafen!

Matthias Claudius

Betrachtet die Schönheit, die nur der Tod zu bringen vermag.

Seht das Floß der Medusa, wo die wächsernen Leichen achtlos auf den splittrigen Bohlen liegen, die Fäuste gelöst und die Augen vor dem Grauen der Welt geschlossen. Endlich in Frieden, sind ihre Gesichter heiter, während sich die der unglücklichen Überlebenden im Entsetzen des Schiffbruchs verzerren.

Seht, wie der Tod sein Mädchen holt; das Fleisch fault ihm noch an den Knochen. Seht, wie sie in züchtigem Schrecken den Kopf abwendet – während ihr einer Arm ihn verstohlen umschlingt …

Seht die beiden Märtyrer in der Arena, als die fauchenden Tiger sie erreichen. Auch sie sind schön. Gefasst – selbst noch, als die erste Klaue ihr Fleisch durchbohrt. Ihre Hände sind in der Gewissheit ineinander verschlungen, dass die Agonie des Daseins vorübergehen wird und dass sie auf der anderen Seite zusammen sein werden …

Ein großer Künstler weiß, wie er uns klaglos aus diesem Leben hinaus- und ins nächste hineingeleiten kann. Die alten Meister haben das getan, mit porzellanweißen und eleganten Händen, mit über blassen Wangen geschlossenen Wimpern – mit stoischen Trauernden und tragischen Helden.

Wer würde nicht so in Erinnerung bleiben wollen? Wer würde keinen Gefallen an einem ewigen Leben in einer Welt finden, die gütiger ist als diese hier? Wer würde nicht so schön sein wollen?

Sei ehrlich, teurer Leser.

Wer würde nicht lieber tot sein wollen?

Teil 1

1. Kapitel

1. Dezember

Layla Martins Schuhe würden sie noch umbringen.

Sie hatte sie am Donnerstag gekauft, obwohl sie ziemlich an den kleinen Zehen gedrückt hatten.

Hundertdreißig Pfund. Ein Viertel ihres Wochengehalts.

Sie hatte sie am Donnerstagabend getragen und dann noch mal am Freitagabend, während sie sich Toast zum Abendessen gemacht hatte. Und sie hatte sie am Samstag angezogen, um zur Arbeit zu gehen, obgleich sie wusste, dass sie wahrscheinlich die Einzige im achten Stock sein würde – möglicherweise sogar im ganzen Gebäude. Sie wollte sie einlaufen, für Montag, da hatte sie nämlich vor, mindestens zwanzigmal an der Glaswand vor dem Büro des neuen Buchhalters vorbeizuschlendern. Weil der einen Sportwagen und einen knackigen Hintern hatte und weil ihre Waden durch die geradezu lachhaft hohen Absätze einfach toll aussahen.

Jetzt jedoch rannte sie auf genau diesen Absätzen.

Und musste davon ausgehen, dass sie um ihr Leben rannte.

Und als das Maschinengewehrknattern ihrer brandneuen hochhackigen Schuhe durch das leere Treppenhaus hallte, ging jeder bewusste Gedanke, zu dem Layla Martin noch fähig war – angesichts des Entsetzens, von einem Wahnsinnigen verfolgt zu werden –, in dem verzweifelten Wunsch unter, wie üblich in Jeans, Pullover und Turnschuhen zur Arbeit gekommen zu sein.

Denn gerade jetzt, gerade hier könnten ihre Schuhe über Leben und Tod entscheiden …

Der Mann war auf der anderen Seite des Großraumbüros erschienen. Sie hatte von der ToppFlyte-Akte aufgeblickt und ihn am Fahrstuhl stehen sehen. Vor Verblüffung und Schreck war sie ein bisschen zusammengefahren. Eigentlich ja albern – am helllichten Tag und mitten in London. Aber sie war ganz allein im achten Stock, und das war etwas ganz anderes.

Trotzdem, er sah aus wie ein ganz normaler Mann. Nicht irgendwie komisch. Höchstwahrscheinlich ein Bote – oder jemand, der sich verlaufen hatte.

»Hi«, hatte sie gesagt. »Kann ich Ihnen helfen?«

»Bin Freund«, hatte er gesagt. »Ich bin nicht wild.«

Sie hatte die Stirn gerunzelt. »Wie bitte?«

Als Antwort hatte der ganz normale Mann mit der behandschuhten Hand in seine Jacke gegriffen und ein Messer hervorgezogen.

Layla Martin war noch nie in Gefahr gewesen, doch sie hatte nur eine Sekunde gezögert, ehe sie aufgesprungen war, ihre Tasche gepackt hatte und losgerannt war.

Weil er ihr den Weg zum Fahrstuhl versperrt hatte, war sie auf die Treppe zugestürzt …

Layla schrie nicht. Der Gedanke, dass der Schrei endlos das Treppenhaus hinauf- und hinunterhallen würde, machte ihr noch mehr Angst – und sie gab sich gerade alle

Mühe, nicht in Panik zu geraten, *nachzudenken.* Sie rannte, so schnell sie es sich in diesen *Scheißschuhen* traute, hielt sich krampfhaft an dem mit schwarzem Plastik überzogenen Geländer fest, für den Fall, dass sie aus dem Tritt kam. Sah mit vor Konzentration hervorquellenden Augen, wie die Stufen unter ihren Füßen verschwammen. Bemühte sich verzweifelt, bloß nicht hinzufallen; ihr langes blondes Haar flog ihr in den Mund, und ihre Tasche knallte gegen ihre Rippen.

Im vierten Stock würde bestimmt jemand sein. Sie war doch mal die halbe Strecke nach oben mit einer Frau im Fahrstuhl gefahren, die sich beschwert hatte, dass sie am Wochenende arbeiten müsse.

Heftig keuchend blieb Layla an dem Absatz im vierten Stock stehen und rang nach Luft. Sie zwang sich, still zu sein, um lauschen zu können.

Sie hörte nichts. Niemanden.

Vielleicht war er ja gar nicht hinter ihr her. Vielleicht hatte er das ja auch nie vorgehabt. Vielleicht hatte er ja gar kein Messer gehabt.

Hatte er aber doch …

Wieder machte sie sich auf den Weg die Treppe hinunter, ihre Knie fühlten sich an wie Wackelpudding, ihre Zehen brannten.

Sie zog die Notausgangstür mit der riesigen 4 darauf auf und machte einen vorsichtigen Schritt auf den Teppichboden.

»Hallo!«

Die Fahrstuhltür glitt auf. Darin stand der Mann. Ganz ruhig und regungslos und mit dem Messer – es war *doch* ein Messer! – in der Hand neben dem Körper.

Er lächelte.

Layla schrie vor Schock, Furcht und Fassungslosigkeit auf. Holte mit der Tasche aus und schlug nach seinem Kopf, streifte ihn und überschüttete ihn mit Handtaschen-Krimskrams. Sah, wie er zurückfuhr und sich duckte. Dann machte sie kehrt, stürzte zurück ins Treppenhaus und rannte weiter die Stufen hinunter.

Auf dem nächsten Absatz kickte sie die hochhackigen Schuhe weg und ließ sie liegen.

So war es besser.

Besonders fit war Layla nicht, aber sie war jung und schlank, und ohne die Killerpumps war sie auch schnell. Allmählich fand sie einen Rhythmus. Jetzt berührte sie die Stufen kaum noch, sprang immer fünf oder sechs auf einmal auf den nächsten Treppenabsatz hinunter, packte das Geländer, wenn es um die Biegung ging, benutzte es, um mit voller Fahrt um die nicht einsehbaren Betonecken zu schleudern. Irgendwo hinter sich hörte sie eine Tür zuknallen. Aber das war weit weg.

Er kriegte sie nicht. *Er kriegte sie nicht.* Sie würde es schaffen!

Aus dem Schluchzen, das sie halb erstickt hatte, wurde hysterisches Frohlocken ganz tief in ihrer Kehle. Ihre bestrumpften Füße schlitterten und rutschten, doch das machte sie sich zunutze. Sie hatte es drauf, Baby! Sie hatte alles im Griff.

Laufen springen zufassen herumschleudern … Laufen springen zufassen herumschleudern …

Das Ganze war eine Todeswasserrutsche ohne Wasser, aber dafür mit einer Extraportion Schiss. Aber das war *gut,* weil am Ende nämlich alles gut ausgehen würde.

Manisches Gelächter brodelte in ihrem Innern, als Layla durch die mit einem E gekennzeichnete Tür in die riesige, hell erleuchtete Eingangshalle mit dem blank polierten Fußboden stürzte. Sie schwenkte so schnell in Richtung Ausgang, dass sie ausrutschte und auf ihre rechte Seite knallte, war aber wieder auf den Beinen, bevor sie den Sturz überhaupt registrieren konnte.

Da vorn war die Tür.

Rettung war in Sicht. Mehr als in Sicht.

Sie hatte einen Panoramablick auf ihre Rettung.

Coldharbour war ein neues Gebäude, und die Lobby war eine schmucke, glänzende Halle mit Glaswänden und Marmorboden, in der es noch nach Steinstaub roch und nicht nach Menschen. Die Frontseite bestand vollständig aus Glas – getöntes Rauchglas, von außen undurchsichtig, von innen jedoch konnte Layla sehen, dass es nur dreißig Meter entfernt auf der Oxford Street von Menschen wimmelte, die Weihnachtseinkäufe machten und sich einen Weg durch den schmutzigen Schnee bahnten.

Sie rannte zur Tür und wühlte, die Hand unter ihrem Arm, in ihrer Tasche; ihre Finger verbreiteten Panik unter den bunt zusammengewürfelten Gegenständen darin, grabschten und suchten mit ungewohnter Dringlichkeit.

Die Schlüssel. Die *Schlüssel*!

Am Wochenende mussten sie sich selbst aufschließen, und die Tür musste immer abgeschlossen sein. Irgendwas von wegen Einsparungen bei der Security. Diese geizigen Scheißer. Sie hätte ja gern mal gewusst, wie die nach dieser kleinen Episode darüber dachten, Kosten einzusparen …

Eine Tür klickte hinter ihr, und sie fuhr herum und sah den Mann in der Tür stehen, die zum Treppenhaus führte.

Er ging nicht auf sie los, er stürzte nicht auf sie zu; er stand einfach nur da und sah zu, wie sie ihm entwischte.

Sie lachte ihm gellend ins Gesicht, wie eine Hexe.

»Du kannst mich mal!«, kreischte sie. »Du *KANNST* mich mal!«

Damit wandte sie sich wieder der Tür zu. Im Geist war sie bereits draußen. War sie bereits in Sicherheit.

Wo waren die *Schlüssel*?

Dann hörte sie sie – das wundervolle vertraute Metallklirren –, und den glorreichen Bruchteil einer Sekunde lang war Layla auf der Oxford Street, in all ihrer matschigen Pracht. Sie trat auf den dicht bevölkerten Gehsteig hinaus, gleich neben die Frau da mit dem blond gefärbten Haar und ihrer Tochter in Gothklamotten. Sie drängte sich an dem jungen Mann mit dem billigen Blumenstrauß vorbei, der der Glasfront den Rücken zukehrte und die Straße hinauf- und hinunterblickte, auf jemand ganz Besonderen wartete. Schon konnte sie spüren, wie die nassen Großstadtschneeflocken auf ihren heißen Wangen schmolzen …

Und dann wurde ihr klar, dass die Schlüssel *hinter* ihr klirrten.

Eine Hand noch immer in die Tasche gekrampft, drehte Layla sich langsam um.

Der Mann hatte ihre Schlüssel.

Vielleicht hatte er sie ja an den Kopf gekriegt, als sie mit der Tasche nach ihm geschlagen hatte. Vielleicht hatte sie sie auch gar nicht in ihre Handtasche gesteckt, und er hatte sie von ihrem Schreibtisch mitgenommen.

Es war egal, *wieso* er sie hatte.

Er hatte sie.

Und sie nicht.

Jetzt lächelte er halb und warf die Schlüssel abermals ein kleines Stück in die Luft. Mit einem Geräusch, das wie Geld klang, landeten sie auf seiner Handfläche. Von hier aus konnte Layla den Schlüsselanhänger sehen, den ihre Mitbewohnerin Dougie ihr an der Tankstelle in der Old Kent Road gekauft hatte, wo sie immer tankten. Lisa Simpson kuschelte sich zwischen die schwarzen Lederfinger des Mannes mit dem Messer.

Er hatte sie hier herunter getrieben.

Das war Layla jetzt klar. Jetzt, wo es zu spät war.

Er hätte sie im achten Stock umbringen können; er hätte sie im vierten umbringen können. Wahrscheinlich hätte er sie auch im Treppenhaus einholen und sie dort umbringen können. Doch stattdessen hatte er sie genau hierher getrieben – wie so ein dämliches Schaf in dieser Fernsehsendung mit den Farmern und den Collies.

Sie konnte es in seinem völlig nichtssagenden Gesicht sehen: Sie war genau dort, wo er sie hatte haben wollen. Genau hier, in dieser weiten, hellen Halle, an der draußen die Menschen vorbeigingen.

»Sei gutes Muts«, sagte er. »Ich bin nicht wild.« Und obwohl er nicht laut sprach, schwoll seine Stimme an und füllte die Marmorlobby, sodass sie sanft von allen Seiten auf sie eindrang.

Der Mann steckte die Schlüssel in die Tasche und kam auf sie zu. Fast lässig, die Hand mit dem Messer schwang ganz locker neben seinem Körper, und seine halblauten Worte liebkosten sie wie ein Windhauch.

»Ich komme nicht, zu strafen.«

Sie fuhr herum und drosch mit den Fäusten gegen die Tür. Das Gebäude war neu, nichts klapperte, nichts gab nach, und das herzlose Glas schluckte die Geräusche und rülpste nichts davon wieder hervor.

Layla holte so tief Atem wie seit jenem ersten Mal vor vierundzwanzig Jahren nicht mehr und schrie.

Es kam nur ein würgendes Quieken heraus, das wie eine dumme weiße Maus in der hallenden Lobby umherhuschte. Sie versuchte es noch einmal, doch ihre Kehle war so eng, dass kaum Luft hindurchkam, weder in die eine noch in die andere Richtung.

Plötzlich ertrank Layla in Furcht; sie presste den Rücken gegen das kalte Glas – anderthalb unendliche Zentimeter von dort entfernt, wo Menschen in Sicherheit waren – und wartete darauf, dass der Mann sie erreichte.

Er erreichte sie.

»Sollst sanft in meinen Armen schlafen«, murmelte er freundlich.

Bis zur allerletzten Sekunde glaubte Layla Martin nicht daran, dass sie ermordet werden würde – oder ermordet werden *könnte*. Sie wusste, dass *irgendetwas* sie retten würde.

Sie irrte sich.

Das Messer war eingedrungen, das Blut war herausgekommen und hatte die Hände des Mörders mit der Freude des Erschaffens gewärmt.

Zuerst hatte das Mädchen auf dem Boden gezappelt wie ein Fisch. Doch als sie erst einmal verstanden hatte, war sie zur Ruhe gekommen und so gestorben, wie sie sollte.

Wunderschön.

Hatte mit ihren dankbaren Augen in seinem Gesicht gesucht, bis diese zu Asche vergangen waren.

Und während sie sich verströmt und entleert hatte, hatte er sich gefüllt.

Zum ersten Mal seit langer Zeit hatte sein Herz wieder zu schlagen begonnen, und er hatte vor Erleichterung geweint.

Danke, hatte er dicht an ihrem blutverkrusteten Ohr geschluchzt. *Danke.*

Und er wusste, er würde das hier wieder tun.

Wollte es wieder tun.

Musste es wieder tun.

Freute sich darauf.

2. Kapitel

Eve Singer würgte ihr Frühstück in die strahlend weiße Toilette.

Toast mit Hefeaufstrich.

Sie kniete auf dem glänzenden schwarzen Boden und lehnte die Wange an die Toilettenschüssel, hielt sich dabei mit einer Hand das glatte dunkle Haar im Nacken zusammen. Und wartete ab, ob sie das chinesische Take-away von gestern Abend auch noch auskotzen würde. Während ihr Magen darüber nachdachte, starrte Eve dumpf die Worte unter dem Rand der Kloschüssel an: Armitage Shanks.

Gute Qualität.

Sie hatte sich schon in viele Toiletten übergeben, seit sie bei iWitness News angefangen hatte, und sie betrachtete Armitage Shanks als einen alten Freund – einen Trostspender, der ihren Kopf mit einer kühlen Porzellanhand stützte, während sie würgte und stöhnte. Dann gab es noch Mrs Twyfords und Dr Imperial und alle möglichen unbedeutenderen Marken, deren Namen sie im Laufe der Jahre vage registriert hatte, am heimeligsten jedoch fühlte sie sich, wenn sie sich in eine Armitage-Shanks-Kloschüssel übergab.

Als Fernsehreporterin über Verbrechen zu berichten war aufregend, aber beim Anblick von Blut wurde Eve schlecht. Und nach drei Jahren voller blutiger Tatorte hatte sie reichlich Gelegenheit gehabt, ihre Kotztechnik zu perfektionieren.

Der von heute war hammerhart.

Von der Oxford Street aus hatte sie überhaupt nichts sehen können, wegen des verspiegelten Glases. Also war sie, nachdem sie ihren Text vor der Kamera aufgesagt hatte, durch eine Seitentür hineingeschlüpft, die von einem ganz frischgebackenen Cop bewacht worden war. Der war ihrer Mischung aus Drohen und Schmeicheln nicht gewachsen gewesen – eine Technik, die ihr Kameramann Joe Ward als »dreicheln« bezeichnete.

Der Cop hatte sie hereingelassen, und beinahe wünschte Eve, er hätte es nicht getan.

Die Leiche war schon weggeschafft worden, aber das Blut allein hatte genügt.

Bevor ihr Magen sich umgestülpt hatte, hatte Eve die schiere, schockierende *Menge* Blut erfasst. Spritzer bis ganz oben an den Glaswänden und ein weiter, stiller rotbrauner See, als hätte jemand die junge Frau mit riesigen Händen gepackt und sie ausgequetscht wie eine Zahnpastatube, bis sie leer war. Und von dem einen Rand der Lache aus eine Spur aus roten Fußabdrücken, wo der Mörder dem roten See entstiegen, auf trockenes Marmorland getreten und dann durch die Vordertür hinausgegangen war.

Eve würgte bei dieser Erinnerung abermals in die Kloschüssel, obwohl gar nichts mehr kam; dann legte sie keuchend die Stirn auf den Rand und versuchte, an Sternenlicht und Ponys zu denken. Leicht war das nicht, wenn man in einem Ressort arbeitete, das bei allen außer der Personalabteilung »der Fleischwolf« hieß. Eine endlose Abfolge von Leichen, schwarzen Plastiksäcken und Blutflecken.

Sie war neunundzwanzig Jahre alt, an Tagen wie diesem jedoch fühlte sie sich wie vierzig. Schon jetzt hatte sie ein Magengeschwür, das sich in Momenten der Anspannung bemerkbar machte. Wahrscheinlich war es ein Magengeschwür. Sie hoffte, dass es eins war, sie hatte nämlich keine Zeit, das von einem Arzt genau abklären zu lassen.

»Alles okay?«

Eine Männerstimme vor der Tür.

Eve hob den Kopf gerade lange und hoch genug, um die Kraft zu finden, richtig genervt zu klingen.

»Hört sich's vielleicht *an,* als wäre alles okay?«

Wieder legte sie den Kopf auf den Toilettenrand und spürte, wie der kalte Schweiß in ihrem Nacken trocknete.

Dieser verdammte Guy Smith.

Sie hasste es, wenn andere ihre Überempfindlichkeit bemerkten. In diesem Geschäft musste man hart im Nehmen sein. Wenn man nicht hart im Nehmen war, wurde man zur Strecke gebracht wie ein verwundetes Gnu.

Besonders wenn man ein weibliches verwundetes Gnu war.

Eve spuckte aus, schaute in die Kloschüssel und zog eine Grimasse. Anscheinend hatte ihr Magen beschlossen, es gut sein zu lassen, also erhob sie sich langsam, spülte und öffnete dann die Tür der Kabine.

Guy Smith von News 24/7 betrachtete gerade kritisch seine Augenbrauen in einem Spiegel mit Showbusiness-Glühbirnen rundherum.

Eve spülte sich den Mund aus, wusch sich das Gesicht und rupfte ein Papierhandtuch aus dem Spender.

»Echt krank, wie?«, meinte Guy.

Eve warf einen flüchtigen Blick auf ihr Spiegelbild und

erwiderte dann scharf: »Irgendwas war mit dem Curry gestern Abend, das ist alles.«

Er grinste verschlagen und ruckte mit dem Daumen in Richtung Tür. »Nein, ich meine den, der das getan hat. Echt krank.«

Eve musterte ihn argwöhnisch. Sie traute Guy Smith nicht weiter, als sie ihn werfen könnte. Er war eitel wie eine Vierzehnjährige, und er log auch wie eine. Außerdem redete er ständig mit ihren Brüsten, als wären Titten die Fenster zur Seele. Sie knüllte das feuchte Handtuch zusammen und schmiss es in den Mülleimer.

»Was machen Sie hier, Guy?«

Er zuckte die Achseln. »Ist meines Wissens 'ne freie Welt.«

»Wissen Sie, das hier ist die Damentoilette.«

Guy leckte sich über den Daumen und strich eine widerspenstige Braue zurecht. »Sind Sie immer so empfindlich?«

»Ja.«

Sie klopfte sich ihre guten schwarzen Hosen an den Knien ab und ging hinaus, hoffte, ihn dort stehen lassen zu können.

Doch Guy folgte ihr durch den hinteren Teil der riesigen Lobby, die von Polizisten und Spurensicherungsteams bevölkert war. Inzwischen war es spät geworden, und die Lichter der Oxford Street glitzerten jenseits der gläsernen Wände.

Zwei Polizisten standen in ein Gespräch vertieft da und spiegelten sich in der dunkelroten Lache, in der das Opfer verblutet war. Einer von ihnen war Superintendent Huw Rees. Er hatte keine besonders hohe Meinung von Reportern, also hielten sie sich dicht an der Wand und verdrückten sich in geübtem Schweigen.

Draußen ging Guy weiter, Eve jedoch blieb kurz stehen, um den jungen Cop anzulächeln, der sie hineingelassen hatte. »Danke«, sagte sie. »Ich schulde Ihnen einen Drink.« Sie wühlte in ihrer Tasche. »Ich heiße Eve«, fügte sie hinzu, obwohl er das wahrscheinlich schon wusste. »Hier ist meine Karte.«

Es war eine gute Visitenkarte; sie hatte sie selbst entworfen. Schwarz mit weißer Schrift und einem einsamen Blutspritzer in der einen Ecke.

EVE SINGER
iWITNESS NEWS
CRIME CORRESPONDENT

»Danke«, sagte er.

»Hinten steht meine Handynummer drauf«, erläuterte Eve, »also behalten Sie die, für den Fall, dass Ihnen mal was Interessantes unterkommt.«

»Oh«, erwiderte er enthusiastisch, »ganz bestimmt.«

Sie wusste, dass er die Karte behalten würde. Das taten sie immer. Sie riefen sie auch immer an, und sie lud sie immer auf einen Drink ein, um ihnen klarzumachen, dass sie im Krieg gegen Verbrechen alle auf derselben Seite standen – und das reichte für gewöhnlich aus, damit sie die erste Person außerhalb der Polizei war, die sie anriefen, wenn irgendetwas Blutiges passierte. Ohne dieses Netzwerk aus Insidern, mit denen sie sich anzufreunden versuchte, hätte sie ihren Job nicht machen können. Polizisten und Rettungshelfer, Feuerwehrmänner und Angestellte der Rechtsmedizin und des Gerichts. Sie alle betrachtete Eve als ihr Sicherheitsnetz für all die Gelegenheiten, wenn sie freien Zugang brauchte, ein zugedrücktes Auge, ein konspiratives Zwinkern. Wenn sie einen *Vorsprung* brauchte.

Letzte Weihnachten hatte sie einer Rettungswagenfahrerin namens Mandy Flynn eine Flasche rosa Sekt gekauft, und heute hatte Mandy ihr den Namen der jungen Toten verraten. Bis heute Abend würde iWitness ein Foto von Layla Martin haben, während News 24/7 sie immer noch als »Vierundzwanzigjährige« bezeichnen würde, und Eves Job wäre gesichert.

Zumindest für ein paar weitere Tage.

Im Geist ging Eve die nächsten Stunden durch. Was erledigt, wer angerufen werden musste. Mrs Solomon stand immer zuerst auf der Liste. Vor Mitternacht würde Eve nicht zu Hause sein, und das hieß, dass sie das Doppelte fürs Aufpassen bezahlen musste.

Da war nichts zu machen. Mord war nun mal Mord.

Guy war wieder neben ihr aufgetaucht. »Wissen wir schon, wer sie ist?«, fragte er und verbesserte sich dann. *»War.«*

Eve zuckte lediglich die Schultern. Damit sie Erfolg hatte, musste Guy Smith scheitern. Eigentlich war das nicht ihre Art, aber so funktionierte ihre Welt eben, und sie alle verstanden das.

Es war halb sechs, und die Weihnachtsbeleuchtung über der Oxford Street ließ das Ganze wie einen Filmset aussehen. Ein sorgfältig ausgeleuchteter Thriller, in dem Massen neugieriger Leute auf dem Weg zum Einkaufen oder zu irgendwelchen Büropartys die Hälse für einen flüchtigen Blick auf etwas reckten, das sie eigentlich gar nicht sehen wollten.

»Wollen wir uns ein Taxi teilen?«, fragte Guy. »Mein verdammter Linsenträger hat sich vom Acker gemacht.«

Damit meinte er, dass sein Kameramann ohne ihn gefahren war. Joe war auch schon weg, aber das war in Ordnung; Eve drehte ihren Bericht immer, *bevor* sie sich übergab.

»Ich fahre nicht in Ihre Richtung«, erwiderte sie. Das stimmte, sie wollte zurück in die Redaktion und einen zweiten Layla-Martin-Beitrag schneiden, damit er für die Frühstücksfernsehen-Bulletins frisch wirkte.

»Na, vielleicht fahre ich ja in Ihre«, erwiderte er mit anzüglichem Augenzwinkern.

Eve fühlte sich nicht geschmeichelt. Guy Smith flirtete ohne Ansehen der Person. Dabei war sie nicht mal sein Typ. Seinen Typ hatte sie letztes Jahr bei der Fernsehpreis-Verleihung gesehen – ein kicherndes Teenie-Girl, das die Party nach der Verleihung sturzbetrunken mit den Schuhen in der Hand verlassen hatte.

Ein schwarzes Taxi hielt an, und Guy hielt einladend die Tür auf.

»Nacht«, sagte sie und ging unter den Lichtern der weihnachtlichen Straße davon.

3. Kapitel

Der zwanzigminütige Fußweg vom U-Bahnhof Osterley bis nach Hause führte Eve durch ruhige Straßen, die von Doppelhäusern gesäumt wurden. Eine Gegend, wo die Anwohner sich zusammentaten, um ihre alte rote Telefonzelle zu retten, jedoch niemals das Haus eines Nachbarn betraten. Die Bürgersteige waren freigeschaufelt und gestreut worden. Blinkende Lichterketten umrahmten die Fenster, an den Haustüren hingen Kränze aus Kiefernzapfen und an den Gartentoren Schilder mit der Aufschrift »Weihnachtsmann-Haltestelle!«. Zu Ostern würden es Häschen und Eier sein, zu Halloween Kürbisse.

Eine halbe Stunde in der U-Bahn, und sie war mitten in Narnia.

Nur eines passte nicht. Zwischen Tagesanbruch und elf Uhr abends wurde der Himmel über Isleworth alle zwei Minuten vom ohrenbetäubenden Brüllen eines Flugzeugs zerfetzt, das im Landeanflug auf Heathrow zuhielt – so tief und so langsam, dass Eve das Profil der Fahrwerkreifen erkennen konnte. Nach jedem Flugzeug verheilte die Stille wieder so vollkommen, dass das nächste stets ein neuerlicher Schock für die Sinne war. Wer sich hier ein Haus kaufte, gewöhnte sich schnell daran oder zog wieder weg. Die, die blieben, lernten, in einem wogenden Rhythmus zu leben, wie Matrosen auf hoher See. Schliefen tief und fest während jedes dröhnenden Überflugs, wurden aber wach, wenn ein Baby quäkte. Sie sprachen in lockeren Zwei-Minuten-Sequenzen, machten sich gar nicht erst die Mühe, die Stimme zu heben, um das Getöse zu übertönen, sondern hörten einfach mitten im Satz auf und setzten dann mit perfektem Timing genau da wieder ein, wo sie aufgehört hatten, oder sie vollendeten den Satz mit Pantomime und Lächeln. Die Jumbojets, die in aller Ruhe über ihre Dächer segelten, kaum höher als die Bäume, und mit ihren Tragflächen drei Straßenzüge überspannten, nahmen sie gar nicht mehr wahr. Wären die Flugzeuge kilometerweit von ihrem Bestimmungsort entfernt vom Himmel gestürzt, so hätten die Einwohner von Isleworth und Hounslow gemerkt, dass in ihrer Welt etwas Fundamentales fehlte – allerdings hätte es wohl eine Weile gedauert, bis sie darauf gekommen wären, was das sein könnte.

Doch der Mord an Layla Martin hatte den Rest eines langen Tages aufgesogen, und für heute war der Flugbetrieb in Heathrow schon lange eingestellt.

Ohne die über ihr vorbeidonnernden Flugzeuge war es unheimlich still. Eve fand das ein wenig beklemmend.

Beängstigend.

Ihre Ohren, an kurze, heftige Krachattacken gewöhnt, zuckten nervös in der Stille.

Deswegen hörte sie die Schritte auch schon von Weitem.

Sie waren hinter ihr, aber nicht in ihrer unmittelbaren Nähe, also drehte sie sich nicht um, um zu sehen, wer dort war. Bis nach Hause waren es nur noch fünf Minuten. Sie war hier schon tausendmal entlanggegangen. Dies hier war *ihre* Straße, dies hier waren *ihre* Nachbarn; nicht weit voraus würde *ihre* Straßenlaterne stehen, *ihre* rote Telefonzelle.

Eve fühlte sich sicher.

Einigermaßen.

Sie ging ein wenig schneller und redete sich ein, dass sie das nur tat, weil sie endlich zu Hause sein wollte, im Warmen und weg von der eisigen Nacht. Dass es allein die kürzlich erlebte Nähe des gewaltsamen Todes war, die sie nervös machte.

Die Schritte hinter ihr wurden ebenfalls schneller.

Lauter. Energischer.

Kamen näher.

Viel näher.

Zu nahe, als dass Eve sich umdrehen und den Mann (*bestimmt* war es ein Mann, es war *immer* ein Mann) ansehen konnte, ohne dass es aussah, als hätte sie Angst. Warum sie nicht wollte, dass man ihr ansah, wie beklommen ihr zumute war, wusste sie nicht, aber es war so. Sie wollte so selbstsicher wirken, als wäre es ein Uhr mittags, als führen Autos vorbei, während junge Mütter mit Babykarren auf dem Weg zur Schule waren, um ihre Kinder abzuholen … und nicht ein Uhr morgens, wenn alles schlief und die Straßenlaternen merkwürdige Schatten zwischen die parkenden Autos und hinter die Bäume warfen.

Sie ging noch ein bisschen schneller.

Und er auch.

Eves Herz pochte ganz tief unten im Hals.

Wenn der Mann nichts Böses im Schilde führte, dann würde er das doch ganz bestimmt nicht tun, nicht wahr? Er würde nicht in den frühen Morgenstunden so dicht hinter einer Frau hergehen, die allein unterwegs war, wenn er ihr nicht zumindest Angst machen wollte. So blöd konnte doch niemand sein, oder? So ahnungslos.

Der wusste genau, was er tat.

Hundert Meter entfernt, von einer Straßenlaterne beleuchtet, konnte Eve die Hecke ihres Grundstücks sehen. Ungepflegt wölbte sie sich zwischen ihren ordentlich getrimmten Nachbarn hervor. Sie sollte sich eine elektrische Heckenschere zulegen. Oder einen Mann mit einer elektrischen Heckenschere.

Sie richtete den Blick fest auf den struppigen Liguster. Streckte sich im Geiste danach, während ihr hämmernder Herzschlag in Kehle und Kopf hinauf anschwoll.

Die Schritte waren direkt hinter ihr. Er war ihr näher, als selbst ein Volltrottel es sein würde. Nahe genug, um die Hand auszustrecken, die Enden ihres Wollschals zu packen und sie rückwärts von den Beinen zu reißen …

Nahe genug, um sie umzubringen.

Sie würde es nicht schaffen.

In einem grauenvollen Sekundenbruchteil rechnete der letzte Rest von Eves rationalem Verstand Winkel und Entfernungen aus und teilte ihr mit, dass sie ihre Hecke, ihr Gartentor, ihr Zuhause, ihre *Zukunft* nicht mehr erreichen würde.

Fast hätte sie bei dieser Gewissheit vor Entsetzen aufgeschrien.

Doch stattdessen drehte sie sich um und sprach ihren Mörder an.

»Entschuldigung.«

Der Mann blieb ruckartig stehen – sonst hätte er sie angerempelt. Er trug eine schwarze Jacke über einem Kapuzenpullover und einen dunklen Schal. Der Schal war um seine untere Gesichtshälfte gewickelt, während die Kapuze einen Schatten über seine Augen warf.

»Darf ich Sie um einen Gefallen bitten?«, fragte Eve.

Ihr war vorher nicht klar gewesen, dass sie ihn ansprechen würde. Und trotzdem, da kamen Worte heraus! Aus ihrem Mund! Sie war schockiert darüber, wie ruhig sie klangen. Innerlich vibrierte sie vor Angst, ihre Stimme jedoch zitterte nicht, überschlug sich nicht. Es war eine Nachmittagsstimme voller vorbeigehender Mütter und hellen Tageslichts.

Irgendwie schaffte ihr Mund es sogar zu lächeln.

»Es laufen doch so viele Spinner herum …«, meinte sie.

Die Worte hingen dort in der kalten Nachtluft.

Ein normaler Mensch würde irgendetwas erwidern. Würde lächeln oder nicken und ihr beipflichten, ja, es liefen wirklich jede Menge Spinner herum …

Dieser Mann sagte nichts.

Eves Gehirn fühlte sich daraufhin wie Blei an, doch ihr Mund sprach weiter.

»Also«, fuhr sie fort, »würde es Ihnen etwas ausmachen, mich nach Hause zu bringen?«

Der Mann fuhr zusammen. Und das Licht der Straßenlaterne ließ ein Glitzern in seinen Augen aufzucken.

»Es ist gleich da hinten«, fuhr sie eilig fort, »und ich würde mich so viel sicherer fühlen, wenn Sie dabei wären.« Sie wusste nicht, wie sie auf diese bescheuerte Idee gekommen war, aber jetzt war sie heraus, und sie konnte sie nicht mehr zurücknehmen.

Einen Moment lang schien der Mann zu schwanken – erst zurück, dann nach vorn –, als würde er gleich weglaufen.

Oder sich auf sie stürzen.

Dann antwortete er, leise und durch den Schal gedämpft. »Okay.«

Jede Faser ihres Körpers schrie ihr zu, sie solle ihm in die Eier treten und *abhauen* … Doch stattdessen drehte sie sich halb um und lud ihn mit einem kleinen Neigen des Kopfes ein, neben ihr weiterzugehen.

Und nach einem Augenblick des Zögerns tat er das auch.

Schweigend gingen sie zusammen dahin. Vorbei an ihrer Telefonzelle, zu ihrer Straßenlaterne, ihrer wuchernden Hecke und – endlich – zu ihrer kleinen hölzernen Gartenpforte. Wie durch Zauberhand.

Eve öffnete die Pforte, schlüpfte hinein und drehte sich herum, um sie zu schließen, alles mit einer einzigen raschen Bewegung.

Sie ließ den Riegel einschnappen und wandte sich dann atemlos vor Angst an ihren Begleiter.

Er war einfach nur … *da.* Rührte sich überhaupt nicht.

»Vielen Dank«, sagte sie. »Das war sehr nett von Ihnen.«

Er zögerte. Und dann nickte er ein wenig und sagte: »Ja.«

»Also dann, gute Nacht«, sagte sie.

Er schwieg.

»Und fröhliche Weihnachten«, fügte sie hinzu.

Er schwieg.

Eve holte tief Luft und zwang sich, dem Mann den Rücken zuzukehren wie ein ganz normaler Mensch, der überhaupt keine Angst hat.

Gänsehaut prickelte, während sie im Flugzeuggebrüll ihrer eigenen Furcht den Weg hinaufeilte, und sie ballte die Faust um den Schlüsselbund in ihrer Tasche – der Vierkantschlüssel ragte zwischen den ersten beiden Fingern hervor, bereit, zu stechen und zu reißen.

Sie hörte die Pforte quietschen, spürte, wie er hindurchstürmte, wappnete sich gegen den Stoß und den Fall auf den betonierten Weg. Schon konnte sie fühlen, wie ihre Stirn auf dem Boden aufschlug, konnte das Gewicht des Mörders auf ihrem Rücken spüren, den Geruch der harten Erde und des kalten Unkrauts unter ihrer Wange riechen.

Die Schlüssel fest in der Faust, fuhr sie herum.

Voller Todesangst und Mordbereitschaft.

Der Mann war verschwunden.

4. Kapitel

Eve schlüpfte ins Haus und drückte sich wie ein Gecko gegen die Haustür, als reichten der Schlüssel und der Riegel nicht aus, um sie geschlossen zu halten. Ihr Atem fauchte in kurzen, zittrigen Stößen gegen das Holz, und sie konnte ihre Beine nicht spüren.

Aus dem Wohnzimmer drang das Geräusch des Fernsehers. Dämliche Musik einer Sitcom, die zum Lachen aufforderte. Eine gute Minute lang lauschte sie darauf, wie das Herz in ihrer Brust dröhnte. Dann schob sie sich langsam von der Tür weg. Sie war zu Hause. Sie war in Sicherheit.

Und da *waren* ja ihre Beine …

Jetzt, da es vorbei war, kam sie sich ziemlich albern vor.

Sie kicherte.

Der arme Kerl! Bestimmt hatte sie ihm einen Scheißschrecken eingejagt, als sie zu ihm herumgefahren war und verlangt hatte, dass er sie nach Hause bringen sollte! Kein Wunder, dass er sich so schnell vom Acker gemacht hatte. Sie war echt verrückt!

Noch einmal kicherte Eve – noch immer etwas zittrig, aber sie fing sich allmählich wieder.

Sie legte Schal, Handschuhe und Mantel ab, während die Furcht sich langsam in die letzten Winkel ihres Seins verflüchtigte, dann ging sie ins Wohnzimmer.

Mrs Solomon saß auf dem Sofa und strickte irgendetwas Blaues, Formloses. Sie war eine massige Frau mit ersten Anzeichen eines Fu-Manchu-Schnurrbarts und dicken Armen mit weicher weißer Haut, als wäre sie aus rohem Teig gemacht, zum Fertigbacken.

»Hi«, sagte Eve leise. »Schläft er?«

»*Jetzt* schon«, antwortete Mrs Solomon bedeutungsvoll. Das sollte heißen, dass sie sich *jeden Penny* ihres Betreuungshonorars verdient hatte und Eve daher nicht kleinlich sein durfte und die vollen zwei Stunden nach Mitternacht bezahlen musste, auch wenn es jetzt erst fünf nach war.

Eve war nicht kleinlich. Sie war viel zu müde, um kleinlich zu sein. Sie bedankte sich nur bei Mrs Solomon und bezahlte sie – und öffnete ihr die Tür. Dabei trat sie vorsichtig einen Schritt zurück, doch dort war niemand. Kein Wahnsinniger wartete mit einer Axt darauf, Mrs Solomon in Stücke zu hacken und dann im Haus Amok zu laufen.

Natürlich war da niemand! Der Mann, der sie nach Hause gebracht hatte, war vollkommen harmlos gewesen. Völlig normal. *Sie* hatte sich wie eine Irre aufgeführt!

Der Mord an Layla Martin hatte ihr wirklich zugesetzt.

Trotzdem verriegelte sie die Tür hinter Mrs Solomon. Dann drehte sie den Thermostat herunter und trank ein Glas eiskaltes Wasser, so dass ihr die Finger kribbelten.

Sie hob ihren Hamster Munchkin aus seinem Käfig im Wohnzimmer, um ihm Gute Nacht zu sagen. Seine Schnurrhaare bebten an ihrer Wange, und sobald sie ihn wieder hineinsetzte, stürzte er sich in sein Laufrad, als wäre es ein Fluchtauto. Eve machte das Licht aus, ging nach oben und hörte dabei das ganz leise Quietschen einer wilden Flucht nirgendwohin.

Sie ging ins Zimmer ihres Vaters und schaute auf ihn hinab.

Er war so *klein* geworden.

Duncan Singer war ein stämmiger Mann gewesen. Nicht dick, aber *voll.* Voller Leben und Großzügigkeit und lustiger Geschichten.

Jetzt jedoch schrumpfte er. Seine alten Sachen verschluckten ihn fast, und seine neuen hatten Kindergröße L.

Er lag auf dem Rücken und hatte die Lippen ein wenig geöffnet, obgleich er nicht schnarchte.

Nur ganz tief einatmete.

Und ganz lang wieder ausatmete.

Falten zogen sich senkrecht über sein Gesicht, verdrängten allmählich die fröhlichen Krähenfüße um seine Augen. Sein Haar wurde immer dünner und grauer, genau wie seine Haut.

Er war fünfundfünfzig und sah aus wie siebzig.

Die Bettgitter waren hochgeklappt. Herausgefallen war er noch nie, aber er hatte angefangen, nachts herumzulaufen. Die hochgeklappten Gitter sollten ihm das erschweren, nicht mehr, aber bisher hatte es funktioniert.

Eve setzte sich.

Obwohl sie ihren Vater nicht wecken wollte, nahm sie seine Hand.

Seine Hände waren nicht geschrumpft. Sie fühlten sich genauso an wie immer – große, raue Handwerkerhände. Es waren Hände, die neue Leitungen gelegt, aufgeschlagene Knie abgetupft, Biergläser gehoben und Stöckchen für Hunde geworfen hatten. Jetzt waren es Hände, die Löffel fallen ließen und Hosen nicht zuknöpfen konnten.

Nie konnte Eve seine Hände ansehen, ohne daran zu denken, wie diese ihr das Haar aus den Augen gestrichen hatten, als sie sieben Jahre alt gewesen war und *solche Angst* vor dem Beanbag-Wettlauf beim Schulsportfest gehabt hatte. Davor, dass sie zu langsam laufen und Letzte werden könnte. Dass sie zu schnell laufen und hinfallen, dass sie mit ihrem Bohnensäckchen den Eimer verfehlen könnte. Vor allem und ganz besonders aber vorm Sterben, denn das hatte ihre Mutter gerade erst getan, vor ein paar Monaten, und sie alle von dieser jähen Sterblichkeit traumatisiert zurückgelassen …

Als der Beanbag-Wettlauf über die Lautsprecher angekündigt worden war, hatte Eve sich vor Anspannung in Tränen hineingesteigert.

Die Hände ihres Vaters hatten dafür gesorgt, dass sie wieder sehen konnte, sie hatten ihr die Nase geputzt, und dann hatte er gesagt: *Du brauchst ja nicht zu gewinnen, Evie. Lauf einfach nur immer weiter bis zum Schluss.*

Es war eine Offenbarung. Er erwartete nicht, dass sie gewann, und es machte ihm nichts aus, wenn sie verlor. Zum ersten Mal hatte Eve begriffen, dass der Ausgang des Wettlaufs nichts an seiner Liebe zu ihr oder an ihrem eigenen grundlegenden Wert ändern konnte. Und sie hatte genickt – beruhigt von der Einfachheit der Aufgabe, die vor ihr lag.

Immer weiterlaufen, das konnte doch jeder – sogar sie.

Und dann war sie *so schnell* gelaufen und war nicht gestolpert, und das blaue Bohnensäckchen war *genau* in den roten Eimer geplumpst, und sie hatte ganz schnell kehrtgemacht und war zurückgerannt, schweigend, nur mit ihrem keuchenden Atem als Gesellschaft.

Sie hatte sich nicht getraut, nach hinten zu schauen – hatte Angst davor gehabt zu sehen, wie die anderen Kinder sie einholten.

Stattdessen war sie immer weiter gelaufen – direkt auf die offenen Arme ihres Vaters zu –, bis sie gewonnen hatte. Und Duncan Singer hatte sie in den Sonnenschein über den Gänseblümchen und den schnurgeraden weißen Kreidelinien gehoben. Hatte sie mit eben diesen großen, rauen Händen in die Luft gehoben.

Es war zu ihrem Familienmotto geworden.

Lauf einfach immer weiter.

Das war es, was sie alle in den Monaten nach Maggie Singers Tod getan hatten. Und all die Jahre danach. Nicht weil sie wussten, *wohin* sie liefen oder *warum*, sondern weil es keine Alternative gab, außer …

Stehen zu bleiben.

Duncan hatte weitergearbeitet, hatte sie weiter versorgt, hatte ihnen weiter ein Zuhause und ein Leben geboten. Ihr jüngerer Bruder Stuart war so gut im Weiterlaufen gewesen, dass Eve ihn seit zwei Jahren nicht mehr gesehen hatte. Er wohnte in Aberdeen, arbeitete auf den Bohrinseln und hatte eine Freundin, die sie nie kennengelernt hatte. Rachel oder Ruby. Oder irgendwas anderes mit R.

Eve war einfach weitergelaufen, bis sie den Job bei iWitness News an Land gezogen hatte, während die meisten ihrer Altersgenossen sich noch beim Lokalradio abstrampelten. Als sie es ihrem Vater erzählt hatte, hatte er sie umarmt und hochgehoben, wie damals auf dem Sportfest, und gesagt: »Noddy und Onkel Willi!«

Eve hatte gelacht und gefragt, was er damit meine. Als er sie nur verständnislos angesehen hatte, hatte sie wiederholt, was er gesagt hatte, und er hatte ebenfalls gelacht und geantwortet: »Hab keinen verdammten Schimmer!«

Damals hatten sie das komisch gefunden.

Damals war ein anderes Land …

Innerhalb desselben Jahres hatte sie ihre Wohnung in Camden mit dem Blick auf den Kanal und der paradoxen Einrichtung aufgegeben und war wieder in das Haus ihrer Kindheit gezogen, von dem sie geglaubt hatte, sie hätte es für immer verlassen. Zuerst hatte sie das verdrossen, jetzt jedoch – drei Jahre später – hatte sie sich damit abgefunden. Gelegentlich war es sogar ein Trost. Wenn sie zwischen Popstars und Teddybären aufwachte, war sie manchmal wieder vierzehn.

Doch wenn sie ins Bett ging, war sie immer alt.

Eve stand auf, faltete die alte karierte Wolldecke am Fußende des Bettes auseinander und zog sie hoch, damit die Arme ihres Vaters nicht kalt wurden.

Die Decke war ein Familienerbstück. Sie hatten sie schon seit Jahren. Schon ihr Geruch brachte sonnige Kindheitserinnerungen zurück.

Sie hatten einen sehr alten Triumph mit braunen Ledersitzen gehabt, die ganz leicht nach hinten geneigt waren, sodass sie sich sicher gefühlt hatte, wenn sie gemütlich unter der Decke lag, während ihr Vater »ihr« Lied sang. Sie konnte sich nur noch vage daran erinnern:

There were birds in the sky …

Eve wünschte, sie wäre wieder ein Kind und schliefe auf dem Rücksitz; das rissige Leder unter ihrer Wange, die Hand ihrer Mutter auf ihrer Schulter, während ihr Vater fuhr – *wohin?* Wer wusste das schon? Es spielte keine Rolle. Er bestimmte und würde dafür sorgen, dass ihnen allen nichts passierte, bis sie dort ankamen.

Seit er krank geworden war, hatte sie sich nicht mehr sicher und geborgen gefühlt, und sie vermisste dieses Gefühl wie ein verlorenes Bein.

»Ich hab dich lieb, Dad«, flüsterte sie.

Die Augen ihres Vaters flatterten und öffneten sich, und einen Moment lang lächelte er sie an.

Als wüsste er, wer sie war.

5. Kapitel

Der Mörder taumelte von der verwilderten Hecke in der College Road weg.

Was machte er denn?

Beinahe wäre er wieder umgekehrt. Beinahe hätte er sich umgedreht und ihre Pforte geöffnet, beinahe wäre er ihr den vereisten Weg hinauf gefolgt und hätte es zu Ende gebracht.

Doch er tat es nicht.

Warum?

Stattdessen ging er weiter, sah nicht, wo er war oder wo er vielleicht hinging. Achtlos. Verwirrt und tief in Gedanken.

Was war gerade geschehen? Er wusste es nicht. Er wusste es nicht!

Er hatte sie in der Oxford Street gesehen, als er in der Menge der Passanten und Schaulustigen gestanden hatte, Schulter an Schulter mit ihrer Ehrfurcht. Als er ihre gedämpften Stimmen genossen und sich an ihrem Schock geweidet hatte.

Doch *sie* hatte irgendetwas an sich – diese Reporterin. Irgendeine Verbindung. Was es war, wusste er nicht. Nur, dass es ihm einen kleinen Schauer der Lust über den Rücken jagte.

Und der Vorfreude.

Also war er ihr zu einem Büroblock gefolgt.

Dann hatte er gewartet und gewartet, das Messer klebrig in seiner Tasche.

Und dann war er ihr wieder gefolgt, fast ganz bis zu ihr nach Hause. Fast! Bis sie sich umgedreht hatte …

Darf ich Sie um einen Gefallen bitten?

Als kenne sie ihn! Als wäre er ein ganz gewöhnlicher Mann! Als *vertraue* sie ihm.

Der Mörder blieb wie angewurzelt unter einer Straßenlaterne im Schnee stehen und keuchte verblüfften Dunst in die Luft.

Sie hatte ihm *vertraut.*

Sie hatte *ihm* vertraut!

In dem weißen Lichtkegel legte der Mörder die Hand auf sein taubes Herz, während Schneekristalle, zu winzig, um zu Boden zu fallen, wie Sternenstaub um ihn herumtanzten.

Niemand hatte ihm *jemals* vertraut – nicht einmal seine Mutter. Diese Frau jedoch hatte ihm alles anvertraut, was sie hatte – sogar ihr *Leben.* Eben hätte er es ihr noch nach Belieben nehmen können, und dann stand es plötzlich in seiner Macht, es ihr zu schenken.

Sie hatte ihr Leben in seine Hände gelegt.

Und anstatt es sich zu nehmen, hatte er es ihr zurückgegeben!

Er hatte Erbarmen gezeigt, Erbarmen, von dem er nie gewusst hatte, dass er dazu fähig war.

Die Frage war nur, *warum*?

6. Kapitel

2. Dezember

»Hab gehört, Sie haben den Porzellangott angebetet.«

Ross Tobin lehnte in der Tür von Schneideraum 1 und grinste, zeigte dabei Zähne, die braun von den vierzig Zigaretten waren, die er beharrlich jeden Tag rauchte. Was das Rauchen anging, war er richtiggehend militant und hatte aus Trotz gegen das Rauchverbot am Arbeitsplatz seine Tagesdosis von dreißig auf vierzig gesteigert. Da er nicht mehr im Büro rauchen durfte, verbrachte Ross ungefähr neun Stunden eines jeden Zehn-Stunden-Tages damit, die vier Treppen zwischen der Redaktion und der Straße hinauf und hinunter zu stiefeln. Das und die Qualmerei hielten ihn schlank, obwohl er nur Big Macs und spätabendliche Kebabs aß. Eve stellte sich gern vor, wie sein Körper heimlich einen Herzinfarkt plante, und offenkundig war sie nicht die Einzige. Ein Filzstift-Graffito auf dem Damenklo lautete »FC Ross Tobin – Lungenkrebs United 0:5«, und nicht einmal die Putztruppe hatte es weggewischt.

»Wer hat Ihnen das erzählt?«, fragte sie. Sie bezweifelte, dass es Joe gewesen war, aber wenn doch, würde sie ihn dafür bezahlen lassen.

»Guy Smith hat's seinem Kameramann erzählt, der hat's

Gareth in der Sportredaktion erzählt und Gareth dann Terry unten im dritten Stock.«

Radio Terry. Eve seufzte. Das war das Problem dabei, in einer Nachrichtenredaktion zu arbeiten. Selbst die Männer waren Klatschbasen.

»Ist das die Oxford-Street-Nummer?«, wollte Ross wissen und deutete mit einem Kopfnicken auf den Bildschirm.

»Jep«, bestätigte sie. »Ich polier's nur ein bisschen auf, und dann fahren wir noch mal hin.« Ihr erster Bericht war live gesendet worden, doch sie brauchten etwas Neues, das sie bis zur nächsten Live-Reportage schalten konnten.

»Die Polizei hat den Namen des Opfers noch nicht bekannt gegeben, aber iWitness News kann berichten, dass es sich um die vierundzwanzigjährige Layla Martin handelt, die im achten Stock des brandneuen Coldharbour Buildings hier in der Oxford Street für die Werbeagentur Launchtime Advertising gearbeitet hat.«

Hinter Eve funkelte die Weihnachtsbeleuchtung; ohne Ton hätte sie auch über Weihnachtseinkäufe berichten können.

Dabei fiel ihr ein, dass sie ihre noch erledigen musste.

»Sehen Sie zu, dass Sie diesmal ein bisschen Blut mit draufkriegen, ja?«, knurrte Ross. »Das ist es, was die Leute sehen wollen. Doch nicht diesen Wintermärchen-Schneekugel-Quatsch.«

Sie schnaubte. »Sie wissen doch, wie die von der Metropolitan Police sind. Keine Kameras am Tatort.«

»Na und? Sie haben doch ein Handy, oder?«

Eve seufzte. Blutige Aufnahmen des Tatorts hätten sie nicht senden dürfen, das wussten sie beide.

»Müde?«, erkundigte er sich.

Eve lächelte über die nette Frage und zuckte die Schultern. »Geht schon.«

»Katie kann jederzeit übernehmen, wenn Sie's nicht schaffen.«

Ross wollte nicht nett sein: Er wollte sie reizen.

Kate Merino war vor acht Monaten zu ihnen gekommen – fünf Jahre jünger als Eve, klug und fleißig ... und blond. Einen Fuß wie ihren konnte Eve in der Tür ihrer Karriere nicht gebrauchen.

»Sie können mich mal gernhaben.«

Ross lachte, und sie sahen sich den Bericht zu Ende an.

»Miss Martin war in die Agentur gegangen, um ein paar Überstunden zu machen. Überstunden, die sie das Leben gekostet haben.«

Wie aufs Stichwort wurde die Bahre mit dem Leichensack durch die Tür hinter Eve gerollt und in einen wartenden Krankenwagen geschoben.

»Ihr Timing war ja schon immer gut«, bemerkte Ross widerwillig. Dann, als sich die Türen des Krankenwagens schlossen, setzte er hinzu: »Haben Sie Aufnahmen von der Leiche, bevor sie eingesackt worden ist?«

»Nein, Ross«, erklärte sie geduldig. »Wir sind hier nämlich nicht in Mexiko.«

»Sie werden ja auf Ihre alten Tage richtig weich«, stellte er fest. Und als sie ihn ansah und ein Grinsen oder ein Augenzwinkern erwartete, bekam sie keins von beiden.

Sie schürzte die Lippen.

»Ach, jetzt kommen Sie mal von Ihrem hohen Ross runter.« Er drehte sich eine Zigarette, während er sich auf den Weg zum Rauchen machte. »Unser Job ist es, der Öffentlichkeit das zu geben, was sie will.«

Ob er mehr Blut oder hübschere Reporterinnen meinte, war nicht ganz klar.

So oder so, Eve wusste, dass er wahrscheinlich recht hatte.

»Machen Sie heute ein paar Interviews«, wies er sie an und drehte sich in der Tür noch einmal um. »Mädels, die sagen, wie viel Schiss sie haben. Mord in der City. Der Ripper von London.«

»Okay«, sagte Eve und verdrehte innerlich die Augen.

»Hübsche Mädels«, setzte Ross hinzu.

Und dann – für den Fall, dass sie kein Englisch verstand – erläuterte er: »Keine Hässletten.«

Also stand sie jetzt hier und wartete, bis Joe die Kamera vor dem Büroblock mit der Glaswand aufgebaut hatte. Sie blies in ihre gewölbten Hände und stampfte mit den Füßen, damit die ihr nicht von den Beinen abfroren. Und war jetzt nicht imstande, vorbeigehende Frauen anzusehen, ohne dabei automatisch, aber trotzdem schandbar ihren Hässletten-Status zu bewerten.

»Wie lange noch?«

»*Seee*kunde noch.«

Dieses Gespräch war vollkommen bedeutungslos. Eve stellte ihm bei jeder Reportage ein halbes Dutzend Mal dieselbe Frage – und bekam jedes Mal dieselbe Antwort.

»Ich kann meine Füße nicht mehr fühlen«, verkündete sie.

Joe schaute kurz zu ihr herüber. »Ich hab dir doch gesagt, du sollst diese Yeti-Stiefel anziehen.«

»Zu diesem Mantel?« Sie verzog das Gesicht, und Joe lächelte, ohne aufzublicken. Er war süß, wenn er lächelte, auf so eine *National Geographic*-Art süß. Auf eine »Eins neunzig, Bart und dicker Pulli«-Art. Er hatte sehr weiße Zähne, ernste Augen und ein Tattoo auf der Schulter, eine Ranke, die im Sommer manchmal aus seinem T-Shirt hervorlugte. Die ganze Ranke hatte sie natürlich noch nie zu Gesicht bekommen; Joe war nämlich viel zu jung für sie. Sie stand auf reife Männer. Allerdings hatte ihre beste Freundin Charlotte die Augen verdreht, als sie ihr das verraten hatte, und behauptet, »reife Männer« sei ein Oxymoron.

Vielleicht hatte sie ja recht, dachte Eve. Ihr letzter Freund war vierunddreißig gewesen, aber er hatte immer noch gedacht, eine Flasche Rotwein und eine Xbox wären ein akzeptables Date. Nachdem sie wieder nach Isleworth gezogen war, hatte er sich nach und nach abgeseilt und vage etwas von beruflichen Verpflichtungen gesagt, aber Eve nahm an, dass es *ihre* Verpflichtungen waren, die ihn überfordert hatten.

Das konnte sie ihm wohl nicht verdenken; manchmal kam es ihr vor, als würden sie *sie* auch überfordern.

»Wie alt bist du, Joe?«, fragte sie.

»Sechsundzwanzig«, antwortete er. »Wieso? Wie alt bist du denn?«

»Heute?« Sie seufzte. »Hundertdrei.«

Joe betrachtete eingehend ihr Gesicht, dann zuckte er die Achseln, als könne das tatsächlich stimmen.

Eve lachte. »Du Arsch!«

Er lächelte und fummelte noch ein wenig an seinem Belichtungsmesser herum.

Währenddessen überlegte Eve, wie es wohl sein würde, dreißig zu sein; im Juli war es so weit. Im Prinzip hatte sie nichts dagegen, dreißig zu sein. Sie und Charlotte lachten der dreißig ins Gesicht. Lachten über das Unvermeidliche daran und über die Frauen, die beim Erreichen dieses Meilensteins so mit Botox vollgepumpt waren, dass sie aussehen würden wie enttäuschte Hodensäcke, wenn sie jemals damit aufhören sollten.

Aber wenn ihr die dreißig egal war, warum sagte sie dann Joe nicht einfach, dass sie neunundzwanzig war?

Eve war klar, dass sie den Job bei iWitness zum Teil bekommen hatte, weil sie jung und einigermaßen attraktiv gewesen war. Das hieß nicht, dass sie kein Talent hatte – nur dass sie an älteren, weniger gutaussehenden Journalistinnen vorbeigezogen war, die vielleicht noch mehr Talent gehabt hatten. Als sie auf dem College gewesen war, hatte es im Fernsehen noch Frauen über vierzig gegeben, sogar gut erhaltene über fünfzig.

Jetzt nicht mehr.

Anscheinend wurden Männer mit jedem grauen Haar immer weiser, während Frauen einfach nur unsichtbar wurden.

Eve war gut in ihrem Job, doch ihr war klar, dass sie schleunigst aus dem Fleischwolf-Ressort wegmusste – oder dass sie dort ein solches Hammer-Zeichen setzen musste, dass *Newsnight* ihr Headhunter auf den Hals hetzte.

Früher hatte sie mal solche Ambitionen gehabt …

Doch als sie wieder zu ihrem Vater gezogen war, hatte Eve sich an ihren Job geklammert wie ein Kind an seine Kuscheldecke, hatte plötzlich Angst davor gehabt, sich beruflich Druck zu machen, während sie sich gerade an einen ganz neuen Druck zu Hause gewöhnte. So hatte sie die Gelegenheit zum Absprung verpasst. Und jetzt hatte sie das ungute Gefühl, dass es nur eine Frage der Zeit war, bis sie einen Schubs bekam.

Also verdoppelte Eve jedes Mal ihre Anstrengungen, das Beste aus ihrem Job zu machen, wenn wieder irgendein naives junges Ding im Kielwasser eines Kameramanns am Schauplatz eines Verbrechens auftauchte – während sie gleichzeitig daran arbeitete, den brutalen Beschränkungen eben jenes Jobs zu entkommen.

Bald, hatte sie sich oft eingeredet. *Bald.*

Aber aus bald war irgendwann geworden und aus irgendwann nie.

Und sie lief einfach immer weiter.

Jeden Tag ging sie bis an die Grenzen, es hatte sich jedoch niemals eine Tür zu einem anderen Leben geöffnet …

»Ich finde das voll gruselig«, sagte Joe aus heiterem Himmel.

Eve blinzelte sich auf die Oxford Street zurück.

»Was?«

»Na, diesen Mord«, meinte Joe.

»Du findest das gruselig?« Eve schnaubte. »Schau dich doch an! Du hast ein Kreuz wie ein Möbelpacker.«

»Im Ernst«, beharrte er, während er das Licht überprüfte. »Stell dir doch mal all die Leute vor, die Weihnachtseinkäufe machen, genau hier, einen Zentimeter entfernt hinter 'ner Glasscheibe. Während irgend so ein Irrer dich gerade aufschlitzt wie einen Fisch.«

Eve *hatte* sich das vorgestellt. Wie konnte irgendjemand sich das *nicht* vorstellen. Es fühlte sich an … als würde sie es sich lieber nicht vorstellen. Sie wechselte das Thema. »Hast du schon Weihnachtsgeschenke gekauft?«

Joe schaute zum millionsten Mal auf seinen Belichtungsmesser. »Klar.«

»Alle?«

»Jep. Und du?«

»Nein«, sagte sie. »Nicht alle.«

Sie hatte noch nicht einmal angefangen. Sie musste etwas für ihren Vater besorgen und für ihren Bruder – obwohl sie den wahrscheinlich erst im Juli sehen würde – und für Charlotte und natürlich für Joe. Joe schenkte ihr immer etwas Wohlüberlegtes.

»Was hast du für mich gekauft?«, fragte sie, obgleich sie wusste, dass er es ihr nicht sagen würde.

»Gar nichts«, erwiderte er, ohne aufzublicken.

»Lügner.«

Er schaute auf und zog eine Braue hoch. »Warum fragst du dann?«

Eve hatte keine Ahnung, wann sie die Zeit finden sollte, einkaufen zu gehen. Vielleicht würde sie ja jedem eine »Oxfam Unverpackt«-Ziege schenken müssen, dachte sie bei sich. Vor ein paar Jahren hatte sie eine von Charlotte bekommen, in Gestalt einer Dankes-E-Mail von Oxfam und eines Fotos von der gespendeten Ziege, die aussah wie eine gescheckte Sockenpuppe. Sie waren sich beide einig gewesen, dass das eine schöne, altruistische Idee war und dass sie das nicht noch mal machen sollten.

Sie konnte Joe keine Ziege schenken. Oder überhaupt irgendjemandem.

»Scheiße«, sagte sie leise.

Joe blickte zu ihr hoch und sah dann, was sie meinte, als Guy neben ihm auftauchte.

Guy furchte in gekünstelter Verwirrung die Stirn und zeigte dann mit dem Finger auf Eve. »Hey! Hab ich Sie nicht in *Der Exorzist* gesehen?«

»Wahnsinnig komisch, Guy. Und auch noch thematisch

passend. Ach ja, übrigens, vielen Dank für Ihre professionelle Diskretion.«

»Bemerkenswert«, schnaubte er. »Sie sind *wirklich* immer so empfindlich. Verstehen Sie denn keinen Spaß?«

Sie achtete nicht auf ihn. »Wie lange noch, Joe?«

»*Seee*kunde noch.«

»Ich hab mein Ding schon fertig«, verkündete Guy. »Und hab noch 'n paar echt tolle Follow-up-Infos über die Tote. Nachbarn, Freundinnen.«

Eve bezweifelte, dass er diese Informationen selber herausgefunden hatte. Guy war nicht gerade der klügste oder fleißigste Reporter der Welt. Wenn er wirklich etwas Gutes hatte, dann war es ihm bestimmt in den Schoß gefallen, dachte sie. Irgendein sogenannter Freund auf Facebook, der die Redaktion anrief, Fotos vertickte und das als Ehrung der Toten tarnte.

Dieser verdammte Glückspilz.

»Haben Sie ihre Adresse?«, fragte Guy. Er fischte im Trüben, aber *sie* würde er nicht aufs Trockene ziehen.

»Ja, danke.«

»Oh. Gut.« Er machte erst ein verwirrtes und dann ein enttäuschtes Gesicht. Dann meinte er: »Ein paar Häuser weiter ist ein nettes kleines Café. Lust auf einen Kaffee, wenn Sie fertig sind? Als Entschuldigung?«

»Als wessen Entschuldigung?«, fragte sie misstrauisch.

»Meine natürlich.«

»Okay. Danke. Ich nehme einen Americano.«

»Super«, sagte Guy fröhlich.

»Und Joe eine heiße Schokolade.«

»Alles klar«, brummte Guy weniger fröhlich und trottete davon.

Joe zeigte Eve alle seine blendend weißen Zähne. »Du bist gemein.«

Sie grinste zurück. »Ich bin gemein, er ist hinterhältig, und die Welt dreht sich weiter.«

Er schüttelte den Kopf. »Bist du so weit?«

Doch plötzlich war Eve noch nicht so weit, nicht ganz …

»Hey Guy!« Ihr Rivale drehte sich um und schaute über die Köpfe der Passanten hinweg. »Haben Sie in Ihrem Beitrag den Freund erwähnt?«

Guys Miene verdüsterte sich kurz, und er machte wieder ein paar verhaltene Schritte auf sie zu, sodass sie nicht mehr zu schreien brauchte. »Den Freund?«

»Ja. Ich möchte nicht, dass unsere Berichte völlig gleich klingen. Ich meine, es ist ja schon ein Klischee, nicht wahr? Aber die Cops müssen wohl bei solchen Sachen pro forma alles durchexerzieren – jeden denkbaren Verdächtigen unter die Lupe nehmen.«

»Ach ja.« Guy kam immer näher. »Wie hieß der Typ doch gleich?« Er schnippte mit den Fingern, als könne er den Namen aus der Luft herbeizaubern.

»Mark Franco.«

»Genau«, meinte Guy. »Eine von ihren Freundinnen hat mir den Namen gegeben. Er ist aus … Ealing, stimmt's?«

Eve zückte ihr Notizbuch und blätterte darin herum. »Hat anscheinend eine Wohnung bei der Blackfriars Bridge. Im Telefonbuch steht er nicht, aber zu zweit könnten wir ihn doppelt so schnell finden, wenn wir zusammenarbeiten. Was meinen Sie?«

»Gute Idee«, sagte Guy.

»Nach unserem Kaffee?«, schlug Eve vor, und er hob bestätigend die Hand und eilte davon.

Joe legte das Auge an den Sucher, und Eve räusperte sich und schaute hinter sich. »Ich nehme dir doch nicht die Sicht auf die Tür, oder?«

»Nein, du stehst gut da«, antwortete Joe. »Ich bin dann so weit.«

Sie sprach ihren Bericht in einem einzigen perfekten Take in die Kamera.

Dann filmten sie aus alter Gewohnheit noch einen Take, zur Sicherheit.

Dann interviewten sie ein paar junge Frauen, die keine Hässletten waren und die erklärten, wie sehr sie sich alle fürchteten.

Dann half sie Joe mit seiner Ausrüstung, und sie stapften durch den grauen Schneematsch zu dem warmen, gemütlichen Café.

Guy Smith war nirgends zu sehen.

Sie suchten das Café ab, bis ganz nach hinten. Joe sah sogar in der Herrentoilette nach.

Er schnalzte mit den Fingern. »Scheiße. Ich wette, das Arschgesicht ist allein Richtung Blackfriars Bridge gefahren, um den Freund vor uns zu finden! Du hättest ihm das nicht erzählen dürfen, Eve. Ich hab *gewusst*, dass der uns abzockt.«

»Ich hab's dir doch gesagt, er ist hinterhältig«, meinte Eve. »Keine Sorge, Joe. Ich besorge dir eine heiße Schokolade zum Mitnehmen, und dann versuchen wir's nochmal bei Layla Martins Eltern.«

Doch Joe kochte noch immer vor Wut. »Dieser verlogene, miese kleine Scheißer.«

»Du hast *berechenbar* ausgelassen«, bemerkte sie.

»Vielleicht könnten wir ja …«

Joe hielt inne und sah Eve mit gerunzelter Stirn an. »Von dem Freund hast du nie was gesagt.«

Mit großen Unschuldsaugen wandte sie sich zu ihm um. »Echt nicht?«

»Moment mal«, sagte er. »Wer *ist* Mark Franco?«

Eve zwinkerte ihm zu. »Der erste Junge, den ich geküsst habe.«

Guy Smith schaffte es nicht rechtzeitig zu der Pressekonferenz, auf der Layla Martins Mutter so furchtbar weinte, dass ihre jüngere Tochter für sie übersetzen musste. Dabei drehte und knetete Mrs Martin die ganze Zeit ein graues Stoffhäschen in den Händen, ohne je darauf Bezug zu nehmen. Nach Namen und Herkunft des Hasen zu fragen wurde dadurch so peinlich, dass niemand es tat.

Superintendent Huw Rees leitete die Konferenz. Er war Waliser, und seine sanfte Singsang-Stimme täuschte darüber hinweg, was für eine harte Nuss er war.

Er sang all die üblichen Lieder – die Tragödie, die Brutalität, den Appell an Zeugen, sich zu melden –, von denen keines die Tatsache verhehlen konnte, dass er keine Ahnung hatte, wer zum Teufel Layla Martin umgebracht hatte.

Eve unterdrückte ein Gähnen und sah sich im Raum um.

Heute war es Layla Martin. Morgen würde es eine andere Leiche sein, eine andere schluchzende Familie, ein anderer hilfloser Polizeibeamter.

Die Namen änderten sich, doch der Hunger des Publikums ließ nie nach. Und Eve war dankbar dafür.

Nichts verkaufte sich besser als Mord, und mit dem Tod zahlte sie die Hypothek ab.

7. Kapitel

Der Mörder sah Eve Singer in einer Endlosschleife zu.

Sein Stuhl war alt und kam aus Frankreich; er war mit Goldbrokat bezogen, der sich unter seinen nackten Schenkeln seidig anfühlte, und hatte Rollen aus Knochen unten an den Beinen.

Es war der einzige Stuhl im Haus, und das Feuer und der Fernseher waren die einzigen Lichtquellen.

Das große, düstere Zimmer war von Gemälden gesäumt – sie lehnten nebeneinander an den Wänden, immer drei aufeinandergestapelt. Die Leinwände brannten gut, und das Öl in den Farben war hilfreich, allerdings hatte es im Laufe der Zeit einen klebrigen braunen Belag im Kamin hinterlassen und einen schweren Geruch im ganzen Haus, den der Mörder gar nicht mehr bemerkte. Manche Bilder waren gerahmt gewesen, doch die Rahmen waren als Erstes verfeuert worden – sogar noch vor den Büchern – und hatten ihn zwei Winter lang warm gehalten.

Der Mörder trank kleine Schlucke Tee aus einer Tasse, deren Material so dünn war, dass der Feuerschein orangerot durch ihre Wände hindurchschimmerte. Es war eine Flora-Danica-Tasse, verziert mit einem Wappen, einem V und dem Familienmotto *Für jede Blume einen Dorn*, um das sich kunstvolle Brombeerranken wanden.

Früher hatte sie einmal zu einem großen Service gehört.

Einem riesengroßen.

Terrinen und Saucieren und Teller und Platzteller. Zwanzig Gedecke, allein die Dessertschalen gab es in drei verschiedenen Größen.

Er hatte alles verkauft. Zusammen mit dem Rest der Einrichtung.

Ganz langsam.

Hatte nie gedacht, dass ihm Erbstücke oder Kapital ausgehen könnten, bevor ihm sein Leben ausging.

Zumindest die Ironie war nicht tot.

Aber wirklich, was brauchte man denn?

Eine Tasse, einen Stuhl.

Ein Messer, eine Gabel, einen Löffel.

Manchmal stahl er. Nicht weil er ein Dieb war, sondern weil es Dinge gab, die er sich nicht mehr leisten konnte. Dinge, ohne die er nicht auskam. Er hatte ein Loch in die Wand des rattenverschissenen Dachbodens geschlagen, um sich an die Stromversorgung der Nachbarn anzuschließen.

Und darüber hinaus? Er brauchte doch so wenig.

Ein Notizbuch, einen Stift.

Bananen und Schokolade.

Einen Fernseher …

Er sah sich Eve Singer an und den Leichensack, der sein Werk enthielt. Sie bewegten sich in vollendeter Harmonie – Eve trat zur Seite, als der Sack erschien. Trat nach links, während der Sack nach rechts rollte. Schaute kurz über die Schulter in die Kamera; ihr dunkles Haar schwang sachte über ihre blasse Wange …

Warum hatte er sie nicht getötet? Wieder sah er sich die Besprechung an und überlegte, während er sich vorstellte, wie die dunklen Gummifalten des Leichensacks die Haut darin küssten. Haut, die er mit seinen eigenen Händen gedrückt hatte, als er das Mädchen zu etwas Wunderschönem geformt hatte – zu etwas Unsterblichem.

Während er zusah, puhlten seine Finger an der dicken Narbe herum, die sich an seiner Brust hinabzog.

Eve trat nach links, während der Leichensack nach rechts rollte.

Schritt.

Rollen.

Wer immer der Kameramann war, er hatte ein gutes Auge für Kompositionen, während Eve Singer ein köstliches Gespür für Sprache besaß. Sie benutzte Worte wie »grauenvoll« und »Blutbad« und »schauerlich.« Mit manchen anderen Worten war er nicht einverstanden, zum Beispiel »sinnlos« und »Wahnsinniger«, doch er verzieh ihr. Er war Realist. Ihm war klar, dass sie so etwas in den Nachrichten eben sagen mussten. Wenn sie es nicht taten, könnte es den Anschein haben, dass Morde nicht nur von Verrückten und Drogensüchtigen begangen wurden, sondern dass *jeder* ein Mörder sein könnte. Ein Nachbar. Der Milchmann. Euer *Babysitter* …

Man konnte in den Nachrichten nicht die Wahrheit sagen, sonst würden die Menschen in Panik geraten.

Gewöhnliche Menschen.

Noch einmal – nach links treten, nach rechts rollen. Die Lebenden und die Toten traten zusammen auf, als folgten sie einer Choreografie. Eve Singer sah kurz den Leichensack an. Drehte sich dann um, um jetzt ihm, dem Mörder, kokett in die Augen zu schauen …

Das Herz pochte heftig in seiner Brust, und mit einem

hallenden Aufschrei fiel der Mörder auf die Knie, breitete die Arme aus und umschlang den Fernseher wie eine eckige Geliebte.

Er kannte diesen Blick. Genau so hatte Eve Singer ihn in dem silbrigen Lichtschein der College Road angesehen. Dasselbe Neigen des Kopfes, dasselbe Schwingen des Haares. Dieselbe Einladung, an ihre Seite zu kommen, damit sie weitergehen konnten …

Zusammen.

Deswegen!

Taumelnd kam er auf die Beine, nackt und zitternd; sein Herz hämmerte so schnell, dass ihm ganz flau wurde, als Leben durch seine sehnige Seele schoss und dann wie Funken aus den Spitzen seiner kribbelnden Finger herausspritzte.

Es roch wie Unendlichkeit und Feuerwerk.

Ein jäher Schmerz fuhr durch seine Brust, und er presste die Hände auf sein Herz und schrie: *»NEIN!«*

Er konnte fühlen, wie die Nähte seiner eigenen Materie nachgaben wie der Arm eines Teddybärs. Voller Entsetzen schaute er nach unten und sah, wie die Narbe, die ihn verschloss, vom Hals bis zum Bauch aufplatzte, sah, wie ein fremdes Herz das Blut eines Unbekannten auf das Kirschholzparkett pumpte, bis alles, was übrig blieb, sein leeres Ich war, das in der Lache seiner eigenen Eingeweide stand.

Nicht ich! Noch nicht! Nicht ich!

Nichts geschah.

Wimmernd sank er auf seinen Stuhl, zitternd und gekrümmt vor Angst.

Langsam ließ der Schmerz nach. Das Herz wurde wieder taub.

Der unendliche Luxus der Zeit wurde ihm zurückgegeben.

Die ganze Nacht lang sah er sich den Bericht an. Jede Einzelheit sollte in sein Gehirn eingeprägt sein. Er wollte davon träumen, wenn er seinen tiefen, sorglosen Schlaf schlief.

Der Mörder sah sich den Bericht an, bis das Licht um ihn herum zu elektrischem Blau abkühlte und seine Genitalien zusammengeschrumpfte blaue Beeren waren.

Kurz vor dem Morgengrauen schauderte er, erhob sich und legte noch ein Gemälde aufs Feuer.

8. Kapitel

4. Dezember

Es war bitterkalt, und die Tüten aus dem Minimarkt am U-Bahnhof schnitten Eve trotz ihrer Wollhandschuhe in die Haut ihrer Finger.

Im silbrigen Schein der Straßenlaternen schaufelte Mr Elias den Gehsteig vor seinem Haus frei, und Eve verlangsamte ihre Schritte zu einem rutschenden Trödelgang.

Eve hatte nichts gegen Mr Elias, aber sie mochte ihn auch nicht besonders. Er hatte einen Gartenzwerg mit Angel in seinem Garten, aber keinen Teich und einen fünfundzwanzig Jahre alten Ford Mondeo. Und früher hatte er auch mal eine Frau gehabt, aber die war gestorben, irgendwann in der Zeit, als Eve in Camden gewohnt hatte. Ihren Namen wusste Eve nicht mehr, aber sie hatte nie glücklich gewirkt und kaum jemals etwas gesagt, daher dachte Eve, dass Mr Elias sie wahrscheinlich gedeckelt hatte – oder sie zuallermindest irgendwie enttäuscht hatte.

Als sie und Stuart klein gewesen waren, hatte Mr Elias ihren Ball manchmal tagelang nicht aus seinem Garten zurückgeworfen. Er hatte einen völlig übertriebenen Aufstand gemacht, als mal ein Modellflugzeug aus Versehen in sein Gewächshaus gekracht war. Er hatte bei absolut vernünftigen Teenagerpartys gesagt, sie sollten leiser sein, und einmal hatte er auch die Polizei geholt. Die Polizisten hatten an der Tür gestanden, während ihre Schulfreunde einer nach dem anderen hinausmarschiert waren; das war *so was* von peinlich gewesen.

Nach diesem Vorfall hatte sie sich bemüht, Mr Elias aus dem Weg zu gehen.

Als sie zurückgekommen war, um wieder bei ihrem Vater zu wohnen, hatte Eve eine neue, erwachsenere Beziehung zu ihm geknüpft und diese auf ein Minimum beschränkt. Sie bekam ihn nicht oft zu sehen, aber wenn, dann sah Mr Elias sie für gewöhnlich sonderbar eindringlich an. Eigentlich *starrte* er sie eher an … Eve stellte sich nicht gern vor, dass der Mann, der schon immer ihr Nachbar gewesen war, ein alter Lüstling war, doch sie fürchtete, dass es stimmen könnte. Oder irgendwann stimmen *würde,* wenn sie zu freundlich zu ihm war.

Seit ein paar Monaten hatte sie nicht mehr mit ihm gesprochen – hatte nur vom Fenster aus gesehen, wie er jeden Tag hinausging, um die rote Telefonzelle zu putzen –, doch jetzt wollte sie sich nicht in ein Gespräch hineinziehen lassen. Zum Teil, weil sie ein schlechtes Gewissen hatte, weil sie ihren Teil des Gehsteigs nicht räumte, so wie ihr Vater es früher immer getan hatte. Vor allem aber, weil sie genau wusste, was sie beide sagen würden.

Hallo, Eve.

Hallo, Mr Elias.

Na, ist dir auch kalt genug?

Haha, ja, vielen Dank.

Das Lachen würde sie natürlich vortäuschen müssen, weil es überhaupt nicht komisch wäre.

Es heißt, wir bekommen weiße Weihnachten.

Das wäre schön.

Nein, wäre es nicht. Oder vielleicht doch. So oder so, es war Eve scheißegal. Das Einzige, was ihr wichtig war, war, keinen hirnrissigen *Smalltalk* über weiße Weihnachten machen zu müssen.

Mr Elias richtete sich auf und stützte sich auf seine Schneeschaufel, sein Atem hüllte seinen Glatzkopf in eine Serie kleiner weißer Wolken.

Er war fertig.

Eve trödelte und wünschte sich mit aller Kraft, er möge seine Gartenpforte öffnen und verschwinden. Stattdessen bückte er sich von Neuem und machte sich daran, Salz aus einem weißen Plastiksack zu schippen und es auf den Gehsteig zu streuen, damit der nicht vereiste.

Sie überlegte, ob sie stehen bleiben, auf das nächste Flugzeug warten und dann eilig vorbeigehen und *Hallo* mimen sollte. Doch ehe sie das tun konnte, blickte Mr Elias auf, sah sie und hob grüßend die Hand, also ging sie weiter.

»Hallo, Eve.«

Sie holte tief Luft. »Hallo, Mr Elias.«

»Na, ist dir auch kalt genug?«

»Haha, ja, danke.« Sie tat, als müsse sie lachen, und hasste ihre eigene Heuchelei.

»Im Radio haben sie gesagt, wir kriegen weiße Weihnachten.«

»Das wäre schön.«

Sie spürte, wie sein Salz unter ihren Stiefeln knirschte, dann war sie wieder auf festgetretenem Schnee neben ihrer struppigen Hecke. Sie kam ein wenig ins Rutschen, und Adrenalin schoss wie elektrischer Strom durch ihren Körper.

»Sei vorsichtig«, warnte er. »Das ist ja lebensgefährlich.«

Ach, halt doch die Klappe!, dachte sie. Laut jedoch sagte sie »Ich passe schon auf, vielen Dank« und stieß ihre Gartenpforte auf. Es ärgerte sie, dass sie ausgerutscht war und damit bewiesen hatte, dass er recht hatte, weil er den Gehsteig freischaufelte, und sie unrecht, weil sie es nicht tat. Genau wie auch ihre Hecke eine Katastrophe war, ihr Rasen nicht gemäht war und ihre Blumenbeete völlig verunkrautet waren. Sie konnte eben nicht *alles* in Schuss halten! Verdammt noch mal, es war schon schwer genug, die Hypothek abzuzahlen, Mrs Solomons Betreuerhonorar und die Rechnungen zu begleichen und sich um Duncan zu kümmern. Mr Elias hatte ja keine verdammte *Ahnung* ...

Auf dem vereisten Gartenweg rutschte sie abermals aus. Das war ja *wirklich* lebensgefährlich.

»Wo *bist* du denn?«

Eve seufzte. Sie hatte noch nicht einmal die Haustür hinter sich zugemacht, da legte ihr Vater schon los.

Wie Dr Jekyll, der nach einer Nacht als Mr Hyde aufwachte, gab sie sich alle Mühe, sich umzustellen. Sich selbst an der Haustür zurückzulassen und ein anderer Mensch zu werden, dessen einziger Daseinszweck darin bestand zu verhindern, dass ihr Vater entwischte, hinfiel oder das Haus niederbrannte.

Aus dem Wohnzimmer drangen Geräusche, die sich nach einem Pornofilm anhörten. Eve wusste, dass das kein Porno war, es war *How It's Made,* eine Low-Budget-Sendung, die die Herstellung einer geradezu bizarr beliebigen Auswahl von Alltagsgegenständen zeigte – Schneebesen und Handschuhe und Rattan-Hocker –, alles untermalt von den formlosen Takten einer Billig-Heimorgel. Sie nahm jede Folge auf, und Duncan Singer sah sich niemals irgendetwas anderes an.

»Wo *bist* du denn?« Er war wie eine kaputte Schallplatte.

»Hier, Dad. Ich hänge nur meinen Mantel auf.«

»Hallo, Liebes.« Mrs Solomon kam aus dem Wohnzimmer in den Flur und stopfte ihr unförmiges blaues Strickzeug in eine große, schlaffe Tasche.

Während Eve Mütze, Handschuhe, Schal und Mantel ablegte, legte Mrs Solomon gleichzeitig die ihren an – wie ein Pantomime-Umziehen hinter den Kulissen. Beim Anziehen kommentierte Mrs Solomon monoton die Glanzlichter des Tages.

»Er wollte Haferbrei zum Mittag, aber ich habe ihm Cornflakes gemacht. Ich hoffe, das ist okay.«

Es war okay. Eve nickte, antwortete jedoch nicht. Sie hatte gelernt, dass Antworten den Abschied nur hinauszögerten.

»Er hat die Bücher aus dem Regal geholt, aber ich habe ihn machen lassen.«

Das tat er andauernd.

Mrs Solomon setzte sich, um ihre Stiefel anzuziehen, und japste vor Anstrengung.

»Und er hat die Fernbedienung kaputtgemacht.«

Scheiße. Duncan machte oft alles Mögliche kaputt und dachte dabei, er würde es reparieren.

»Ins Bett gehen wollte er auch nicht.«

Da musste man ihn überlisten. Das wusste Mrs Solomon auch, war aber manchmal zu faul dazu.

»Diese Sendung findet er ja wirklich toll, nicht wahr? All diese Maschinen und Dingsdas.«

GEH ENDLICH GEH ENDLICH GEH ENDLICH.

Sie ging endlich.

»Wo *bist* du denn?«, fragte Duncan Singer.

Eve eilte ins Wohnzimmer. »Hi, Dad.«

Ihr Vater sah sie finster an. »Doch nicht *du.*«

Es tat jedes Mal weh.

»Wo ist Maggie?«, fuhr er fort.

Eve zögerte. Der Arzt hatte gesagt, es wäre am besten, ehrlich zu sein – um ihren Vater in der Realität verortet zu halten, indem sie ihm die Wahrheit sagte. Doch man konnte nicht immer wieder zusehen, wie jemand erfuhr, dass seine Frau tot war, ohne dass die Wahrheit ihren Glanz verlor.

»In der Badewanne«, log sie. »Sie hat mich gebeten, Abendessen zu machen.«

Sie aßen von Kissentabletts, die sie sich auf den Schoß legten. Fischstäbchen, Baked Beans und Obstsalat aus der Dose zum Nachtisch.

Im Fernseher rumpelten Eiswaffeln, Schnürsenkel und Zelte aus diversen Maschinen.

»Hab die neuen Leitungen bei Mrs Cole fertig verlegt«, verkündete Duncan plötzlich.

»Endlich!«, sagte sie; wenn sie es nicht sagte, würde er es nämlich tun.

Der eigentliche Zeitpunkt, zu dem Mrs Coles neue Leitungen fertig verlegt worden waren, war in den Nebeln der Vergangenheit verschwunden, doch die Aufgabe musste gigantisch gewesen sein, und ihre Bewältigung war beachtenswert.

Er nickte. »Was endlich?«

»Na, Mrs Coles neue Leitungen.«

»Ach ja. Die hab ich fertig. Endlich!«

Eve seufzte. Duncan nahm keinerlei Anteil mehr an ihrem Leben. Früher war er ein höflicher, geselliger Mensch gewesen, doch er war nicht mehr in der Lage, sich für andere zu interessieren.

Daran hatte sie sich gewöhnt.

Nein, das stimmte nicht. Daran würde sie sich *nie* gewöhnen.

Sie aßen, begleitet vom melodischen Klicken von Zeltheringen.

»Wo sind meine …?« Duncan stockte und setzte dann abermals an. »Wo sind meine …?« Dabei wedelte er mit den Fingern in Richtung seiner Füße, als fehle irgendetwas.

»Hausschuhe?«, schlug sie vor.

»Nein.«

»Socken?« Er zog tagsüber oft seine Socken aus. Sie hatte sie schon öfter im Mülleimer gefunden und einmal im Tiefkühlfach – wie Kalbfleisch mit Argyle-Muster.

»Nein.« Zornig funkelte ihr Vater seine Schuhe an. »Dinger. Schnüre. Lange Schnüre zum Schnüren durch die Ringdinger.« Ihr Vater liebte Worte. Er war Elektriker gewesen, doch er hatte immer viel gelesen und hatte einen Highscore von 576 beim Scrabble – ein Familienrekord.

Im Fernsehen sagte jemand *Schnürsenkel.*

»Schnürsenkel!« Wieder zeigte er auf seine Füße. »Wo sind meine *Schnürsenkel?«*

Eve blickte auf seine Füße hinunter. »Schuhe wie die da haben keine Schnürsenkel, Dad. Das sind Slipper, zum Reinschlüpfen.«

»Slipper. Nipper. Nippon«, pflichtete er ihr bei. »Jede Menge Japse im Norden«, fuhr er fort. »Und chinesische in der Morecambe Bay.«

»Chinesische Schuhe?«

»Muschelpflücker.«

Eve war verwirrt. »Meinst du Beerenpflücker?«

»Doch keine *Beerenpflücker. Muschelpflücker!* Hab ich dir doch *gesagt*!«

»Ach, *Muschelpflücker!*« Eve stand auf. »Die kann man vom Schlafzimmerfenster aus sehen.«

»Wirklich?«, fragte er. »Kann ich mal gucken?«

»Natürlich.«

Bis sie sich die Treppe hochgearbeitet hatten, würde er das vergessen haben.

Sie stiegen zusammen hinauf, er eine Stufe höher, sie eine tiefer mit einer Hand in seinem Kreuz, für den Fall, dass er hintenüberkippte. Sein Gleichgewicht war so einigermaßen, seine Konzentration jedoch funktionierte nach dem Gießkannenprinzip, und es war schon mehrmals gerade noch gut gegangen. Und einmal nicht, als er vor ungefähr einem Jahr unerwartet kehrtgemacht hatte, die Treppe hinuntergerodelt war und Eve dabei als Schlitten benutzt hatte.

»Gehen wir Muscheln pflücken?«, wollte er wissen.

»Du magst doch keine Muscheln.«

»Nicht?« Er furchte die Stirn. »Ich dachte, ich mag Muscheln. Mag ich Aal?«

»Nein.«

»Wirklich nicht? Wie merkwürdig.«

Auf halbem Weg nach oben blieb er stehen. Er sagte nichts, sondern neigte ein wenig den Kopf.

»Kurz mal Luft holen, Dad?«, fragte Eve fröhlich und rief über die Schulter: »Okay, Pause für alle!«

Duncan lachte nicht, doch sie hatte auch nicht damit gerechnet.

Dann verriet ihr ein bebendes Atemholen, dass er weinte.

»Dad?«

Er wischte sich mit dem Ärmel über die Augen und schüttelte den Kopf. Eve steckte in der Klemme. Sie wollte neben ihn treten und ihn trösten, aber Murphys Gesetz besagte, dass er vergessen würde, wo er war, und die Treppe hinunterfallen würde, wenn sie ihren Posten verließ. Also blieb sie stattdessen dort stehen, eine Hand am Geländer, die andere nach oben gegen den Rücken ihres Vaters gestemmt, und spürte durch seine alte graue Strickjacke hindurch, wie seine Rippen sich krampfhaft hoben und senkten.

»Dad? Was ist denn?«

»Es tut mir leid«, schluchzte er. »Ich will doch keine Last sein.«

»Du bist keine Last«, verwahrte sie sich. »Sei nicht albern.«

»Du bist so lieb zu mir«, sagte er. »Und ich mache dir nichts als Mühe.«

Er nahm die andere Hand vom Geländer, um sich abermals über die Augen zu wischen, und Eve ächzte, als sich sein Gewicht verlagerte, so dass sie sich anstrengen musste, um ihn aufrecht zu halten, selbst mit beiden Händen an seinem Rücken.

»Du machst keine Mühe, Dad. Ich hab dich doch lieb, und ich bin gern hier bei dir ...«

Sie stellte ihre Füße anders hin, um selbst das Gleichgewicht zu halten, während er über ihr schwankte. Unwillkürlich schaute sie rasch über die Schulter, als könne ihr vielleicht jemand helfen, aber natürlich war niemand da.

»Kannst du dich am Geländer festhalten, Dad?«

»Wer ist Dad?«

»Kannst du dich am Geländer festhalten?«

»Hä?«

»Kannst du dich am Geländer festhalten? Und weiter die Treppe raufgehen? Ich kann dich nicht mehr lange halten.«

»Hä?«

»Geh einfach weiter!«, sagte sie energisch. »Geh weiter!« Und Duncan fand endlich mit der Hand das Geländer und setzte zu einem zittrigen neuen Schritt an.

Erleichtert blies Eve die Backen auf, als sie ihren gefährlichen Aufstieg fortsetzten.

Schon fast oben angekommen, hielt er abermals an.

»Was ist denn jetzt?«, fragte Eve.

»Warum sind wir stehen geblieben?«, wollte er wissen.

»Du bist stehen geblieben«, erwiderte Eve. »Nicht ich.«

Dann zeigte Duncan von Neuem auf seine Füße. »Wo sind meine Schnürsenkel?«, fragte er.

9. Kapitel

Stan Reddy zog die Schultern hoch, um sich vor dem herumwirbelnden Schnee zu schützen, der um die Ecke des Everyman Cinema fauchte, und hielt sich dicht an der Hauswand, um nichts von dem Schmutzwasser abzukriegen, das vorbeifahrende Autos verspritzten.

Er hoffte, dass der neue Liam-Neeson-Film das lange Anstehen wert war, sicher war er sich jedoch nicht.

Stan war ein großer Fan von Liam Neeson, so langsam aber ging ihm die Geduld aus.

So was passierte immer den besten Schauspielern. Sie erschienen plötzlich auf der Bildfläche, mit Mordstalent und Mordseiern, und wurden als der neue Brando oder der neue De Niro gefeiert. Sie machten ein paar Filme, die einen stolz sein ließen, ein Mann zu sein. Filme, in denen sie ihre Körper stählten, sich blutige Knöchel holten, das Gute verteidigten und auf der Jagd nach einem noblen Ideal alles opferten. Filme, die einen richtig in Wallung brachten, bei denen man richtig leidenschaftlich wurde und bereit war, ihnen in die Schlacht oder überall sonst hin zu folgen, wohin sie einen eben mitnehmen wollten.

Und dann wurden sie faul.

Früher oder später büßten alle Schauspieler ihren Hunger, ihre Leidenschaft und ihre unverbrämte Ehrlichkeit ein und fingen an, es nur noch des Geldes wegen zu machen.

Schlecht geschriebene Blockbuster und unbedacht ausgesuchte Liebesfilme oder diese Streifen, wo sie es *noch einmal* auf einen Oscar anlegten, indem sie einen Verrückten oder einen Krüppel spielten oder einen Typen ohne Haut.

Oder Zeichentrickfilme.

Das war Stans Lieblings-Hassobjekt: erwachsene Männer, von ihm einst als Helden verehrt, als animierte Strauße oder Cartoon-Fische.

Sogar De Niro war nicht mehr De Niro, mit all diesen Komödien und Gastauftritten, die an seiner Legitimität nagten, seinen eigenen Mythos zerstörten, Rolle um Rolle. Und Brando hatte nach *Der Pate* nicht mal so getan, als sei er noch hungrig. Der hatte einfach nur auf seiner Insel gehockt, umgeben von dunkelhäutigen Mädels, und war fetter und fetter und fetter geworden …

Durch Geld und Ruhm und Ego korrumpiert, verloren sie alles aus dem Blick, was sie eigentlich tun sollten und warum sie überhaupt damit angefangen hatten.

Und jetzt fürchtete Stan, dass es Liam genauso ergehen könnte. Der düstere, wortkarge Ire, dessen Intellekt ständig mit seiner Physis gerungen hatte, machte wieder und wieder und wieder den gleichen Film, aber jedes Mal schlechter, in einer deprimierenden Umkehr des kreativen Prozesses.

Stan empfand das als eine fürchterliche Schande.

Warum setzte sich niemand mehr würdevoll zur Ruhe und spielte Golf?

Oder starb an Krebs?

Früher, da waren mal *alle* Großen an Krebs gestorben –

Bogie und Gary Cooper und Steve McQueen. Vielleicht war das ja das Problem mit Hollywood. Keiner von diesen Scheißern starb mehr an Krebs.

Stan seufzte. Jetzt hatte er sich selbst runtergezogen. Er sollte wirklich nach Hause gehen. Warum für einen Film Schlange stehen, der ihm wahrscheinlich nicht gefallen würde? Rasch schaute er auf die Uhr. Wenn er jetzt ging, könnte er sich noch ein, zwei Bier im Archers genehmigen, bevor die zumachten. Vielleicht jemanden auftreiben, der Lust auf eine Partie Backgammon hatte. Stan spielte in einer Backgammon-Liga und konnte bei Pub-Partien für gewöhnlich genug gewinnen, um seine Getränke zu bezahlen.

Manchmal sogar eine Pastete.

Gerade als er schon beinahe beschlossen hatte, genau das zu tun, setzte sich die Schlange in Bewegung. Also rückte er mit vor, musste aber fast sofort wieder stehen bleiben, weil der Typ vor ihm auf seinem Handy *Candy Crush* spielte und nicht mitbekommen hatte, dass es weiterging.

»'tschuldigung«, sagte Stan, und als nichts passierte, tippte er dem Mann auf die Schulter.

»Was'n?« Finster blickte der Mann sich um, Aggression mit Bürstenschnitt.

»Es geht weiter«, sagte Stan.

»Jetzt bleib mal in der Scheißbluse, Mann.«

Stan war völlig verdattert. »Das ist doch kein Grund, unhöflich zu werden.«

»Na ja, behalt eben deine Flossen bei dir, Wichser.«

Stan war wie vor den Kopf geschlagen. Er schaute rasch über die Schulter, doch das Pärchen hinter ihm sah glatt durch ihn hindurch, und die Leute dahinter taten so, als hätten sie gar nicht gemerkt, dass es vorne weiterging. Die würden keine Hilfe sein, wenn hier irgendwas hochkochte. Und allein konnte Stan auch nicht mehr viel tun. Er hatte ein kaputtes Knie, deswegen war er ja Rettungshelfer und kein Feuerwehrmann. Und obgleich der Kerl viel kleiner war als er, sah er fitter und zwanzig Jahre jünger aus und schien – was am gefährlichsten war – auf Streit aus zu sein.

Was Stan definitiv nicht war.

Es waren nur Stans liebevollen Erinnerungen an Liam Neesons nobles Frühwerk, die ihm den Mut gaben, überhaupt etwas zu erwidern.

»Ein paar von uns sind hier, um sich einen Film anzusehen«, bemerkte er – strebte dabei einen überlegenen Ton an und brachte nur einen kleinlichen zustande.

»Na, wer hindert dich denn daran?«, blaffte der Mann. »Hä? Wer hindert dich daran, verdammte Scheiße?«

»Na ja«, setzte Stan an und traute sich dann doch nicht, *Na, du* zu sagen. Stattdessen endete seine Erwiderung mit einem dürftigen »Alle gehen rein«.

»Na, ich geh doch rein«, sagte der Mann. »Wir gehen alle rein. Herrgott noch mal, jetzt krieg doch nicht gleich solche Scheißpanik.«

»Ich kriege doch gar keine Panik«, antwortete Stan, und der Mann tat so, als würde er auf ihn losgehen, woraufhin Stan blinzelnd über den Gehsteig in Richtung Bordstein stolperte.

»Doch, tust du«, höhnte der Mann und wandte sich an den Rest der Warteschlange. »Schaut doch mal, was für Scheißpanik der kriegt!« Dann lachte er und schlenderte zur Kinokasse. Der Rest der Schlange folgte ihm widerspruchslos; die Leute schlurften an Stan vorüber, ohne ihn anzusehen.

Ein Auto kam vorbeigerast, und eine Bugwelle aus Schneematsch klatschte von hinten gegen Stans Beine. Er seufzte. Er sollte nach Hause gehen. Das Pub vergessen. Das Backgammon vergessen. Einfach nur seine Hosen vor das Gasfeuer im Kamin hängen und sich die Sendung über klassische britische Autos ansehen, die er aufgenommen hatte. Über damals, als die Briten noch gewusst hatten, wie man Autos baute. Bristols und Jaguare und alle Triumphs vor dem TR7. Wenigstens konnte die Vergangenheit ihn nicht enttäuschen.

Aber warum *sollte* er eigentlich nach Hause gehen?

Bei dem Gedanken legte sich Stans Stirn in Falten.

Würde Liam Neeson nach Hause gehen, bloß weil irgend so ein Idiot – irgend so ein unterentwickelter, hirnloser *Volltrottel* – ihn angepflaumt hatte?

Nein, dachte Stan, das würde Liam Neeson ganz bestimmt *nicht* tun.

Also kaufte Stan sich aus Prinzip eine Kinokarte, obgleich ihm die Hose nass und kalt am Hintern klebte, und verbrachte dann zehn Minuten mit dem Versuch, seinen Arsch über einem Airblade-Händetrockner zu trocknen, ehe er seinen Platz im dünn besetzten Saal einnahm.

Er wünschte, er hätte es sein gelassen. Der Film war überlaut und voller sinnloser Gewalt und achtloser Handlungslücken. Als wäre das nicht schon schlimm genug, lachten auch noch zwei Halbwüchsige auf der anderen Seite des Mittelganges bei jedem blutigen Tod lauthals, und irgendjemand trat von hinten gegen Stans Sitz – zweimal und mit voller Kraft –, woraufhin er sich verspannte und auf ein drittes Mal wartete.

Und der Gipfel war der verräterische Schein eines Handys, das irgendein Idiot hinter ihm benutzte, dessen Aufmerksamkeitsspanne offenbar so gering war, dass selbst Massenmord ihn nicht zu fesseln vermochte.

Normalerweise hätte Stan sich umgedreht und den Übeltäter zuallermindest mit einem bösen Blick bedacht. Vielleicht hätte er sogar etwas gesagt.

Aber nicht heute Abend.

Heute Abend hatte er schon allein dadurch Widerstand geleistet, dass er sich hier hingesetzt hatte.

Also saß Stan weiter da, starrte stur geradeaus und sah sich den Film an – gepeinigt von seiner eigenen Feigheit und einem feuchten Hosenboden.

Und hinter ihm saß der Mörder …

Kevin Barr hatte es nie verwunden, nur eins zweiundsechzig groß zu sein.

Da Gutmütigkeit und Grips bei ihm genauso zu kurz gekommen waren, kompensierte er dies, indem er immer sofort auf aggressive Abwehr schaltete.

Barr war schließlich so geübt im Abwehren, dass sein ganzes Leben zu einer Litanei zorniger Attacken geworden war. Er konnte keine Zeitung kaufen, ohne den Verkäufer wegen einer Schlagzeile anzupöbeln, die ihm nicht passte, oder sich einen Burger bestellen, ohne irgendeinen halbwüchsigen Pommes-Verkäufer aufzufordern, »das draußen zu klären«.

Entsprechend selten musste er sich prügeln. Die meisten Leute waren so verdattert über seine grundlose Wut, dass außer Sturzbetrunkenen nur wenige seine Herausforderung jemals annahmen, und Sturzbetrunkene waren leicht zu besiegen.

Barr bezog sein Selbstvertrauen aus der verblüfften Furcht in den Augen der anderen.

So wie dieser alte Penner in der Warteschlange. Man konnte sich doch nicht einfach von anderen Leuten anfassen lassen, als hätten die ein Scheiß*recht* dazu. Man musste denen doch zeigen, dass man sich nicht rumschubsen ließ, und zwar gleich von Anfang an. So was musste man doch *im Keim* ersticken, verdammte Scheiße noch mal.

Er war spät reingekommen, der Penner, war im Dunkeln die Reihe vor ihm entlanggestolpert, eine dicke, fette Silhouette auf der Leinwand, wie eine Schießstand-Zielscheibe, mit einem Ben&Jerry's-Becher in der einen und seiner abgerissenen Kinokarte in der anderen Hand.

Dämlicher Scheißer.

Barr hoffte, dass der Mann sich weiter streiten wollen würde; dadurch, dass er in dem schräg abfallenden Zuschauersaal hinter ihm saß, würde er nämlich fünfzehn Zentimeter größer sein …

Aber der blöde Scheißer drehte sich nicht um. Saß einfach da und sah zu, wie Liam Neeson es krachen ließ, mümmelte seinen Scheißfraß, hatte zu viel Schiss, um auch nur ein *Scheißwort* zu sagen.

Stan stand auf, sobald der Abspann dessen begann, was bestimmt das allerschlimmste Kinoerlebnis gewesen war, dass jemals jemand gehabt hatte. Sein Hintern war immer noch feucht, aber jetzt war er warm, dadurch fühlte es sich an, als hätte er sich in die Hose gepisst. Er seufzte, nahm seinen Eisbecher und wandte sich zum Gehen.

Und fuhr zusammen.

Der Volltrottel aus der Warteschlange saß in der Reihe hinter ihm, die Arme ausgebreitet und einen dreckigen Stiefel ungehobelt auf die Lehne des Sitzes vor ihm gelegt. Die Augen halb geschlossen, sah er ihn mit starrem Grinsen an.

Rasch schaute Stan weg.

Wenn der Mann etwas sagte, würde Stan so tun, als hätte er es nicht gehört. Das Letzte, was er wollte, war, wieder Streit anzufangen.

Doch der Mann fing keinen Streit an. Er rührte sich überhaupt nicht. Stan riskierte im Vorbeigehen einen zweiten kurzen Blick. Er schien zu schlafen.

Erschöpft davon, ein Arschloch zu sein.

Aber irgendetwas an ihm war nicht ganz richtig, und Stan wurde langsamer und sah noch einmal genauer hin.

Die hingelümmelte Haltung des Mannes war fast *zu* lässig, *zu* haltlos, und die verschwommenen Lichtstreifen des Abspanns, die an seiner Gestalt hinaufhuschten, machten den streitsüchtigen kleinen Scheißer zu etwas Faszinierendem, so dass Stan stehen blieb, seltsam gebannt von diesem Bild.

Die Augen zwischen den halb geschlossenen Lidern waren ausdruckslos, und das Grinsen war starr und zahnlückig – und Stan verspürte ein warnendes Flattern im Magen.

Behutsam stupste er den Stiefel des Mannes mit den Fingerknöcheln an und sagte: »Hey, der Film ist zu Ende.«

Der Stiefel rutschte von der Lehne, und das Bein plumpste schwer zu Boden.

Der Mann war nicht bei Bewusstsein.

Augenblicklich war Stan im Arbeitsmodus. Er kletterte unbeholfen über die Sitze und rief um Hilfe, noch während er am Hals des Mannes nach einem Puls tastete.

Nichts.

Scheiße!

Hier stimmte doch was nicht. Der Kopf des Mannes war nicht nach hinten auf die Lehne gekippt, wie es sein müsste. Er wirkte irgendwie *steif.* Das Kinn auf der Brust, als wäre es mit Gewalt dorthin gedrückt worden. Und jetzt konnte Stan sehen, dass die Zahnlücke gar keine Lücke war, sondern ein *Ding* – irgendein schwarzes Ding ragte aus dem Mund des Mannes hervor, klemmte zwischen den Zähnen. Hatte er sich verschluckt? Aber an was?

Stan berührte das schwarze Ding und zuckte zusammen.

Spitz!

Stahl.

»Was zum *Teufel* ...«

Vorsichtig griff er um den Kopf des Mannes herum und stellte fest, dass das Einzige, was ihn aufrecht hielt, der Griff eines Messers war, das in sein Genick getrieben worden war.

Und plötzlich brach Stan der kalte Schweiß aus, denn er begriff, was geschehen war. Nicht *wie* oder *warum* es geschehen war, aber er verstand den Ablauf: den Weg, den das Messer auf seiner Bahn zum Mord durch den Mann hindurch genommen haben musste. Er wusste, dass das Messer sehr scharf sein und eine zweischneidige Klinge haben musste. Er wusste, dass es mit enormer Wucht und großer Präzision an der Schädelbasis hineingerammt worden sein musste, in den extrem schmalen Spalt zwischen den Hinterhauptknochen. Dabei musste es das Rückenmark durchtrennt haben und dann *so schnell* durch die hintere Rachenwand und den Mund gestoßen worden sein, dass es dort wieder herausgekommen war, bevor sich die Zähne im Tod geschlossen hatten.

Um Stan herum versammelten sich Leute – ein paar Kinobesucher und Platzanweiser. Verschwommen war ihm bewusst, dass irgendjemand mit einem Handy filmte. Über so etwas hatte er sich früher immer wahnsinnig aufgeregt, jetzt passierte das ständig; abartige Clips tauchten auf YouTube auf. Er hatte gerade andere Dinge im Kopf.

Mit einem Finger drückte er gegen den Messergriff. Die Klinge steckte fest in ihrer menschlichen Scheide, und als er den Finger wegnahm, war der klebrig von Rückenmarksflüssigkeit.

Das Arschloch war unwiderruflich tot.

Stan konnte nicht so tun, als täte es ihm leid. Wenn überhaupt, verspürte er ein schuldbewusstes kleines Hochgefühl. Er war schließlich auch nur ein Mensch.

Er wischte seine Hand an den Jeans des Toten ab.

»Er ist ermordet worden«, verkündete er einer Angestellten des Kinos feierlich, die mit großen Augen dastand, einen schwarzen Müllsack und einen Abfallgreifer in der Hand.

»Ermordet?«, fragte sie.

»Richtig«, bestätigte Stan. »Er ist erstochen worden.«

»Erstochen?«, fragte das Mädchen.

»Ja«, sagte Stan geduldig. »Jemand muss die Polizei rufen.«

Das Mädchen rührte sich nicht vom Fleck. Sie war gekommen, um Popcornkübel und Pepsibecher einzusammeln, und war mit einer Leiche überfordert.

Also bemühten sich ein halbes Dutzend Schaulustige eilig, der Erste zu sein, der anrief, während Stan sein eigenes Handy zückte und die mit dunklem Teppich bedeckten Stufen zu den teuren Plätzen hinaufstieg, die er sich nicht leisten konnte.

Dort setzte er sich und rief Eve Singer an.

Duncan ging ans Telefon.

»Hallo?«, sagte er.

Es klingelte wieder, tief in sein Ohr hinein. Stirnrunzelnd schaute er auf das Display und hob es dann in der Pause zwischen zwei Klingeltönen abermals ans Ohr.

»Hallo?«

Es klingelte noch einmal, und er zuckte zusammen; also machte er das Ding aus und schob es unter ein Sofakissen. Dann nahm er die Fernbedienung zur Hand und sah sich weiter *How It's Made* an. In dieser Folge ging es um Bugholzstühle, Kartoffelchips und Baseballhandschuhe – all das kam aus diversen Maschinen, von Bändern, Drehbänken und Spindeln, die alle rumpelten und hämmerten und rollten.

In so einem Bugholzstuhl steckte eine Menge Arbeit.

»Für etwas so *Beschissenes*«, höhnte er und lachte dann über sich selbst.

»Wer hat da angerufen?«

Duncan hob die Fernbedienung ans Ohr. »Hallo?«

Aber es meldete sich niemand. Er sah das Ding finster an.

»Jemand, der sich einen Scherz erlaubt!« Er legte auf, und aus *How It's Made* wurde eine Kochsendung.

»Dad, ich bin's. Ich bin hier. Wer hat da angerufen?«

Er blickte auf. In der Tür stand eine junge Frau. Nicht die dicke Frau, sondern eine schlanke Frau in einem Bademantel.

»Jemand hat angerufen«, teilte er ihr mit.

»Ich weiß«, sagte sie. »Was hat er gesagt?«

»Sie haben gesagt, jedes Stück Holz wird vierundzwanzig Stunden lang in hundertsiebzig Grad heißem Dampf gebogen. Hast du gebadet?«

»Ja. Wo ist das Telefon?«

»Hast du die Rechnung bezahlt?«

»Die Telefonrechnung?«

»Die Wasserrechnung.«

»Ja«, sagte sie. »Ich habe die Wasserrechnung bezahlt.«

Duncan war ratlos. Es war doch sein Haus und seine Badewanne, und er wollte nicht, dass hier jeder X-Beliebige einfach reinkam und dachte, er könnte da einfach reinhüpfen, wenn ihm danach war, auch wenn er die Rechnung bezahlte.

»Wo ist das Telefon, Dad?«

»Wieso bezahlst du meine Rechnungen?«, wollte er wissen. »Warum gehst du nicht nach Hause und bezahlst deine eigenen Rechnungen. Und wer ist dieser *Dad*?«

Wieder seufzte sie. »Das bist du. Du bist Dad, und ich bin Eve, deine Tochter.«

»Oh«, stieß er gekränkt hervor. »Ich wusste gar nicht, dass ich eine *Tochter* habe.«

»Eine Tochter *und* einen Sohn. Eve und Stuart.«

»Oh«, sagte er noch einmal. »Na ja, nett, dich kennenzulernen.«

»Gleichfalls«, antwortete sie. »Wo hast du das Telefon hingetan?«

»Hier.« Er reichte ihr die Fernbedienung. »Ruf bei der BBC an«, wies er sie an und deutete auf den Fernseher. »Und sag denen, keine Lesben mehr.«

10. Kapitel

5. Dezember

Eve fand ihr Handy erst am nächsten Morgen, und als sie Stans Nachricht abhörte, war ihr Vorsprung bei der Story dahin.

Als sie und Joe es endlich zu dem Kino in der Baker Street schafften, waren bereits drei andere Nachrichtenteams da.

»*Scheiße!*«, fauchte Eve, als sie anhielten. »So ein Mist.«

Joe schwieg. Er war nicht der Typ, der anderen Salz in die Wunden streute. Aber Eve war auch nicht der Typ, dem man Salz irgendwohin zu streuen brauchte. Ihr war klar, dass sie bei dieser Story ganz vorn hätte dabei sein müssen, anstatt jetzt hinterherzuhecheln.

Trotzdem, Stan Reddy gab ihnen ein Interview, das so toll war, dass sie es nicht würden verwenden können, weil es einfach zu anschaulich war – selbst nachdem Eve ihn gebeten hatte, einige Dinge für die Öffentlichkeit anders zu formulieren.

Dinge wie »Mir ist Rückenmarksflüssigkeit über die Finger gelaufen«.

Lecker.

Aber es gab noch andere Details, wie die Tritte gegen den Sitz und das Licht eines Handys, die ein sehr lebensnahes Bild des Kampfes auf Leben und Tod zeichneten, der sich hinter der rechten Schulter des Rettungshelfers abgespielt hatte, während auf der Leinwand unechte Gewalt getobt hatte.

Wenn sie keine Bilder hatten, war es Eves Aufgabe, in den Köpfen ihres Publikums welche zu erschaffen, und das tat sie mit geübter Leichenschänder-Mentalität.

Waren die Tritte die Todeszuckungen des Opfers gewesen?

Hatte der Täter sein makabres Werk etwa *gefilmt*?

Und, am allerbesten: *Wissen Sie, wer hinter Ihnen sitzt?*

Es war alles darauf angelegt, das Herz jedes Zuschauers mit Angst zu erfüllen, denn Angst war in Sachen Quoten der garantierte Sieger.

Stan versicherte ihr, dass er mit keinem anderen Nachrichtensender gesprochen hätte – vermutlich in Erwartung, dieses Jahr eine größere Flasche zu Weihnachten zu bekommen –, also waren sie den anderen immer noch voraus. Aber nur noch gerade eben so.

Ins Kino durften sie nicht hinein, nicht einmal, um ganz allgemeine Filmaufnahmen von der Lobby und den Kassen zu machen. Und es kreuzten immer mehr Fernsehcrews auf, während sie kostbare Zeit damit vergeudete, sich mit dem Kinomanager herumzustreiten – ein dürrer Jungspund, der anscheinend aus allem herausgewachsen war, außer aus seiner Pubertätsakne.

Am liebsten hätte Eve losgeschrien.

Sie hätten *gestern Abend* hier sein müssen. Dann hätten sie sogar vor der Polizei am Tatort sein können. Sie hätten den Manager oder die Kartenverkäuferin so geschockt antreffen können, dass sie sich Zugang zum Saal hätten verschaffen können. Stattdessen saßen sie jetzt mit nichtssagenden Außenaufnahmen des Kinos da und mit ein paar Nahaufnahmen von Filmplakaten. Bildern, die sich *jeder* beschaffen konnte. Sogar Guy Smith, stellte Eve mit entrüstetem Backenaufblasen fest, als der Wagen von News 24/7 rücksichtslos auf dem Gehsteig parkte.

Guy stieg aus und rückte seine Krawatte zurecht, wobei er das Beifahrerfenster als Spiegel benutzte, ehe er sich dem Medienrummel auf dem Gehsteig anschloss.

»Schon gekotzt?«, fragte er Eve.

»Schon Mark Franco gefunden?«, schoss sie zurück.

»Touché«, meinte Guy. »Allerdings habe ich so einen alten Knacker gefunden, der behauptet hat, er wäre in einem früheren Leben Napoleons Vorkoster gewesen.«

»O prima«, sagte Eve. »Dann war der Tag ja nicht ganz für die Katz.«

Joe schnaubte, und Guy warf ihm einen vernichtenden Blick zu. Dann zupfte er auf eine Art und Weise an den Fransen von Eves Wollschal, die er offenbar für verspielt hielt anstatt für ungeheuer nervig.

»Was waren *Sie* denn in einem früheren Leben, Eve?«

»Genauso empfindlich, Guy.« Sie riss ihm den Schal aus der Hand und stopfte die Enden in ihren Mantelkragen.

»Ist ja gut«, brummte er. »Ganz ruhig.«

Eve stellte das Nackenfell auf. Sie konnte es nicht ausstehen, wenn man ihr sagte, sie solle ganz ruhig bleiben, und sie dabei doch schon ganz ruhig war. Genauso gut hätte ihr Guy auf den Hintern klopfen und ihr sagen können, sie solle sich bloß nicht ihr hübsches Köpfchen zerbrechen.

»Ross hat angerufen«, verkündete Joe plötzlich. »Wir müssen los.«

Widerwillig folgte Eve ihm zurück zu dem Volvo von iWitness.

Aus irgendeinem Grund ging Guy neben ihr her, als gehöre er zu *ihrer* Crew und nicht zur Konkurrenz. Als liefe er dabei nicht Gefahr, sich eine dicke Lippe einzufangen.

»Kommen Sie schon, Eve«, jaulte er. »Gehen Sie mit mir was trinken.«

Sie sah ihn nicht an. »Klar. Kann mein Freund auch mitkommen?«

»Sie haben gar keinen Freund. Das weiß doch jeder.«

»Echt?«, fragte sie zurück. »Mike wird *bestimmt* enttäuscht sein zu erfahren, dass ich ihn mir nur eingebildet habe.«

»Mike, Blödsinn«, knurrte Guy. »Welches Sternzeichen ist er?«

»Steinbock.«

»Wie heißt seine Mutter?«

»Sylvia.«

»Was hat er Ihnen letztes Jahr zu Weihnachten geschenkt?«

Eve fingerte an dem herzförmigen Medaillon herum, das an einer dünnen Goldkette um ihren Hals hing. Ihr Vater hatte es ihr zum siebenundzwanzigsten Geburtstag gekauft. Als er sich zum letzten Mal an ihren Geburtstag erinnert hatte.

Jetzt konnte er sich nicht mehr an eine Tochter erinnern.

Guy war abgeblitzt.

Aber nur ganz kurz; am Auto holte er sie wieder ein.

Allmählich dachte Eve, dass sie Guy Smith unterschätzt hatte. Beharrlich war er auf jeden Fall, und für einen Reporter war das schon die halbe Miete.

Er beugte sich zu ihr herüber und senkte verschwörerisch die Stimme. »Hören Sie, wenn Sie, Sie wissen schon, *lesbisch* sind oder so, dann sagen Sie's mir einfach. Ich sag's auch nicht weiter.«

Er verschloss seine Lippen und warf symbolisch den Schlüssel weg.

Eve bedachte ihn mit einem Blick, bei dem ein Mammutbaum verdorrt wäre.

Guy bemerkte ihn kaum. »Okay, hören Sie zu«, sagte er, als wären sie mitten in einer Art Verhandlung, von der sie beide profitieren könnten, »sagen wir mal, Sie hätten sich diesen Mike *doch* nur eingebildet, würden Sie dann mit mir ausgehen?«

»Nein.«

»Warum denn nicht?«, verlangte er zu wissen.

Beinahe hätte Eve den Schlag ein wenig abgemildert. Doch Guy Smith hatte irgendetwas an sich, das die Milch der Menschenliebe glatt aus ihr heraussaugte und sie auf den Boden spuckte.

Also zog sie die Tür des Crew-Autos auf und erwiderte: »Ich *bilde mir ein,* dass ich was Besseres kriegen könnte.«

Als sie losfuhren, kochte Eve vor Wut.

»Hast du *gehört,* was das Arschloch gesagt hat?«

»Ja, ich weiß!«, sagte Joe.

»Wenn ich *lesbisch* bin ... Bei solchen Kerlen wünsche ich mir immer, ich *wäre* lesbisch!«

»Ja, ich *weiß*!«, sagte Joe und fing an zu lachen.

»Ich weiß, dass du das weißt!«, schrie sie und lachte dann ebenfalls los.

Es stimmte: Joe kannte sie besser als jeder andere. Während der letzten Jahre hatten sie so viele Stunden miteinander verbracht. In diesem Auto oder draußen vor x-beliebigen Gebäuden, hatten über Blut gekichert, sorgsame Beiträge zusammengeschnitten, sodass die Leute *dachten,* sie hätten Blut gesehen, und die herausgeschnittenen Teile für die Redaktions-Weihnachtsfeier aufgehoben. Das abgetrennte Bein, das in der Canary Wharf schaukelte und auf dem eine Möwe hockte; Guy Smith, wie er beim Lesen einer Pressemitteilung lautlos die Lippen mitbewegte. Und Eve, wie sie vor laufender Kamera völlig blödsinnig das Wort »Coroner« – Rechtsmediziner – ein ums andere Mal wiederholte, bis es so vollständig jegliche Bedeutung verloren hatte, dass es nicht mal mehr wie Englisch klang.

Jetzt grinste sie, während die Spannung des Morgens allmählich nachließ.

»Also, was wollte Ross denn?«

»Nichts. Ross hat gar nicht angerufen. Ich dachte nur, wir sollten abhauen, bevor du Guy eine knallst.«

»Aber wir können nicht abhauen, Joe! Wir haben noch keine Bilder von dem Leichensack!«

»Aber dafür haben wir Namen und Adresse des Opfers.«

Eve war plötzlich ganz Ohr. »Ach ja?«

Er nickte. »Kevin Barr. Und es ist auch hier ganz in der Nähe, in Paddington.«

»Und wo hast du das her?«

»Ist Ricky so rausgerutscht. Die von der Spurensicherung haben gerade erst angefangen, also dachte ich, wir können da hinfahren, mit den Angehörigen reden, ein Bild besorgen und rechtzeitig wieder hier sein, um den Sack abzugreifen.«

»Wer ist denn Ricky?«

»Guys Kameramann.« Joe verdrehte die Augen. »Mein Gott, für euch sind wir wirklich nur Linsenträger, stimmt's?«

»Ja«, erwiderte Eve beschwichtigend. »Aber du bist der *Größte* unter den Linsenträgern.«

Ihr Handy klingelte. Es war Ross.

»Habt ihr den Leichensack?«

Nicht etwa *Hallo.* Nicht etwa *Wie geht's?* Nicht etwa *Danke für das tolle Augenzeugeninterview.* Sofort der Leichensack. Das war typisch Ross.

»Noch nicht«, antwortete sie. »Aber was ist mit dem Exklusivinterview?«

»Ja, super«, meinte Ross ohne große Begeisterung – anscheinend, weil Rettungshelfer Stan weder sexy noch blond war.

Oder tot.

»Wo sind Sie jetzt?«

»Wir haben einen Tipp bekommen, in Bezug auf die Familie des Opfers. Das haken wir jetzt ab und kommen dann zurück.«

»Okay«, brummte er widerwillig. »Aber verpasst ja den Leichensack nicht.«

Eve drückte das Gespräch weg und wandte sich an Joe. »Wieso gibt Ricky plötzlich Infos an uns weiter?«

Joe zuckte die Achseln. »Wir Linsenträger müssen wohl zusammenhalten.«

Sie lächelte, dann sagte sie: »Also weiß jeder, dass ich keinen Freund habe?«

»Die meisten«, erwiderte Joe.

Eve nickte und kaute auf ihrem Daumennagel herum. »Glaubst du, die meisten Leute denken, ich bin lesbisch?«

»Klar.« Er nickte fröhlich. »Alle außer mir.«

Die Adresse, die Ricky Joe gegeben hatte, war eine Wohnung über einer Burger-Bar in der Nähe der Praed Street. Bei dem Geruch fühlte Eve sich in ihre Studentenzeit zurückversetzt, als sie sich quasi nur von Salz und heißem Fett ernährt hatte. Bei der Erinnerung lief ihr das Wasser im Mund zusammen.

Neben der Tür war ein Panel mit sechs Klingelknöpfen, jeder mit einem Namensschild. Auf dem ganz oben stand in grüner Tinte »Barr«.

Eve atmete tief durch. Sie hatte schon viel zu lange so an irgendwelche Türen geklopft. Türen, die Familien gehörten, die den Tag genau wie andere Familien begonnen, ihn jedoch als etwas ganz anderes beendet hatten. Als etwas Zerbrochenes, Trauriges und unerträglich Verändertes.

Der erste Kontakt mit Hinterbliebenen war niemals einfach, aber da musste jeder Reporter durch, oder er musste den Job wechseln.

»Ich hasse so was«, bemerkte sie.

»Ich auch«, sagte Joe.

»Ja, aber *die* hassen *dich* nicht«, gab sie zurück. »Aus irgendeinem Grund hassen sie nie den Typen hinter der Kamera. Immer nur den Reporter.«

Joe nickte feierlich. »Das kommt, weil sie wissen, dass der Affe immer nur zur Melodie des Leierkastenmanns tanzt.«

Eve kicherte und funkelte ihn dann wütend an. »Bring mich bloß nicht zum Lachen! Ich mein's *ernst,* Joe! Die Leute hier sind in Trauer, und du bringst mich zum Lachen!«

»'tschuldigung.«

Eve drückte auf die Klingel für die Wohnung ganz oben im Gebäude. Nichts rührte sich.

»Na kommt schon, Trauernde«, sagte sie kalt und fühlte, wie sich jene eisige Spitze zwischen ihr Herz und ihren Kopf drängte.

Ein Knistern war zu hören, und dann sagte eine Männerstimme: »Ja?«

»Hallo, ist dort Mr Barr?«

»Ja.«

»Der Vater von Kevin Barr?«

»Ja.«

»Mr Barr, entschuldigen Sie die Störung, Sir. Hier ist Eve Singer von iWitness News. Ob wir Sie wohl kurz sprechen könnten?«

Eine kurze Pause und ein geflüsterter Wortwechsel im Hintergrund. Dann sagte Mr Barr: »Ich komme runter«, und die Gegensprechanlage verstummte.

Eve und Joe wechselten hoffnungsvolle Blicke und warteten.

Währenddessen begann es von Neuem zu schneien.

Eve fand Schnee in den Vororten wunderschön, wo er alles magisch und still werden ließ; Schnee mitten in London jedoch war nie dasselbe. Hier schien er schon beim Fallen nass und deprimiert zu sein – als wüsste er, was ihn erwartete, wenn er erst mal auf dem Boden gelandet war, und gäbe sich deswegen von Anfang an keine Mühe. Durchaus zu Recht, da der Schnee hier langsam seiner elenden Bestimmung entgegentaumelte, nämlich grünen Plastiksäcken mit Recyclingmüll, die vor der Ladenreihe aufgestapelt waren.

Schritte kamen auf die Tür zu; das Rasseln des Türschlosses.

Eve holte tief Luft.

Der Mann, der die Tür öffnete, war klein, rundlich und

trug einen roten einteiligen Hausanzug, in dem er aussah wie der Weihnachtsmann.

»Mr Barr?«

»Ja.«

»Es tut uns schrecklich leid, dass wir Sie …«

Ohne Vorwarnung kippte der Mann einen Eimer Wasser über ihnen aus. »Scheiß-Pressegeier!«, sagte er und knallte die Tür zu.

»Scheiße!«, zischte Joe. Er wandte sich ab und untersuchte hektisch seine Kamera, während Eve mit offenem Mund dastand, an ihren klatschnassen Kleidern hinuntersah und spürte, wie das eiskalte Wasser zwischen den Knöpfen hindurchrann und ihr unter die Brüste und am Bauch hinunterlief.

»Die Kamera ist im Arsch«, meldete Joe. Er sah Eve an. »Alles okay?«

Sie nickte langsam. Dann sagte sie halblaut: »Arschloch!« und streckte abermals die Hand nach der Klingel aus.

Joes Hand fing die ihre ab. »Lass gut sein, Eve.«

»Einen Scheiß werde ich!« Zornig schüttelte sie ihn ab und drückte mit dem Zeigefinger auf den Klingelknopf.

Sofort ging die Tür auf.

»Er hat gesagt, dass Sie's noch mal versuchen werden«, stellte Mr Barr fest.

»Wer?«

»Diese Nachrichten-Schwuchtel«, sagte er. »Also …«

Eve bekam den zweiten Eimer Wasser genau ins Gesicht.

Eve hockte auf einer Schreibtischecke und versuchte, ihr Haar mit einem iWitness-Geschirrhandtuch trocken zu rubbeln.

»Warum gehst du nicht einfach mal mit Guy Smith aus?«, wollte Joe wissen. »Das würde uns beiden das Leben leichter machen.«

»Warum gehst *du* nicht einfach mit ihm aus?«, schlug sie vor. »Das würde mir das Leben leichter machen.«

Ihre Kleider hingen über mehreren Heizkörpern in dem geschäftigen Redaktionsbüro, und sie trug die Sportsachen, die sie immer im Büro aufbewahrte und nie benutzte. Lycra-Leggins und ein bauchfreies Top unter Joes Pullover.

»Es tut mir leid«, sagte Joe. »Ich hätte riechen müssen, dass da was faul ist.«

»Ist schon okay. Ich *hab's* gerochen, aber ich habe trotzdem mitgemacht. Wer ist hier also die Dümmere?«

»Du?«, tippte Joe.

»Genau.« Sie nickte. »Und *außerdem* hast du mir ja gesagt, ich soll nicht noch mal klingeln.«

»Stimmt«, meinte Joe mit einem dramatischen Seufzer. »Lass dir das eine Lehre sein.«

»Jep«, meinte Eve reumütig. »Von jetzt an totaler Gehorsam.«

»Ihr habt den *Scheißleichensack* verpasst!«

Beide sahen sich um. Ross kam quer durch den Raum auf sie zumarschiert; er war bereits fuchsteufelswild.

»Die Kamera war nass«, erklärte Joe.

»Ja«, ergänzte Eve. »Und wir auch. Ich war total unterkühlt.«

»Es ist mir scheißegal, ob Sie *Ebola* hatten! Sie werden dafür bezahlt, einen Job zu machen, und ich erwarte, dass dieser Job auch erledigt wird!«

»Das ist nicht fair!«, begehrte Eve auf. »Und wir *haben* unseren Job gemacht! Wir haben das einzige Augenzeugeninterview! *Exklusiv!*«

»Das Publikum will die Leiche sehen. Das ist das Einzige, was die Leute interessiert.«

»Blödsinn«, sagte Eve.

»Ach ja?«, brüllte Ross. »Wir hatten Beschwerden.«

»Das glaube ich nicht.«

»Wir hatten *Beschwerden*«, beharrte er.

»Wer zum Teufel ruft denn bei einem Fernsehsender an, um sich darüber zu beschweren, dass er den Leichensack nicht zu sehen gekriegt hat?«

»Ich würde das tun!« Sie sahen Ross beide verblüfft an, und er zuckte die Schultern. »Ein hübsches Mädchen und ein Leichensack im selben Bild, das hat einfach was. Und offenbar bin ich da nicht der Einzige.«

»Entschuldigung«, bemerkte Eve sarkastisch, »mir war nicht klar, dass ich hier bin, um Ihre perversen Bedürfnisse zu befriedigen.«

»Na, dann schauen Sie mal in Ihren Vertrag«, fauchte er. »Was macht die Kamera?«

»Liegt im Lufttrockner«, antwortete Joe. »In Einzelteilen.«

»Wenn das Ding hin ist, wird's Ihnen vom Gehalt abgezogen.« Er stapfte davon.

»Und was sollen wir jetzt wegen der Familie von Kevin Barr unternehmen?«, rief Eve ihm nach.

Ross drehte sich wieder um und ging weiter, aber rückwärts. »Scheiß auf die Familie«, sagte er. »Jetzt will ich das Röntgenbild von dem Typen mit dem Messer im Kopf haben. Sie wissen schon, wie die von den Welpen, die Pfeile und irgend so 'nen Scheiß verschluckt haben.«

Damit rammte er durch die Doppeltür, und Eve und Joe wechselten leidgeprüfte Blicke.

»So ein Arsch«, fauchte sie.

»Ein Riesenarsch«, pflichtete Joe ihr bei. »Ein Riesenarsch auf Beinen.«

»Und was machen wir jetzt wegen des Röntgenbilds?«

Joe winkte ab. »Ross baut sich doch bloß irgendwelche Luftschlösser. Das kriegt doch niemand.«

»Vielleicht Janey in der Rechtsmedizin …«, spekulierte Eve.

Joe war ein paar Mal mit Janey aus gewesen, jetzt jedoch reckte er beide Daumen nach unten. »Unwahrscheinlich.«

»Nein? Was ist denn passiert?«

»Gar nichts. Sie ist nur … dümmer, als sie aussieht.«

»Das tut mir leid«, beteuerte Eve und tätschelte ihm den Arm.

»Mir nicht.« Er zuckte die Achseln.

»Ich hab euch Suppe gebracht, damit ihr euch aufwärmen könnt.«

Sie drehten sich um und erblickten Katie Merino, die ihnen zwei Pappbecher mit Suppe aus dem Kaffeeautomaten hinhielt.

»Danke«, sagte Eve.

»Ich hab einen Pulli, den du borgen kannst, wenn du möchtest«, bot Katie liebenswürdig an, obwohl sie eindeutig zwei Konfektionsgrößen kleiner trug als Eve.

»Danke«, meinte Joe, »aber ich glaube, der würde mir nicht passen.«

Katie lachte, drückte seinen Bizeps und meinte: »Nein, wahrscheinlich nicht.«

Damit ging sie zu ihrem Schreibtisch zurück.

»Das war nett von ihr«, stellte Joe fest.

»Vielleicht …«, sagte Eve finster.

Sie drehten sich um, als auf den Bildschirmen an der Wand die Sechs-Uhr-Nachrichten anliefen.

»Jeder andere Arsch hat den Scheißleichensack drin!«, brüllte Ross durch die offene Tür seines Büros.

Eve seufzte und befühlte ihre Sachen. Sie waren immer noch feucht. Sie drehte sie um, damit die andere Seite trocknen konnte. »Ich hasse diesen verdammten Job«, verkündete sie voller Inbrunst.

Joe betrachtete sie eingehend. »Was ist denn?«

»Gar nichts«, antwortete sie.

»Nein«, meinte er, »jetzt mal im Ernst, wir haben doch schon öfter mal irgendwelchen Scheiß verpasst. Was ist los?«

Stumm schüttelte Eve den Kopf. Sie vertraute Joe, doch sie konnte ihm nicht sagen, was in ihrem Leben alles falsch lief. Dann würde sie sich erbärmlich und hilfsbedürftig anhören, und ändern konnte doch sowieso niemand etwas, was sollte das also bringen? *Nichts Schlimmes dauerte ewig, alles würde am Ende gut werden* und noch so der eine oder andere optimistische Quatsch.

Sie würde einfach weitermachen.

Also legte sie die Hand auf den feuchten Mantel. »Das Ding ist fast trocken. Ich gehe nach Hause.«

»Doch nicht mitten im Feierabendverkehr«, stieß Joe mit gespieltem Entsetzen hervor. Sie gingen nur selten pünktlich nach Hause, und der Feierabendverkehr war ein Witz, über den sie lachten, um dabei nicht das Gefühl zu haben, beschissen zu werden. Etwas Mythisches, von dem sie gehört, das sie aber nie mit eigenen Augen gesehen hatten.

Eve lächelte schwach.

»Geh nicht nach Hause«, fuhr Joe fort. »Geh mit mir essen.«

»Essen gehen?« Eve war überrascht. Sie und Joe aßen doch andauernd zusammen – Sandwiches vom Stand an der Straßenecke und Take-away im Crew-Auto –, aber sie waren noch nie ganz gezielt zusammen *essen gegangen.*

»Warum nicht?«, meinte Joe. »Wir hatten einen beschissenen Tag, und mir ist nach einem schönen Essen und einer Flasche Wein. Dir nicht?«

»Ich kann nicht«, erwiderte sie. »Danke, aber ich …«

… muss mir die Haare waschen.

»… muss anfangen, Weihnachtsgeschenke zu kaufen.«

Sie wusste nicht, wieso sie Joe anlog. Er hatte keine Ahnung von der Krankheit ihres Vaters. Niemand wusste etwas davon, nur die Ärzte, ihre beste Freundin Charlotte und Mrs Solomon. Eigentlich war das ja blöd, aber anderen Leuten zu erzählen, dass Duncan Singer allmählich den Verstand verlor, wäre ihr wie eine billige Ausrede vorgekommen, und dabei war die Wahrheit doch so komplex und so grauenvoll real.

So real, dass sie vielleicht losheulen würde.

»Aber vielen Dank«, fuhr sie eilig fort. »Darf ich passen?«

»Klar«, sagte er. »Und, weißt du, wir müssen ja nicht essen gehen. Reden können wir jederzeit auch so.«

Sie lächelte und zog ihren Mantel an. »Danke, Joe. Bis morgen.«

»Nacht«, sagte er, beugte sich herab und küsste sie.

Nur auf die Wange, aber eine Überraschung war es trotzdem.

In der schaukelnden U-Bahn nach Isleworth drehte Eve diesen Kuss im Kopf wieder und wieder herum. Es war ein Wangenküsschen gewesen, und Joe war ein Freund und viel zu jung für sie. Doch sie war schon seit Jahren von keinem Mann mehr geküsst worden – nicht mal auf die Wange.

Und dieses freundschaftliche Küsschen gestattete ihr, sich vorzustellen, Joe – oder *überhaupt* irgendjemanden – noch auf einen letzten Drink zu sich nach Hause einzuladen, zum ersten Mal seit langer, langer Zeit.

Sie war ja dermaßen aus der Übung! Wo würde sie anfangen? Alkohol wäre wahrscheinlich ein vernünftiger Ausgangspunkt. Eine schöne Flasche Wein zu … was? Ihrem Standard-Aphrodisiakum Baked Beans auf Toast? Und nach dem Abendessen könnten sie und ihr Verehrer zusammen ihren Vater die Treppe hinaufschieben, ehe sie sich vor dem Fernseher entspannten und zusahen, wie Ofenhandschuhe hergestellt wurden. Und das Ganze untermalt von Musik, die aus den späten Siebzigern übrig geblieben war.

Eve lächelte ihr Spiegelbild in der tunnelschwarzen Fensterscheibe schief an und beschloss, nicht zu viel über den Kuss nachzudenken.

Dann dachte sie den ganzen Heimweg lang viel zu viel darüber nach.

11. Kapitel

»Wir gehen Weihnachtsgeschenke kaufen!«

Stirnrunzelnd blickte Duncan Singer vom Sofa zu ihr auf. »Ich hab zu tun«, sagte er und zeigte auf den Fernseher, wo *How It's Made* lief. »Hast du das schon mal gesehen?«

»Ja«, sagte sie.

»Also, ich nicht«, meinte er. »Ist wirklich gut. Die machen da alles Mögliche.«

Heute machten sie Regenschirme, Taschenmesser und Cowboysättel. Eve hatte diese Folge mindestens zehnmal im Vorbeigehen gesehen und wusste, dass in einem Cowboysattel viel Arbeit steckte. Weißblech und Nieten, und jede Schicht aus dickem Leder musste sorgfältig um die Kanten gezogen werden, damit auch ja alles glatt blieb. *In einem als Schärfen bekannten Verfahren,* dachte sie im Gleichtakt mit der Stimme des unsichtbaren Sprechers.

»Komm schon, Dad«, drängte sie. »Das wird lustig.«

Duncan blickte auf wie zum allerersten Mal.

»Was wird lustig?«

»Weihnachtsgeschenke zu kaufen.«

»Lustig für *dich* vielleicht«, erwiderte er. »Aber was springt für mich dabei raus?«

»Jede Menge. Da gibt's Lichter und Geschenke, und wir treffen uns auf einen Weihnachtskaffee mit Charlotte, einen

Eierpunsch-Latte oder so und eine Fleischpastete, und in allen Geschäften gibt's Christmas Carols. Die magst du doch.«

»Wer ist Carol?«, fragte er argwöhnisch.

Eve kicherte. »Carol ist kein Mensch, das sind Weihnachtslieder«, erklärte sie und fing an, »God Rest Ye Merry Gentlemen« zu singen.

Er stimmte ein, und sie sangen es gemeinsam zu Ende. Er wusste den ganzen Text auswendig und hatte noch immer eine schöne Baritonstimme.

»Also«, lachte Eve, »willst du dir die Carols anhören gehen?«

»Wer ist Carol?«, fragte er argwöhnisch.

»Ich hole mal deinen Mantel«, sagte sie.

Sie holte den Mantel aus dem Schrank im Flur. Er war aus dicker grauer Wolle, uralt und unheimlich schwer. Es schien, als hätte ihr Vater ihn schon ihr ganzes Leben lang gehabt.

Sie brachte ihn ins Wohnzimmer und hielt ihn ihm hin.

»Ist das mein Mantel?«

»Ja«, sagte sie. »Zieh ihn an.«

Er zog ihn an. Seine Schultern beugten sich ein wenig unter der Last.

»Der ist aber warm.«

»Ich weiß«, antwortete sie. »Aber draußen ist es auch echt kalt.«

»Na, dann sollten wir rausgehen«, meinte er, und sie lachte abermals.

»Das ist nicht komisch«, wies er sie gereizt zurecht. »Das ist logisch.«

»Du hast recht«, sagte Eve. »Entschuldige.«

Zusammen standen sie hinter der Haustür, während Eve sich in Mantel, Handschuhe und eine Wollmütze mit dazu passendem Schal hüllte und dann ihre Tasche aufhob und nachsah, ob sie auch Geld, Schlüssel und Handy dabeihatte. Dann öffnete sie die Tür, und ein immer breiterer Streifen blendendes Weiß wurde sichtbar.

»Schnee!«, blinzelte er.

»Richtig!«, sagte Eve. Über Nacht waren noch ein paar Zentimeter mehr gefallen, und alles sah so glatt und gerundet aus unter einem leuchtend blauen Himmel. »Vorsicht auf dem Weg.«

Behutsam stellte Duncan einen Fuß auf den Weg und zog ihn dann rasch zurück, ließ ein zehn Zentimeter tiefes stiefelförmiges Loch in dem Weiß zurück, mit einem Sohlenprofil am Boden.

»Ich möchte meinen Fuß nicht verlieren«, sagte er bedächtig.

»Oh, das wirst du auch nicht«, erwiderte sie. »Hier, halt dich an meinem Arm fest.«

Er hielt sich an ihrem Arm fest, und sie wollte schon den Gartenweg hinaufgehen, doch er rührte sich nicht vom Fleck.

»Komm doch, Dad.«

Doch Duncan Singer schaute sich um, betrachtete den makellos weißen Garten.

»Dad?«

»Was ist?«

»Wir gehen Weihnachtsgeschenke kaufen.«

»Ach ja.«

Wieder trat er in eine seiner eigenen Fußspuren, stellte dann sorgsam den hinteren Fuß vor den vorderen in den frisch gefallenen Schnee und blieb dort wie angewurzelt stehen. Stand wie ein Ägypter.

»Das Taxi kommt gleich.«

»Ich glaube, das ist gefährlich«, sagte er. »Geh ohne mich.«

»Möchtest du denn nicht einkaufen gehen?«, fragte sie.

»Nein«, sagte er. »Ich bin bloß draußen, weil ich doch diesen Mantel anhabe.«

Eve wusste nicht, ob sie lachen oder weinen sollte. Wenn das so weiterging, würde sie ihre Weihnachtsgeschenke noch im Minimarkt am U-Bahnhof kaufen. Schlechten Wein und eine XXL-Packung Tampons. Juhu!

Sie sah ihren Vater an, der nervös im Schnee hin und her schwankte, und seufzte. »Na gut«, sagte sie. »Gehen wir wieder rein.«

Duncan hob den vorderen Fuß und trat damit bedächtig nach hinten auf die Fußmatte, und von dort tappte er rückwärts ins Haus.

Eve schloss die Tür, legte langsam Mütze, Handschuhe und Schal ab und ließ sie mit einem weiteren Seufzer auf den Tisch im Flur fallen. Kein Einkaufen, keine Charlotte, kein Eierpunsch, keine Lichter, Weihnachtslieder und Fleischpasteten.

Scheiße. Und das Taxi würde sie *auch* bezahlen müssen.

»Warst du Weihnachtsgeschenke einkaufen?«, fragte Duncan fröhlich.

Eve zögerte und sagte dann: »Ja.«

»Was hast du für mich gekauft?«, wollte er wissen.

»Was hast du dir denn gewünscht?«, fragte sie zurück.

»Ein Glasauge«, verkündete er.

»Tja«, sagte Eve müde, »genau das habe ich dir gekauft.«

12. Kapitel

Sein ganzes Leben lang hatte der Mörder darauf gewartet, dass er sterben würde.

Seine früheste Erinnerung war, wie er mit dem Herz eines Fremden in der Brust in einem Krankenhausbett aufgewacht war und ein Arzt ganz in der Nähe halblaut gesagt hatte: *»Er lebt jetzt mit geborgter Zeit …«*

Diese leisen, zufällig erlauschten Worte verwirrten ihn und ließen ihn von diesem Moment an nicht mehr los.

Wie viel Zeit hatte er geborgt? Eine Woche? Ein Jahr? Zehn Jahre? Von wem war seine Zeit ausgeborgt worden? Würde er sie zurückzahlen müssen? Und was würde passieren, wenn die Zeit alle war?

Könnte er noch mehr borgen?

Ständig machte er sich Sorgen wegen seines Herzens. Manchmal funktionierte es gar nicht! Wenn er völlig regungslos in einem stillen Zimmer saß, dann konnte er hören, wie es nicht schlug. Er musste die Hand ganz fest gegen seine Brust drücken, um auch nur das allerschwächste Flattern zu fühlen. Das machte ihm Angst, dass da in ihm drin gar nichts war, nur ein Loch, das mit Zellstoffwatte gefüllt war. Nur wenn er die Treppen hinauf- und hinunterrannte, bis ihm schwindlig war, machte sich das faule Organ die Mühe, etwas zu tun – und manchmal entwischte es ihm und schlug so heftig und schnell, dass er ins Schwitzen geriet und Panik bekam. Einmal war er ohnmächtig geworden, ein Krankenwagen hatte gerufen werden müssen, und ein Arzt hatte zornig mit ihm geschimpft – als wäre das Herz gar nicht *seins,* sondern eine Leihgabe und müsste zurückgegeben werden, wenn er damit fertig war.

Oder wenn es *mit ihm* fertig war ...

Danach durfte er nicht mehr rennen.

Jedes Mal, wenn er sich morgens anzog oder sich auszog, um sein Bad zu nehmen, befingerte der Junge den dicken roten Gewebewulst, der sich in der Mitte seiner Brust abwärts zog; manchmal puhlte er an den Rändern herum, bis es blutete. Kindermädchen klapsten ihm auf die Finger, wenn sie ihn dabei erwischten. Packten ihn am Arm und schüttelten ihn wie eine Puppe. *Lass das! Was ist denn los mit dir?* Aber er wusste nicht, was mit ihm los war. Wie hätte er das auch wissen können, wenn er dem Herzen in seiner eigenen Brust nicht trauen konnte? War es eine glänzende rosafarbene Pumpe? Oder eine schlaffe Faust aus ranzigem Muskelgewebe, die bald versagen würde? Wie konnte er wissen, was stimmte? Die Ärzte sagten, es wäre alles gut, aber Ärzte waren Lügner. Er hatte nur die vagen Blicke seiner Eltern, um abzuschätzen, ob irgendetwas nicht in Ordnung war, und die erzählten eine ganz andere – sehr viel beängstigendere – Geschichte.

Einmal, als er sechs gewesen war, hatte er seine Mutter gebeten, ihm diese Geschichte zu erzählen, aber ihr waren die Tränen gekommen, und sein Vater hatte ihn scharf zurechtgewiesen, ihr keinen Kummer zu machen, also hatte er nie wieder gefragt.

Seine Eltern waren stets distanziert gewesen – als wüssten sie, dass sie ihn verlieren würden, und wollten ihm nicht zu nahe sein, wenn das geschah. Und wie er wuchs auch diese Distanz. Er verstand seine Eltern nie, und sie verstanden ihn nie.

Stets schwach und schmächtig, hatte er keine Freunde. In der Schule wurde er schikaniert, im Park und das eine Mal, als ein anderer Junge zum Tee gekommen war, sogar in seinem eigenen Zimmer.

»Schneide einen Tyrannen auf, und du findest darin einen Feigling«, sagte sein Vater danach mit der forschen Selbstsicherheit eines Menschen, der nie schikaniert worden ist.

Doch stattdessen spielte der Junge einfach nicht mehr draußen.

Mit acht ging er auch nicht mehr zur Schule, und niemanden schien das zu kümmern. Was hatte es denn für einen Sinn, ihn auf eine Zukunft vorzubereiten, die ihm nicht beschieden war?

Er verbrachte die Tage damit, zu lesen oder durch das hallende Haus zu streifen; seine einzigen Gefährten waren die Gemälde, die schon seit Generationen im Besitz seiner Familie waren. In der opulenten Eingangshalle hing ein weniger berühmter Tintoretto; Szenen der Liebe und des sich hinziehenden Todes an jeder Wand und eine Schar zarter Miniaturen auf dem Flügel – alle in schwarzen Samtrahmen, um den Bechstein-Spiegelglanz nicht zu beschädigen.

Er fing an, die Gemälde zu kopieren. Zuerst nur als Zeitvertreib, mit Kugelschreiber in Schulbüchern, doch er entwickelte rasch das Auge eines jungen Zeichners, und bald verlangte er Skizzenbücher und Zeichenkohle, dann Leinwände, Farben und Pinsel. Eine Staffelei.

Der Begriff *Kopieren* wurde zu klein. Er nahm die Kunst

zu sich. Schlang sie durch die Augen in sich hinein, so wie er Nahrung und Wasser durch den Mund zu sich nahm. Er schlang die Meister von den Wänden und aus Büchern in sich hinein wie ein Verhungernder, strebte nach der flüchtigen Alchemie, die schlichte Kohle und Farbe in göttliche Darstellungen des Todes verwandelte.

So war auch *Der Tod und das Mädchen* sein zweites Frühstück – die schöne Maid, deren Züchtigkeit ihr Verlangen nach ihrem beinernen Freier nicht zu verbergen vermochte. Und *Das Martyrium des Heiligen Sebastian* war sein Nachmittagstee – der schöne Knabe, gefesselt und gespickt wie ein Rosinenbrötchen, aus dem rote Rinnsale sickerten und der die Augen zum Himmel verdreht hatte, wo er bis in alle Ewigkeit weilen würde …

Sein Abendessen jedoch war der gruselige *Danse Macabre*, der sich rund um die Wände des Arbeitszimmers seines Vaters zog. Menschen, die ihr alltägliches Leben lebten, wurden in einer Orgie der Sterblichkeit vom verschlagenen Tod überfallen und verschleppt. Ein Kartenspieler teilte dem finsteren Schnitter ahnungslos gezinkte Karten zu, ein ignoranter Ritter wurde auf seiner eigenen Lanze aufgespießt, ein Trauernder war so sehr von einem Leichnam abgelenkt, dass er nicht sehen konnte, dass er im Begriff war, selber zu einem zu werden.

Tagsüber erregte diese freudige Grausamkeit den Jungen, doch seine Träume wurden von knochigen Fingern heimgesucht, die sein Handgelenk packten oder in seine Brust griffen, um zurückzuholen, was von Rechts wegen einem anderen gehörte. Oft wachte er schreiend und verschwitzt vom Zerren der Adern auf, die noch mit seinem Inneren verbunden waren …

Seine Eltern bekam er kaum zu Gesicht. Er wurde von häufig wechselnden Kindermädchen beaufsichtigt und von einer Endlosschleife ungeeigneter Hauslehrer unterrichtet, die sich entweder für das Leben als solches nicht interessierten oder nur nicht für ihn.

Trotzdem, immer noch besser als der schwitzende, grunzende Mr Treadwell, der sich *zu sehr* für ihn interessiert hatte.

Der Junge hatte versucht, Mr Treadwell aufzuschneiden, um den erwähnten Feigling zu finden, doch da war nur Blut in ihm drin – und eine Menge Geschrei und Drohungen außen dran –, und seine Eltern beschlossen, dass ihr Sohn so viel Schulbildung genossen hatte, wie er in einer Welt, in der er bereits Geld und einen guten Namen besaß, jemals brauchen würde, und stellten keinen neuen Lehrer mehr an. Sie mussten den Tintoretto verkaufen, um *diesen* loszuwerden. Das Bild hinterließ ein helles Viereck an der Wand, als ständige Erinnerung daran, wie viel ihr Sohn sie gekostet hatte.

Doch das hatte ihn nicht gekümmert.

Denn während Mr Treadwell unten getropft und getobt hatte, hatte das widerwillige Herz des Jungen endlich mit seiner Tollkühnheit gleichgezogen – und hatte gehämmert wie Thor.

Er hatte auf seinem Bett der Schande gesessen und gelacht und gelacht und *gelacht* vor Freude darüber zu wissen, dass er – endlich – wirklich lebendig war.

Ein paar Monate nachdem Mr Treadwell gegangen war, war etwas Merkwürdiges passiert.

Die Großmutter des Jungen war gestorben.

Und dann war sein Großvater gestorben. Und dann war auch seine *andere* Großmutter gestorben.

Während er sie alle überlebte!

Zuerst war er verwirrt: Das war doch nicht logisch. *Er* war doch derjenige, der mit geborgter Zeit lebte. Doch dann wuchs ganz allmählich die Theorie in seinem Kopf heran, dass diese Menschen irgendwie seinen Platz einnahmen. Dass die Zeit, die er borgte, von *ihnen* geborgt werden konnte. Dass sie zwischen ihn und den Schnitter getreten waren. Als er das Teenageralter erreichte, hatte er angefangen, dem Tod anderer Menschen mit so etwas wie Freude entgegenzublicken.

Daher tat es ihm nicht leid zu erfahren, dass ein Großcousin zweiten Grades durch einen Blitzschlag *endgültig* von einem Golfplatz in Berkshire verbannt worden war. Und es tat ihm auch nicht leid zu hören, dass eine entfernte Tante in der Nähe der Hyde Park Corner von einem Taxi überfahren worden war.

Es tat ihm nicht einmal leid, als eine unverhoffte Embolie seinen eigenen Vater dahinraffte.

Schließlich tat es ihm nur noch leid, dass er bei Mr Treadwell nicht ganze Arbeit geleistet hatte …

13. Kapitel

8. Dezember

Joe saß auf Eves Schreibtisch, als sie das Redaktionsbüro betrat, und ihre Stimmung hob sich, als sie ihn dort erblickte.

Mehr als sonst.

Sei nicht so ein Schulmädchen!, wies sie sich selbst energisch zurecht. *Es war doch nur ein Küsschen auf die Wange.*

»Hi«, sagte er. »Na, Einkäufe alle erledigt?«

»Nein«, erwiderte sie. »Hatte was anderes zu tun.«

Sie setzte sich und nahm sich ihren Posteingangskorb vor, während ihr Laptop hochfuhr. Viel war es nicht – heutzutage kam das meiste per E-Mail.

Doch ein paar Junkmail-Sendungen und Sachen, die sie abonniert hatte, waren doch darin und ein kleiner weißer Umschlag, der mit einer wie gestochen wirkenden Handschrift adressiert war.

Joe nahm ihn zur Hand. »Fanpost?«

»Wahrscheinlich von Ross«, schnaubte sie abfällig.

Sie bekam gern Fanpost. Da drin würde ein Brief sein; nach der Handschrift zu urteilen, höchstwahrscheinlich von einer alten Dame. Eve würde sie ja so an ihre Enkelin erinnern, und was hätte sie doch für wunderschönes Haar! So einen bekam sie mindestens einmal im Monat. Die meiste

Fanpost war nett. Briefe und Teddybären mit Herzchen in den Pfoten und ab und zu mal ein Blumenstrauß.

Allerdings hatte sie einmal ein verfälschtes Foto von sich bekommen – nackt und mit gespreizten Beinen –, fest um eine Streichholzschachtel geschlungen, die mit etwas gefüllt war, das ekelhaft nach Sperma aussah.

There is no business like show business …

Joe riss den Umschlag auf, entfaltete ein Blatt Papier und las vor:

»Liebe Miss Singer, ich bewundere Ihre Arbeit wirklich sehr …«

Er hielt inne und zog in gespielter Gekränktheit eine Braue hoch. »Ich glaube, der meint *unsere* Arbeit.«

Eve wischte den Einwand mit einem Handwedeln beiseite. »Also, *ich* finde, er hört sich reizend an und intelligent.«

»Immer langsam mit den jungen Pferden«, meinte Joe. »Da, wo er eine Fotokopie von deinen Brustwarzen haben will, war ich noch nicht.«

Eve tippte auf ihre Uhr. »Dann leg mal einen Zahn zu, Linsenträger. Du *weißt* doch, dass man vor dem Kopierraum immer anstehen muss.«

Joe grinste und las weiter.

»Aber ich glaube, hierbei könnten Sie vielleicht etwas übersehen haben.«

»Etwas *übersehen*?« Eve runzelte die Stirn. »Bist du sicher, dass das nicht an dich adressiert ist?«

»Haha.« Joe drehte das Blatt um, doch auf der Rückseite stand nichts. »Das ist alles.«

Eve schaute in den Umschlag, dann kippte sie eine kleine Mikro-SD-Speicherkarte in ihre Hand.

»Hier«, meinte sie. »Hast du übersehen.«

»Sehr witzig«, bemerkte Joe.

Auf der Karte war nur eine einzige Datei. Eve öffnete sie, und ganz kurz erschien ein Fenster, das dann den Bildschirm in Schwarz tauchte.

Einen fürchterlichen Moment lang glaubte sie schon, sie hätte einen Virus angeklickt, der den ganzen Sender abstürzen lassen würde, doch dann begann ein Videoclip. Ein vertikaler Ausschnitt Dunkelheit und die undeutliche Gestalt eines in einen Sitz geflegelten Mannes.

In einer Sitzreihe?

Im Hintergrund Gebrüll und kreischende Reifen.

Und dann erhellte ein flackerndes Licht die Szene.

Eves Herz machte einen Satz, und sie knallte ihren Laptop zu.

»*Scheiße!*«, zischte sie. »Das ist Kevin Barr.«

Sie gingen ins Regazzoni's, das kleine Café, das sie lieber mochten als die großen Coffee-Shop-Ketten. Im Regazzoni's war die Bedienung chaotisch, das Licht schlecht und die Stühle hart, aber der Kaffee war toll, und die Düsternis sorgte für die nötige Privatsphäre, damit sie sich den ganzen Clip ansehen konnten.

Kevin Barr war tot, aber er war auch seltsam schön. Das flackernde Licht von der Leinwand ließ ihn als verblüffendes Relief eines menschlichen Wesens in dem dunklen Samtsitz schweben. Einen Fuß auf der Lehne des Sitzes vor ihm, die Arme ausgestreckt und den Kopf sonderbar schief gelegt, hatte er die bacchanalische Aura eines Menschen, der betrunken und lachend das Zeitliche gesegnet hatte.

Was immer auch die Wahrheit war, das Bild war unwiderstehlich.

Sie sahen sich das Ganze noch einmal an.

»Wer zum Teufel hat das geschickt?«, flüsterte sie. »Glaubst du, der versucht, das hier zu verkaufen?«

»Dann muss er aber noch ’ne Menge über die Kunst des Verhandelns lernen«, meinte Joe trocken. Er nahm den Umschlag und untersuchte ihn eingehend. »Keine Kontaktdaten, keine Zahlungsaufforderung. Nichts.«

Sie schauten sich das Video weiter an – auf morbide Weise fasziniert.

»Stan hat gesagt, mindestens einer hatte im Kino sein Handy in der Hand«, erinnerte sich Joe. »Das muss einer von denen gewesen sein.«

Eve schüttelte den Kopf. »Aber er hat doch gesagt, er hätte sich umgedreht und den Leichnam gesehen, als er gerade gehen wollte. Also war der Film da schon vorbei. In dem Clip hier läuft er noch. Man kann ihn hören.«

Sie sahen sich das Video noch einmal an. Das Teelöffelgeklapper und das Dampfzischen im Regazzoni’s verschwanden hinter Schüssen und dem wummernden Soundtrack.

»Ich glaube, *der Mörder* hat das hier gefilmt«, verkündete Eve.

Joe runzelte die Stirn. »Warum sollte er es dir dann schicken?«

Eve zuckte die Schultern. »Warum schickt jemand überhaupt irgendetwas an einen Fernsehjournalisten?«

»Weil er es im Fernsehen sehen will.«

»Genau.«

»Abartig«, brummte Joe halblaut.

»Was machen wir jetzt damit?«, fragte Eve behutsam.

Dabei *fühlte* sie sich gar nicht behutsam; sie verspürte freudige Erregung. Dieser Clip konnte ihre ganze Zukunft sichern. Das wusste sie mit einem unbeirrbaren Instinkt, der es zu einer Gewissheit machte. Ein kaltblütiger Mörder hatte Kontakt zu ihr gesucht. Wollte sein Verbrechen mit ihr teilen. Hatte ihr ein *Video* von seinem noch warmen Opfer geschickt …

Das war die Chance, auf die sie so verzweifelt gewartet hatte. Ihre Chance, zu Größerem, Besserem aufzusteigen. Mit mehr Gehalt. Mehr Gehalt würde bessere Pflege für Duncan bedeuten, einen Treppenlift, damit er nicht auf sie drauffiel. Tage auf dem Land oder am Meer, eine Tagesklinik, damit sie ins Spa gehen oder einfach nur mit einem guten Buch im Café sitzen konnte und sich – ausnahmsweise – keine Sorgen wegen Mrs Solomons Überstunden machen musste.

In dem Bruchteil einer Sekunde, in dem ihr dies alles durch den Kopf schoss, spürte Eve, wie ihre eiserne Selbstbeherrschung sich lockerte, konnte beinahe das Salz auf dem Kieselstrand riechen und die rau-glatten Seiten eines neuen Buches umblättern …

»Das können wir nicht verwenden«, sagte Joe.

Es war wie eine Ohrfeige der Realität.

Natürlich nicht. Das wusste sie doch.

»Sollten wir das nicht Ross entscheiden lassen?«

Joe schüttelte den Kopf. »Das können wir ihm nicht geben. Wenn er das sieht, sendet er es.«

Auch das wusste Eve. Weil es nämlich aus *journalistischer* Sicht vollkommen logisch war. Aus *moralischer* Sicht aber konnte sie das nicht machen.

»Wenn Ross rausfindet, dass wir ihm das vorenthalten haben, könnten wir beide unseren Job verlieren.«

»Wie soll er das denn rausfinden?«, fragte Joe achselzuckend. »Wir zwei sind doch die Einzigen, die davon wissen.«

»Stimmt nicht«, wandte sie ein. »Derjenige, der den Clip geschickt hat, weiß doch auch davon. Und wenn wir das Video nicht senden, was soll ihn davon abhalten, es an jemanden zu schicken, der es tut?«

Joe nickte; dann sagte er: »Der Clip ist an dich geschickt worden, Eve, also ist es deine Entscheidung. Ich möchte nur nicht am Ende PR für Jack the Ripper machen.«

Er lächelte; seine Augen jedoch waren todernst.

Eve wusste, dass er recht hatte. Sie klappte ihren Laptop mit einem leisen Klicken zu, das sich anhörte wie die Totenglocke für all ihre Hoffnungen auf ein besseres Leben.

Blöde moralische Sicht!

14. Kapitel

Eve war früh zu Hause und versuchte, sich zu jeder vollen Stunde jedes Nachrichtenbulletin auf jedem Sender anzusehen, obgleich ihr Vater jedes Mal sauer war, wenn sie von *How It's Made* umschaltete.

Kein anderer Sender zeigte den Clip. Das hieß nicht, dass ihn niemand anderes bekommen hatte – nur, dass, wenn jemand ihn bekommen hatte, der oder die Betreffende dieselbe moralische Entscheidung getroffen hatte wie sie und Joe.

Die Erleichterung war berauschend, jedenfalls nach ihren ziemlich niedrigen Maßstäben, und als der Clip nicht in den Neun-Uhr-Nachrichten war, beschloss sie, das zu feiern, indem sie den Weihnachtsbaum aufstellte. Letztes Jahr hatte sie sich nicht die Mühe gemacht und war überrascht gewesen, wie sehr sie den Baum vermisst hatte.

Der Dachboden war ein Minenfeld aus Erinnerungen und Mäusescheiße. Vorsichtig suchte sie sich einen Weg hindurch und erhaschte taschenlampenerhellte Blicke auf die Vergangenheit. Neddy, ihr Schaukelpferd, auf verrosteten Kufen. Stuarts Fußballschuhe und sein kaputtes Tor. Ein Karton mit der bunt gemischten Lektüre ihrer Mutter – Colette und Betty MacDonald und Kazuo Ishiguro.

Die Gitarre ihres Vaters.

Der Anblick versetzte ihr einen schmerzhaften Stich. Duncan sollte alte Beatles-Songs spielen oder in seinem Boot draußen auf dem See sitzen, sollte im Black Sheep mit seinem besten Freund Colin ein Bier kippen. Die beiden hatten jahrelang zusammengearbeitet, und gemeinsam waren sie urkomisch gewesen – so klug und witzig, dass sie Eintritt dafür hätten nehmen können. Geschichten von eingestürzten Zimmerdecken und Fingern in Steckdosen und brennenden Teppichen und lüsternen Hausfrauen, denen sie gerade noch entkommen waren … Keine Geschichte war es wert, erzählt zu werden, wenn sie am Schluss nicht komisch war – wie schmerzhaft sie auf dem Weg dorthin auch sein mochte.

Colin war noch eine ganze Weile regelmäßig zu Besuch gekommen, nachdem Duncan krank geworden war, doch jetzt kam er nicht mehr, und Eve konnte es ihm nicht verdenken. Niemand wollte gern daran erinnert werden, wie fragil die eigene geistige Gesundheit war. Da gab es kein witziges Ende.

Der Weihnachtsbaum klemmte zwischen einem Dachbalken und der grob gemauerten Ziegelwand, die ihren Dachboden von dem von Mr Elias trennte. Dann waren da noch eine Extratüte mit Weihnachtsbaumschmuck und ein Vogelnestgewirr aus Lichterketten.

Eve schleppte alles zur Luke und stieg dann langsam die Leiter hinunter.

Im Wohnzimmer sah ihr Vater ihr mit schmaläugigem Argwohn dabei zu, wie sie den Weihnachtsbaum auspackte.

»Was ist das?«

»Der Weihnachtsbaum, Dad. Erinnerst du dich?«

»Nein«, blaffte er. »Ich erinnere mich nicht an einen Karton mit Bäumen drin. Warum versuchst du nicht mal, dich zu erinnern? Mal sehen, wie *dir* das gefällt.«

Eve beachtete ihn nicht und konzentrierte sich auf den Baum. Sie hatten ihn schon seit einer Ewigkeit. Seit sie fünf oder sechs gewesen war: Sie hatte immer zugeschaut, wie ihr Vater das hier gemacht hatte, und es für wahnsinnig kompliziert gehalten. War es natürlich gar nicht. Der Ständer, der Stamm, die kleinen Halterungen für jeden der steifen, nadeligen Äste, die jeder farblich gekennzeichnet waren und genau an ihren Platz passten. Sie fand in einen hypnotischen Rhythmus zum neuerlichen eintönigen Dröhnen von *How It's Made* und dem Brüllen unsichtbarer Jets, die Löcher in den Himmel rissen.

Der Baum wuchs in ihren Händen empor, bis er über eins achtzig groß war, in glitzernde Lichterketten gehüllt und bereit für Kugeln und Lametta.

»So«, sagte sie. »Wollen wir ihn zusammen schmücken?«

Sie drehte sich um, doch Duncan saß nicht auf dem Sofa.

»Dad?«

Keine Antwort.

»Scheiße!« Eves Verstand war vor ihr in der Küche, versuchte, sich zu erinnern, ob sie den Strom für den Herd abgestellt hatte. Hatte sie, doch das spielte keine Rolle. Er war nicht dabei, Schuhcreme in der Pfanne zu braten oder den Toaster auseinanderzunehmen.

Diesmal nicht.

»Scheiße!« Sie eilte zur Toilette im Erdgeschoss. Duncan kam zurecht, wenn er nur pinkeln musste, aber wenn es um mehr ging, musste man ihn von dem Resultat ablenken. Er konnte stundenlang in die Schüssel starren, und manchmal griff er auch in das trübe Wasser …

Sie klopfte an die Tür.

»Dad?«

Keine Antwort.

Sie öffnete die Tür einen Spalt.

Leer.

Immer zwei Stufen auf einmal, sauste sie die Treppe hinauf, hoffte, ihn im Bad noch rechtzeitig zu erwischen.

Doch dort war er auch nicht.

»Dad!«

Eve hastete von Zimmer zu Zimmer. Sie schaute in Schränke und unter Betten. Er hatte sich noch nie versteckt, doch da konnte es ja ganz leicht ein erstes Mal geben.

Erst als sie sah, dass seine Gummistiefel nicht mehr neben der Hintertür standen, wurde ihr klar, dass Duncan Singer das Gebäude verlassen hatte.

Tiefe Fußspuren im Schnee verschwanden um die Hausecke.

»Scheiße, Scheiße, SCHEISSE!« Eve streifte ihre Hausschuhe ab und rammte die nackten Füße in ihre eigenen kalten Stiefel, dann rannte sie – ohne sich auch nur einen Mantel zu schnappen – in die Nacht hinaus, um ihren Vater zu suchen.

15. Kapitel

Abel Elias wohnte schon so lange in der College Road, dass er, auch wenn er nicht zu Hause war, beim Sprechen immer alle dreißig Sekunden innehielt, um ein Flugzeug über sich vorbeidonnern zu lassen.

Das hatte ihm einen Ruf der Bedächtigkeit eingetragen, der ihm in der stets ernsten Welt des Seeversicherungswesens durchaus zustattengekommen war. Sein Unternehmen versicherte große Schiffe für viel Geld, und Verluste waren nicht nur finanzieller Natur, sondern wurden immer von menschlichen Tragödien begleitet.

In solchen Situationen wollte es niemand mit einem Schwätzer zu tun haben. Was die Leute wollten, war jemanden, der sie, ihre Schiffe, ihre Fracht und ihre Crews *ernst* nahm, verdammt noch mal!

Und Mr Elias, der alle paar Sätze innehielt – allem Anschein nach, um gründlich nachzudenken –, war das, was sie wollten, und das Geschäft war gut gelaufen.

Bei der Beerdigung seiner Frau hatte Mr Elias eine Grabrede gehalten, die so voller tiefempfundener Schweigepausen gewesen war, dass sie eine Gemeinde aus Pensionären mit reichlich Todeserfahrung vor Kummer schier hatte zusammenbrechen lassen.

Daher war er daran gewöhnt, dass man ihm zuhörte und

ihm gehorchte, und jedes Mal, wenn er in der Nachbarschaft die Runde machte, um Geld für den Erhalt der roten Telefonzelle zu sammeln, waren die Leute viel zu eingeschüchtert von seinen Schweigesekunden, um sich zu weigern.

Natürlich brauchte Mr Elias das Geld gar nicht. Um die Wahrheit zu sagen, er schwamm im Geld. Er hätte ganz allein tausend rote Telefonzellen erhalten können. Aber er fand, es sei gut für den Gemeinschaftssinn, jedem das Gefühl zu geben, Miteigentümer der Telefonzelle zu sein. Das sorgte dafür, dass die Leute von hier die Zelle respektierten und die Arbeit, die er investierte, um sie in Ordnung zu halten.

Mr Elias war sechsundsechzig, und das Büro fehlte ihm, aber den Überblick darüber zu behalten, was in der College Road geschah, war eben jetzt sein Job, und er zog jeden Morgen Schlips und Kragen an, selbst wenn er nur den Rasen mähte. Um zu zeigen, dass er seine Arbeit ernst nahm.

Diese Arbeit ging über die rote Telefonzelle hinaus. Dazu gehörten auch Anrufe bei der Gemeinde, wann immer eine Straßenlaterne ausging, ein Gehsteig einen Riss hatte oder eine Fahrbahnschwelle vonnöten war. Und bei der Polizei, wenn jemand in zweiter Reihe parkte oder Musik laufen ließ, die zu laut oder einfach nicht nach seinem Geschmack war.

In der College Road wurden solche Dinge *angepackt*, und Mr Elias erledigte den größten Teil des Anpackens.

Und seine Nachbarn schätzten seinen Einsatz. Das wusste er, weil etliche von ihnen – allesamt Witwen – seit dem Tod seiner Frau begonnen hatten, ihm Karten zu schicken, auf denen sie ihm für seine Mühe dankten.

Mrs Jamira aus Nr. 56 hatte ihm sogar Haferkekse gebacken. Die waren zwar inkompatibel mit seiner Zahnprothese, aber er freute sich über die nette Geste.

Mr Elias hatte fünfundzwanzig Jahre lang neben den Singers gewohnt. Sie waren ganz vernünftige Nachbarn gewesen, auch wenn Duncan für Mr Elias' Geschmack ein wenig *derbe* gewesen war. Er hatte eine etwas zu große Vorliebe für Bier, und seine Kinder hatten eine etwas zu große Vorliebe für Ballspiele und laute Partys gehabt. Gesellschaftlichen Umgang hatten sie eigentlich nicht gepflegt – obgleich Duncan einmal seinen Rasenmäher repariert hatte und sie sich Weihnachtskarten geschrieben hatten. Und Duncan hatte ihm immer fünf Pfund für die Telefonzelle gegeben, wenn er ihn um Geld gebeten hatte.

Und dann hatte vor drei Jahren eines Tages Eve anstelle von Duncan die Tür geöffnet und in ihrer Tasche nach einer Spende gewühlt.

Mr Elias kannte Eve, seit sie fünf Jahre alt gewesen war. Hauptsächlich daher, dass er Bälle, Bumerangs und Flugzeuge über die Hecke zurückgeworfen hatte, die ihre Gärten voneinander trennte. Aber er hatte sie lange nicht mehr gesehen, und als sie die Tür geöffnet hatte, war er ein bisschen verwirrt von der attraktiven jungen Frau, zu der sie geworden war. Sie hatte ihm erzählt, sie arbeite jetzt fürs Fernsehen, aber Mr Elias schaute nur BBC und hatte sie bisher nie gesehen. Sie hatte gesagt, sie sei nach Hause gekommen, weil Duncan Hilfe brauche, und er hatte jegliche Unterstützung angeboten, die sie vielleicht benötigen mochte. Sie hatte ihm gedankt, sich aber nie bei ihm gemeldet.

Ein wenig enttäuscht war er schon gewesen, auch wenn er erleichtert war.

Er war ziemlich einsam und hatte gehofft, durch Eves Ankunft könnte vielleicht etwas mehr nachbarschaftlicher Kontakt entstehen.

Nun ja.

In den letzten drei Jahren hatte er Duncan nur selten zu Gesicht bekommen und stattdessen Eve Singers Kommen und Gehen beobachtet.

Nie kam und ging sie mit einem Freund, stellte er fest.

Nur sie – sie machte die Haustür zu und ging den von Lavendel gesäumten Gartenweg hinunter; ihr Haar glänzte wie in einer Shampoo-Werbung, und ihre Brüste ... waren Brüste.

Abel Elias war kein Lüstling, aber ein Mann war er trotzdem noch. Eve Singer hatte sich direkt vor seiner Nase von einem ungelenken Teenager in eine Fernseh-Verführerin verwandelt, und darüber hätte er ebenso schwer hinwegsehen können wie über seine eigene Oberlippe.

Seit Jennifer vor vier Jahren gestorben war, hatte er fast vergessen, wie sie ausgesehen hatte. Selbst wenn er durch die Bilder auf dem Kaminsims daran erinnert wurde, war er oft verblüfft über die Diskrepanz zwischen Erinnerung und fotografischem Beweis. Hatten ihre Augen wirklich so dicht beieinander gelegen? Hatten ihre Zähne ein wenig vorgestanden, und war ihre Frisur so bieder gewesen?

Das war ihm vorher gar nicht aufgefallen.

Vor Eve ...

Es klopfte an der Tür, und Mr Elias fuhr zusammen, als hätte die Perversen-Polizei ihn endlich aufgespürt.

Es war Eve Singer, nur mit Jeans und einer dünnen Strickjacke bekleidet, die Arme über dem ... *Brustkorb* ... verschränkt, um sich warm zu halten. Zwei leuchtend rote

Kreise glühten auf ihren Wangen, vom Laufen durch den Schnee.

»Hi, Mr Elias«, sagte sie. »Dad ist ausgekniffen. Sieht aus, als wäre er hier rübergekommen.«

Sie zeigte auf den Schnee, und er konnte große Stiefelabdrücke sehen, die von seiner Gartenpforte aus den Weg hinauf und dann um die Hausecke führten. Duncan musste an seinem Wohnzimmerfenster vorbeigekommen sein, doch die Vorhänge waren zugezogen.

»Haben Sie etwas dagegen, wenn ich mich schnell mal hinterm Haus umsehe?«

»Natürlich nicht«, beteuerte Mr Elias. »Komm doch einen Moment herein, ich ziehe mir meine Busen an und helfe dir.«

Eve wurde rot und sagte, sie wolle ihm keine Mühe machen, doch das war ja gar keine Mühe – er war ganz erpicht darauf, einer Nachbarin bei der Suche nach einem Vermissten zu helfen, und sei es nur in seinem eigenen Garten. Dabei würde er sich nützlich fühlen, und es wäre das Aufregendste seit den Haferkeksen – und das war im Juni gewesen!

Was, wenn sich Duncan Singer versteckt hatte? Wenn er nun über den Zaun am Ende des Gartens geklettert und in Mr Speights Garten eingestiegen war? Das wäre gefährlich; Mr Speights Garten war nämlich ein Hindernisparcours aus alten Blumenkübeln und kaputten Frühbeetkästen. Wenn er nun im Schnee hingefallen war und nicht mehr aufstehen konnte? Im Geiste notierte sich Mr Elias, wo genau seine Schaufel und die zusätzliche Decke waren. Wie immer die Lage auch war, Mr Elias war bereit, in Aktion zu treten – sobald er seine warmen Socken angezogen hatte und seine Stiefel und seine Handschuhe und seine Mütze und seinen Mantel …

Er hielt Eve die Tür auf, und dann wartete sie auf ihn und folgte ihm im Lichtschein der Maglite-Taschenlampe, die zu benutzen er nur selten Gelegenheit hatte, ums Haus herum und in den Garten.

Es gefiel Mr Elias, dass sie ihn vorangehen ließ. Es war schön, wieder einmal die Führung zu übernehmen, auch wenn es sich nur um eine Expedition in den Garten handelte. Dabei fühlte er sich gleich dreißig Jahre jünger.

Die Gärten hier waren lang und stumpfsinnig gerade, daher hatte Mr Elias an beiden Seiten immergrüne Büsche in Wellenlinien angepflanzt, die jetzt einen reizvollen gewundenen Pfad zu dem unsichtbaren Schuppen ganz hinten im Garten bildeten. Duncan Singers Spuren waren deutlich zu sehen; sie wanden sich im silbernen Schnee zwischen den Büschen dahin. Sie brauchten ihnen nur zu folgen.

Nach dem ersten kleinen Hain aus Glanzmispeln verschwand das Haus hinter ihnen, und es war, als wären sie vollkommen allein in der schweren, schneefeuchten Luft.

»Ganz schön tiefer Schnee«, stellte Mr Elias fest und schämte sich augenblicklich dafür, wie einfallslos sein Versuch war, ein Gespräch anzufangen.

»Ja«, sagte Eve.

Er konnte ihr die einsilbige Antwort nicht verdenken; er hatte ihr ja nichts gegeben, womit sie arbeiten konnte. Übers Wetter reden! Viel langweiliger ging es ja gar nicht mehr.

»Es heißt, er bleibt bis Neujahr liegen«, verkündete er, ehe er sich bremsen konnte.

»Faszinierend«, meinte Eve, doch er merkte, dass sie nicht fasziniert war.

Weder von dem Schnee noch von ihm – und das zu Recht.

Er merkte, wie seine bescheidenen Hoffnungen auf bessere nachbarschaftliche Beziehungen allmählich zu Staub zerfielen.

Seit Eve Singer zurück nach Hause gekommen war, hatte Mr Elias jedes Jahr einen geradezu lachhaft großen Truthahn mit allem Drum und Dran gekauft, in der vagen Hoffnung, dass er vielleicht den Mut aufbringen würde, sie und Duncan zum Weihnachtsessen einzuladen. Jedes Jahr hatte er es wieder nicht getan – und seine Tiefkühltruhe war stets so mit altem Truthahn vollgestopft, dass er im August einiges davon wegwerfen musste, um Platz für ein frisches Weihnachtsversagen zu schaffen.

Mr Elias wusste, was das Problem war. Er war es nicht mehr gewohnt, mit anderen Menschen zu reden. Seit Jennifers Tod nicht mehr. Sogar noch davor – seit er aufgehört hatte zu arbeiten. Er hatte ja auch niemanden mehr, mit dem er reden konnte. Heutzutage hatte er Glück, wenn der Briefträger sich einmal die Woche Zeit für ein Schwätzchen nahm. Und da ging es dann immer um Autos, etwas, wofür Mr Elias nur vorgetäuschtes Interesse aufbringen konnte. Er brauchte mehr Übung im Plaudern. Dann wäre er vorbereitet gewesen. Aber woher sollte er denn wissen, dass Eve Singer plötzlich an seine Tür klopfen und ihn bitten würde, sie auf einer wichtigen Mission in den Garten zu begleiten? Jetzt war es zu spät. Er würde während der Zeit, die ihnen noch blieb, eben sein Bestes tun müssen.

»Nun ja, aber wir hatten ja einen schönen Sommer.«

Mr Elias wurde klar, dass er vollkommen eingerostet war. Während er die letzten vier Jahre vor dem Fernseher gesessen und Fertiggerichte für eine Person aufgetaut hatte, hatte er keine Ahnung gehabt, dass er einrostete. Seine Schweigepausen, sein Markenzeichen, die kamen noch ganz leicht, aber das Reden dazwischen, das bekam er jetzt anscheinend nicht mehr hin.

Es lag nur noch eine Biegung mit Immergrün vor ihnen – noch eine Biegung, bevor sie beim Schuppen ankommen und Duncan Singer finden würden, und dann waren sie nicht mehr allein und würden vielleicht auch nie wieder allein sein, und Mr Elias wurde von jäher Panik erfasst. Er *musste* etwas Interessantes sagen. *Musste* ein Gespräch mit ihr anfangen. Nicht wegen der heimlichen Schwärmerei oder des Weihnachtsessens, sondern der *Menschlichkeit* wegen. Musste ihr zeigen, dass er ein *Mensch* war – nicht bloß ein langweiliger alter Sack von Nachbar. Musste eine *Verbindung* herstellen. Das Gefühl war überwältigend. Fast schon *körperlich* spürbar …

Es brach aus ihm heraus.

»Darf ich dich und deinen Vater vielleicht zum Weihnachtsessen einladen?«

Eine 797 der Air India entriss Mr Elias die Worte, zerfetzte sie am Himmel zu Atomen und streute diese lautlos auf den Pulverschnee.

Mr Elias hatte irgendetwas gesagt.

Eve blieb stehen und sah ihn an. »Wie bitte?«

Mr Elias starrte dem Flugzeug hinterher, das schwerfällig hinter den Häusern verschwand.

»Ach, nichts«, sagte er und winkte ab. »War nichts Wichtiges.«

Eve bedachte ihn mit einem unsicheren Lächeln, und sie machten sich von Neuem auf den Weg, um die Rhododendronbüsche herum – und dort war Duncan und versuchte sich an der Tür des Schuppens. In Hose und Hemdsärmeln; seine Gummistiefel waren das einzige Zugeständnis an das Wetter.

Auftrag ausgeführt.

»Dad?« Eve trat vor und berührte ihren Vater sanft am Arm.

Und er fuhr herum und rammte ihr die Faust ins Gesicht.

»PHOEBE!«

16. Kapitel

Abel Elias und seine Frau hatten keine Kinder bekommen.

Jedenfalls nicht mehr nach Phoebe.

Nach Phoebe konnte nämlich nichts mehr kommen. Sie war ein helles Köpfchen, mit dunkelbraunen Löckchen und fast vom Tag ihrer Geburt an stets bereit zu lächeln. Jennifers Mutter – eine pessimistische alte Ziege – hatte steif und fest behauptet, das wären nur Blähungen, doch Jennifer und Abel hatten es besser gewusst. Phoebe war von Anfang an ein Lächelkind und dann ein Lachkind, bis endlich auch Großmutter Bartlett das widerwillig anerkannt hatte.

Phoebe war bei allem sehr früh dran gewesen. Beim Aufsetzen. Umdrehen. Krabbeln.

Sie hatte ihre ganz eigene Art gehabt zu krabbeln, war auf Bauch und Ellenbogen vorangeschaukelt, mehr wie ein Delfin als wie ein Baby, angetrieben von heftigen Scherenschlägen ihrer weißen Frotteebeinchen. Als sie sechs Monate alt gewesen war, war sie so effizient den Wohnzimmerteppich hinauf und hinunter geraupt, dass Abel und Jennifer sie Lindwurm genannt hatten.

Damals war Mr Elias nicht in der Seeversicherungsbranche gewesen. Er hatte gerade sein Referendariat als Lehrer absolviert. Für Erdkunde. Sein Vater war im Auslandsdienst gewesen, und die Familie hatte einige Zeit im fernen

Osten und in Afrika zugebracht. Abel Elias war begeistert von der Welt und begeistert davon, sie der nächsten Generation nahezubringen. Erdkunde zu unterrichten schien da die perfekte Kombination zu sein.

Und es hatte auch den Anschein, als hätte der Lindwurm seine Neugier auf die Welt geerbt, *sie* konnte es nämlich gar nicht *erwarten*, auf Reisen zu gehen.

Abel und Jennifer verbrachten ihre Abende üblicherweise mit ausgeschaltetem Fernseher. Stolz sahen sie zu, wie sich ihre Tochter triumphierend über den Teppich zappelte und kicherte, nach den weißen Hyazinthen grabschte, die Abel jedes Jahr zog, angesichts ihres eigenen Spiegelbildes in den kupfernen Feuerböcken aufquietschte und hinter den Möbeln hervorlinste und »Kuckuck« spielte. Hin und wieder hielt sie inne – jedoch nur, um sich auf den pummeligen Ärmchen hochzustemmen, als tauche sie auf, um Luft zu holen und zu Wänden und Zimmerdecke hinauf zu starren, als würde sie die *später* erobern.

Dann lachte sie, drehte um und machte sich in eine andere Richtung auf, voller Freude an der Bewegung.

Während sie ihr zusahen, machten sie Scherze darüber, dass sie ihr ein kleines gepunktetes Tuch an einen Stock knoten und sie in die Welt hinausschicken würden, damit sie es allein schaffte. »Aber ich weiß nicht recht«, pflegte Abel stets mit gespielter Besorgnis zu schließen. »Geben wir ihr mal noch ein, zwei Monate.« Und dann lachten sie und küssten sich und krochen auf dem Boden herum, um den Lindwurm am Sessel abzufangen.

Es war vierzig Jahre her, dass Abel Elias auf einem Wohnzimmerteppich herumgekrochen war.

Fast auf den Tag genau.

Eines Abends, sie war fast neun Monate alt, hatte Phoebe neben dem Kamin innegehalten und zu ihnen aufgeblickt, sich dabei mit den Armen hochgestemmt.

»Hallo, Lindwurm!«, hatten sie gelächelt und applaudiert.

Der Lindwurm jedoch hatte nicht gelächelt. Sie hatte vor Anstrengung die Stirn gerunzelt und sich bemüht, den Oberkörper anzuheben.

»Sie versucht, sich hinzustellen!« Jennifer hatte gekichert.

»Tatsächlich!«, hatte er zugestimmt.

»Sollen wir ihr helfen?«

»Sie schafft das schon«, hatte er gemeint. »Schau sie dir doch an.«

Und so war es auch. Phoebe schaffte es wirklich. Sie wurde ein bisschen rot im Gesicht, und ihre kleinen Ärmchen zitterten vor Anspannung, doch plötzlich war sie auf Händen und Füßen und nicht mehr auf Bauch und Ellenbogen, den Popo in die Luft gereckt, und machte Anstalten aufzustehen.

Sie waren wie gebannt. Atemlos vor freudiger Erwartung.

Sahen die Gefahr zu spät …

Phoebe schaffte es nicht.

Das war ja nichts, wofür man sich schämen müsste. Selbst ein Fohlen, ein Zicklein, ein Rehkitz stolpert und fällt die ersten paar Male hin, wenn es seine neuen Beine ausprobiert. Und genau das war es, was Phoebe tat. Sie hatte die Beine nicht *ganz* unter dem Körper, als ihre pummeligen kleinen Händchen den Planeten losließen.

Viel fehlte nicht. Noch ein paar Versuche, und sie hätte aufrecht dagestanden, da waren sie sich sicher. Und dann würde bald das Laufen, dann das Rennen folgen, und dann würden sie eine Leine anschaffen müssen …

Doch stattdessen war sie zur Seite gekippt und umgefallen.

»Oh!«

Abel Elias war schnell gewesen, aber nicht so schnell wie der Tod.

Phoebe knallte mit dem Kopf auf die Ecke des kalten Kamins. Und als er sie aufgehoben hatte – bereits voller eindringlicher Trostworte in Erwartung heftiger Tränen –, war ihre Phoebe, ihr Baby, das Licht ihres Lebens, tot.

Und alles hatte sich verändert.

So sehr zum Schlimmen, dass Mr Elias sich Mühe gab, nie daran zu denken. Nie an die Jahre zu denken, die darauf folgten, und an die Jahre, die *darauf* folgten. Jahre des Kummers, der Vorwürfe und Selbstvorwürfe und einer dumpfen, schmerzhaften, wachsenden Leere. Jahre, in denen Fotos weggeräumt und gemeinsames Herzweh und Anklagen durch eine so überdehnte, so oft geflickte Membran voneinander getrennt waren, dass das ganze Leben nur auf das nächste Leck wartete.

Abel und Jennifer redeten nicht. Nicht nur nicht über Phoebe. Nicht nur nicht über das, was sie verloren hatten. Sie redeten über nichts, was sie vielleicht jemals miteinander verbunden hatte.

Abel war aus dem Haus mit dem Kamin ausgezogen, und Jennifer war mitgekommen, aber nur, weil keiner von ihnen wusste, was er sonst tun oder wo er sonst hingehen sollte.

Jennifer hatte sich einen Job in einem Geschäft gesucht. Sie sprach nie darüber.

Abel hatte Arbeit in der Seeversicherungsbranche gefunden. Er hatte überhaupt nichts davon verstanden und hatte ganz unten anfangen müssen, doch er wollte nicht mehr jeden Tag Kinder um sich haben. Oder an irgendeinem Tag. Seeversicherungen machten den Tod zu einem Zahlenspiel und distanzierten ihn von seinem Grauen.

Deshalb war es schwer gewesen, als die Singers nebenan eingezogen waren, eine junge Familie.

Jedes Kleinkindweinen, jedes Planschbeckenkreischen war eine Magenschwinger-Erinnerung an das gewesen, was sie verloren hatten.

Die einzige Lösung war, Türen und Fenster zu schließen, die Gartenarbeit während der Schulzeit zu erledigen und in den Sommerferien wegzufahren. Abel und Jennifer hatten im Lake District zwanzig ganze Jahre lang nicht miteinander gesprochen. Nichts außer *Wo ist die Karte?* und *Es regnet schon wieder.*

Und als Jennifers Gedächtnis ihr allmählich den Dienst versagt hatte, hatte Mr Elias sie *beneidet.* Er hatte sich gewünscht, *er* könnte vergessen, was sie verloren hatten, und sich stundenlang ausschließlich mit dem ausgefransten Rand ihres Tischtuchs beschäftigen.

Nachdem sie gestorben war, war es sehr viel leichter geworden, sich nicht zu erinnern. Leichter, die Menschen zu vergessen, die sie so lange gewesen waren – und auch, warum –, und an sich selbst als an einen ganz anderen Menschen zu denken. Einen Menschen, der in der College Road die Dinge anpackte. Einen Menschen, der einen Daseinszweck hatte. Einen Menschen mit einer Zukunft statt einer Vergangenheit.

Doch er reagierte so schnell, dass er Eve Singer auffing, bevor sie auf dem Schnee aufschlug – und dachte dabei mit so erbarmungsloser Deutlichkeit an Phoebe, dass er ihren Namen schrie und dann in Tränen ausbrach.

Ein Flugzeug donnerte über ihr vorbei, und Eve öffnete die Augen und sah die Lichter hinter Mr Elias' schattenhaftem Umriss verschwinden.

Sie holte Luft und verschluckte sich daran, und er hob sie an, mit einem Arm, der bereits unter ihren Schultern lag, und half ihr, sich aufzusetzen.

»Du hast Nasenbluten«, sagte er.

Sie nickte stumpfsinnig. Das sah sie jetzt auch. Es tropfte auf ihre Strickjacke und sickerte wie schwarze Tintenkleckse in den Schnee um sie herum.

Er gab ihr ein sauberes weißes Altherren-Taschentuch und sagte: »Leg den Kopf zurück.«

Sie tat wie geheißen. So war es besser.

»Vielleicht ist sie gebrochen«, meinte er. »Du solltest ins Krankenhaus fahren.«

»Es geht schon«, erwiderte sie und sah sich benommen um.

Ihr Vater saß jetzt auf der Schwelle des Schuppens, presste Schnee zu buckeligen Eisbällchen zusammen und ließ sie fallen. Er sah sie nicht an.

»Kannst du aufstehen?«

Eve nickte, obwohl sie nicht wusste, ob sie das konnte oder nicht, und gestattete Mr Elias, ihr hochzuhelfen – erst auf die Knie und dann auf die Füße. Als sie dort angekommen war, war ihr einen Augenblick lang schwindlig, und er stützte sie.

»Vielen Dank«, sagte sie

»Dann mal ins Haus mit euch beiden«, sagte er freundlich.

Er brachte sie in *ihr* Haus, nicht in seins, und Duncan folgte ihnen fügsam wie eine Kuh an einem Strick. Mr Elias sperrte die Hintertür ab, dann zog er den Schlüssel ab und legte ihn neben Eve auf den Tisch.

»Ich setze mal Wasser auf«, sagte er.

Typisch Engländer, dachte Eve. *Als ob Tee alles besser machen würde.*

Doch sie war froh, dass jemand anderes das Kommando übernommen hatte – selbst wenn es Mr Elias war.

Ich ziehe mir meine Busen an.

Hatte er das wirklich gesagt?

Wahrscheinlich nicht. Eve kannte Mr Elias schon, seit sie fünf Jahre alt gewesen war, und sie hatte ihn nie irgendetwas sagen hören, das nicht stinklangweilig war. Und wie er ihr aufgeholfen und ihr den Schnee vom Haar gewischt und sie gestützt hatte, als sie ganz wacklig gewesen war – er hatte sie nur mit väterlicher Fürsorge berührt.

Sie hatte sich geirrt, er war kein alter Lustmolch, und sie hatte ein schlechtes Gewissen.

»Da ist ja kein Stecker dran«, stellte er fest und hielt die Schnur hoch, um ihr die blanken Drähte zu zeigen.

Eve sah ihren Vater an. »Dad, wo ist der Stecker vom Wasserkessel?«

»Ich hab gemacht, dass damit nichts passieren kann«, verkündete Duncan und tappte aus der Küche hinaus in den Flur, wobei er eine Spur aus Schmelzwasser über den Boden zog. Angelockt vom Sirenengesang des Fernsehers, vermutete sie.

Sie seufzte. »Das macht er oft. Er denkt, er repariert alle möglichen Sachen, aber er nimmt sie nur auseinander.«

»Dann mache ich mal Milch auf dem Herd warm«, schlug Mr Elias ohne Zögern vor und suchte eine Kasserolle hervor.

Eve hatte nicht die nötige Energie, um ihn daran zu hindern. Sie starrte ihre Hände und das unrettbare Taschentuch an, beides voller Blut, das allmählich trocknete. Jetzt, wo der Schock des Schlages nachließ, konnte sie spüren, wie sich der Schmerz über ihr ganzes Gesicht ausbreitete – über Nase, Augen, Wangen. Alles dort fühlte sich allmählich heiß und gespannt an.

Mr Elias stellte ihr einen Becher heiße Milch hin.

»Danke«, flüsterte sie und nippte daran. Seit Jahren hatte sie keine heiße Milch mehr getrunken, und die hier war genau so, wie ihre Mutter sie immer gemacht hatte – mit einem kleinen Löffel braunem Zucker drin.

Mr Elias setzte sich mit seinem eigenen Becher.

»Mir war nicht klar, dass es mit Duncan so schlimm geworden ist«, sagte er behutsam.

Eve zuckte die Achseln und öffnete den Mund, um ihren Vater zu verteidigen. Um das Ganze zu minimieren. Um Mr Elias wissen zu lassen, dass sie sehr gut zurechtkamen.

Doch stattdessen verlor ihr Mund jegliche Form, und sie sagte: »Ich wünschte, er würde einfach sterben.«

Die Worte sprachen sich selbst aus.

»Das habe ich nicht so gemeint!«, stieß sie hervor.

»Bestimmt nicht«, versicherte Mr Elias freundlich. »Das ist der Schock.«

»Ja«, nickte Eve. »Ich bin einfach so … *müde*. Es hört nie auf, wissen Sie …?« Barmherzigerweise rauschte ein Flugzeug über sie hinweg, sodass sie verstummen konnte. Sie konnte es nicht fassen, dass sie das gesagt hatte. Konnte es nicht fassen, dass sie es auch nur *gedacht* hatte. *Bestimmt* war das der Schock. Und das war ja auch kein Wunder. Ihr Vater hatte ihr mit der Faust ins Gesicht geschlagen. Hatte sie k.o. geschlagen. Sie wusste nicht, was sie redete.

Gott sei Dank hatte sie das nicht zu jemand Wichtigem gesagt!

Sie wollte nicht darüber sprechen. Wollte den Worten nicht noch mehr Gewicht verleihen. Wollte einfach weitermachen und von etwas anderem reden.

Von *irgendetwas* anderem.

Dann runzelte sie die Stirn, als es ihr wieder einfiel.

»Wer ist Phoebe?«, fragte sie.

Mr Elias stutzte kurz, dann lächelte er, tätschelte ihr die Hand und erkundigte sich, ob sie noch mehr Milch wolle.

17. Kapitel

9. Dezember

Mein Kopf ist ein Apfel!

Mit einem Ruck erwachte Eve im Finstern; sie bekam keine Luft, und es fühlte sich an, als würde ihr Gesicht gleich entlang des Nasenrückens aufplatzen und heiße, flockige Füllung daraus hervorquellen wie aus einem Bratapfel, der zu lange im Ofen gewesen war.

Sie wartete ab, bis ihr Herzschlag wieder auf eine ungefährliche Frequenz gesunken war, dann erhob sie sich benommen und mit einem Gefühl böser Vorahnung.

Ihr Vater schlief noch. Es wäre schön gewesen zu glauben, er wäre erschöpft von seinem Ausflug in Mr Elias' Garten und ein ordentlicher Spaziergang könnte ihn müde machen wie einen Beagle, doch Eve wusste, dass die Antwort viel beliebiger war: Manchmal schlief er und manchmal eben nicht.

Als sie an seinem Bett stand, kehrten die Ereignisse von gestern Abend mit surrealer Gefühlstaubheit zurück.

Sie könnte Stuart anrufen, aber was sollte das bringen? Was sollte sie denn sagen? Stu arbeitete auf Bohrinseln; ein Faustschlag ins Gesicht würde bei ihm also wahrscheinlich keine Alarmglocken schrillen lassen. Und selbst wenn doch, selbst wenn er aus Schottland herbeigeeilt käme, was konnte er denn tun? Gar nichts. Er würde kommen und sehen und wieder fahren, und sie wäre immer noch hier, aber mit einem neuen Gefühl des Grolls über dieses jüngste Verlassenwerden, das noch zu ihren anderen Problemen dazukäme.

Also brachte es nichts, es ihm zu erzählen. Es überhaupt irgendjemandem zu erzählen würde nichts bringen. Und peinlich wäre es auch. Nicht einmal Joe sollte wissen, was geschehen war. Dann würde doch alles herauskommen. Das Ganze war ein Wespennest.

Natürlich wusste Mr Elias Bescheid. Er war kein Fremder mehr, nur noch jemand, den sie auf ihre Weihnachtsgeschenk-Liste setzen musste.

Noch ein verdammtes Geschenk mehr, das sie besorgen musste …

Ich wünschte, er würde einfach sterben …

Eve lief rot an und schnitt eine Grimasse – und zuckte dann unter dem scharfen Schmerz ein wenig zusammen, der sie für ihre Herzlosigkeit bestrafte.

Sie war ein schlechter Mensch. Ein schlechter, schlechter Mensch.

Sie schämte sich.

Leise ging sie ins Bad und begutachtete ihr Gesicht. Ihr Nasenrücken war doppelt so breit wie normal, und unter beiden Augen brauten sich dunkle Flecken zusammen. Sie seufzte, putzte sich sehr vorsichtig die Zähne und hatte dabei das komische Gefühl, dass ihr Gesicht jeden Moment unter seinem eigenen Gewicht nachgeben und ins Waschbecken fallen könnte.

Ross würde stinksauer sein.

Mrs Solomon kam um halb acht.

Um zwei Minuten nach halb acht klingelte Eves Handy.

Es war Joe. Schon daran, wie er »Hi« sagte, merkte sie, dass er schlechte Neuigkeiten hatte.

»Guy Smith hat die Röntgenaufnahmen.«

Guys Bericht war nicht gut, aber das war auch gar nicht nötig. Das Röntgenbild war es, auf das alle scharf waren – dieser schattenhafte Schädel, durchbohrt von einer leuchtend weißen Klinge und mit zwei Scherzartikel-Augäpfeln. Das war pures Fernseh-Gold, und sich das anzusehen war wie Gaffen bei einem Autounfall der allerbesten Sorte, nur sah das Wrack für Eve sehr nach ihrer Karriere aus, die da auf dem Seitenstreifen abfackelte.

Bei der morgendlichen Konferenz brüllte Ross Tobin sie an.

Sie war schon öfter angebrüllt worden – jeder Reporter wusste, wie man einen ordentlichen Anschiss wegsteckte. Normalerweise setzte sich Eve vehement für ihre Sache ein – akzeptierte Zurechtweisungen, wenn sie angebracht waren, während sie gleichzeitig ihr Handeln lebhaft verteidigte, um den Anbrüllenden daran zu erinnern, dass jede Geschichte zwei Seiten hatte. Sie war schon immer Expertin darin gewesen, einen wütenden Vorgesetzten durch Reden von der Palme zu holen – sogar Ross Tobin –, und es war bekannt, dass sie schon mal einen Anschiss auf ein alkoholseliges Mittagessen herunterverhandelt hatte, bei dem er auch noch gezahlt hatte!

Diesmal jedoch saß sie einfach nur da und ließ es über sich ergehen. Obwohl niemand damit hätte rechnen können, das Röntgenbild in die Finger zu bekommen. Und Guy Smith hätte das auch nicht geschafft, hätte er nicht mit

Janey aus dem Büro des Rechtsmediziners geschlafen – was Joe von Ricky gehört hatte; das war ein Vorteil, den sie sich nicht verschaffen konnte.

Sie hatte also durchaus ein Gegenargument. Doch sie hatte zu viel Angst, um es anzubringen. Angst davor, Ross noch wütender zu machen. Angst davor, ihren Job zu verlieren und Mrs Solomon nicht mehr bezahlen zu können. Angst davor, ihren Vater in ein Pflegeheim geben zu müssen, und Angst davor, ihn zu Hause zu behalten. Angst davor, dass es ewig so weiterging, und Angst davor, dass es enden könnte.

So sicher, wie ihr Vater bei dem Sportfest ihr Leben verändert hatte, als sie sieben gewesen war, so sicher, das wurde Eve plötzlich klar, hatte er es im Laufe der letzten drei Jahre – langsamer – von Neuem verändert. Hatte sie zu einem schwächeren, ängstlicheren Menschen gemacht, gerade jetzt, wo sie in Bestform sein müsste.

Also saß sie da, stumm und wehrlos, bis Ross schließlich keine Lust mehr hatte und allen Aufgaben zuwies.

Außer ihr.

Eine symbolische Verdammung.

Wir brauchen dich nicht, hieß das, und jeder hier wusste es. Nacheinander gingen sie hinaus, ohne Eve in die Augen zu sehen.

»Und was ist mit Ihrem Gesicht passiert, verdammte Scheiße?«, blaffte Ross. »Wie soll ich Sie denn vor 'ne Kamera stellen, wenn Sie so aussehen?«

»Ich weiß es nicht«, antwortete sie.

»Na ja, Katie kann das übernehmen«, knurrte er. »Sie bleiben an Ihrem Scheißschreibtisch, bis Sie wieder wie ein Mensch aussehen.«

Eve ging zurück ins Redaktionsbüro, wo anscheinend alle viel zu beschäftigt waren, um sie zu bemerken.

Joe berührte ihren Arm. »Alles okay?«

»Klar!«, erwiderte sie fröhlich und setzte sich. »Ein Riesenarsch auf Beinen, weißt du noch?«

»Davon rede ich nicht.«

Sie wurde rot. Er meinte ihr Gesicht, doch sie konnte es ihm nicht sagen. Nicht einmal in ihrem eigenen Kopf konnte sie es sagen: *Mein Dad hat mir mit der Faust ins Gesicht geschlagen.* Es war zu schrecklich.

Stattdessen sagte sie: »Joe, wir müssen ihm das Kevin-Barr-Video geben!«

Ihre Worte hingen zwischen ihnen in der Luft wie ein verwesender Kadaver.

Joe sah sie nicht an. Er setzte sich auf eine Ecke ihres Schreibtischs und spielte mit einer Büroklammer herum. Sein Schweigen ließ sie überlegen, ob er damit gerechnet hatte, und einen Moment lang hasste sie ihn, weil er nicht mehr Vertrauen in sie setzte – so ungerechtfertigt das auch sein mochte.

Trotzig hob sie das Kinn, wartete auf Widerspruch, *wollte* Widerspruch. Wollte, dass er ihr das ausredete und ihr versicherte, dass auch so alles gut werden würde …

Aber Joe sagte noch immer nichts. Die Luft knarrte unter der Last nicht ausgesprochener Verurteilungen.

»Für *dich* ist ja alles schön und gut«, schnappte sie schließlich.

»Wie meinst du das?«

»Du erscheinst nicht auf dem Bildschirm, und du bist keine Frau«, sagte sie. »In zwanzig Jahren machst du deinen Job immer noch, aber ich kann von Glück sagen, wenn ich meinen in einem Jahr noch habe.«

Sie hatte nicht so verbittert klingen oder sie beide als Gegner darstellen wollen, doch so, wie die Worte aus ihrem Mund purzelten, klang es sehr nach *beidem*.

Eve hätte ihm einfach sagen sollen, wie dringend sie diesen Job brauchte. Dass sie nicht riskieren konnte, ihn zu verlieren – und auch, warum. Doch sie hatte solche Angst davor, schwach zu erscheinen, dass das alles vollkommen falsch herausgekommen war. Sie wünschte, sie könnte noch einmal ganz von vorn anfangen und es *richtig* sagen, nur wusste sie nicht, wie.

Sie sah Joe an, hoffte, dass er ihre ungeschickten Worte irgendwie auf magische Weise durchschauen würde, die Verzweiflung erkennen würde, die sie hervorgebracht hatte.

Und vielleicht hätte er das auch getan – wenn er sie angesehen hätte.

Stattdessen sagte er »Okay« und starrte einen Moment lang vor sich hin.

Dann stand er auf und ging hinaus.

Als sie Ross den Videoclip zeigte, küsste er sie tatsächlich – feucht und verraucht auf die Wange – und führte einen unbeholfenen kleinen Tanz auf, wie eine Matrosenmarionette.

»Ja, *leck* mich doch!«, brüllte er immer wieder. »*Leck* mich doch! Wir haben Zugang zu einem Mörder! Der Kerl hat uns einen Clip geschickt, wie auf *Scheiß-YouTube*! Manna vom Himmel! Der Berg kommt zu Mohammed! Fickt euch ins Knie, 24/7! Ja, *leck* mich doch!«

Er sendete den Clip, sie hatten es ja gewusst.

Es war eine Sensation. Sie hatten es ja gewusst.

Noch bevor der Clip ausgestrahlt wurde, bekamen die Boulevardblätter Wind davon, was iWitness News an Land gezogen hatte, und überschlugen sich schier, um die Rechte an den Bildschirmfotos zu kaufen.

Guy Smiths Röntgenbild war vergessen und landete im Mülleimer der Geschichte. Mit einem Videoclip von dem Mordopfer, der allem Anschein nach vom Mörder persönlich aufgenommen worden war, konnte es nicht mithalten. Niemand interessierte sich mehr einen Scheiß für das weiße Messer und die Scherzartikel-Augäpfel. Die Welt war weitergezogen, vorwärts und aufwärts, und Eve zog mit ihr.

Als der Aufmacher der Nachrichten zur Hauptsendezeit halb durch war – im Hintergrund das unheimliche, flackernde Bild von Kevin Barr –, wandte sich Ross Tobin an Eve und bedachte sie mit einem bemühten Grinsen.

»Heute ist Ihr Glückstag«, verkündete er.

Doch es fühlte sich gar nicht so an.

Dreimal wählte sie Joes Handynummer, und jedes Mal landete sie bei der Mailbox.

Schließlich hinterließ sie eine Nachricht, doch er rief nicht zurück.

Eve machte Omeletts zum Abendbrot. Sie hätte sie ja überbacken, aber Duncan Singer hatte die Knöpfe des Ofens abmontiert und sie irgendwo hingetan, wo sie sie nicht finden konnte, und er wusste nicht mehr, wohin.

»Die sind *sicher verwahrt*«, sagte er immer wieder. »Ganz *sicher.*«

Dann wollte er sein Omelett nicht essen – und das, nachdem er einen Riesenaufstand gemacht hatte, weil er Ziegenkäse statt Cheddar wollte.

»Was ist denn damit nicht in Ordnung?«, wollte sie wissen.

»Alles«, antwortete er und kippte den Teller langsam senkrecht, sodass das Omelett mit einem Klatschen auf dem Boden landete.

»Scheiße!«

Eve schaufelte es von den Fliesen in den Mülleimer. Ein bisschen fiel auf ihren Schuh.

»Keine Kraftausdrücke«, sagte er. »So was mag ich nicht.«

»Na ja, und ich mag's nicht, wenn du Essen auf den Boden schmeißt«, fauchte sie.

»Ich esse keinen Dreck.«

»Dann iss eben gar nichts!«, schrie sie ihn an.

»Tue ich auch nicht!«, schrie er zurück. »Wirst ja sehen, ob's mir was ausmacht!«

Eve wischte wild mit einem Geschirrhandtuch auf dem Boden herum und wünschte, sie hätten einen Hund, der Verschüttetes entsorgen könnte. Als sie klein gewesen war, hatten sie einen gehabt. Arnie – einen riesigen Airedale Terrier, der das ganze Sofa für sich beansprucht und sie mit seinen Fürzen aus dem Zimmer vertrieben hatte.

Vielleicht doch keinen Hund.

Sie schmiss das Geschirrhandtuch hinter dem Omelett her in den Mülleimer.

Ihr Vater hatte solche Tage. Nicht oft, aber mittlerweile oft genug, dass sie dazwischen nie genug Zeit hatte, sich wieder zu fangen. Sich nie so weit erholen konnte, dass sie in der Lage war, es komisch zu finden.

»Und was willst du nun essen?«, fragte sie zornig.

»Erdnusskrokant.«

Sie setzte ihm Müsli mit Honig vor, und er stach mit säuerlicher Miene mit einem Löffel darauf ein.

»Siehst du?« Sie zeigte mit dem Finger. »Nüsse.«

»Du gehst *mir* auf die Nüsse«, knurrte er. »Nicht ich dir.«

Ihr Handy klingelte in ihrer Handtasche im Wohnzimmer.

Fast hätte sie es klingeln lassen, weil ihr Vater so aufsässig war, dass sie ihn nicht einen Augenblick allein lassen wollte.

Dann ging sie doch hin, weil ihr Vater so aufsässig war, dass sie ihn allein lassen wollte, und sei es nur für einen Augenblick.

»Hallo?«

»Hallo, Eve.«

Eine Männerstimme. Dann Schweigen. Das nervte jetzt schon.

Eve war in zwei Sekunden von null auf Gereizt.

»Wer ist da?«

»Raten Sie mal.«

»Nein«, sagte sie. »Ich habe reichlich zu tun.«

Ein kurzes Auflachen. »Das ist mal wieder typisch für Sie, Eve.«

War das Guy? Er klang *nicht wie Guy …*

»Von mir aus«, schnappte sie. »Sagen Sie mir, wer Sie sind, oder ich lege auf.«

Schweigen.

Beinahe hätte sie aufgelegt.

»Ich habe Ihnen ein Video geschickt.«

Eve hörte auf zu atmen. »Was?«

Sie hatte ihn verstanden. Sie brauchte nur Zeit, um von Tochter auf Reporterin zu schalten – und dann zu bewerten, was er gesagt hatte.

»Was?«, fragte sie abermals.

»Ich bin ja so froh, dass ihr es gesendet habt. Im Fernsehen hat es so viel besser ausgesehen. Aber das ist ja bei allem so, nicht wahr?«

Seine Stimme war angenehm und kultiviert. Ruhig und selbstsicher.

»Das ist, als wenn ein Baum im Wald fällt«, lachte er. »Wenn's nicht im Fernsehen kommt, passiert es dann überhaupt wirklich?«

»Wo-wo haben Sie den Clip her?« Eve stotterte – etwas, das sie seit ihrer Kindheit nicht mehr getan hatte. Es hatte sich ausgewachsen. Sie hatte *gedacht*, es hätte sich ausgewachsen.

»Ich habe ihn gemacht«, sagte er ruhig.

Eve wurde kalt. Nicht fröstelig, sondern *eiskalt.* Als wäre sämtliches Blut aus ihrer Haut abgesaugt worden und eilends ins Innere ihres Körpers geströmt, nur um ihr Herz und ihre Lunge in Gang zu halten, während ihr Gehirn eingefroren war.

Sie sprach mit einem Mörder.

Und stand dabei in ihrem Wohnzimmer. Mit Ei auf dem einen Schuh.

»W-w-was wollen Sie?«, flüsterte sie.

»Ich möchte Ihnen etwas zeigen«, antwortete er. »Piccadilly Circus. U-Bahnsteig Richtung Westen. Morgen Abend um sechs.«

Er legte auf, ehe sie *Nein* sagen konnte.

Oder *Ja.*

18. Kapitel

10. Dezember

Es war ein Schultag, aber sie waren nicht in der Schule.

Das war Carlas Idee gewesen. Die meisten Ideen waren Carlas.

»Wir stecken Klamotten in unsere Schultaschen, keine Bücher«, hatte sie gesagt. »Das merkt doch keiner.«

Das merkt doch keiner war Carlas Mantra. Keiner würde merken, wenn sie sich Papiertaschentücher in die BHs stopften. Keiner würde merken, wenn sie von dem Wodka aus dem Barschrank ihrer Mutter tranken und die Flasche mit Wasser auffüllten. Keiner würde merken, wenn sie sich Geld aus dem Stromzähler borgten.

Diese Behauptung hielt nach solchen Aktionen genauerer Betrachtung nicht immer stand, *vorher* jedoch war sie ein fast unwiderstehliches Argument.

Zoey war von Carlas jüngstem Plan begeistert gewesen; Maddie nicht ganz so sehr. Auch das war meistens so. Maddie war die Stimme der Vernunft – oder zumindest so vernünftig, wie eine Dreizehnjährige sein kann. Maddie war noch nie betrunken gewesen, sie hatte noch nie geraucht, und sie hatte noch nie Sex gehabt; allerdings wurde ihr immer wieder versichert, dass es keiner merken würde, wenn sie welchen hätte. Einmal hatte sie einen Jungen geküsst –

Jez Costa – und war nicht beeindruckt gewesen. Seine Lippen waren zu trocken gewesen, und hinterher hatte er sich den Mund mit dem Handrücken abgewischt, als ob *ihre* Lippen zu nass gewesen wären. Also war sie nicht besonders scharf darauf, das in nächster Zeit noch einmal zu versuchen, trotz Zoeys und Carlas Drängen. *Die* hatten beide schon viele Jungs geküsst. Jede Menge. Und bei manchen war's auch schon ganz schön riskant geworden. Carla meinte, sie habe vor, ziemlich bald richtigen Sex mit Mattie Amir zu haben.

»Ist das nicht, na ja, irgendwie *illegal,* wenn man unter sechzehn ist?«, hatte Maddie sie gefragt.

»Nur für den Jungen«, hatte Carla leichthin geantwortet. »Und überhaupt, *das merkt doch keiner.*«

Also hatten die drei die erste Hälfte von Carlas Plan mustergültig ausgeführt. Sie waren mit dem Bus zur Schule gefahren, hatten dann das Schulgebäude verlassen und waren in Hammersmith in die U-Bahn gestiegen, nachdem sie sich auf der Bahnhofstoilette umgezogen hatten. Den ganzen Tag waren sie shoppen gewesen, was sehr viel Gucken und Anprobieren und minimales tatsächliches Kaufen bedeutet hatte. Carlas Stiefvater hatte ihr fünfzig Pfund zum Geburtstag geschenkt, also hatte sie reichlich Kohle, aber Maddie hatte, nachdem sie die U-Bahn-Karte bezahlt hatte, nur noch siebzehn Pfund gehabt und Zoey sogar noch weniger. Zoey hatte das wettgemacht, indem sie im Drogeriemarkt Wimperntusche geklaut hatte. Maddie war schockiert gewesen, hatte es aber nicht zeigen und alles verderben wollen. Sie hatten die Wimperntusche alle ausprobiert und geschwärmt, wie toll die doch wäre und dass ihre Wimpern damit echt *mega* aussähen.

Carla hatte sich eine Mütze gekauft, mit der sie süß aussah, und ein Kleid, in dem sie nicht süß aussah. Maddie hatte sich mit Bewunderung für das Kleid vielsagend zurückgehalten, aber ihre Subtilität hatte gegen Zoeys »O mein Gott!«-Überfrachtung nichts ausrichten können. Dann hatte Maddie sich für fünfzehn Pfund einen blauen Mikro-Mini mit goldenem Fransensaum gekauft, und Zoey hatte eine Halskette für sieben Pfund neunundneunzig geklaut.

Und noch nicht mal eine besonders hübsche.

Maddie hatte insgeheim beschlossen, nie wieder mit Zoey shoppen zu gehen.

Trotzdem hatten sie sich blendend amüsiert, und die Stunden waren nur so verflogen, und als sie auf dem U-Bahnsteig ankamen, schienen sämtliche Bewohner Londons ebenfalls dort zu sein.

Einen Zug hatten sie in dem Gedränge bereits verpasst.

»Scheiße«, sagte Carla. »Wieso sind hier denn so viele *Leute*?«

»Feierabendverkehr«, meinte Maddie achselzuckend.

»Krass!«, stellte Carla fest. »Hier unten stinkt's. Irgendwer riecht hier nach Katzenpisse.«

Die Frau vor ihnen drehte sich um und sah sie böse an, und sie kicherten alle.

»Wenn wir die nächste U-Bahn nicht kriegen, kommen wir zu spät, und meine Mum kriegt einen Anfall«, warnte Maddie.

»Nein, kriegt sie nicht«, erwiderte Zoey abfällig. »Du kannst doch einfach sagen, der Bus hätte 'ne Panne gehabt. Das erzähle ich meiner Mum andauernd.«

»Fragt die denn nicht in der Schule nach?«, wollte Maddie wissen, und Zoey sah sie so verständnislos an, dass

Maddie genau wusste, darauf wäre sie – oder wahrscheinlich eher ihre Mutter – nie gekommen.

»Das ist doch Scheiße«, maulte Carla. »Wir hätten nicht zu Superdrug gehen sollen; die Schlange da war doch, also, voll kilometerlang.«

»Ja«, bekräftigte Zoey. »Kein Wunder, dass die Leute da klauen müssen.«

»Gehen wir ganz nach vorn«, schlug Maddie vor. »Damit wir die nächste U-Bahn auch bestimmt kriegen.«

Also taten die drei genau das, quetschten sich dünn und wendig durch die Menschenmasse in dunklen Mänteln und verstießen damit in ihren bunten Skijacken und den Kapuzen mit Kunstfellbesatz ungeniert gegen unausgesprochene Pendlerregeln. Wie kleine Glühwürmchen huschten sie kichernd und voller lässiger, leerer Entschuldigungen durch die Menge.

»'tschuldigung. Entschuldigung. 'tschuldigung.«

Wären sie Männer gewesen, so wären sie vielleicht auf Widerstand gestoßen – und wenn nur in Form halblauter abfälliger Bemerkungen. Aber drei muntere junge Mädchen, strahlend und fröhlich? Die Menge ließ es ihnen durchgehen. Als sie alle am Rand des Bahnsteigs angekommen waren, machten ihnen verdrossene Möchtegern-Fahrgäste Platz, schoben sich rückwärts und seitwärts gegeneinander.

Carla, Zoey und Maddie kicherten. Ihr Plan war wieder auf Kurs. Jetzt brauchten sie nur noch die U-Bahn zu nehmen, die sie nach Hause brachte, sodass *keiner etwas merken würde …*

Joe ging noch immer nicht ans Telefon. Jedenfalls nicht, wenn *sie* anrief.

Mist.

Eve sah auf die Uhr. Halb sechs.

Dann sah sie auf die Uhr: eine Minute nach halb sechs.

Sie hatte niemandem von dem Anruf erzählt, weil sie nicht wusste, ob sie zum U-Bahnhof Piccadilly Circus gehen sollte, um sich mit dem Mann zu treffen, oder nicht. Sie hatten den Clip gesendet, er hatte seine fünfzehn Minuten im Rampenlicht bekommen – was wollte er denn noch mehr?

Was hatte er noch mehr *zu bieten*?

Wieder rief sie Joe an. Diesmal hinterließ sie eine Nachricht, sprach leise und blickte sich dabei verstohlen um. »Joe, der Mann, der den Clip geschickt hat, hat mich gestern Abend angerufen. Er will sich mit uns treffen, auf dem U-Bahnhof Piccadilly Circus, heute Abend um sechs. Bitte ruf mich zurück.«

Der Mann hatte nicht gesagt, dass er sich mit *ihnen* treffen wollte, doch das war eine sehr harmlose Lüge und mehr als alles andere geeignet, Joe dazu zu bringen, sie zurückzurufen.

Wieder tat er es nicht.

Irgendwie hatte sie dabei das Gefühl, sie müsse sich verteidigen, obwohl Joe sie doch gar nicht angriff, sondern sie nur ignorierte.

Noch einmal schaute sie auf die Uhr.

Sollte sie hingehen?

Sie würde zu Fuß eine Viertelstunde zum Piccadilly Circus brauchen und dann noch mal mindestens fünf Minuten, um es zu dieser Tageszeit auf den U-Bahnsteig Richtung Westen zu schaffen.

In Gefahr wäre sie nicht, wenn sie allein hinging. Sie

traf sich ja nicht mit einer Kontaktperson in einer dunklen Gasse, sie würde auf einem hell erleuchteten U-Bahnhof stehen, zusammen mit Tausenden anderer Fahrgäste. Was konnte da schon schiefgehen.

Verdammt, wenn sie *nicht* hinging, machte sie doch ihren Job nicht. Ross Tobin war so wankelmütig wie ein Bonobo, und sie musste liefern, um ihre Position zu festigen. Eine weitere Exklusiv-Story wäre da ganz bestimmt hilfreich.

Wenn das hier denn eine Exklusiv-Story war. Oder überhaupt eine Story. Im Augenblick wusste sie doch gar nicht, ob der Mann der Mörder war; es könnte auch jemand sein, der den Mörder *auffliegen lassen* wollte. Und vielleicht tauchte er ja auch gar nicht auf – in diesem Fall war Piccadilly Circus sowieso ihr U-Bahnhof, und sie wäre hocherfreut, *pünktlich* nach Hause fahren zu können.

Eins war sicher: Wenn sie nicht hinging, würde sie es nie erfahren.

Eve schaute abermals auf die Uhr.

Acht Minuten nach halb sechs.

Sie stand auf und zog ihren Mantel an.

Katie Merino lächelte, als sie vorbeikam. »Na, gehst du heute mal früh nach Hause, Eve? Verdient hast du's ja auf jeden Fall.«

Ach, verpiss dich doch, dachte Eve.

Trotz des kalten Wetters ging Eve die fünfzehn Minuten zum Piccadilly Circus zu Fuß, inmitten einer geradezu absurden Menschenhorde. Um diese Zeit in London ein Taxi zu nehmen war nämlich eine teure Methode, sich von Fußgängern überholen zu lassen.

Es hatte aufgehört zu schneien, doch der Wind hatte mit

einer eisigen Intensität aufgefrischt, die sie schaudern ließ, und sie war erleichtert, als sie alle aus der beißenden Kälte des Piccadilly Circus in die Unterwelt des U-Bahn-Netzes hinabstiegen.

Hier wehte kein Wind, aber irgendwo spielte ein Straßenmusiker auf einer Klarinette »Smoke Gets in Your Eyes« – woraufhin sie prompt an den verheerenden Brand im Bahnhof King's Cross denken musste und ganz untypische Klaustrophobie verspürte.

Es herrschte ein Wahnsinnsgedränge, und Eve schloss sich dem menschlichen Lavastrom an, der sich langsam, aber unaufhaltsam auf die Drehkreuze zuwälzte.

Es war ein merkwürdiges Gefühl, diese Unterwerfung des Ichs. Dies hier war kein Ort für das Individuum, kein Ort für Unabhängigkeit oder Freidenkertum und ganz gewiss kein Ort für einen Notfall. Hätte sie einen Taschendieb oder einen Geliebten verfolgt – oder hätte sie unbedingt im nächsten Zug sein müssen, um die Welt zu retten –, so hätte ihre Identität trotzdem in dieses kollektive Kolloid eintauchen müssen, das da Schulter an Schulter, Hüfte an Hüfte, Zeh an Ferse durch die stählernen Engpässe schlurfte.

Sie unterdrückte das Bedürfnis, umzudrehen und zu machen, dass sie hier herauskam, und wappnete sich stattdessen dafür, auf der Rolltreppe in die weiß gekachelten Eingeweide Londons hinunterzufahren.

Wenigstens wurde es wärmer, je tiefer sie kam. Allerdings stieg mit der Wärme auch der Nasser-Hund-Geruch anderer Leute auf. Es war seltsam, im 21. Jahrhundert andere Menschen zu riechen. Dabei kam Eve sich vor wie im Mittelalter.

Die Feuchtigkeit und die Wärme brachten die Essenz des Ungewaschen-Seins zum Vorschein, punktiert von Curry oder gebratenen Zwiebeln. Hin und wieder brachte duftendes Shampoo auf schimmerndem Haar fünf Zentimeter vor ihrer Nase berauschende Erleichterung oder – wenn sie Glück hatte – diese Zitronenseife von Lush, die wie Menthol durch alles hindurchschnitt. Öfter jedoch durchbrach überdosiertes Aftershave die Wolke von Körpergeruch und feuchten Mänteln und trieb einem die Tränen in die Augen.

Die Rolltreppe hinunter und dann durch einen zweiten Engpass unter der weißen, gewölbten Decke, während sie darauf wartete, dass sie an der Reihe war, den Bahnsteig zu betreten. Von einem Zug gar nicht zu reden.

Einen Moment lang stand Eve still; überall um sie herum nahmen ihr Menschen, die größer waren als sie, die Sicht, und plötzlich fühlte sie sich vollkommen und niederschmetternd *allein.*

Allein bei der Arbeit und allein zu Hause.

Sie hatte sich so lange solche Mühe gegeben, sich so zu verhalten, als wäre Duncan Singers Zustand eine vorübergehende Erkrankung, als würde er sich irgendwann erholen und wieder wissen, wer er war und wer sie war, und völlig entgeistert sein, dass er jemals jemanden hatte vergessen können, den er doch so sehr liebte.

Doch tief im Innern war ihr klar, dass das nicht passieren würde. Bei dieser Krankheit gab es keinen Weg zurück. Ihr Vater war auf einer Straße unterwegs, die nur zu einem einzigen Ende führte. Es musste ein Ende geben. Doch wie lange würde es dauern, dorthin zu gelangen? Und in was für einer Verfassung würden sie beide sein, wenn sie dieses Ende schließlich erreichten?

Vor einem Jahr hatte Eve gedacht, sie hätte die Grenze ihrer Belastungsfähigkeit erreicht. Sie hatte am Rande eines Zusammenbruchs gestanden und es einfach *nicht einen Tag länger* ertragen können, ständig Arbeit und Dad und Ross Tobin und die Hypothek und all das Blut zu bewältigen.

Irgendetwas *musste* zusammenbrechen.

Und während sie darauf gewartet hatte, dass sie zusammenklappte, war ein weiterer Tag vergangen.

Und dann noch einer. Und noch einer.

Bis sich herausgestellt hatte, dass ihre Belastbarkeit ein Brunnen mit doppeltem Boden war. Es war noch immer Wasser darin – auch wenn es immer weiter weg und immer schlammiger und immer schwerer zu erreichen war.

Doch simple Logik besagte, dass der Brunnen irgendwann austrocknen würde.

Vielleicht war es heute ja so weit.

Und was würde dann mit ihrem Vater passieren? Und was würde mit ihr passieren?

Die neue Distanz zwischen ihr und Joe fühlte sich an wie der Tropfen, der das Fass vielleicht zum Überlaufen bringen würde, und plötzlich wünschte sich Eve inständig, sie hätte Ross Tobin den Clip nicht gegeben. Scheiß auf ihren Journalisteninstinkt – wenn es bedeutete, dass sie Joes Respekt verlor, dann war es das Ganze nicht wert.

Eves Augen brannten, und sie schniefte dickflüssig. Ein Mann in mittleren Jahren vor ihr sah sich mit einer Miene nach ihr um, die vielleicht Mitgefühl ausdrückte oder vielleicht auch eine Warnung, ihm ja nicht auf den Mantel zu rotzen. Das Gedränge um sie herum war so schlimm, dass sie sich allein dadurch, dass sie ein Taschentuch hervorwühlte, um sich die Nase zu putzen, von zwei Leuten böse Blicke einhandelte, weil sie sie mit dem Ellenbogen erwischt hatte.

Sie machte kehrt und versuchte, den Rückweg anzutreten, gab es jedoch rasch auf. Die Menge hinter ihr war eine Mauer, Hunderte von Menschen stark. Sie konnte nichts tun, außer sich von ihrem unbarmherzigen Vorwärtsschlurfen mittragen zu lassen.

Eve seufzte und wurde vorwärtsgeschoben, während Züge kreischend in den Bahnhof ein- und wieder hinausfuhren. Endlich erreichte sie den Bahnsteig, schaffte es aber gerade eben nicht in den Zug, der dort stand. Der Mann, der sich nach ihr umgesehen hatte, war der Letzte, der sich in den Waggon quetschte; es war so eng, dass der Gürtel seines Mantels zwischen den Türen eingeklemmt wurde, als der Zug losfuhr. Wenn er am nächsten Bahnhof auf der anderen Seite aussteigen musste, hatte er ein Problem.

Den Zug verpasst zu haben bedeutete zumindest, dass sie in der Poleposition für den nächsten war. Ungehindert eilte sie vor der Menge den Bahnsteig hinunter, fast ganz bis zum Ende, und hielt sich dicht an der gelben Sicherheitslinie, um beim Ansturm auf die Türen nicht zurückgedrängt zu werden.

Hinter ihr füllte der Bahnsteig sich rasch.

Durch die Bewegung fühlte sie sich ein klein wenig besser, und sie konnte sich die Nase putzen, ohne dass jemand sie missbilligend anfunkelte.

Das Lied des Straßenmusikers war verklungen, und die Luft hallte von der Stille vieler Menschen wider, die nicht sprachen.

Eine gelangweilte Stimme verkündete, dass der nächste Zug nicht in Baron's Court halten würde, und kurz danach kam der vertraute Schwall warmer Luft, der der Einfahrt jedes Zuges vorausging.

Eve!

Eve schaute zurück, den Bahnsteig hinunter. Hatte da jemand ihren Namen gerufen? Sie sah niemanden, den sie erkannt hätte. Und auch niemanden, der anscheinend sie erkannt hatte.

Es war nichts. Nur zufällige Tunnelgeräusche, die ihrem Ego in die Hände spielten.

Schon wollte sie sich abwenden …

»Oh!«

Dicht vor dem anderen Ende des Bahnsteigs stolperte ein Mädchen in einer pinkfarbenen Skijacke aus den dunklen Reihen der Pendler heraus und über die gelbe Linie.

Es ging so schnell. Doch Eve hatte noch Zeit zu denken *Jemand muss sie festhalten!*.

Beide Arme vorgestreckt, fiel das Mädchen beinahe bäuchlings zu Boden.

Wäre sie hingefallen, so wäre ihr nichts passiert.

Doch das Mädchen fiel nicht hin. Sie stolperte in rapider Zeitlupe weiter. Die Füße stotterten, die Arme griffen um sich, der Pferdeschwanz hüpfte.

Der Ruf der Schwerkraft …

OmeinGott! Haltet sie doch fest!

Die Leute stürzten vor, um genau das zu tun. Aber niemand *tat* es …

Mit einem gellenden Schrei kippte das Mädchen von der Bahnsteigkante und in die leere Luft hinaus.

Sie kam nicht auf dem Boden an.

Ihr Schrei wurde brutal abgewürgt, als sie unter dem einfahrenden Zug verschwand.

Eve stand auf dem Bahnsteig, während das scheppernde Getöse des Zuges ihren Kopf im Takt mit ihren eigenen Schuldgefühlen erfüllte: *Das geschieht mir recht, ich hätte nicht herkommen sollen. Das geschieht mir recht, ich hätte nicht herkommen sollen. Das geschieht mir recht, ich hätte nicht herkommen sollen …*

Doch der Zug bewegte sich nicht. Er stand vor ihr still.

Vage verwirrt, drehte sie den Kopf langsam nach rechts.

Und die Menschen waren weg.

Sie hatte gar nicht mitbekommen, dass alle den Bahnsteig verlassen hatten. Hatte den panischen Exodus nicht mitbekommen, das Schubsen, das Schluchzen, das Hinfallen und das Aufhelfen.

Alles, was sie wusste, war, dass vierhundert Möchtegern-U-Bahn-Fahrgäste verschwunden waren, anscheinend binnen eines Augenblicks.

Ein Stück weiter den Bahnsteig hinunter kümmerte sich eine kleine Schar in Signalgelb und Dunkelgrün um zwei farbenfroh gekleidete halbwüchsige Mädchen, vielleicht dreizehn oder vierzehn Jahre alt. Leuchtend bunte Leggins und Skijacken. Ohrenwärmer und Handschuhe.

Die Freundinnen des toten Mädchens. Die eine vornüber gekrümmt, die Hände auf den Bauch gepresst, als hätte sie Schmerzen; die andere auf den Knien. Die Gesichter verzerrt, die Münder weit aufgerissen.

Lautlos weinend.

Eve drehte den Kopf steif nach links.

Eine weitere Gruppe offizieller Helfer machte ernste Gesichter und drängte sich um jemand, der wohl der Zugführer war – ein junger Mann, ganz grau im Gesicht, der im Schneidersitz neben seiner Fahrerkabine auf dem Bahnsteig saß. Er sah aus, als sei er ausgestiegen und habe sich hingesetzt und würde jetzt vielleicht nie mehr die Energie aufbringen, wieder aufzustehen. Um seine Schultern war eine Decke aus Metallfolie gelegt, und zwei Rettungssanitäter hockten vor ihm und versuchten zu helfen.

Doch die Zeit zum Helfen war vorbei, und jetzt konnte niemand mehr etwas tun.

Das Getöse des Zuges war das Klappern ihrer Zähne, begriff sie endlich. Mit Mühe brachte sie sie dazu, damit aufzuhören, und der Zug in ihrem Kopf wich einem noch schrecklicheren Geräusch: dem hemmungslosen Heulen der beiden völlig aufgelösten Mädchen.

Sie sah zu, wie sie behutsam weggeführt wurden.

Eve wusste, dass das hier traurig war, doch sie konnte es nicht fühlen. Die Verbindung zwischen ihrem Kopf, ihrem Herzen und dem Rest von ihr war auf merkwürdige Weise gekappt, sodass sie sich nicht einmal sicher sein konnte, ob ihr Herz noch in ihrer Brust war.

Ihre Zähne begannen von Neuem zu klappern, und sie ließ sie die Realität übertönen.

Wieder betrachtete sie das Tableau rund um den Zugführer. Niemand hatte sich von der Stelle gerührt. Etwas weiter rechts von ihm bemerkte sie einen pinkfarbenen Wollhandschuh.

Eve runzelte die Stirn. Irgendetwas war komisch daran.

Er klemmte zwischen Zug und Bahnsteigkante wie ein sorgfältig arrangiertes modernes Kunstwerk.

Aber das war es nicht, was komisch an dem Handschuh war …

Eves Gehirn versuchte, grundverschiedene Informationen zu einer logischen Schlussfolgerung zusammenzusetzen. Und plötzlich wünschte sie, das wäre ihr nicht gelungen.

»O nein«, stieß sie hervor und trat einen Schritt zurück. »O nein!«

Sie merkte, wie ihre Beine nachgaben, und sank ungraziös auf die Knie. Rasch schlug sie die Hand vor den Mund, doch ihr Mageninhalt entkam daran vorbei und klatschte auf den Bahnsteig.

Noch ein Krampfen und Säuretränen in Augen und Nase.

»Alles okay?«

Eine Frauenhand auf ihrem Rücken. Grüne Beine. Schwarze Schnürstiefel. Eine Rettungshelferin hatte vorbeigeschaut. Eve blickte nicht auf – schüttelte bloß den Kopf, wedelte mit dem Arm nach links und würgte: »In dem Handschuh da ist eine Hand drin.«

Eine Pause, dann sagte die Frau: »Scheiße!«, und die grünen Beine hasteten davon, um jemandem in Signalgelb Bescheid zu sagen.

Eve wollte nicht sehen, was als Nächstes geschah. Sie verharrte ein Weilchen auf allen vieren, starrte auf das Erbrochene hinunter. Zitterte. Dann hob sie den Kopf und blickte starr geradeaus, fixierte die Seite der U-Bahn. Auch vollkommen leer, stellte sie fest, sodass sie durch die Fenster die gewölbte, mit Plakaten bepflasterte Wand auf der anderen Seite der Gleise sehen konnte.

Sie starrte weiter, suchte die Ablenkung bedeutungsloser kommerzieller Angebote. *Les Misérables* und das British Museum und Vodafone. Auf jedem riesigen Plakat prangte genau in der Mitte ein kleiner weißer Flyer, der für eine Ausstellung warb. Das war doch wohl nicht erlaubt, mutmaßte sie, die großen, teuren Werbeflächen so zu verunstalten. Aber die Flyer waren trotzdem da. Künstler waren Rebellen. Caravaggio und van Gogh und Andy Warhol. Gingen ihren eigenen Weg, machten ihr eigenes Ding. Schwammen gegen den Strom und schleppten – letztendlich – die ganze Welt hinter sich her.

Tja, heute würde hier niemand zu einer Ausstellung gehen, dachte Eve düster. Niemand hier würde zu Vodafone wechseln oder Karten für *Les Misérables* reservieren, nach dem, was gerade passiert war. Ihre eigene Mission war jetzt eine dunkle Erinnerung, schwach und bedeutungslos. Sie wünschte sich, sie wäre in der Redaktion geblieben.

Die Redaktion.

Eve setzte sich auf die Fersen und wischte sich mit dem Handrücken den Mund ab. Dann zog sie ihre schmutzigen Handschuhe aus und ließ sie neben das Erbrochene fallen. Langsam kam sie auf die Beine.

Sie rief Joe an.

»Joe …«

Seine Mailbox meldete sich. Jetzt konnte sie kein weiteres Wort an dem Kloß in ihrer Kehle vorbeiquetschen und brach die Verbindung ab. Sie konnte sich doch nicht an der Schulter seiner Mailbox ausweinen; sie brauchte den Trost eines Menschen.

Irgendeines Menschen.

Sie rief Ross Tobin an.

»Was gibt's?«

»Auf dem U-Bahnhof Piccadilly hat es einen Unfall gegeben.« Sie holte tief Luft. »Ein junges Mädchen ist vor den Zug gefallen.«

»Echt?«, fragte er. »Ist sie tot?«

»Ja.«

»Haben Sie Bilder?«

»Was?«

»Ob Sie Bilder haben?«

Sie war wie vor den Kopf geschlagen von der Frage. Deswegen hatte sie nicht angerufen. Das war nicht das, was sie gewollt hatte.

»Nein«, flüsterte sie und erklärte: »Es ist *genau vor meinen Augen* passiert!«

»Wir sind ein Fernsehsender«, blaffte er sie an. »Machen Sie Bilder oder suchen Sie sich 'nen Job beim Radio.«

Er legte auf, und Eve stand auf dem Bahnsteig und zitterte, als sei sie auf einem See im Eis eingebrochen.

Sie schaute auf das Handy in ihrer Hand hinunter und hörte das Apple-Genie Steve Jobs so klar und deutlich wie die Stimme Gottes.

»... acht Megapixel ...«

Eve sprach zu den Aufnahmen; sie versuchte gar nicht, hochgestochen zu klingen, sondern gab nur die Fakten wieder. Langsam filmte sie mit dem Handy ihre Umgebung. Den Bahnsteig, den Zugführer in seiner silbernen Decke, den stehenden Zug, *Les Misérables* und Vodafone und die verstreuten Schuhe, abgestreift bei der Flucht vom Bahnsteig, die panisch gewesen sein musste.

Zuerst stammelte sie ein wenig, doch es wurde leichter. Der Sucher sorgte für willkommene Distanz. Sie dachte sogar daran, das Selfie-Icon anzutippen, das sie mit im Bild sein ließ – und editierte beim Filmen innerlich mit. Dabei brachte sie irgendwie die professionelle Geistesgegenwart auf zu überlegen, wie sie wohl aussah – und dann den Zynismus, sich einen Dreck darum zu scheren. Je schlimmer sie aussah, desto besser.

Auf dem Weg die Rolltreppe hinauf filmte sie ein paar Männer, die gerade hinunterfuhren. Sie trugen orangerote Arbeitssachen und hatten Müllsäcke und Schaufeln dabei.

Sie kamen, um die Schweinerei wegzumachen.

Mit Schaufeln.

Wieder krampfte sich Eves Magen zusammen, war jedoch zum Glück leer.

19. Kapitel

In dieser Nacht schlief Eve nicht. Nicht einmal unruhig.

Es war erschreckend, wie lang eine Stunde sein konnte, wenn man als Gesellschaft nur ein junges Mädchen hatte, das wieder und wieder vor einen Zug stürzte, wie ein Video, das sich rasend schnell im Netz verbreitete. Als sich daher ihr Handy um zwei Uhr morgens meldete, schnappte sie es sich noch vor dem zweiten Klingeln.

»Joe?«

»Nein.«

Beklommenes Schweigen. Sie sah nach der Nummer des Anrufers, doch die war unterdrückt.

Dann sprach er wieder. »Ich bin froh, dass Sie heute da waren.«

Ein Frösteln durchlief sie. Gänsehaut am ganzen Körper. Ein Mörder am Telefon.

»Ich habe Sie nicht gesehen.«

»Aber ich habe Sie gesehen. Leibhaftig.« Er lachte.

Eves Verstand fuhr langsam hoch. Wollte nicht recht anspringen, wie ein Auto an einem Wintermorgen.

»W-wie meinen Sie das?« *Verdammtes Stottern!*

»Nun ja, ich fand Ihre Show toll. Wie fanden Sie meine?«

»Ihre was?«

»Meine Show.«

»Ihre Show?« Sie zermarterte sich das Hirn. Da war ein Straßenmusiker gewesen, »Smoke Gets in Your Eyes« …

»*Unsere* Show«, sagte er, als müsse er sich verbessern.

»I-i-ich weiß nicht, was Sie meinen.«

»Das Mädchen in Pink«, sagte er ungeduldig.

»Was?«

»Sie haben mich schon verstanden.«

Eve blinzelte. Es dauerte tausend Jahre.

Der warme Luftschwall des ankommenden Zuges …

Eve!

Ihr Name in der Luft. Ihr Verstand, der sie narrte.

Seine Stimme. *Diese* Stimme. Er hatte ihren Namen gerufen.

»Das Mädchen, das aufs Gleis gefallen ist?«, hauchte sie.

Er lachte. »Ist sie gefallen, oder wurde sie gestoßen? Was meinen Sie, Eve?«

»Ich … ich weiß es nicht«, antwortete sie stockend.

»Ich wollte nicht, dass Sie das verpassen. Ich wusste doch, dass Sie es so vorteilhaft wie möglich zur Geltung bringen würden. Und das haben Sie auch getan. Ihre Besprechung war … so richtig aus dem Bauch heraus. Sogar noch besser als die über das Coldharbour-Mädchen.«

Eve stockte der Atem. *Das Coldharbour-Mädchen. Layla Martin.*

Überall Blutspritzer …

Ihr Verstand blubberte und brodelte wie eine panische Suppe. Was sagte er da? Dass *er* Layla Martin umgebracht hatte? Und Kevin Barr? *Und* das Mädchen auf dem U-Bahnhof?«

»Sie lügen«, sagte sie mit zitternder Stimme. »Sie sind ein Lügner.«

»Sie wissen doch, dass das nicht stimmt, Eve. Wir sind in derselben Branche, Sie und ich. Damit ich leben kann, müssen Menschen sterben – und bei Ihnen ist es genauso. Wir sind gleich. Wir wollen beide dasselbe.«

»Unter*stehen* Sie sich, mir zu erzählen, wir wären gleich!« Ihre Stimme bebte, doch das Stottern war verschwunden. »Ich bin nicht wie Sie! Sie sind ein beschissener *Mörder*!«

»Ich habe gute Gründe zu tun, was ich tue«, entgegnete er mild, als spräche er mit einem Kind. »Sie machen das nur des Geldes wegen.«

Eves selbstgerechter Zorn blieb ihr in der Kehle stecken.

»Seien Sie ehrlich, Eve«, fuhr er fort. »Wir gieren beide nach Tod. Und nach Publikum.«

Beinahe hätte sie alles abgestritten, und es entstand ein klaffendes Schweigen.

Doch sie konnte es nicht abstreiten.

Weil es stimmte.

Sie hatte nach dem Coldharbour-Mord fröhlich die Feuer der Furcht geschürt, sie hatte Ross das Video von Kevin Barr gegeben, obwohl sie *gewusst* hatte, dass er es senden würde. Sie hatte die Einladung des Mörders zu seiner »Show« angenommen, und dann – anstatt vom Schauplatz des Geschehens zu fliehen, wie vierhundert ganz normale, anständige Menschen es getan hatten – hatte sie ihr Handy gezückt und sich selbst dabei gefilmt, wie sie über diesen brutalen Tod berichtet hatte. Den Tod eines *Kindes* …

Was war *los* mit ihr? Die ganze Zeit hatte sie ihm gegeben, was er wollte.

Und nicht einmal unwissentlich.

Eigennützig.

Eve sah es jetzt zum ersten Mal. Ihre ganze Karriere war

auf den Gebeinen von Toten und den Tränen von Hinterbliebenen aufgebaut. Hatte sie das hier gefördert? Hatte sie es ihm ermöglicht? Hatte sie sich von ihm führen lassen?

Oder *er* sich von *ihr?*

Sie bekam keine Luft mehr.

Sie bekam wirklich keine Luft mehr.

»Ich besorge Ihnen die Kunst«, sagte er, »und Sie richten die Ausstellung aus.«

»N-nein«, flüsterte sie. »Nein.«

Doch seine leise Stimme wühlte sich wie ein Wurm in ihr Ohr und wand sich dornig um ihr schuldbewusstes Herz.

»Das ist jetzt unsere *gemeinsame* Show, Eve.«

Teil 2

20. Kapitel

11. Dezember

Staub zu Staub

Der Mörder sah zu, wie der Staub in den Sonnenlichtsplittern tanzte, die zwischen den schweren Samtvorhängen hindurchschnitten. Jedes Staubkorn war früher einmal ein Teil von etwas anderem gewesen. Das Auge eines Holzwurms, ein Span aus dem Bein einer Chippendale-Kommode, eine Schuppe seiner eigenen Haut. Jedes Fragment war von einem größeren Ganzen abgefallen und kleiner und kleiner und kleiner geworden, bis es anonym und einheitlich und so winzig war, dass es von der Dichte der Luft getragen werden konnte, während es zum Licht strebte, das seiner Existenz jenseits der Finsternis Schönheit verleihen würde.

Er schob die Vorhänge ein paar Zentimeter hierhin und dann ein paar Zentimeter in die andere Richtung. Je schärfer und schmaler die Strahlen, desto heftiger kämpften die wirbelnden Körnchen um ihren Moment in der Sonne, spreizten sich im Scheinwerferlicht wie ehrgeizige Ballettratten. Doch je mehr der Vorhang aufgezogen wurde, desto schwächer schien das Licht zu werden, wenn es sich im Raum verteilte, und der Staub schmollte und verzog sich in die Ecken und auf den Boden – denn wie konnte ein individuelles Körnchen inmitten einer solchen Masse noch strahlen?

Für den Staub gab es nur die Hauptrolle oder gar nichts, und der Mörder respektierte diesen Ehrgeiz.

Konnte ihn nachvollziehen.

Mit kühnem Schwung zog er den Vorhang zurück; dann stand er einen Augenblick lang da, vom Fenster eingerahmt, und schwelgte in der dürftigen Wärme der Wintersonnenstrahlen, die sein Schamhaar in Kräusel aus purem Gold verwandelten.

Seine Narbe rann wie Fett mitten auf seiner Brust hinab.

Im Haus auf der anderen Straßenseite wedelte die dicke Frau mit dem Eimer und den Sprühflaschen mit einem zornigen Staubtuch in seine Richtung, und er spürte ein Kribbeln, als ihr Blick auf ihn fiel. Sie schrie ihm etwas Lautloses zu und zog sich dann eilig ins Innere des Hauses zurück.

Leute wie sie waren in seiner Kindheit auch bei ihnen angestellt gewesen. Aushilfen – so hatte seine Mutter sie genannt. Frauen, die kochten und putzten und einkauften und die Betten machten.

Er jedoch hatte nie eine Aushilfe gehabt. Keine eigene. Er überlegte, wobei eine Frau *ihm* helfen könnte.

Da fiel ihm nur eins ein.

Er wandte sich vom Fenster ab und sah zu, wie sein Schatten über die Tagesdecke aus belgischer Spitze huschte.

Die Zeit, die er in diesem Zimmer verbracht hatte.

Die Stunden. Die Tage.

Das *Leben.*

An diesem Bett hatte er seine Mutter gepflegt, obwohl er sie doch kaum kannte.

Zwei Jahre kaltes, schleichendes Elend. Die Hölle in einem Glas Wasser, das Fegefeuer in einem Ei-Sandwich. Schmutzige Bettlaken.

Diese infernalische Bettpfanne.

Noch mehr schmutzige Laken.

Und noch mehr.

Und noch mehr.

Wieder und wieder in den hungrigen Schlund der Waschmaschine gestopft, die er schließlich gehasst hatte. Doch es reichte nie, um den Gestank nach Urin und Scheiße zu bannen oder diese merkwürdige, säuerliche *Fäulnis,* die ihn jedes Mal würgen ließ, wenn er mit frischen Vorräten ins Haus zurückkehrte.

Die tyrannische Maschine hatte gelauert und gewartet, gierig nach immer mehr Dreck und Fieber, hatte nicht gewollt, dass es ein Ende nahm, ganz gleich, wie schlimm es wurde. Bis es für ihn den Anschein hatte, dass seine Mutter sich nur noch ans Leben klammerte, um sie zu füttern.

Und wie sie sich ans Leben geklammert hatte!

Hatte *seine* Luft geatmet, während er sie mit kalten Abdecker-Augen begutachtet hatte.

Schließlich war er nach unten gegangen und hatte die Waschmaschine in dem hallenden Salon mit einem Vorschlaghammer zu Tode geprügelt. Nur Staub sah ihm zu und Spinnenbeindrähte, dort, wo einst der Kristalllüster gehangen hatte.

Die Waschmaschine war von einem gedrungenen weißen Quader zu einer wüsten Ansammlung von Einzelteilen geworden, von denen man, nachdem sie erst einmal voneinander getrennt waren, kaum glauben konnte, dass sie einmal zum selben zusammenhängenden Ganzen gehört hatten.

Und die das nie wieder tun würden.

Anfangs hatte der Mörder sich blindwütig über die Maschine hergemacht, doch je kleiner sie wurde, desto mehr war sein Zorn verraucht.

Schließlich hatte er innegehalten und sich auf den Vorschlaghammer gestützt, verschwitzt und keuchend, doch mit jenem freudigen Hämmern in der Brust, das er seit Jahren nicht mehr verspürt hatte.

Seit er Mr Treadwell geschnitten hatte nicht mehr.

Er hatte Tage gebraucht, um die hässlichen weißen Außenwände vollständig von den inneren Organen der Waschmaschine zu lösen. Und als immer neue Wunder zum Vorschein kamen – der Motor, die Pumpe, der Ventilator –, hatte er auch die auseinandergenommen und verborgene Juwelen in Form von Dichtungen, Ventilen, Schaltern und ordentlichen Bündeln aus bunten Adern zutage gefördert.

Es war eine Matrjoschka-Puppe der Entdeckungen.

Als die Dekonstruktion der Maschine vollendet war, konnte er kaum noch glauben, dass er sie so sehr gehasst hatte. Sie war nichts als ein gieriges Loch gewesen, das mit stinkender Bettwäsche gefüttert werden wollte. Jetzt, wo sie in der Mitte des Salons sorgfältig zu einem präzisen, sechs mal sechs Meter großen Quadrat auf dem Boden ausgelegt war, konnte er sehen, wie gut sie verarbeitet gewesen war. Wie viel Sorgfalt und Aufmerksamkeit in ihre Herstellung investiert worden war. Wie jede winzige Komponente ihre kluge Rolle in dem Ganzen spielte.

Nichts war verschwendet worden, nichts blieb übrig, es gab nichts hinzuzufügen.

Sie war vollkommen.

Also war sein letztes Fünkchen Hass erloschen. War von

dem Verständnis der neuen, komplexen Schönheit der Waschmaschine verdrängt worden.

Erst dann war er wieder nach oben gegangen, nur um zu entdecken, dass seine Mutter schließlich doch Anstand bewiesen hatte, während er nicht da gewesen war.

Er saß tagelang neben ihr – rührte sich nur weg, um sich zu erleichtern oder das Wasser seiner Nachbarn aus dem Hahn zu trinken – und sann über seine Zukunft nach.

Nie hatte er eine gehabt, aber sein Bastardherz hatte ihn daran erinnert, dass er jetzt eine haben könnte. Wie ein Geigerzähler hatte sein wahnwitziges Ticken ihm neue Möglichkeiten aufgezeigt. Beim ersten Mal, als er Mr Treadwell aufgeschnitten hatte, war er zu jung gewesen, um zu verstehen. Doch seine Reaktion auf den Tod der Waschmaschine war eine rechtzeitige Erinnerung an damals gewesen.

Also hatte er seine eigene Zukunft geplant.

Und die anderer.

Der Tod seiner Mutter hatte ihn bis zum Rand …

Mit geborgter Zeit gefüllt.

Und er hatte sie mit Bedacht ausgegeben, dieses Erbe des letzten Mitglieds seiner Familie. Doch es konnte nicht ewig halten, und unweigerlich war der Moment gekommen, da er Zeit von Fremden borgen musste.

Von Fremden, die er mit dem stattlichen Zinseszins entlohnte, durch Kunst unsterblich zu werden.

Die tief stehende Morgensonne war jetzt weitergezogen, sodass sein schlanker Schatten auf das Gesicht seiner Mutter fiel.

Es war in sich zusammengefallen wie ein schlecht gebackener Kuchen. Die Augen waren in immer tiefer werdende

Gruben gesunken. Die Wangen waren nach innen gesogene Höhlungen, und die Lippen waren schmal und schwarz wie die eines Hundes.

Seit zwei Jahren war sie jetzt tot.

Und wurde jeden Tag schöner.

21. Kapitel

Duncan Singer war halb fertig damit, die Lichterketten vom Weihnachtsbaum zu nehmen, als ihm wieder einfiel, wer er war. Es war, als flamme ein Blitzlicht auf – eine jähe Erleuchtung, die alles erhellte, so deutlich, dass er nach Luft schnappte.

Innerhalb eines Augenblicks wusste er, dass er Duncan Singer war, der Vater von Eve und Stuart und der Ehemann von Maggie, die seit über zwanzig Jahren tot war. Der Schock ihres Todes und der Schock darüber, ihren Tod *vergessen* zu haben, rissen an seinem Herzen wie ein spitzer Angelhaken.

Und dann war das Aufblitzen erloschen, doch während das Nachbild verblasste, stand er wie gebannt neben dem dunklen Baum, Lichterkonstellationen in den Armen zusammengerafft.

Als die dicke Frau ins Zimmer kam und fragte, ob alles in Ordnung sei, wusste Duncan nicht mehr, warum ihm das Herz so wehtat oder warum er weinte.

Alles, was er jetzt noch wusste, war, dass es etwas ziemlich Schreckliches gewesen sein musste und dass es sogar noch schlimmer sein konnte, etwas, weswegen er sich so elend fühlte, vergessen zu haben, als sich daran zu erinnern.

»Nein«, sagte er. »Nichts ist in Ordnung.«

Dann starrte er die blinkenden Lichter an und schluchzte: »Meine Sterne sind alle vom Himmel gefallen.«

Auf dem Weg zum U-Bahnhof schaute Eve auf ihr Handy. Noch immer kein Wort von Joe.

Gut.

Sie wusste nicht, was sie ihm sagen sollte. Er war der Auffassung gewesen, sie solle Ross den Clip nicht geben. Hatte scherzhaft etwas von »PR für Jack the Ripper machen« gesagt.

Wie sehr wünschte sie sich, sie hätte auf ihn gehört.

Der Mann, der sie angerufen hatte, konnte durchaus ein Lügner und ein Fantast sein. Doch solange sie das nicht sicher wusste, lag ein Joch der Schuld schwer auf ihren Schultern.

In der *Metro*, die sie in der U-Bahn mitgenommen hatte, war das Mädchen als die dreizehnjährige Maddie Matthews aus Hammersmith identifiziert worden. Das Foto war ein Selfie von Facebook gewesen – das Gesicht war ein wenig überbelichtet, und hinter ihr sah man Einzelheiten ihres Zimmers. Poster und Teddybären und ein Glätteisen für die Haare. Eve erkannte die Insignien des Teenager-Daseins. Maddies Identität, ausgedrückt durch Beyoncé und BaByliss.

Sie blickte auf und sah, dass der Zug gerade im U-Bahnhof Hammersmith gehalten hatte. Ohne nachzudenken, stand sie auf. Die Türen des Waggons klemmten ihr den Arm ein, doch sie hebelte sie wieder auseinander und trat auf den Bahnsteig.

Dann rief sie in der Redaktion an und meldete sich krank.

»Krank?«, fragte Ross Tobin. »Sie sind gerade mitten in

der größten Story Ihrer ganzen Karriere. Vielleicht der größten Story *irgendeiner* Karriere. Und Sie sind *krank,* verdammte Scheiße? Was ist denn los mit Ihnen?«

»Ich hab 'ne Erkältung.«

Sie hatte keine Erkältung, aber mit ihrer geschwollenen Nase war es leicht, eine vorzutäuschen.

»'ne *Erkältung*? Herrgott noch mal! Da steht man ja nun nicht gerade mit einem Bein im Grab.«

»Ich fühle mich beschissen.«

»Tja, Katie Merino würde sich nicht beschissen fühlen«, erwiderte Ross gehässig. *»Die* würde Ihren Job sogar mit nur einem Scheißbein machen.«

Eve lachte. Mit Katie Merino konnte Ross ihr keine Angst mehr machen. Sie war so weit über Katie Merino hinaus, dass ihr der Gedanke lächerlich vorkam, dass sie sich je darum geschert hatte, was Katie tat oder vielleicht tun würde.

»Werden Sie bloß scheißschnell wieder gesund!«, blaffte Ross und würgte das Gespräch ab.

Eve setzte sich auf eine eiskalte Metallbank und scrollte sich durch Facebook.

Nur zwei Minuten Teenagerklatsch waren notwendig, bis sie die Namen der Mädchen herausgefunden hatte, die gestern mit Maddie zusammen gewesen waren. Und dann nur dreißig Sekunden auf Google, bis sie die Adresse von der mit dem ungewöhnlicheren Namen wusste – Zoey Kihn.

Früher hätte ein Journalist den ganzen Tag lang an Türen geklopft und herumtelefoniert, um an der richtigen Adresse zu landen.

Jetzt konnte jeder jeden finden.

Wenn man recht darüber nachdachte, war das echt beängstigend.

Meistens jedoch war es einfach nur nützlich.

Das Gesicht von Zoey Kihns Mutter war ganz verquollen vom Weinen über das, was hätte sein können.

»Ich denke immerzu«, sagte sie zum dritten Mal, seit sie sich an den Küchentisch gesetzt hatten, »dass es doch auch Zoey hätte sein können.«

Eve nickte.

Zum dritten Mal.

Sie hatte keine Kinder, aber diese Art zu denken konnte einem wohl das ganze Leben versauen, wenn man nicht aufpasste.

Zoey selbst gab nur einen unwilligen Laut von sich. »Jetzt *sag* das doch nicht andauernd, Mum. Ich *war's* nicht. Mir ist *nichts passiert.*«

»Gott sei Dank«, sagte Mrs Kihn; allerdings argwöhnte Eve schon lange, dass Gott mit dergleichen nur sehr wenig zu tun hatte. Wäre es schließlich Gottes Werk gewesen, dass Zoey Kihn noch lebte, dann müsste es doch auch Gottes Werk sein, dass Maddie nicht mehr am Leben war, und das erschien ihr pervers.

Doch das sagte sie nicht laut. Normalerweise war es am besten, den Hinterbliebenen und Beinahe-Hinterbliebenen in diesen schwierigen Gesprächen die Führung zu überlassen.

Ihre eigene Verschlagenheit trieb ihr das Blut ins Gesicht. All die Tricks, die sie gelernt hatte. All die Möglichkeiten, die sie kannte, wie man herumpuhlen und -stochern und das Fleisch aufklappen konnte, um den nackten Schmerz darunter zur Schau zu stellen, damit ihr Publikum glotzen und Schreckenslaute von sich geben und dann auf ein anderes Programm umschalten konnte …

Aber sie musste Bescheid wissen. Nicht um irgendwelcher Quoten willen, sondern um ihrer selbst willen. Sie musste wissen, ob der Mann am Telefon ein Lügner war.

Mrs Kihn tupfte sich die Augen ab. »Man lässt sie ausgehen. Sie wollen doch ausgehen. Sie wollen wie Erwachsene behandelt werden, aber sie *sind* doch noch gar nicht erwachsen, nicht wahr?«

»Mmm«, meinte Eve behutsam. Sie wollte es sich weder mit Mrs Kihn noch mit ihrer Tochter verderben.

»Sie begreifen es nicht, stimmt's?«, fuhr die Frau fort. »Sie begreifen nicht, wie gefährlich das sein kann, wie schnell mal was schiefgehen kann, verstehen Sie?«

Eve verstand. Wenn irgendjemand das verstand, dann sie. Schließlich wäre sie arbeitslos, wenn nicht für so viele Menschen so oft und so schnell mal etwas schiefgehen würde.

»Ich meine«, sagte Zoeys Mutter, »eben haben sie noch Unfug auf dem Bahnsteig gemacht …«

»Wir haben keinen *Unfug* gemacht«, verwahrte sich Zoey. »Das hab ich dir doch *gesagt.*«

»Und plötzlich … *PENG.* Weg. Einfach so. Die arme Maddie. Ihre arme Mutter …« Mrs Kihn zog ein Papiertaschentuch aus der Schachtel auf dem Tisch und putzte sich die Nase.

Zoey verdrehte die Augen und sah Eve an. »Wir haben keinen Unfug gemacht. Wir sind doch keine *Babys.*«

Eve unterdrückte ein Lächeln, Zoey trug nämlich einen Hello-Kitty-Schlafanzug und große flauschige Hausschuhe mit Augen und Schnurrhaaren dran. Sie war ein hübsches Mädchen, so, wie heutzutage anscheinend alle halbwüchsigen Mädchen hübsch waren – mit reiner Haut, ebenmäßigen Zähnen und langem, glänzendem Haar. Sie war sehr blass, doch Eve konnte nicht sagen, ob das von dem Schock kam oder einfach Mode war.

»Und was ist *dann* passiert?«, fragte sie.

Zoey seufzte und wedelte mit einer Hand. »Ich weiß nicht.« Ihre Unterlippe bebte kurz, sodass sie aussah, als sei sie acht Jahre alt. Dann räusperte sie sich und fuhr fort: »Wir haben einfach bloß dagestanden und gelacht …«

»Unfug gemacht«, warf ihre Mutter ein.

Zoey achtete nicht auf sie.

»Und dann hat Maddie irgendwie so geschrien …«

»Wie meinst du das?«

»Ich weiß nicht. Nicht richtig geschrien. Mehr so gequietscht. Und dann ist sie irgendwie voll gestolpert. Also, so vorwärtsgestolpert.«

»Könnte sie geschubst worden sein?«, erkundigte sich Eve.

»Ich denke schon.« Zoey starrte blicklos durch die Küche, auf den weißen Himmel draußen vor dem Fenster. »Es war total voll. Ich hab Maddie nicht angeschaut, weil, ich hab gerade mit Carla geredet, aber ich hab gespürt, wie sie meine Schulter so *angerempelt* hat …«

Unbewusst berührte Zoey bei dieser Erinnerung ihre Schulter, und ihre Mutter zog ein neues Papiertaschentuch aus der Schachtel.

»Hast du irgendjemanden *gesehen,* der sie vielleicht geschubst haben könnte?«

»Ich hab *niemanden* gesehen«, antwortete Zoey, »aber sie hat gequietscht. Und mich *voll* angerempelt. Also …« Sie beendete den Satz nicht und öffnete in einer »Entscheiden Sie selbst«-Geste die Hände.

Frustrierend. Nicht die eindeutige Antwort, auf die Eve aus gewesen war.

»Hatte sie einen Freund?«, fragte sie.

»Nein.«

»Und was ist mit Feinden?«

Zoey schüttelte den Kopf.

»Vielleicht hatte sie ja in der Schule Streit mit irgendjemandem?«

»Nein«, sagte Zoey. »Das hätte sie uns erzählt.«

»Hatte sie irgendwelche ... privaten Probleme?«, erkundigte sich Eve hoffnungsvoll. »Irgendwas, was sie vielleicht, du weißt schon, irgendwie fertiggemacht hat ...«

»Ja, vielleicht hat sie sich ja umgebracht«, griff Mrs Kihn den Vorschlag auf. »Maddie konnte manchmal ein bisschen *ernst* sein.«

Innerlich hoffte Eve inständig, Zoey würde ihr zustimmen – würde nicken und sagen *Ja, letzte Woche hat sie auf dem Mädchenklo voll geheult, aber sie wollte uns nicht sagen, wieso.* Oder *Ich glaube, sie hat mit ihrem Freund Schluss gemacht. Sie hat gesagt, das Leben wär nicht mehr lebenswert ...*

Doch Zoey sah ihre Mutter an und beharrte: »Maddie hätte sich *nie im Leben* umgebracht. Sie hatte sich doch gerade erst bei H&M diesen *total* tollen Rock gekauft.«

22. Kapitel

Als Eve nach Hause kam, erfuhr sie, dass ihr Vater einen schlechten Tag gehabt hatte.

Abgesehen davon, dass er die Lichterketten vom Weihnachtsbaum gezerrt hatte, berichtete Mrs Solomon, hatte er sich auch geweigert, seine Tabletten zu nehmen, hatte etwas in seine Hose gemacht, was Mrs Solomon als »Missgeschick« bezeichnete, hatte das Küchenradio kaputtgemacht und oben sämtliche Bücher aus dem Regal geholt und sie in die Badewanne geschmissen. Erst vor Kurzem war er endlich zur Ruhe gekommen und eingeschlafen. Nachdem Mrs Solomon gegangen war, ging Eve nach oben und stellte fest, dass die Bücher dort noch immer im lauwarmen Wasser trieben.

Sie fragte sich nicht, warum Mrs Solomon Duncan nicht daran gehindert hatte; das wusste sie bereits. Wenn ihr Vater versessen darauf war, etwas zu tun, was relativ harmlos war, war es nämlich leichter, ihn einfach machen zu lassen, als einzuschreiten. Ihn machen zu lassen hieß, dass er beschäftigt war – manchmal tagelang –, während Einschreiten alle möglichen unguten Folgen haben konnte. Aus demselben Grund hatten sie auch beide Augen zugedrückt, als Duncan Singer sorgfältig jedes Fitzelchen Tapete von den Wänden des Gästezimmers geschält hatte, nur mit den Fingernägeln. Dieses Unterfangen hatte ihnen wochenlang Ruhe und Erleichterung beschert. Eve hatte sogar ein Buch gelesen! Einen platten Schmachtfetzen über eine Frau, die nicht aufhören konnte, shoppen zu gehen, aber ein *Buch!* Und sie hatte es *ausgelesen*!

Es war so erholsam gewesen, dass sie ihn, als er mit dem Gästezimmer fertig gewesen war, ermutigt hatte, doch auch die Tapete in seinem Schlafzimmer abzuziehen. Sie hatte hinter der Tür sogar für ihn den Anfang gemacht, aber er war empört über diese sinnlose Zerstörung gewesen und hatte sie auf den Flur verbannt.

Sein Verrücktsein war ohne jeden Sinn und Verstand.

Eve seufzte, zog den Badewannenstöpsel heraus und machte sich daran, das Wasser von den Büchern zu schütteln und sie zum Trocknen auf Handtücher zu legen. Es waren Bücher, die ihr ganzes Leben lang in dem Regal gestanden hatten. Die Buchrücken waren ihr vertraut wie alte Freunde. Jedes einzelne hatte sie irgendwann einmal aufgeschlagen, und sei es nur, um zu sehen, was darin war, und es dann wieder zugeklappt. Die gebundenen Bücher rettete sie zuerst – das alte Wörterbuch ihres Vaters und die Biografien ihrer Mutter von Wissenschaftlern, Künstlern und Forschern. Jetzt waren die Seiten aufgequollen und die Einbände verzogen. Sie legte sie auf die Handtücher und tupfte sinnlos daran herum. Dann wandte sie sich den durchweichten Urlaubsromanen von Wilbur Smith und Stephen King zu.

Schließlich fischte sie ihre Ausgabe von *Winnie Puuh* heraus, die sanft um den Abfluss kreiselte. Die hatte ihre Mutter ihr geschenkt, als sie fünf gewesen war. Sie hatten sie wieder und wieder gelesen, endlos.

Nein, nicht endlos.

Das Ende war kurz vor Eves siebtem Geburtstag gekommen.

Jetzt saß sie auf dem feuchten Badvorleger und lehnte sich gegen die Wanne. Vorsichtig schlug sie die verklebten Seiten des Buches auf und spürte, wie sie in die Vergangenheit zurückversetzt wurde.

Diese kleinen Federzeichnungen. Sie erinnerte sich, wie sie sie berührt hatte, konnte fast ihre kleinen Fingerchen auf die Seiten zeigen sehen, während sie ihre Mutter über sich spüren konnte, unter sich, überall um sich herum. Wie sie so dicht an ihrem Ohr lachte und vorlas, dass es kitzelte.

Puuh beim Honigessen. Tigger beim Hopsen. I-Ahs trauriger Geburtstagsballon.

Eve sehnte sich schmerzhaft nach dieser Unschuld.

Sie klappte das aufgequollene Buch zu und legte es dann zum Trocknen auf die Heizung in der Abstellkammer.

All die anderen raffte sie mit den Armen zusammen, trug sie wackelig die Treppe hinunter und ließ sie in den Mülleimer fallen. Dabei redete sie sich ein, dass sie sie alle ersetzen würde, doch ihr war klar, dass das nie geschehen würde.

Sie schaltete das Küchenradio ein. Wie sie schon wusste, funktionierte es nicht; hinten drauf pappte ein Aufkleber, der von einer der Bananen in der Obstschale abgepuhlt worden war.

Fyffes.

Eve seufzte und schmiss das Radio auf die Bücher im Mülleimer.

Sie rief Joe an. Hinterließ keine Nachricht. *Was soll's?*

Sie brauchte einen Drink.

Eve schnaubte leise in sich hinein. Das hatte sie Leute jahrelang in Filmen sagen hören, hatte aber nie gedacht, dass mal der Augenblick kommen würde, wo sie genauso empfand.

Wo sie einen Drink *brauchte.*

Wo sie keine Lust auf ein Glas Rosé zum Essen haben oder zu schnell von Prosecco beschwipst werden würde, sondern wirklich das *Bedürfnis* nach etwas verspüren würde, das sie wärmte und beruhigte und der Realität die Schärfe nahm, alles auf einmal.

Eigentlich trank sie ja nicht oft Alkohol, aber im Küchenschrank war doch ganz bestimmt irgendetwas zu finden.

Jawohl. Eine halbe Flasche Advocaat Eierlikör, von Weihnachten vor ein paar Jahren, als Stuart zu Besuch gekommen war und das Mädchen, mit dem er zusammen gewesen war, Snowballs gewollt hatte. *Marcie.* Marcie hatte sämtliche Zutaten mitgebracht, was bei Eve Alarmglocken hatte schrillen lassen; sie war froh gewesen, als Stuart sich ein paar Monate später von ihr getrennt hatte.

Eve hatte noch nie Advocaat getrunken, und das Aussehen des Zeugs gefiel ihr gar nicht, doch sie schenkte sich ein Glas ein und kippte die Hälfte auf einmal hinunter.

Großer Gott! Das war ja *widerlich*! Dick und süß, und es brannte im Rachen wie Vanillesoße mit Whisky.

Sie hustete ein bisschen und trank die andere Hälfte.

Dann füllte sie das Glas aufs Neue, ging ins Wohnzimmer, holte ihr Handy aus ihrer Handtasche und Munchkin aus seinem Käfig.

Sie ging mit allen dreien in den Flur, machte alle Türen zu und setzte den Hamster auf den Boden, damit er sich ungefährdet ein bisschen Bewegung verschaffen konnte, während sie auf das Display ihres Handys starrte und widerwillige Schlückchen Advocaat trank.

Sie rief Stuart an. Niemand meldete sich.

Im Halbdunkeln saß sie auf der untersten Stufe und sah zu, wie Munchkin zielstrebig an der Scheuerleiste entlangwuselte.

Allmählich wurde ihr ein wenig schwindlig, wahrscheinlich von dem Trauma.

Sie drückte auf Wahlwiederholung.

Es klingelte, und dann sprang die Mailbox an.

»Stu«, sagte sie, »ich bin's, Eve.«

Sie verstummte und furchte die Stirn.

Ns'eeve.

So hörte sich »bin's, Eve« für sie an. Das war ihr früher nie aufgefallen, und sie überlegte unschlüssig, ob sie auflegen sollte oder nicht.

Sie griff nach dem Advocaat, aber das Glas war leer. Dann ging ihr auf, dass sie immer noch die Mailbox dran hatte, aber schon eine gefühlte ganze Weile nichts gesagt hatte. Also legte sie auf, wählte noch einmal und fing von vorn an.

»Stu, ich bin's. Eve. Wollte nur mal Hi sagen. Hab überlegt, wie's dir wohl geht und wie's mit der Arbeit läuft und so. Und außerdem …«

Hat Dad mir ins Gesicht geschlagen. Mit der Faust.

Eve hielt sich den Mund zu. Sie konnte es nicht sagen. Konnte es nicht laut aussprechen. Es war zu furchtbar.

Und was konnte er denn tun? Er würde sich doch nur Sorgen machen und hilflos sein. Oder es würde ihm überhaupt nichts ausmachen, was sogar noch schlimmer wäre.

Sie gab sich alle Mühe, nicht zu weinen.

Munchkin hielt vor ihren Zehen an, machte Männchen und betrachtete sie; seine Schnurrhaare zitterten besorgt.

Eve wischte sich die Nase am Ärmel ab und schaute auf – und ihr Magen zog sich zu einem festen Knoten zusammen.

Da stand jemand vor der Haustür.

Im Flur brannte kein Licht, daher hob sich die Silhouette hinter dem Milchglas deutlich vor dem Licht der Straßenlaterne ab. Jemand stand dort und klopfte nicht an. Stand … einfach nur da.

»Stuart«, zischte sie. »Da ist jemand vor der Tür …«

Sie legte das Handy auf die Treppe und erhob sich vorsichtig. Schaute zur Tür hinüber, ging aber nicht hin.

War sie abgeschlossen?

Und wenn nicht? Manchmal war sie nicht abgeschlossen! Wenn sich jetzt der Knauf drehte und die Tür aufging und ein Mörder ins Haus trat?

Sei doch nicht albern, wies sie sich zurecht. *Er weiß doch nicht, wo du wohnst.* Doch in ihrem Bauch herrschte keinerlei Logik.

Eve sah sich im Flur nach etwas um, womit sie sich verteidigen könnte. Auf dem Tischchen stand eine leere Vase.

Und daneben lag ein Tennisschläger.

Sie hatte seit September nicht mehr gespielt, doch sie hatte den Schläger nicht in die Abseite unter der Treppe geräumt; zu Hause war sie nämlich faul, wenn es ums Aufräumen ging. Zuerst hatte es sie jedes Mal gestört, wenn sie den Schläger gesehen hatte. Dann hatte sie sich Mühe gegeben, ihn nicht zu bemerken. Und jetzt dachte sie jedes Mal, wenn sie einen flüchtigen Blick darauf erhaschte, dass es doch nur noch ein paar Monate dauern würde, bis sie und Charlotte wieder anfangen würden, auf den Plätzen im Park zu spielen. Da konnte sie ihn doch gleich da liegen lassen. Eigentlich war das ja lächerlich, wo sie ihn doch bloß in die Abseite zu legen brauchte, aber so war es eben.

All dies schoss in einem Sekundenbruchteil durch ihren leicht benebelten Kopf, während sie zum Tisch flitzte, den Schläger nahm und die Hülle öffnete.

Sobald sie den Schläger in der Hand hielt, fühlte Eve sich unbesiegbar. Sie war eine starke Spielerin mit guter Hand-Auge-Koordination, und der Alkohol sagte ihr, dass sie mit einer Topspin-Vorhand wahrscheinlich jemanden umbringen könnte.

Warum, dachte sie, warum *zum Teufel* hockte sie eigentlich im Flur und wartete darauf, dass jemand ins Haus gestürmt kam und ihr Todesangst einjagte?

So ein *Scheiß*!

Mit einem Schritt war sie an der Tür. Während ihr Advocaat-Herz mutiges Blut durch ihren Körper pumpte, drehte sie langsam den Knauf, hob den Schläger und holte tief Luft.

Dann riss sie die Tür auf.

Dort war niemand.

Doch Eve behielt die Deckung oben. Rasch trat sie von der Veranda auf den verschneiten Gartenweg und schwang dabei den Tennisschläger in schnellen, tödlichen Bögen, erst nach der einen und dann nach der anderen Seite, wie eine Wimbledon-Ninja.

Immer noch niemand.

Hatte sie sich geirrt? War es der Schatten eines Menschen gewesen? Oder der eines Baumes?

Eve drehte sich um, rutschte aus und wäre beinahe hingefallen. Dann fing sie sich wieder und starrte stirnrunzelnd die Veranda an, versuchte, sich darüber klar zu werden, was sie gesehen hatte.

Hinter ihr fiel die Gartenpforte leise ins Schloss.

Sie fuhr herum und setzte zu einer alles vernichtenden Rückhand an, kam aber nur bis zur Hälfte, ehe jemand ihren Arm packte und den Schlag abbremste, sodass sie in jäher Furcht aufschrie, während sie mit aller Kraft versuchte, sich einer festen Umarmung zu entwinden.

»Eve! Eve, ich bin's!«

Sie hielt inne und drehte sich wütend herum. »Herrgott noch mal, Joe! Du hast mir *Scheißangst* eingejagt!«

»Entschuldige.«

Er ließ ihren Arm los, und sie fing an, mit dem Tennisschläger auf ihn einzudreschen.

»Aua! Lass das!« Er hob die Hände, um die Schläge abzuwehren, dann schlang er abermals beide Arme um sie. »Hör auf!«, schrie er sie an. *»Hör auf!«*

Sie hörte auf und funkelte ihn böse an, als er sie losließ.

»Was zum Teufel ist denn los?«, schrie er.

»Ich habe einen Schatten hinter der Tür gesehen. Ich dachte, er wäre es.«

»Wer? Rafa Nadal?« Joe betastete seine Lippe. »Ich glaube, ich blute.«

»Der Mörder!«, fauchte sie.

»Welcher Mörder?«

»Der Mörder von Kevin Barr. Er hat mich angerufen, Joe! Er hat mich angerufen und gesagt …«

Eve stockte.

Und dann – endlich – brach sie in Tränen aus.

Joe machte die Haustür hinter ihnen zu und drehte den Schlüssel zweimal herum.

Dann stand er da und hielt Eve fünf geschlagene Minuten lang fest, während sie in seinen Pullover weinte.

Als ihr Schluchzen nachließ, fragte er: »Können wir Licht anmachen? Das ist ja wie in einem Gruselfilm hier drin.«

»Vorsicht«, hickste sie. »Munchkin läuft frei rum.«

Er sah sich nervös um. »Wer ist Munchkin?«

»Mein Hamster.«

»Okay«, meinte Joe erleichtert. Er machte Licht, sie gingen vorsichtig in die Küche, und Eve setzte sich an den Küchentisch, während Joe in einer sonderbaren Mr-Elias-Wiederholungssequenz Tee machte.

Nur war es diesmal Joe, dem Blut übers Kinn lief.

Die Wirkung von Eves Cocktail aus Advocaat und Adrenalin ließ rasch nach. »Es tut mir wahnsinnig leid«, sagte sie. »Ich dachte, du wärst der Mörder.«

»Du hast gedacht, vor der Tür steht ein Mörder, also hast du sie *aufgemacht*?«

»Hört sich echt blöd an, wenn du's so sagst.«

Er lachte und zuckte dann schmerzlich zusammen.

»Was machst du eigentlich hier?«, wollte Eve wissen.

»Ich hab mir Sorgen um dich gemacht. Gestern habe ich mein Handy im Büro liegen gelassen, aber als ich es heute geholt habe, waren da all die verpassten Anrufe drauf. Ich hab mir Sorgen um dich gemacht …«

Er warf einen kurzen Blick auf ihr Gesicht, und ihr fiel wieder ein, wie blau und geschwollen es war.

»Ach«, meinte sie und winkte ab, »im Moment ist mein Gesicht mein kleinstes Problem.«

Er schien nicht überzeugt zu sein, beließ es aber dabei.

»Erzähl mal von diesem Anruf.«

Sie tat es. Und als sie ihm erzählt hatte, was alles passiert war, seit sie sich das letzte Mal gesehen hatten, sagte er sehr lange nichts.

Plötzlich hatte Eve fürchterliche Angst, dass Joe ihr nicht glaubte. Sie wusste, dass sich das Ganze abgefahren und unwahrscheinlich anhörte, aber Joe hatte ihr doch früher immer vertraut.

Vielleicht hatte sie das Anrecht auf dieses Vertrauen ja verloren, als sie Ross den Kevin-Barr-Clip gegeben hatte.

»Hör zu«, sagte Joe. »Wenn der Mann, der dich angerufen hat, dieses arme Mädchen wirklich unter den Zug gestoßen hat, dann weil er ein totaler *Scheißirrer* ist und *nicht* wegen dir!«

Erleichterung durchströmte Eve wie ein Zuckerflash.

»Aber ich wette, der verarscht dich bloß«, fuhr Joe fort. »Ich wette, der hat im Fernsehen gesehen, was passiert ist, und beschlossen, sich dazu zu bekennen, um sich interessanter zu machen. Wahrscheinlich fährt er voll darauf ab, dich zu manipulieren oder dir Angst zu machen, bloß weil du eine starke, erfolgreiche Frau bist. Oder irgend so ein feministischer Blödsinn.« Er zwinkerte ihr zu. »Ich meine das aber nur halb im Scherz. Alles, was ich sagen will, ist: Hab kein schlechtes Gewissen. Noch nicht.«

»Bis wir genau wissen, dass es meine Schuld war?«, fragte sie trocken.

»Genau«, grinste Joe. »Dann bist du auf dich allein gestellt.«

»Schönen Dank auch.« Sie lächelte.

»Hast du die Polizei angerufen?«, wollte er wissen.

»Nein. Ich meine, ich kann doch nicht beweisen, dass

der Mann, der mich angerufen hat, der Mörder von Layla Martin ist oder von Kevin Barr oder von Maddie Matthews – oder auch nur derjenige, der die Speicherkarte geschickt hat.«

Joe nickte. »Vielleicht sollten wir mal schauen, wie viel wir selber rausfinden können. Dann können wir mit handfesten Beweisen zur Polizei gehen.«

»Oder mit gar keinen«, sagte sie. »Das wäre mir lieber.«

Joe nickte und trommelte mit den Fingern auf den Tisch. »Was wissen wir über den Kerl?«

»Er ist ein Verrückter.«

»Ja, aber ein Verrückter, der alles Mögliche über sich preisgegeben hat. Allein schon dadurch, dass er dich angerufen hat. Hat er irgendwas Schräges gesagt, das uns einen Hinweis geben könnte?«

Eve zuckte die Achseln. »Ein Mörder hat mich angerufen. Das war *alles* schräg.« Doch sie ließ das Telefongespräch im Kopf noch einmal ablaufen, rekonstruierte die Worte, das Sprachmuster, den Akzent und interpretierte alles neu. Trennte die Spreu des Wahnsinns vom Weizen brauchbarer Hinweise.

Das ist jetzt unsere gemeinsame Show, Eve …

Sie schauderte unwillkürlich. Erinnern war zu nahe am Wiedererleben.

Endlich sagte sie: »Eins war merkwürdig. Eigentlich auch nicht merkwürdiger als der Rest, aber das Mädchen, das unter den Zug gefallen ist … Er hat das als seine *Show* bezeichnet.«

»Seine *Show*?«, fragte Joe. »Siehst du? Das ist doch reichlich schräg.«

»Ja.« Eve nickte. »Er hat gefragt *Hat Ihnen meine Show gefallen?* – oder irgend so was.«

»Abartig.«

»Ja«, fuhr sie fort. »Und er hat auch nicht gesagt, er habe meinen Bericht gesehen. Er hat gesagt, er habe meine *Besprechung* gesehen. Als wäre er ein Künstler und das Ganze wäre … *Oh!«* Sie rang nach Luft.

»Was?« Joe beugte sich vor.

Eve sah ihn an, die Augen in jähem Begreifen weit aufgerissen.

»Eine Ausstellung!«

23. Kapitel

12. Dezember

Das Reinigungsteam auf dem U-Bahnhof Piccadilly Circus hatte ganze Arbeit geleistet.

Unwillkürlich suchte Eve an den gefliesten Wänden nach Blutspuren, doch es waren einfach keine mehr da.

Es war später Vormittag, daher herrschte auf dem Bahnsteig sehr viel weniger Gedränge als während des Berufsverkehrs. Trotzdem nahm sich Eve vor jeder Menschenwoge in Acht und hielt sich dicht an der Wand und weit weg von der gelben Linie, als sie zum anderen Ende des Bahnsteigs gingen.

Die kleinen weißen Flyer klebten noch immer auf den großen Plakaten, die für *Les Misérables* und Vodafone warben. Sie waren leichter zu lesen, wenn man dabei nicht durch Zugfenster spähen musste …

AUSSTELLUNG

ORT: Hier

DATUM: 10. Dezember

UHRZEIT: 18 Uhr

»Er hat gesagt, ich soll um sechs Uhr hier sein. Maddie Matthews ist um sechs Uhr getötet worden.« Jetzt, da sie auf dem Bahnsteig stand, fiel ihr alles wieder ein. »Ich glaube, er hat auch meinen Namen gerufen.«

Joe sah sie fragend an.

»Nur ein einziges Mal. Ich dachte, ich hätte mir das nur eingebildet. Wie so ein komisches Echo. Aber ich habe den Bahnsteig entlanggeschaut, wer mich da gerufen hat, und deshalb habe ich gesehen, wie es passiert ist.«

»Verdammte Scheiße«, sagte Joe leise.

»Glaubst du, es war so?«, fragte sie beklommen.

»Ich weiß es nicht«, antwortete er grimmig. »Aber wenn man eine Show auf die Beine stellt, dann will man auch, dass die Leute sie sehen, das ist ja ganz logisch.«

»Wenn ich nicht hingeschaut hätte«, sagte Eve, »vielleicht hätte er dann ja nicht …«

»Das weißt du nicht«, fiel er ihr rasch ins Wort. »Du kannst nicht wissen, wie er tickt, Eve, weil du nicht so bist wie er.«

Wir sind gleich, Sie und ich.

Das Einzige von all dem, was der Mörder gesagt hatte, das Eve niemals irgendjemandem erzählen würde.

Joe sah sich um und zeigte zum anderen Ende des Bahnsteigs, wo eine Kamera in einem diskreten Winkel angebracht war.

»Videoüberwachung.«

Er hob seine eigene Kamera auf die Schulter. »Ich mache ein paar Aufnahmen von den Flyern, und dann sehen wir mal, ob wir uns die Aufnahmen von der da drüben anschauen können.«

»Okay.« Eve nickte, doch ihr Magen vibrierte bei dem Gedanken.

Der Security Data Manager hieß Craig Banks und trug einen sorgfältig gepflegten Schnurrbart, ein gestärktes Hemd, eine Krawattennadel in Form eines Cricketschlägers am

Uniformschlips und so blitzblank gewienerte schwarze Schuhe, dass es einem Grenadier der Coldstream Guards die Schamesröte ins Gesicht getrieben hätte.

»Ich zeige Ihnen keine Aufnahmen von dem Vorfall«, verkündete er, sobald Eve sich vorgestellt hatte. »Der wird noch untersucht.«

»Was denn für ein Vorfall?«, fragte Eve verständnislos – womit sie Banks sauber auf dem blank geputzten falschen Fuß erwischte.

»Ach, nichts«, sagte er. »Kein Vorfall.«

»Uns interessiert nur die Ausstellung«, fuhr Eve mit Unschuldsmiene fort.

»Was für eine Ausstellung?«

»Die ist doch auf den Flyern angekündigt worden. Eine Ausstellung auf dem Bahnsteig, von dem die Züge in Richtung Westen fahren. Wir arbeiten gerade an einem Beitrag über Straßenkunst und -künstler.«

»Hier gibt's keine Ausstellung«, beharrte Banks. »Und ganz bestimmt nicht auf dem Bahnsteig. Wir haben schon genug damit zu tun zu verhindern, dass die Penner und die Musiker und die Säufer sich hier nicht täglich zur Schau stellen, auch ohne dass wir hier irgendwas Offizielles veranstalten.«

»Da sind aber Flyer, auf denen eine Ausstellung angekündigt wird«, beharrte Eve ihrerseits. »Auf den großen Plakaten an der Tunnelwand gegenüber vom Bahnsteig.«

»Auf der anderen Seite der Gleise?« Augenblicklich war Banks im Streitmodus. »Das ist verboten.«

»Tja, ich glaube auch nicht, dass die vom British Museum sich sehr darüber freuen würden, dass ihre Plakate überklebt werden.«

»Das doch nicht!«, wehrte Banks ab. »Irgendjemand muss über die Gleise geklettert sein, um die da hinzukleben, und das ist *absolut* verboten.«

Eve wusste das – jeder Idiot hätte das gewusst –, doch sie war gern bereit, sich von Craig Banks etwas erzählen zu lassen, was sie bereits wusste, wenn ihr das den Weg zu den Antworten ebnete, auf die sie aus war.

»O Mann«, stieß sie hervor. »Wirklich?«

»Wirklich!«, antwortete er, setzte sich an einen Bildschirm und fing energisch an zu tippen. »Das hätte doch jemand merken müssen. Irgendwer hat da seinen Job nicht gemacht. Wie verdammt noch mal üblich. Wann sollen die Dinger denn angebracht worden sein?«

»Bemerkt habe ich sie erst gestern. Aber ich habe keine Ahnung, wie lange sie schon da waren.«

»Na, dann schauen wir uns das doch mal an«, knurrte Banks und hörte sich an wie ein Bond-Schurke. »Das wird alles automatisch auf einer Festplatte gespeichert«, fuhr er fort. »Früher musste man mal auf ›Aufnahme‹ drücken, wie bei einem Videorekorder, als wäre das hier eine verdammte Reality-Show oder so. Aber jetzt geht das Gott sei Dank alles automatisch. Heutzutage kann man sich ja auf niemanden mehr verlassen, stimmt's?«

»Ich bin ganz Ihrer Meinung«, pflichtete Eve ihm bei, obwohl das nicht der Fall war. Es war ihr Beruf, zynisch und misstrauisch zu sein, doch man kam im Leben nur schwer weiter, ohne auf einige *wenige* Menschen zu vertrauen. Sie vertraute Joe. Sie vertraute ihrem Bruder. Sie vertraute darauf, dass Mrs Solomon sich um ihren Vater kümmerte, und jetzt vertraute sie wohl auch Mr Elias. Bis jetzt hatte keiner von ihnen sie enttäuscht.

Banks rief das richtige Datum auf und drückte auf »Zurücksetzen«, dann starrte er unverwandt auf den Bildschirm, während die Aufnahme ab Mitternacht rückwärtsraste.

Es ging zu schnell, um Einzelheiten erkennen zu können, aber trotzdem fürchtete sich Eve davor, Maddie Matthews' Tod auf dem Bildschirm zu sehen.

Der Bahnsteig war leer, dann waren Leute da. Dann wurde der helle Bahnsteig in Sekundenschnelle schwarz, als vierhundert Menschen rückwärts darauf strömten und ihre Plätze einnahmen ...

Jetzt kam es.

Eve schloss kurz die Augen, und als sie sie wieder öffnete, war der Zug noch nicht aus dem gähnenden Tunnel gekommen, und Maddie war noch am Leben.

Wenn es doch nur so einfach wäre.

Die Zeit rollte weiter rückwärts, so schnell, dass Eve sich fragte, wie Banks sich dabei sicher sein konnte, nichts zu übersehen. Für sie war das alles ein verschwommener Schemen aus Zügen und Menschen und leeren Bahnsteigen, alles im rhythmischen Wechsel.

Vierundzwanzig Stunden vergingen in weniger als einer Minute, und die Zeituhr tickte bis Mitternacht am Vortag zurück.

»Da!«, sagte Banks plötzlich.

»Wo?«

Er tippte mit der Spitze eines Stifts auf den Bildschirm. »Genau hier.«

Die Aufnahme hielt an und lief dann langsamer weiter.

Der Bahnsteig war fast leer. Zwei Gestalten nahe bei der Kamera, das war alles.

Ein Mann kam direkt unter der Kamera hervor und ging von ihr weg, bis ganz zum anderen Ende des Bahnsteigs.

Eve pochte das Herz im Hals.

Sie kannte ihn!

Sofort wehrte sie den Gedanken ab. Das war doch lächerlich. Sie kannte ihn nicht. Vielleicht hatte sie sich ja im Kopf ein Bild gemacht, das der Gestalt auf dem Bildschirm entsprach.

Beides war eher undeutlich.

Der Mann war dünn und trug Jeans und einen dunklen Kapuzenpullover. Er hielt irgendetwas in der linken Armbeuge.

Ohne zu zögern oder auch nur über die Schulter zu schauen, setzte er sich am Rand des Bahnsteigs hin und ließ sich auf die Gleise fallen.

Craig Banks drückte auf »Pause« und klopfte abermals gegen den Bildschirm. »Sehen Sie? Das hätte doch jemand mitkriegen müssen!« Er tippte Uhrzeit und Datum in ein Kästchen in der oberen rechten Ecke des Bildschirms. »Wer immer da gerade Spätdienst hatte.«

Er ließ die dunkle Gestalt frustrierend mitten im Schritt über den Gleisen hängen und wirbelte in seinem Drehstuhl über den Boden.

»Kann man ganz leicht rausfinden«, meinte er. »Ich habe sämtliche Dienstbögen gleich hier.« Er griff nach einem Ordner auf einem anderen Arbeitstresen.

Eve und Joe wechselten ungeduldige Blicke, während Banks anfing, die Unterlagen durchzublättern.

»Ah«, sagte er sehr befriedigt. »Hier haben wir's!«

Eve zwang sich, ihn anzulächeln. »Gefunden?«, fragte sie.

»Gefunden«, bestätigte er. »Gary Bushman. Ich hab's ja

gewusst!« Triumphierend blickte er zu ihnen auf, als wüssten sie, von wem zum Teufel er redete, oder als würde es sie interessieren.

»Super«, sagte Eve enthusiastisch, während sie Banks am liebsten eine geklebt und auf »Play« gedrückt hätte.

Banks rollte sich langsam wieder quer durch den Raum zurück, wie ein Baby in seiner Laufhilfe. »London Underground bezahlt niemanden dafür, aus Gesundheitsgründen auf dem Hintern zu sitzen und fernzusehen.«

»Genau«, bekräftigte Eve.

»Nicht mal den erlauchten Mr Gary Bushman.«

»Den schon gar nicht«, brummte Joe halblaut, und Eve musste ein Prusten unterdrücken.

Endlich schaffte es Banks zurück zu seiner Tastatur.

»Schön«, meinte er. »Dann können wir hier ja Schluss machen.«

Für Eve war klar, dass Banks nur interessierte, wer übersehen hatte, wie der Mann die Gleise überquerte. Der Mann selbst war jetzt irrelevant.

Schließlich drückte er auf »Play«, und der Mann vollendete seine staksigen, unscharfen Schritte über die Gleise und klebte dann seine Flyer an die Wand. Wie, konnte Eve nicht sehen – er war zu weit weg, und das Bild war zu schlecht –, doch die Bewegungen waren unverkennbar.

»Irgendwann«, bemerkte Banks leichthin, »würde ich ja gerne mal sehen, wie einer von diesen Idioten unter einen Zug kommt.«

Joe lachte nervös, doch der Blick, den Banks ihm zuwarf, besagte, dass das kein Witz war.

Auf dem Bildschirm beendete der Mann seine Tätigkeit und stieg wieder über die Gleise. Er zog sich mit relativer

Leichtigkeit wieder auf den Bahnsteig hinauf. Aus diesem Blickwinkel konnte sie sehen, dass er hellhäutig und glattrasiert war. Doch das waren die einzigen Hinweise auf seine Identität.

Er kam wieder auf die Kamera zu, und Joe und Eve beugten sich beide vor, um sein Gesicht sehen zu können. Dann – anstatt den ganzen Bahnsteig entlang zurückzugehen und ihn auf demselben Weg zu verlassen, auf dem er gekommen war – bog der Mann in den ersten Ausgang ab, an dem er vorbeikam, und verschwand.

»Scheiße!«, sagte Eve.

»Pech gehabt«, meinte Banks und schob seinen Stuhl ein wenig zurück, um anzudeuten, dass die Sitzung zu Ende war. Dann nahm er den Ordner, offenbar ganz wild darauf, den unglücklichen Gary Bushman ausfindig zu machen und ihn wahrscheinlich zu feuern.

»Haben Sie keine anderen Kameras, die den Mann vielleicht woanders im Bahnhof gefilmt haben könnten?«

Banks schürzte die Lippen und sah demonstrativ auf die Uhr. Als Eve ihre Anfrage nicht zurücknahm, ließ er den Ordner auf den Tresen plumpsen und ging sehr schnell etliche andere Computerbefehle und Kameras durch. Weiß geflieste Tunnel bogen nach rechts und links ab, gewölbte Decken und Bögen und merkwürdige Ecken und Winkel. Es waren Leute zu sehen, doch die huschten so schnell vorbei, dass Eve niemanden erkennen konnte. Nur Banks besaß das nötige Geschick dazu, und der war mit den Gedanken bereits woanders.

Am liebsten hätte sie ihn gebremst, hätte ihn gezwungen, methodisch vorzugehen, doch sie konnte nur zusehen, wie er ihrer Bitte pro forma nachkam.

Es gab keine weiteren Aufnahmen von dem Mann. Jedenfalls keine, die sie auf ihrer digitalen Schnelldurchlauf-Tour durch den Bahnhof hätten entdecken können. Schließlich zeigte der Bildschirm nur jenes letzte Bild der dunklen Gestalt, kurz bevor sie von der Bildfläche verschwand.

»Das ist alles«, sagte Banks und hob abermals den Ordner auf. Diesmal stand er dabei auch noch auf.

»Könnten wir eine Kopie von den Aufnahmen bekommen?«, erkundigte sich Eve.

»Von mir nicht«, erwiderte Banks. »Das müssten Sie bei der British Transport Police beantragen.«

»Selbstverständlich«, nickte sie, doch sie brauchte mehr. »Würden Sie mir einen *Riesen*gefallen tun, Mr Banks, und mal das Gesicht heranzoomen?«

Banks seufzte laut. Und als sie das nicht von ihrem Ansinnen abbrachte, schnalzte er missbilligend mit der Zunge und antwortete: »Kann ich machen, aber gut wird das nicht.«

Er tat es, und es wurde nicht gut.

Eve beugte sich weit zum Bildschirm vor, suchte verzweifelt nach Anhaltspunkten in dem verschwommenen Gesicht, in der dunklen Kleidung, in der Silhouette, dem Gang. Dieses undeutliche Gefühl des Wiedererkennens machte ihr zu schaffen, und sie suchte mit aller Kraft nach dem Schlüssel, der ihr helfen könnte, diesen Mann zu identifizieren.

Doch außer der Anonymität niedriger Bildschirmauflösung war nichts zu sehen.

Sie gingen in der eisigen Kälte zu Fuß zur Redaktion; Schneeschauer stachen ihnen in die Gesichter.

»Über wie viele Leichen haben wir in den letzten paar Wochen berichtet?«

Joe zuckte die Achseln. »Fünf oder sechs?«

»Vielleicht sollten wir noch mal zu allen Tatorten zurückgehen und schauen, ob wir noch mehr von diesen Flyern finden.«

»Okay. Also, wo zuerst. Das Kino?«

»Der Portman Square ist näher, da, wo sie Siobhan Mackie gefunden haben.«

Joe nickte. »Alles klar.«

Eve war froh, dass sie etwas zu tun hatten. Das Letzte, was sie brauchte, war, herumzusitzen und über Maddie Matthews nachzudenken, bis der nächste Bericht fällig wurde. Sie nagte an ihrem Daumennagel – eine schlechte Angewohnheit, von der sie einfach nicht loskam.

Als sie an der Ampel warteten, fragte sie ganz neutral: »Hast du dir den Teil angeschaut, wo sie unter den Zug kommt?«

»Nein«, sagte Joe nach kurzem Schweigen. »Ich hab die Augen zugemacht.«

24. Kapitel

Der Leichnam von Siobhan Mackie war in dem umzäunten Garten auf dem Portman Square gefunden worden.

Sie suchten überall, wo ein Flyer gewesen sein könnte. An Bäumen, in Mülleimern und an den hölzernen Lehnen der Parkbänke.

Eve war froh, dass sie ihre Yeti-Stiefel anhatte. Hier im Garten, abseits vom Auto- und Fußgängerverkehr, war der Schnee inzwischen an die dreißig Zentimeter hoch und – mal abgesehen von ein paar gelben Hundepinkelstellen rund um das Tor – weitgehend unberührt und sehr schön.

Auf dem Platz war es ruhig und im Garten sogar noch ruhiger – als wäre der schmiedeeiserne Zaun eine täuschend effektive Schallschutzmauer. Bald waren nur noch das Knirschen ihrer Füße auf dem Schnee und ihr Atem zu hören.

Selbst wenn sie sprachen, wurden die Geräusche ihrer Stimmen verschluckt. Statt dass sie deswegen lauter gesprochen hätten, machte es ihnen bewusst, wie laut sie für gewöhnlich waren, und sie redeten nur, wenn es nötig war, und dann in Bibliothekslautstärke.

Der Garten war so geschickt angelegt, dass man die vornehmen georgianischen Gebäude, die ihn umgaben, von dort aus nicht mehr sehen konnte, auch im Winter nicht –

er sollte den Eindruck von Abgeschiedenheit vermitteln, wo Abgeschiedenheit unmöglich war. Nicht weit von der Mitte des Platzes entfernt, blieb Eve stehen und drehte sich langsam im Kreis. Hier und dort konnte sie einen kurzen Blick auf ein Dach erhaschen, auf ein Fenster, auf eine Regenrinne. Hauptsächlich jedoch sah man ein kunstvolles Netz aus knorrigen schwarzen Ästen über Wogen aus immergrünen Sträuchern mit dicken Schneeklecksen darauf.

Obgleich Joe direkt vor ihr einen Mülleimer umkreiste, kam es Eve vor, als wäre sie ganz allein.

Sie waren nicht weit von dem Gebüsch entfernt, das den Leichnam verborgen hatte. Eve ging hin und gab sich Mühe, nicht so laut zu atmen, damit sie sich an dem knarrenden, quietschenden Geräusch erfreuen konnte, mit dem ihr Körpergewicht die Kristalle unter ihren Füßen zusammenpresste.

Hier, dachte sie.

Sie blieb stehen und bückte sich.

Ja. Hier war die Leiche gewesen. Nackt, auf dem Rücken liegend und im Tod so bleich, dass bereits mehrere Leute hier mit ihren Hunden spazieren gegangen waren, bevor einer von ihnen Siobhan Mackie im Schnee und im Schatten entdeckt hatte.

Sie war erwürgt worden, also hatte Eve sich nicht übergeben müssen, doch sie erinnerte sich, dass ihr der Leichnam furchtbar leidgetan hatte, der nach seiner Entdeckung noch stundenlang hier gelegen hatte, ehe er fortgeschafft wurde, mit nur einem dünnen weißen Laken zum Zudecken.

Jetzt wies nichts mehr auf den Ort hin, wo eine junge Frau gestorben war. Oder wo ihre Leiche abgelegt worden war. Die Polizei war sich noch nicht sicher.

Bei der ersten Anhörung hatte Siobhans Onkel still dagesessen, ein Foto seiner lächelnden Nichte ans Revers gepinnt. Sein Gesicht war so verweint gewesen, dass es aussah, als hätte jemand noch die allerletzte Träne herausgewrungen.

Eve drehte sich um. Joe stand gerade zwischen zwei Bänken.

»Schon was gefunden?«, fragte sie leise.

»Nein«, antwortete er gedämpft.

Er ging weiter – von ihr weg –, also kniete sie sich hin und kroch in die Büsche.

Wenn einem schon der Garten vorkam, als wäre er weit von der Londoner City entfernt, so war es in der Höhle unter den immergrünen Sträuchern, als wäre man im Weltall. Fast alles Licht verschwand schlagartig, und die Stille drängte sich so eng um sie herum, dass Eve sich ans Ohr fasste, um zu sehen, ob irgendetwas es verstopfte.

Hier unten lag so gut wie kein Schnee, und der Boden war trocken. Eve verharrte auf allen vieren, während sich ihre Augen an die graugrüne Finsternis gewöhnten.

Langsam nahmen Gegenstände auf dem Boden Gestalt an, und sie hob jeden auf und hielt ihn sich dicht vors Gesicht.

Eine Zigarettenschachtel mit dem Foto einer kranken Lunge drauf, eine U-Bahn-Fahrkarte und ein zerknülltes Stück Papier, das sie behutsam auseinanderfaltete, auf dem aber nur eine mit Bleistift gekritzelte Reihe von Zahlen und Gleichungen stand. Die Endsumme war falsch, die Eins im Sinn war nicht berücksichtigt worden.

Sonst war nicht viel da. Und dies alles dürfte nach Siobhans Tod hier gelandet sein, die Polizei hatte nämlich den ganzen Platz akribisch genau abgesucht.

Auf Händen und Knien drehte Eve sich zum Garten herum, doch anstatt hinauszukriechen, setzte sie sich auf den Boden und spähte durch die Lücken im Laubwerk.

Es war ein trüber Tag, und im bleiernen Himmel lauerte noch mehr Schnee, doch dort draußen vor den Büschen schien es unerträglich weiß und hell zu sein. Sie sah zu, wie Joe Bänke überprüfte und an Bäumen hinaufschaute, wie er immer wieder aus ihrem Flickenteppich-Blickfeld verschwand und dann wieder auftauchte.

Es war kalt, aber trotzdem gefiel es Eve hier drin. Ihr gefiel das Gefühl, von der Welt getrennt zu sein und doch sehen zu können, was geschah. Als beobachte sie ihre Eltern durch einen Türspalt oder andere Kinder durchs Fenster.

Beobachten, ohne beobachtet zu werden.

Unbeteiligt.

Beteiligt zu sein, sich mit der Welt auseinanderzusetzen, das war anstrengend. Mit der Arbeit und mit ihrem Vater und mit Mr Elias und Mrs Solomon. Damit, dass sie Weihnachtsgeschenke kaufen musste, womit sie *immer noch nicht* angefangen hatte, und dabei war heute schon der Zwölfte!

Eve spürte, wie sie eine große Ruhe überkam. Sie könnte doch hierbleiben. Einfach hierbleiben. Nicht für immer, aber sehr lange. Bis alles … vorbei war.

Einfacher war.

Bis sie sich ausgeruhter fühlte und besser imstande, mit allem fertigzuwerden. Mit dem ganzen Leben und dem Tod und allem dazwischen.

Ja, sie würde hierbleiben.

Ihr war wärmer. Und eine Last, die auf ihrer Brust gelegen hatte, löste sich und ließ sie so atmen wie früher. Seit langer, langer Zeit hatte sie sich nicht mehr sicher gefühlt, doch hier in den Büschen zu sein, das fühlte sich sicher an. Sie war froh, dass Joe ganz in der Nähe war; sie wollte nicht *allein* sein – wollte nur nicht ständig interagieren müssen –, und ihn sehen zu können war seltsam tröstlich, obgleich er gerade ganz in seiner eigenen Welt war und gar nicht *gemerkt* hatte, dass sie weg war.

Als hätte er ihre Gedanken gespürt, schob sich Joe rückwärts aus einem wuchernden Rhododendronbusch heraus, blickte sich im Garten um und rief ihren Namen.

»Eve?«

Der Ruf klang kurz und leblos. Eve antwortete nicht.

»Eve?« Lauter diesmal.

Es war albern von ihr, ihm nicht zu antworten. Kindisch. Das war ihr klar, doch sie blieb trotzdem stumm, sicher und geborgen in ihrer dunkelgrünen Blase.

»EVE!«, brüllte er. Doch der Schnee fing den Schrei ein und saugte ihn aus der Luft heraus, sodass er wie ein Stein zu Boden fiel. Eve hätte wetten können, dass die Leute in den umstehenden Häusern nichts gehört hatten.

So, wie sie wohl auch Siobhan Mackie nicht gehört hatten …

Plötzlich fühlte sie sich hier gar nicht mehr sicher und kroch so schnell unter den Büschen hervor, dass Schnee ihr in dicken Klumpen auf Kopf und Rücken fiel.

»Joe!«, rief sie, und er fuhr herum und erblickte sie.

Selbst von der anderen Seite des Gartens aus konnte sie erkennen, dass er erleichtert war, sie zu sehen, und aus irgendeinem Grund wurde ihr dabei tief im Innern ganz warm.

»Hast du mich nicht rufen hören?«, wollte er wissen, als sie durch den jungfräulichen Schnee auf ihn zustapfte.

»Nein«, log sie. »Entschuldige.«

»Was hast du denn gemacht?«

Eve blieb stehen, ein wenig außer Atem vom Stapfen, und deutete mit dem Daumen über die Schulter auf das Gebüsch. »Ich dachte, die Polizei könnte ja vielleicht rund um die Leiche herum etwas übersehen haben.«

»Was gefunden?«

»Nein.«

»Ich auch nicht.«

Er beugte sich vor und wischte ihr Schnee von den Schultern.

»Danke«, sagte Eve.

»Und, wie sind die Stiefel so?«

»Peinlich«, antwortete sie. »Aber warm.«

»Ich sage ja nur sehr ungern ›Ich hab's dir ja gesagt‹.«

Eve lächelte schwach. »Du sagst unheimlich gern ›Ich hab's dir ja gesagt‹.«

»Ach ja«, erwiderte er. »*Da* hast du recht.«

Dann standen sie kurz da, wollten ihre Niederlage nicht eingestehen und wollten sich in der wunderschönen Stille nicht recht von der Stelle rühren.

Schließlich meinte Joe: »Und draußen *vor* dem Zaun?«

Sie gingen wieder durch das Tor, gingen langsam einmal um den ganzen Platz herum und hielten Ausschau nach einem Flyer – oder auch nach einer Stelle, wo ein Flyer abgerissen worden war. Ein Stück Schnur am Zaun vielleicht oder ein Eckchen Papier, das unter einem Klebestreifen hängen geblieben war.

Sie fanden nichts.

Einmal rutschte Eve auf dem Eis aus, und Joe fing sie auf.

Sie kamen zu der Telefonzelle zurück, von der aus sie losgegangen waren. Eine altmodische rote, wie die draußen vor ihrem eigenen Haus, und Eve überlegte, ob der Portman Square wohl auch einen Mr Elias hatte, der danach strebte, durch eine gemeinsame Reliquie Gemeinschaftssinn herzustellen, wie durch den Finger eines Heiligen in einem Kästchen.

Sie zog die Tür der Zelle auf und wusste sofort, wenn es am Portman Square wirklich einen Mr Elias gab, dann versagte der auf der ganzen Linie. Zuerst einmal stank die Telefonzelle nach Pisse. Genau wie der feuchte Menschendunst im U-Bahnhof war das ein Geruch, der aus einer anderen Zeit zu stammen schien – ein altmodischer Hauseingangsmief nach abgestandenem Urin –, und Eve verspürte einen Anflug von unberechtigtem Stolz, weil *ihre* Telefonzelle nur nach Lavendel-Raumspray roch.

Außerdem war die Münzkassette in dieser Telefonzelle zerkratzt und zerbeult, und die Wand mit den Telefon-Informationen war mit Werbezetteln bepflastert, Zetteln, auf denen billiges Viagra und billige Blowjobs angepriesen wurden – vorausgesetzt anscheinend, dass das billige Viagra auch wirkte.

Doch nichts kündigte eine wie auch immer geartete Ausstellung an, es sei denn, man zählte die zahllosen kleinen Fotos von Medizinball-Titten und Ärschen von Kardashian-Format.

»Nichts«, stellte Eve fest.

Joe zeigte auf die Karten. »Du glaubst also nicht, dass eine von diesen Personen der Mörder sein könnte?«, fragte er, ohne eine Miene zu verziehen.

»Nein«, seufzte sie. »Und Siobhan Mackie ist wahrscheinlich kein Opfer unseres Killers.«

»Warum nicht?«

Es fing wieder an zu schneien, und sie suchten beide Schutz in der Telefonzelle, standen dicht zusammengequetscht dort drin. Jetzt roch es noch heftiger nach Pipi, und Eve empfand unverhofft tiefe Zuneigung zu Mr Elias. Er leistete wirklich tolle Arbeit.

Trotzdem, unangenehm war es nicht, mit Joe in eine enge Zelle gequetscht zu sein. Wenigstens roch er gut. Ganz leicht nach Leder und Seife.

»Warum nicht?«, fragte er noch einmal.

Eve fiel wieder ein, worüber sie gerade geredet hatten.

»Siobhan ist nachts umgebracht worden. Niemand hat es gesehen, und niemand hat es gehört. Und ihr Leichnam ist versteckt worden. Zugegeben, nicht gerade *gut* versteckt, aber trotzdem. Das ist ja wohl kaum eine *Show,* oder? Ich meine, wenn es das ist, worauf unser Irrer abfährt.«

Joe nickte und betrachtete geistesabwesend die Wand mit all den Busen und Ärschen über ihrem Kopf.

»So wie manche Leute darauf stehen, in der Öffentlichkeit Sex zu haben«, meinte er.

»Ja«, pflichtete Eve ihm bei und warf einen kurzen Blick auf die Zettel. »Hast du das schon mal gemacht?«

Joe schnaubte. »Ich hatte kaum nichtöffentlichen Sex.«

Sie lachte. »Es fällt mir schwer, das zu glauben.«

Joe lächelte lediglich und zuckte die Achseln, und Eve wandte sich ab, um durch die schmutzigen Glasscheiben zu dem Garten hinter dem Zaun hinüberzustarren.

»Könnte das ein Probelauf gewesen sein?«, fragte sie. »So eine Art Aufwärmmord?«

Joe nickte. »Oder etwas nicht Beabsichtigtes, aus dem ein Mord geworden ist, also war er nicht darauf vorbereitet. Aber dann hat es ihm gefallen.«

»Vielleicht«, sagte Eve. Dann schüttelte sie den Kopf. Und sah sich auf dem Platz um. »Es kommt mir einfach nicht richtig vor, dass die Leiche versteckt war.«

»Und dass kein Flyer da ist?«

Eve nickte erleichtert. Ein Flyer hätte bedeutet, dass der Mann am Telefon mit an Sicherheit grenzender Wahrscheinlichkeit der Mörder war. Ein Killer, nach dessen Vorstellung man eine Bekanntschaft damit begann, dass man eine Dreizehnjährige unter einen Zug stieß. Sie hoffte, dass sie niemals auf einen weiteren Flyer stoßen würden. Und hier keinen zu finden war schon mal ein guter Anfang.

Mit dem Rücken drückte Joe die Telefonzellentür auf. »Zum Nächsten?«, fragte er

»Zum Nächsten«, bestätigte Eve.

Als sie aus der Zelle trat, zog sie einen der Nuttenzettel von der Wand und reichte ihn Joe.

»Behaupte bloß nicht, ich würde dir nie was schenken.«

Der dürre, picklige Jung-Manager des Everyman Cinema, der ihnen schon einmal nicht hatte helfen wollen, hieß Charlie Mazurski, und er war sehr viel entgegenkommender, nachdem er nunmehr sicher war, dass es kein schlechtes Licht auf ihn warf, wenn ein Kinobesucher im Saal abgestochen wurde wie ein Schwein.

»Ich meine«, erläuterte er ihnen in der mit rotem Teppich ausgelegten Lobby, »Sie sollten mal sehen, was wir für einen Papierkrieg für die Arbeitsschutzbehörde ausfüllen müssen, wenn sich bloß mal jemand irgendwo den Zeh anrennt. Als ich erfahren habe, dass da jemand *mit einem Messer* angegriffen worden ist, da war ich voll *O mein Gott, das ist echt krass!* Und als der dann *tot* war, also ich war voll *O mein*

GOTT, ich bin ja so was von GEFEUERT! Aber die von der Zentrale waren echt okay. Die haben gesagt, ich brauche das nicht mal der Arbeitsschutzbehörde zu melden, sondern nur der Polizei, Gott sei's gedankt.«

»So was ist bei Ihnen noch nie passiert?«, erkundigte sich Eve mehr aus Neugier als aus journalistischem Interesse.

»Ein Mord nicht«, meinte er. »Aber einmal ist eine sehr dicke Lady auf jemanden draufgefallen, als sie draußen gewesen war, um sich Eis zu holen. Sie hat ihm den Arm gebrochen und ist dann unter den Sitzen stecken geblieben.« Er kicherte und wedelte sich dann mit einer Hand vor dem Gesicht herum. »Ich sollte nicht lachen, aber komisch war's doch. Weil, als die Feuerwehrmänner sie hochgewuchtet haben, da war sie vorn voll geschmolzenem Rumtopfeis mit Rosinen, und dieser kleine Holzlöffel – Sie wissen schon, so ein kleiner Eislöffel? –, der hat ihr im Gesicht geklebt, genau *hier.*«

Er pikte mit einem Finger auf seine Augenbraue und kicherte und wedelte abermals.

Eve lachte mit, dann fragte sie: »Dürfen wir uns dann schnell mal umsehen, Mr Mazurski?«

»Schaden kann's wohl nicht«, antwortete er ein wenig zweifelnd. »Aber ich muss Sie bitten, sich eine Kinokarte zu kaufen. Dann sind Sie offiziell Kunden, und die Versicherung greift, wenn Ihnen was passiert. Wenn ich Sie einfach so reinlasse und Sie rutschen in der Toilette aus oder bleiben mit der Hand in 'nem Mülleimer stecken oder so, dann bin ich persönlich haftbar, verstehen Sie?«

»Ich verstehe«, versicherte Eve. »Ich hatte ja keine Ahnung, dass es so gefährlich sein kann, ins Kino zu gehen.«

»Das hat der Typ, der das Messer ins Genick gekriegt hat, auch nicht gedacht«, erwiderte er ernst.

»Da ist was dran«, gab Eve zu. Sie folgte dem jungen Manager zur Kinokasse und zog ihre Brieftasche hervor.

»Möchten Sie Logenplätze?«

Eve lachte, doch es war ihm ernst damit. Sie seufzte und kaufte zwei Logentickets – jedes für fünfundzwanzig Pfund – für Plätze, auf denen sie nicht sitzen, und für einen Film, den sie sich nicht ansehen würden.

»In welchem Saal ist es passiert?«

»Saal zwei«, antwortete Mazurski.

Ungeachtet der makabren Umstände ihres Besuchs konnte Eve sich einer kindlichen Freude nicht erwehren, als sie die Rolltreppe hinauffuhren und in den weniger hell erleuchteten Bereich traten, wo sich die Türen zu den Vorführsälen und zu den Toiletten befanden. Sie war seit einer Ewigkeit nicht mehr im Kino gewesen, und das trübe Licht und der Geruch nach altbackenem Popcorn waren wie eine Zeitreise.

»Ich war seit *Titanic* nicht mehr im Kino«, sagte sie halblaut vor sich hin.

»Seit 1912?«, fragte Joe. »Das ist aber *wirklich* lange her.«

»Halt die Klappe.«

Die Wände dieser zweiten Lobby waren mit beleuchteten Plakaten bedeckt, die für kommende Attraktionen warben – keins davon wurde von einem Flyer verunstaltet, der eine Ausstellung ankündigte.

Sie traten in Saal 2. Dort war es dunkel und laut, und es hatte ja keinen Sinn, dort herumzustolpern, also suchten sie nur am Eingang nach einem weißen Rechteck auf den schwarzen Wänden und gingen dann wieder hinaus.

»Kein Wunder, dass er sich diesen Film ausgesucht hat«, bemerkte Joe und zeigte auf seine Ohren. »Der Krach übertönt glatt jeden Mord.«

»Das sollten sie auf das Plakat schreiben«, sagte Eve. *»Laut genug, um dabei zu morden.«*

Sie standen einen Moment lang da und wussten nicht recht, was sie als Nächstes tun sollten.

»Was ist mit den Klos?«, schlug Eve vor.

»Wir können uns für unser Geld ja ruhig was gönnen«, meinte Joe.

Eve trat in die Damentoilette; ihr Blick wanderte über die Kachelwände. Dann ging sie zwischen den Kabinen entlang und überprüfte jede Tür von innen und außen, rechnete nicht damit, mehr zu finden als Werbung für Vergewaltigungs-Hotlines und Mittel gegen Blasenprobleme. Das hier war schließlich das Damenklo – sie bezweifelte, dass ein Mann hier hereinkommen würde, um einen Flyer aufzuhängen, wenn er das genauso gut in der Herrentoilette tun konnte, ohne dass es auffiel.

Sie und Joe kamen gleichzeitig aus den Toiletten.

»Und?«

»Nichts.« Er blickte auf seine Kinokarte hinunter. »Komm, wir schauen uns einen Film an.«

Eve sah ihn schief an. »Nach dieser Nummer glaube ich nicht, dass ich jemals wieder ins Kino gehen werde!«

Er grinste. »Wir könnten uns doch in die letzte Reihe hocken …«

Eve bedachte ihn mit einer skeptisch hochgezogenen Braue. »Netter Versuch.« Dann fragte sie: »Hey, hast du dir die Kabinentüren auch von innen angeschaut?«

»Nein«, gab Joe zu.

»Was hast du denn da drin *gemacht?*«, fragte sie ungeduldig. »Los, komm.« Sie schob ihn zurück in die Herrentoilette.

»Hey!«, protestierte Joe. »Was ist, wenn jemand reinkommt?«

»Na, beeil dich eben, dann passiert das nicht.« Sie nahm sich die Reihe der Toilettenkabinen vor.

»Das ist doch nicht logisch«, meinte Joe und fing etwas langsamer mit den Kabinen gegenüber an.

»Doch, ist es«, erwiderte Eve. »Die ... *O mein Gott.*«

»Was ist denn?«

Doch Eve konnte nicht sprechen. Plötzlich hatte sie nicht die nötige Energie dafür. Jeder Tropfen Leben schien innerhalb eines Augenblicks aus ihr herausgeströmt zu sein, und ihre Kehle war ganz eng vor Schuldgefühlen.

Dort, auf ein Plakat zum Thema erektile Dysfunktionen gekleistert, klebte ein billiger Flyer.

AUSSTELLUNG

ORT: Hier

DATUM: 4. Dezember

UHRZEIT: 21.30 Uhr

Dieselbe Schrift. Dasselbe Papier.

Sie waren gleich ...

25. Kapitel

13. Dezember

Unter Gerüststangen und dem gleißenden Licht tragbarer Scheinwerfer schabte ein Spurensicherungsteam vorsichtig an dem Bauzaun vor dem Gebäude, in dem Layla Martin umgekommen war.

Plakatkleber hatten die zwanzig Meter aus lackierten Pressspanplatten zu nutzen gewusst, und Hunderte von Flyern klebten überall. Allerdings hatten sie – in Ironie vereint – um jede aufgedruckte Warnung PLAKATE ANKLEBEN VERBOTEN sorgsam Platz gelassen.

Das einzige andere Licht kam jetzt aus Schaufenstern und von der Weihnachtsdekoration, und auf der Straße drängten sich Tausende von Menschen, die Einkäufe machten. Je näher Weihnachten kam, desto hektischer rempelten sie aneinander vorbei und desto panischer wurden ihre Mienen. Von einem Café auf der anderen Straßenseite aus wirkte Eves Blick auf den Polizeieinsatz an der Plakatwand wie ein Daumenkino.

Sie hatte ihnen alles erzählt. Von den Flyern, von dem Mann, der auf dem U-Bahnhof ihren Namen gerufen hatte, von dem Anruf … Superintendent Huw Rees hatte mit ausdrucksloser Miene zugehört.

»Ich hätte es Ihnen früher sagen sollen«, hatte Eve zugegeben. »Aber es klang doch unglaublich.«

»Tut es immer noch«, hatte Rees achselzuckend gebrummt. »Aber schauen wir mal, was wir finden.«

Und so hatte diese langwierige Suche begonnen.

»Ich hab dir ’nen anderen Kuchen mitgebracht.«

Eve blickte auf den Teller hinunter, den Joe ihr zusammen mit den beiden Tassen Kaffee geholt hatte. Es war schon der zweite, den er ihr gekauft hatte, seit sie sich am Fenster des Cafés niedergelassen hatten. Der erste war auch noch unberührt.

Dieser neue hier war Schokoladenkuchen, ihr Lieblingskuchen, aber bei dem Gedanken an Essen wurde ihr Mund ganz trocken. Sie schüttelte den Kopf. »Ich glaube nicht, dass ich den essen kann …«

Seit gestern hatte sie nichts mehr gegessen. Seit sie den Flyer in dem Kino gefunden hatten, in dem Kevin Barr mit einem geschickt geführten Messer das Rückenmark durchtrennt worden war. Seit sie akzeptiert hatte, dass Maddie Matthews ihretwegen umgekommen war …

Das ist jetzt unsere gemeinsame Show, Eve.

Sie dachte, dass sie vielleicht nie wieder etwas essen würde. In ihrem Innern schien nichts mehr übrig zu sein, was genährt werden konnte. Und von Stu hatte sie auch noch nichts gehört.

Sie trank einen kleinen Schluck Kaffee und spürte, wie er in ein so großes Loch floss, dass ihr Magen angesichts dieser gewaltigen Leere grummelte.

Joe nahm ihre Hand in seine beiden. »Kommst du damit klar?«

»Ich fühle mich scheiße«, gestand sie, und er nickte. Das mochte Eve an Joe. Er versuchte nie, einen aufzuheitern, wenn es keinen Sinn hatte. Es gab nichts Nervigeres als jemand, der versuchte, einen aufzumuntern, wenn man zu Recht mies drauf war.

»Du musst dich zusammenreißen«, sagte er, und sie lachte kurz und rau auf.

»Was denn?«, fragte er.

»Nichts.«

»Im Ernst, Eve«, fuhr er fort. »Du hast Mist gebaut, und nichts kann das ändern …«

»Vielen Dank«, knurrte sie. »Das hilft echt.«

»Ich *helfe* ja auch«, beharrte er. »Und du auch. Du hilfst, indem du zur Polizei gegangen bist, damit sie ihn schnappen können, bevor noch jemand umgebracht wird. Das ist richtig. Es könnte andere Leben retten. Aber du bist der einzige Mensch, der Kontakt mit dem Mörder hatte, und das ist entscheidend. Also musst du darüber nachdenken, was du *vielleicht* ändern kannst, nicht darüber, was du *nicht* ändern kannst, und dafür musst du objektiv denken, also musst du von dieser Selbstmitleid-Schiene runter.«

»Das ist kein *Selbst*mitleid«, entgegnete sie wütend. »Sondern einfach nur *Mitleid*! Mit Maddie Matthews.«

»Na, ihrer Familie hilft das nicht. Und den Cops auch nicht. Es hilft ja nicht mal *dir*. Also hör auf damit.«

Eve starrte ihn an. »Immer hast du so verdammt recht«, grollte sie. »Und ich habe mich gerade so schön im Elend gesuhlt.«

»Das steht dir nicht«, meinte er. »Kann ich deinen Kuchen haben?«

»Aber nicht den Schokoladenkuchen.«

Er lächelte und machte sich über die Zitronentorte her.

Knarrend lief Eves leerer Verstand ganz langsam wieder an. Die Story zu kriegen war nicht mehr wichtig. Joe hatte recht – den Mörder zu schnappen, das hatte jetzt Priorität, und sie musste hellwach sein, wenn sie dabei mithelfen wollte. Wenn sie ein klein wenig Wiedergutmachung leisten wollte.

Sie kappte dem Schokoladenkuchen die Spitze.

»Was sagen wir Ross?«, fragte Joe mit vollem Mund.

»*Überhaupt* nichts«, antwortete Eve entschlossen – und fühlte sich bereits besser.

Ihr Handy vibrierte zwischen ihnen auf dem Tisch, und sie griff danach.

»Kommen Sie rüber«, sagte DS Rees. »Wir haben ihn gefunden.«

»Mein Gott«, hauchte Eve.

Die drei standen da und betrachteten den Flyer. Was immer darübergeklebt worden war, hing noch immer in winzigen roten Fragmenten daran, doch die Reste darunter waren unverkennbar:

AUSSTELLUNG
ORT: Hier
DATUM: 1. Dezember
UHRZEIT: 10 Uhr

»Der Tag, an dem Layla Martin gestorben ist«, sagte Eve leise.

Der Gedanke, wie absolut *un*-zufällig dieser Mord jetzt erschien, erschütterte sie zutiefst. Nicht nur hatte jemand ihn geplant, der Betreffende hatte ihn auch noch angekündigt, wie einen Flohmarkt oder eine Tingeltangel-Show.

Immer ran, meine Herrschaften! Sehen Sie den grausigen Mord!

Unvermittelt prickelten Tränen in ihren Augen. Layla Martin, die vierundzwanzig gewesen war und niemals fünfundzwanzig werden würde. Sie überlegte, ob Layla von Anfang an die Zielperson gewesen war oder ob der Mörder einfach wusste, wie man in das Gebäude hineinkam, und gehofft hatte, dort jemanden allein anzutreffen. Vielleicht war er schon einmal dort gewesen – war durch die Stockwerke gestreift, mit den Fahrstühlen gefahren, hatte darauf gewartet, dass sich ein Opfer zeigte.

Und wenn Layla Martin die Zielperson gewesen war, wie lange hatte er sie beobachtet? Hatte sie gemerkt, dass sie beobachtet wurde? Hatte sie Angst gehabt? Hatte sie nach der Arbeit einer Freundin bei einem Pinot grigio davon erzählt? Oder war ihr der Mann nie aufgefallen, der sie von der anderen Straßenseite aus im Blick behielt, von der anderen Seite des U-Bahn-Wagens aus, von der anderen Seite ihres eigenen *Großraumbüros* aus? Könnte es jemand sein, den sie so gut gekannt hatte, dass solche Aufmerksamkeit überhaupt nicht auf ihrem Radar aufgetaucht war?

Am liebsten hätte Eve ihre Hand in die von Joe geschoben. Um zu spüren, dass sie *in Sicherheit* war und mit jemandem verbunden, der klaren Verstandes war. Aber natürlich tat sie es nicht.

Rees wandte sich zu ihr um und sagte unverblümt: »Wir wollen eine Nachrichtensperre, was die Flyer betrifft. Bis heute Mittag wird jeder Polizist in ganz London nach den Dingern Ausschau halten, aber wenn wir das öffentlich machen, geht es hier drunter und drüber. Panik auf den Straßen.«

Eve bedachte ihn mit einem skeptischen Blick. »Jetzt unterstellen Sie den Menschen doch mal *ein bisschen* Intelligenz, Huw.«

Grimmig schüttelte Rees den Kopf. »Ich unterstelle den Menschen *keinerlei* Intelligenz. Und außerdem, wenn das hier der Mann ist, der Layla Martin umgebracht hat, dann will ich nicht, dass das Arschloch die öffentliche Aufmerksamkeit kriegt, auf die es scharf ist. Oder riskieren, dass ein Nachahmungstäter das Ganze noch verworrener macht.«

Eve überlegte schnell. Ganz gleich, was Huw Rees sagte, die Polizei konnte nur um eine Nachrichtensperre bitten, erzwingen konnte sie sie nicht – und damit hatte sie ein Druckmittel.

»Sie verlangen, dass wir einen Exklusivbericht aufgeben, Huw.«

»Im Interesse der öffentlichen Sicherheit«, entgegnete er.

Mit gefurchter Stirn sah Eve Joe an.

»Da macht Ross nie mit«, meinte Joe.

»Nicht ohne Garantien«, überlegte Eve laut.

»Was denn für Garantien?«, fragte Rees misstrauisch.

»Selbst wenn wir sie im Moment nicht verwenden können, die Flyer sind *unser* Exklusivmaterial, und dabei bleibt es auch. Das darf nicht an andere Journalisten weitergegeben werden.«

»Soll mir recht sein.«

»Und *wir* werden als Einzige angerufen, sobald *Sie* wieder einen finden.«

»Was soll denn das bringen, wenn Sie nicht darüber berichten dürfen?«, fragte Rees argwöhnisch.

»Hintergrundinfo«, erklärte Eve. »Wenn Sie diesen Dreckskerl schnappen und er verurteilt wird, haben wir alles im Kasten. Dann sind wir der Konkurrenz kilometerweit voraus.«

Rees nickte widerwillig. »Okay.«

»Und eine namentliche Erwähnung.«

»Eine *namentliche Erwähnung?*«

»Ja. Wenn Sie aufgrund der Beweise, die wir Ihnen besorgt haben, erreichen, dass der Kerl verurteilt wird, dann wollen wir erwähnt werden. Mit *Namen.*«

»iWitness News?«, fragte Rees.

»Nein«, erwiderte sie. »Joe und ich. Wir bekommen ein öffentliches Dankeschön für die Rolle, die wir gespielt haben, und zwar direkt vor dem Gerichtsgebäude.«

Rees sah sie mit steinerner Miene an, und Eve war klar, dass sie hier ziemlich hoch pokerte. Die Polizei bekam so wenig Anerkennung, dass es fast schon gemein war zu verlangen, dass sie sie mit anderen teilte.

»Wir wollen doch dasselbe, Huw«, sagte sie und schauderte ein bisschen, als sie die Worte des Mörders aus ihrem Mund kommen hörte.

Sie wollten nicht genau dasselbe. Aber sie saßen in derselben Zwickmühle, und das wusste Eve. Wenn Huw Rees die Nachrichtensperre hinsichtlich der Flyer unbedingt wollte, dann würde er ihr das zugestehen. Denn wie konnte er sonst sicher sein, dass Eve sich bei *ihm* meldete, wenn der Mörder sie das nächste Mal anrief …

Überhaupt nicht.

»Immer vorausgesetzt, dass wir ihn kriegen«, brummte er mürrisch.

»Er sagt Ihnen, wo und wann er das nächste Mal zuschlagen wird«, meinte Eve. »Da kann er doch nicht so schwer zu schnappen sein.«

»Haha«, knurrte er freudlos. Dann seufzte er und setzte hinzu: »Na schön, wir haben einen Deal.«

»*Was* für einen Deal?« Wie durch einen grauenvollen Zaubertrick tauchte Guy Smith neben Eve auf. »Was für einen Deal?«, wiederholte er. »Wieso kriegt sie einen Deal und ich nicht? Was läuft hier? Und *o mein Gott,* was ist denn mit Ihrem *Gesicht* passiert?« Dann nieste er dreimal feucht und ausgiebig und wischte sich die Nase mit einer Coffee-Shop-Serviette ab.

»Scheißerkältung«, verkündete er und wiederholte dann noch einmal: »*Was* für einen Deal?«

Eve starrte Huw Rees mit leerem Blick an, unfähig, weiter zu denken als bis zu dem Flyer hinter seiner linken Schulter. Der Flyer, der genau vor ihr hing – der genau vor *Guy* hing. Ein Polizist fing gerade an, mit einem Spachtel an seinen Rändern herumzukratzen.

AUSSTELL …

»Keiner, der Sie interessiert«, wehrte Rees geschmeidig ab.

»Ach ja?«, fragte Guy. »Versuchen Sie's doch mal.«

Rees seufzte, und Eve hätte am liebsten losgebrüllt und ihm den Mund zugehalten …

»Kates Baby«, sagte er. »Ich Alfred, sie Charles.«

Eve war beeindruckt. Sie hatte keine Ahnung gehabt, dass der Superintendent so ein guter Lügner war.

»Und ich Samuel«, meldete sich Joe zu Wort, und Guy schnitt ihm eine Grimasse. »*Was?* Samuel ist doch ein jüdischer Name! Die geben ihm doch keinen *Judennamen,* oder? Verdammt, denken Sie doch mal nach!«

»Aber ich habe einen Fünfer gesetzt, für hundert zu eins«, wandte Joe zweifelnd ein.

Guy schnaubte. »Idiot.« Dann wandte er sich wieder Rees zu. Und dem Flyer …

»Und was soll das hier dann alles, Huw? Ein bisschen Aufräumen, damit das Team was zu tun hat?«

Eve hielt den Atem an. Der Flyer verschwand allmählich, aber geradezu schmerzhaft langsam.

AUSST…

»Hier hat's heute Nachmittag einen Vorfall gegeben«, log Rees abermals. »War keine große Sache, aber da war ein Messer im Spiel, und angesichts der Nähe zum Tatort dachten wir, wir schauen mal nach DNA.«

»Mit Spachteln?«, fragte Guy. »Nicht gerade *CSI Miami*, wie?«

»Mir war nicht klar, dass Sie Experte sind«, gab Rees scharf zurück.

»Sie wollen doch bestimmt nicht, dass Veronica Creed da mitmischt«, meinte Guy.

»Verpissen Sie sich einfach«, blaffte Rees. »Ich hatte einen langen Tag, und ihr Flachpfeifen macht es einem nicht leichter.«

Er ging davon, und Guy wandte sich an Eve. »Was ist denn mit dem los? Den müssen Sie ja richtig in Rage gebracht haben, bevor ich hier aufgeschlagen bin.«

Eve sah ihn kühl an. »So wie Kevin Barrs Vater?«, fragte sie. Dann ging sie ebenfalls, und Joe folgte ihr.

»Versteht ihr denn keinen Spaß?«, rief Guy ihnen nach. »Und *was ist mit Ihrem Gesicht passiert?*«

Wenn der Name Veronica Creed fiel, war Huw Rees danach immer ein bisschen von der Rolle.

Sie war eine kleine Rechtsmedizinerin unbestimmten Alters, mit rosigen Wangen, Brille und grauem Bob, die gern flauschige Katzenpullis und unförmige Schottenröcke trug.

Und Huw Rees hatte *Scheißangst* vor ihr.

Seit zweiundzwanzig Jahren war er jetzt Polizist, und

er hatte Dinge gesehen, die er seinem schlimmsten Feind nicht wünschen würde. Er hatte Typen verhaftet, die kleine Kinder gefoltert hatten, hatte die Besitzer halb verhungerter, verprügelter Sexsklavinnen eingebuchtet, hatte einmal einen Kannibalen geschnappt – der ihm stolz ein Glas mit Fingerknöcheln drin gezeigt hatte.

Aber Veronica Creed war der gruseligste Mensch, dem er jemals begegnet war.

Sie hatte die gelassene Unbekümmertheit einer Psychopathin an sich, allerdings gab es zwischen ihr und dem Rest der Welt keine beruhigenden Gitterstäbe. Und obgleich Rees *keinerlei Anlass* für irgendeinen Verdacht hatte, lag er nachts oft wach und grübelte besorgt, was sie alles anstellen könnte oder vielleicht schon angestellt hatte.

Er wusste, dass das lächerlich war, deshalb hatte er nie irgendjemandem erzählt, wie er über sie dachte; doch er wusste auch, dass er damit nicht allein war. Er hatte erwachsene Männer vor ihrer Beinahe-Berührung zurückzucken und sich eilends aus ihrer Gegenwart entfernen sehen. Er hatte seine Leute Münzen werfen sehen, wenn es darum ging, wer in ihr Büro gehen und einen Bericht abholen musste. Jedes Mal, wenn irgendwer von der Polizei Veronica Creed als *absolute Legende* bezeichnete, dachte Rees insgeheim: *wie Dracula.*

Hätte Huw Rees sagen müssen, warum Veronica Creed so unheimlich war, so hätte er den Grund nicht genau benennen können, doch schon der Gedanke daran, wie sie ihre Brille auf der Nase hochschob und ihn mit ihren großen runden Augen anstarrte, ließ ihn schaudern.

Und das hatte nichts mit dem Schnee zu tun.

26. Kapitel

Auf dem Heimweg ging Eve in den Minimarkt am U-Bahnhof. Eigentlich brauchte sie nur Milch, doch nachdem sie die in ihren Korb getan hatte, wanderte sie die Gänge hinauf und hinunter und legte noch ein paar Impulskäufe dazu. Ein Paar Wollstrumpfhosen, eine Sandelholz-Duftkerze.

Die wenigen abendlichen Kunden wandten den Blick von ihrem blutunterlaufenen Gesicht ab.

Sie legte ein Baguette in ihren Korb. Es roch nach Kindheit, und wenn sie nach Hause kam, dachte sie, würde sie es einfach in weiche Stücke reißen und die direkt aus der Tüte essen. Ein Vorteil, wenn man quasi allein lebte, war, dass man nicht auf seine Tischmanieren achten musste. Manchmal aß sie Bohnen und Fischstäbchen gleich aus der Bratpfanne und kam sich dabei vor wie eine Kreuzung aus Cowboy und Höhlenmensch.

Während sie in der kurzen Schlange vor der Kasse stand, beschloss Eve, dass eine Duftkerze das absolut Letzte war, was ein klar denkender Mensch in seinem Leben brauchte. Dann roch es in ihrem Haus eben ein bisschen nach Hamster, na und? Sie gab schließlich keine *Gesellschaften.*

Schon bei dem Gedanken daran lächelte sie schief, dann nahm sie die Kerze aus ihrem Korb und ließ sie auf dem

Regal mit den Süßigkeiten stehen. Stattdessen nahm sie zwei Schokoriegel mit.

Einen für jetzt und einen für Notfälle.

Ein merkwürdiges Geräusch verwirrte Eve, als sie ihr Gartentor erreichte.

Mr Elias schaufelte den Weg durch ihren Vorgarten frei. Er richtete sich auf und sah sie an, eine Schaufel voll Eis in der Hand; sein Atem wölkte um seinen Kopf.

Der lockere, schmutzige Schnee war am Rand des Weges aufgehäuft, und er hatte das feste Eis darunter in breite, zackige Platten zerschlagen, die darauf warteten, hochgehoben zu werden. Die Eisplatte, die bereits auf seiner Schaufel lag, gab eine angedeutete Raute des alten Weges frei, den sie so gut kannte.

Eve war seltsam gerührt. Das hier war etwas, was ihr Vater für sie getan hätte – oder für eine Nachbarin. Eine altmodische Freundlichkeit, frei von den Komplikationen des Feminismus.

»Oh, das ist aber nett von Ihnen!«

»Ach was«, wehrte er ab und wischte ihren Dank schroff mit der Hand beiseite. »Das hätte ich schon viel früher machen sollen.«

Neben dem Tor stand ein offener Sack Salz und wartete darauf, alles sicher und begehbar zu machen.

Eve wurde ganz warm, noch bevor sie ins Haus ging, um Wasser aufzusetzen, damit sie ihm eine schöne Tasse Tee machen konnte.

Später saß Eve im alten Sessel ihrer Mutter, riss Brocken von dem Baguette ab und sah ihrem Vater beim Schlafen zu.

Er lag zusammengekrümmt auf der Seite wie ein Kind; die eine locker geschlossene Faust auf dem Kissen. Der Ehering, den er niemals abnahm, schimmerte im Licht der Straßenlaterne.

Nach jedem Atemzug betete sie zu einem Gott, an den sie nicht glaubte, dass er ihm keinen weiteren gewähren möge.

So sollte man sterben. Warm und geborgen im eigenen Bett und von jemandem bewacht, der einen liebte.

Anderer Leute Zukunft war weniger rosig.

Doch Duncan Singer atmete immer weiter.

Ein.

Und aus.

Und ein.

Eve seufzte. Entweder gab es keinen Gott, oder es war Gott einfach egal.

Ihr Handy klingelte, und sie eilte aus dem Zimmer, um den Anruf anzunehmen.

Nummer unterdrückt.

»Hallo, Eve.«

Er war es.

Sie öffnete den Mund – und sagte dann gar nichts. Wusste nicht, *was* sie sagen sollte. Der Mann hatte drei Menschen umgebracht. *Mindestens.* Was gebot da die Etikette?

»Sie überlegen, was Sie tun sollen«, sinnierte er mit vollendet artikulierten Vokalen. »Sollen Sie gar nichts sagen und das Risiko eingehen, mich zu provozieren? Oder Hallo sagen und mitspielen.«

»Wenn ich jemals mitspiele, dann bestimmt nicht mit einem kranken Bastard wie Ihnen.«

Er lachte. »Ich sehe, Sie sind auf Provokation gebürstet.«

Eve biss sich auf die Lippe und dachte an Mr Crick, ihren Klassenlehrer im letzten Schuljahr, der sie immer von der anderen Seite des Klassenzimmers aus mit hochgezogenen Brauen angesehen und gesagt hatte: »Erst das Gehirn einschalten, Eve. *Dann* den Mund.«

Manchmal vergaß sie das.

»Ich weiß, wer mein Vater war«, fuhr er fort, »allerdings mochte ich ihn nicht. Und wer sagt, dass ich krank bin?«

»Sie haben einer Frau die Kehle durchgeschnitten. Sie haben einem Mann das Rückenmark durchtrennt. Sie haben ein *Kind* ermordet! *Normale* Menschen nennen so was krank!«

»Wer ist denn schon normal?«, erwiderte er wegwerfend. »Sie bezeichnen sich selbst wahrscheinlich als normal, und trotzdem sprechen Sie gerade mit einem Mörder. Welcher normale Mensch tut denn so etwas? Welcher normale Mensch würde mein Werk zu würdigen wissen? Deswegen mag ich Sie ja, Eve – weil Sie *nicht* normal sind.«

Sie antwortete ihm nicht.

»Wer hat Ihnen die Nase gebrochen?«

Er fragte, als wäre es ihm wichtig, und das überraschte sie. Sie zögerte. »Geht Sie nichts an.«

»Glauben Sie etwa, Sie können mich schockieren, Eve? Sie vergessen, mit wem Sie reden. Mich kann man nicht erschrecken.«

Er hatte recht; schließlich war er ein Serienmörder. Aus irgendeinem Grund musste Eve sich das immer wieder ins Gedächtnis rufen.

»Bin Freund«, fuhr er fort, »und komme nicht, zu strafen.«

»Sie sind nicht mein Freund«, fuhr sie ihn an.

»Derjenige, der Sie verletzt hat, auch nicht«, schoss er zurück.

»Halten Sie doch den Mund!«, sagte Eve zornig. »Sie wissen nichts über mein Leben, und es ist Ihnen doch auch egal, also ersparen Sie mir Ihre falsche Anteilnahme. Anteilnahme vorzutäuschen ist *mein* Job! Ich bin die Scheiß*königin* der falschen Anteilnahme!«

Er lachte laut und voller echter Freude – hörte nur allmählich und mit einem langen, belustigten Seufzer wieder auf.

»Sie sind witzig, Eve«, sagte er endlich, »aber Sie irren sich. Ich kenne Sie sehr viel besser, als Sie denken.«

Sie spürte, wie ihr Gänsehaut den Nacken hinaufkroch.

Erst die lange, lange Stille verriet ihr schließlich, dass der Mörder aufgelegt hatte und dass sie wieder einmal allein war.

27. Kapitel

14. Dezember

»Da hockt ein Landstreicher auf den Stufen.«

David Fallon blickte zu der Putzfrau auf. Debbie Gomperts war eine dicke, schnörkellose Frau, die das, was sie sagte, nur selten mit einer Präambel versah, die einem einen Hinweis darauf geben könnte, was als Nächstes kam. Daher hatte er bei Gesprächen mit ihr immer das Gefühl, dass sie ihm zwei Schritte voraus war.

»Bitte?«, fragte er.

»Ein Landstreicher«, wiederholte sie. »Auf den Stufen.« Als hätte er sie beim ersten Mal nicht verstanden, weil der Satz zu lang war, also hatte sie ihn freundlicherweise in zwei sehr viel einfachere Teilsätze untergliedert, um seiner Blödheit Rechnung zu tragen.

Doch David hatte das Wort »Landstreicher« so lange nicht gehört, dass es einen Moment gedauert hatte, bis es durchgedrungen war – das war alles. Heutzutage sagte doch jeder »Obdachloser«. »Landstreicher« war ein Wort aus seiner fernen Vergangenheit, als idealisierte alte Männer, die nicht offenkundig alkoholabhängig waren, im Land herumstreiften, Gelegenheitsarbeiten verrichteten und in Heuschobern schliefen.

Und »Stufen«, das konnte überall sein.

»Auf welchen Stufen?«, fragte er.

»Na, auf den Stufen«, antwortete Debbie Gomperts. »Vorm Eingang.«

Ah.

Das war ein Problem.

David Fallon erhob sich von seinem übervollen Schreibtisch, tappte leise durch die vornehme Lobby mit dem roten Teppich und spähte durch die Glastür, nur um festzustellen, dass sich tatsächlich ein Landstreicher auf den Stufen vor dem Barnstormers Theatre häuslich niedergelassen hatte und jetzt auf der obersten allem Anschein nach tief und fest schlief.

David seufzte. Er hasste Konfrontationen. Aber in zwei Stunden würden die Besucher der heutigen Vorstellung von *Romeo und Julia* eintreffen, und was Theaterfans nun *gar nicht* schätzten, war, wenn sich ihnen ein Drama aus dem richtigen Leben aufdrängte.

Besonders wenn das richtige Leben nach Pisse stank.

»Ach herrje«, sagte er zu niemand Bestimmtem und entriegelte die Eingangstür.

»Entschuldigung?«

Der Mann rührte sich nicht.

David räusperte sich und hob die Stimme. »Entschuldigung!«

Der Mann setzte sich langsam auf und fragte: »Was?«

»Sie können hier nicht schlafen«, erklärte David ihm.

Der Mann sah sich um, als hätte er eben erst gemerkt, wo er sich befand, dann sah er wieder David Fallon an.

»Na ja, bis Sie mich aufgeweckt haben, ging's ganz gut.«

David lächelte kurz, um zu zeigen, dass er ein Mensch war und den Witz zu schätzen wusste.

»Ich meine«, fuhr er fort, »in einer Stunde machen wir hier die Türen auf.«

Der Mann hob die Hand, als würde er ein Angebot zwar zur Kenntnis nehmen, es aber ablehnen.

»Ach, ich komm hier draußen ganz gut klar, vielen Dank.«

Das war jetzt peinlich. David wünschte, es wäre noch jemand anderes da, der sich hiermit befassen könnte, doch dem war nicht so. Alles, was er hatte, waren ein halbes Dutzend gertenschlanke Schauspielschüler, die als Platzanweiser jobbten. Und außerdem Eric am Buffet, der fast achtzig war, Marge hinter der Bar und Debbie Gomperts, die man wirklich auf niemanden loslassen konnte, ohne dass es zu strafbaren Handlungen kam – nicht einmal auf einen Landstreicher.

Der Mann ließ sich von Neuem in dem Winkel nieder, den er sich im Shabby-chic-Stil eingerichtet hatte, mit einem Boden und Wänden aus Pappe sowie einer Harrods-Tüte, die seine sämtlichen Habseligkeiten enthielt.

David Fallon war ein guter Mensch. Er liebte seine Katze Dilly und vergaß nie den Geburtstag seines Patensohns – obwohl er keine Dankeskarte mehr bekommen hatte, seit der kleine Scheißer das Teenageralter erreicht hatte –, und er kaufte oft für alte Nachbarn ein oder goss ihre Zimmerpflanzen.

Aber der Landstreicher roch wirklich nach Pipi.

Also verriegelte er die Tür und rief die Polizei.

»Ich stehe hier *an*!«, behauptete der Obdachlose steif und fest, als zwei Polizisten seine Harrods-Tüte aufhoben und ihn auf die Beine zerrten. »Ich will *Romeo und Julia* sehen!«

»Haben Sie eine Eintrittskarte, Sir?«, fragte der jüngere der beiden Polizisten.

»*Deswegen* stehe ich ja an«, erklärte der Mann. »Falls jemand 'ne Karte zurückgibt. Wie wenn die Leute vor dem Apple Store schlafen, um sich ein iPhone zu schnappen. Oder vor dem Kino, um den neuen *Harry Potter* zu sehen.«

Der jüngere Polizist sah David fragend an.

»Der steht nicht an«, sagte David. »Der pennt nur.«

»Woher wollen *Sie* das denn wissen?«, gab der Mann zurück. »Sie haben ja nicht mal gefragt.«

Der jüngere Polizist fragte David, ob Eintrittskarten zurückgegeben worden seien. Als ihm mitgeteilt worden war, dass dies der Fall sei, fragte er den Obdachlosen, ob er eine kaufen wolle.

»Tja«, erwiderte der Landstreicher beleidigt, »*jetzt* nicht mehr.«

Die beiden Polizisten lachten, und der jüngere hob die Wände und den Boden aus Pappe auf und reichte sie dem Mann.

»Sie können *da* schlafen«, sagte er und zeigte auf den schneebedeckten Bürgersteig ein kleines Stück weiter. »Aber nicht *hier.*«

»Scheiß drauf«, knurrte der Landstreicher. »Dann schaue ich mir eben ein Musical an.« Und er latschte davon.

David seufzte und sah ihm nach, wie er da durch den Schnee schlurfte. Dann wandte er sich um, um sich bei den Polizisten zu bedanken.

Doch die kehrten ihm den Rücken zu und starrten auf die Ecke, wo der Obdachlose geschlafen hatte.

Er trat vor und spähte über ihre Schultern hinweg.

Hatte da doch irgendein dreister Mistkerl einen Werbeflyer hingepappt.

Für eine Ausstellung.

28. Kapitel

Im Barnstormers Theatre wimmelte es von Polizisten.

Eve sah sich um und erblickte vertraute Gesichter über ungewohnten Anzügen, die sich unter die zahlenden Gäste gemischt hatten. Sie sah DS Rees in einem etwas verblichenen Dinnerjacket in der Lobby stehen, das sich mit seinem einen Knopf gerade eben so um seine ausladende Mitte klammerte. Den Mann neben Rees kannte sie nicht, doch er hatte den rosigsten, glänzendsten, kahlsten Schädel, den sie je gesehen hatte.

»Danke, dass Sie angerufen haben«, sagte sie, und Rees nickte knapp. Vielleicht bereute er den Deal ja, den sie eingegangen waren. An seiner Stelle würde Eve das tun …

»Das hier ist DI Marr«, sagte Rees, und sie und der glatzköpfige Polizeibeamte nickten einander höflich zu.

DI Marr rieb sich die Hände. »Aufregend, nicht wahr?«

Eve und Rees wechselten einen zweifelnden Blick.

»Das West End«, erklärte er. »Die Bretter, die die Welt bedeuten.«

»Oh«, sagte sie. »Ja.«

Rees schaute über Eves Schulter. »Wo ist denn Ihr Kollege?«

»Joe? Der wird gleich hier sein.«

»Wehe, wenn nicht. Ich möchte nicht, dass jemand mitkriegt, dass bei der Vorstellung heute Abend irgendetwas anders ist. Und das heißt kein Zuspätkommen, keine Riesenkamera, keine *Jeans* …«

»Er kommt bestimmt pünktlich«, versicherte sie zuversichtlich. Das mit den Jeans hatte sie weitergegeben, dabei war Huw Rees' Dinnerjacket das auffälligste Kleidungsstück in der ganzen Lobby – und das nicht im guten Sinne. Sie selbst trug ein schlichtes schwarzes Kleid, das sie für Beerdigungen aufgehoben hatte.

Ein Mann im Smoking kam herüber. Laut einem Ansteckschild aus Plastik an seinem Seidenrevers war er der MANAGER.

»Haben Sie alles, was Sie brauchen, Superintendent Rees?«

»Ja, vielen Dank, Mr Fallon.«

»Können wir dann anfangen?«

»Geben Sie uns noch zehn Minuten.«

»Noch zehn Minuten!« Fallon sah aus, als würde er gleich in Tränen ausbrechen. »Aber uns ist die Tiefkühltruhe kaputtgegangen! Wenn wir jetzt nicht anfangen, dann ist das ganze Eis bis zur Pause geschmolzen!«

»Wir machen, so schnell wir können, Mr Fallon. Das hier ist schließlich eine Mordermittlung.«

»Aber was ist mit dem *Eis*?«, klagte Fallon, als hätte Rees das eigentliche Problem nicht erkannt. »Die Becher sind ja kein Problem – da drin wird es nur weich –, aber wir haben auch Eis am Stiel, und das geht dann doch völlig aus der Form. Ich kann doch kein matschiges Magnum verkaufen!«

»Da kann ich nichts machen, Sir.«

Fallon wedelte unglücklich mit den Armen und eilte in Richtung Zuschauersaal davon.

»Also«, erkundigte sich Eve bei Rees, »wo sollen wir hin?«

»Wenn alle ihre Plätze eingenommen haben, können Sie mit mir hinten in den Saal kommen, aber filmen dürfen Sie nicht, es sei denn, es passiert irgendetwas. Wir wollen doch keinen Verdacht erregen.«

»Okay, gut. Wo sind denn die anderen alle?«

»Wir haben ein Dutzend Kollegen hier, die meisten im Publikum und ein paar da so seitlich neben der Bühne …«

»Auf der Seitenbühne«, erklärte Marr.

»Von mir aus«, knurrte Rees.

»Na, so heißt das eben«, beharrte Marr.

»Ich wusste gar nicht, dass Sie Schauspieler sind«, bemerkte Rees sarkastisch.

»Croydon Players«, antwortete Marr. »Seit zwanzig Jahren. Im Januar führen wir *Oklahoma!* auf. Ich bin Curly.«

Unwillkürlich betrachteten sowohl Eve als auch Rees Marrs blanke Glatze, und er ging sofort in die Defensive.

»Das *soll* ja witzig sein!«

»Jedenfalls«, fuhr Rees fort, »haben wir zwei Männer oben zwischen den Scheinwerfern …«

»Im Lichtwerk«, erläuterte Marr.

»Und zwar mit Nachtsichtgeräten«, ließ Rees sich nicht beirren. »Und außerdem noch ein halbes Dutzend im Publikum.«

Eve war beeindruckt. »Sie sind ganz schön schnell.«

»Hoffentlich genügt das«, meinte er.

»Sind Sie bewaffnet?«

Er zögerte und antwortete dann steif: »Wir haben bewaffnete Kollegen im Publikum postiert.«

Eve nickte; der Gedanke, dass bewaffnete Polizisten die Gänge dieses West-End-Theaters hinauf- und hinuntermarschierten, war aufregend. Sie genoss dieses Gefühl, Mitwisserin zu sein, zum inneren Kreis zu gehören, während andere nicht eingeweiht waren.

Rees meinte, er gehe dann wohl mal lieber zu seinem Platz, und schloss sich der Menschenmenge an, die mittlerweile durch die Lobby strömte.

Eve drehte sich um und sah Joe dicht an der Tür stehen und sich suchend nach ihr umblicken. Er trug schwarze Jeans und einen schwarzen Pullover.

Sie musterte ihn von oben bis unten. »Du siehst aus wie ein Choreograf.«

»Ist das schlimm?«, fragte er.

Wieder betrachtete sie ihn mit zusammengekniffenen Augen. »Nicht allzu schlimm.«

Joe sah toll aus, fand sie. Schwarz stand ihm. Er sah aus wie James Bond mit sozialem Verantwortungsgefühl.

»Du siehst toll aus«, sagte er, und sie war so perplex wegen dieses Echos ihres eigenen, unausgesprochenen Kompliments, dass sie lediglich abwinkte und fragte: »Hast du ein Foto von dem Flyer gemacht?«

Er nickte und zeigte ihr das LCD-Display einer Kamera, die so klein war, dass sie in seine Tasche passte.

AUSSTELLUNG
ORT: Hier
DATUM: 14. Dezember
UHRZEIT: Heute Abend

Eve nickte beifällig und erklärte ihm den Plan, der weniger ein Plan war als ein günstiger Aussichtspunkt, doch sie waren sich einig, dass das besser war, als überhaupt nicht verständigt worden zu sein. Und eine Million Mal besser, als wenn zwanzig andere Presseleute den gleichen Anruf bekommen hätten.

»Vor allem, wenn einer davon Guy Smith ist«, fügte Eve mit Nachdruck hinzu.

Eine Lautsprecherdurchsage bat alle Anwesenden, ihre Plätze einzunehmen, und der letzte Zuschauer am Buffet bezahlte bei einem alten Mann einen allmählich schmelzenden Eisbecher und eilte durch die Flügeltür.

Eve und Joe traten neben DS Rees, der gleich hinter der Tür stand. Die beiden Männer nickten sich kaum wahrnehmbar zu.

Nach einer Menge Geraschel und Sucherei nach dem richtigen Platz ging das Licht aus, und das Stück begann.

Romeo und Julia war nicht gerade Eves Lieblingsstück von Shakespeare. Sie fand *Macbeth* toll, mit all dem Blut und den Hexen und dem mobilen Wald. Romeo und Julia waren ihr immer unreif und töricht vorgekommen; zwei verknallte Kids, die im Namen der Liebe alles viel zu sehr dramatisierten. Das Publikum faszinierte sie viel mehr; sie überlegte, ob wohl ein Mörder unter den Zuschauern saß. Wenn ja, dann hoffte sie, dass bei etwaigen Mordversuchen nicht wieder ein Messer in einem Genick im Spiel sein würde oder irgendetwas anderes, das zu viel Blutvergießen führte.

Hin und wieder sagte Huw Rees leise etwas in ein verborgenes Funkgerät, sonst jedoch wäre sie nie darauf gekommen, dass sich über zwanzig Personen unter den Zuschauern befanden, die nur hier waren, um einen Serienmörder zu fassen.

Sie spürte, wie sich Rees neben ihr spannte, als Mercutio umgebracht wurde, doch die Schauspieler wirkten völlig ungerührt, und sie schafften es ohne Zwischenfall bis zur Pause.

David Fallon schwitzte wie ein warmes Schokoladeneis.

Er konnte kaum fassen, was hier geschah, mitten im Barnstormers Theatre, ganz in der Nähe der Shaftesbury Avenue.

Als die Polizisten gekommen waren und ihm erklärt hatten, was los war, hatte er die Vorstellung absagen wollen. Doch Superintendent Rees hatte ihm versichert, dass sie bei dieser Operation alles einsetzen würden, was sie zur Verfügung hatten, um einen Mörder dingfest zu machen, und dass sie seine Kooperation sehr zu schätzen wissen würden.

Etwas am Verhalten des Mannes hatte David begreifen lassen, dass seine Kooperation zwar sehr willkommen, aber mitnichten von entscheidender Bedeutung war.

»Nun ja«, hatte er schließlich nachgegeben, *»the show must go on.«*

Und so war es auch gekommen.

Und jetzt war die Vorstellung zur Hälfte vorbei, ohne dass etwas vorgefallen war.

Das Publikum tat, was Theaterpublikum normalerweise während einer Pause immer tat – vor der Toilette und um Süßigkeiten Schlange stehen, die Getränke abholen, die sie an der Bar vorbestellt hatten.

Durcheinanderwuseln.

Mit ein bisschen Glück hatte der Mann, den die Polizei suchte – *wenn* er denn heute Abend hier war –, Wind von dem Polizeieinsatz bekommen und war bereits verschwunden, oder er hatte seine Pläne auf einen anderen Abend verschoben. Und sich dafür hoffentlich ein anderes Theater ausgesucht.

David seufzte. Bald würde er wohl auf all dies hier zurückblicken und lachen. Im Augenblick jedoch hatte er

Lust auf eine Zigarette, und er hatte seit fast fünfzehn Jahren keine Lust mehr auf eine Zigarette gehabt.

Vor der Eingangstür stand eine kleine Schar Leute, alle in Abendgarderobe, und rauchte Selbstgedrehte wie Gangster. Er überlegte, ob er wohl von einem von ihnen eine Zigarette schnorren könnte, wie ein Fünfzehnjähriger vor einem Zeitungskiosk.

Es klingelte zum Ende der Pause, und er war dankbar für die Ablenkung von seinem wachsenden Bedürfnis nach einer Zigarette – selbst wenn diese Ablenkung in der Möglichkeit bestand, dass ein Mord geschehen würde.

Gar nichts würde passieren.

Eve spürte, wie sie sich immer mehr entspannte, während jede vertraute Zeile des Stücks vorgetragen wurde und jede neue Wendung auf das von vornherein feststehende Ende zustrebte.

Neben ihr gähnte Joe vernehmlich, und sie stieß ihn mit dem Ellenbogen an und gähnte dann aus Solidarität ebenfalls.

Der Höhepunkt des Stücks kam, als Romeo Julia scheinbar tot auf einer Steinplatte fand und Gift trank, um seiner Geliebten ins Jenseits nachzufolgen. Woraufhin diese aufwachen und sich ebenfalls das Leben nehmen würde.

Na klar doch, dachte Eve gereizt. Das Ganze war so gekünstelt und vorhersehbar. Allerdings damals wohl noch nicht ganz so sehr, als das Stück vor fast fünfhundert Jahren geschrieben worden war, räumte sie widerstrebend ein.

Hier und jetzt jedoch fand sie, dass es ein peinliches Klischee war zuzusehen, wie ein erwachsener Mann so tat, als trinke er Gift, und dann so tat, als würge er und würde ganz blau im Gesicht.

Er wurde *tatsächlich* blau.

Sogar von hier aus konnte sie sehen, dass Romeo ein ungemein naturalistischer Schauspieler war.

Doch als Julia von den Toten auferstand und anfing, ihm heftig auf den Rücken zu klopfen …

DS Rees war der Erste, der sich in Bewegung setzte. Er sagte kein Wort. Eben stand er noch neben ihr, und dann rannte er im Vollsprint den mit Teppich ausgelegten Gang hinunter und *hechtete* wie eine Art Musketier auf die Bühne.

Eve schnappte nach Luft und wandte sich zu Joe um, der bereits seine Kamera aus der Tasche gezogen hatte.

»Mach schnell!«, drängte sie.

Er tat wie geheißen und filmte bereits, während er zügig und geschmeidig auf den Schauplatz des Geschehens zumarschierte.

Auf der Bühne stammelte Julia gerade: »Da stimmt was nicht, das sollte nicht passieren!«, während Romeo die Hände um den Hals krampfte und krächzte und röchelte. Huw Rees umfasste ihn von hinten, und der blanke Kahlkopf von DI Marr legte einen dramatischen Auftritt hin, von links aus der Kulisse, und stand einen kurzen, aber unvergesslichen Moment lang im Scheinwerferlicht des West End.

Das Publikum saß da und vibrierte vor Beklommenheit; einige standen auf und reckten die Hälse, um zu sehen, was da geschah. Ein paar Zuschauer – die Polizisten, nahm Eve an – ließen die Blicke suchend über das Publikum gleiten und nicht über die Bühne, während wieder andere angespannt vor jedem Ausgang standen.

Sie wusste nicht, wo sie hingehen sollte, also blieb sie, wo sie war, während Angst in ihrem Innern emporstieg. Sie war es gewöhnt, am Schauplatz eines Verbrechens anzukommen, *nachdem* es stattgefunden hatte. Das hier war ganz anders, und die Erregung und die Furcht waren mit Händen zu greifen. Von diesem leicht erhöhten Platz ganz hinten aus konnte sie den ganzen Zuschauersaal gut überblicken. Konnte sehen, wie das Drama seinen Lauf nahm.

Doch anstatt seinen Lauf zu nehmen, fand es ein jähes Ende.

Huw Rees schlang die Arme um Romeos Oberkörper und führte das Heimlich-Manöver aus, und irgendetwas landete mit einem *Tock* auf der Bühne, gefolgt von lautem Japsen, als Romeo mit aller Kraft Luft holte.

Das Publikum seufzte vor geräuschvoller Erleichterung auf und brach in herzlichen Applaus aus, während Rees leise auf den Schauspieler einredete und ihm sanft auf den Rücken klopfte. Eine Krise abwendete, auch wenn es nicht die Krise war, mit der sie gerechnet hatten.

Dann sprang er von der Bühne – und beorderte auch DI Marr herunter – und überließ es Romeo, den Zuschauern zu schildern, wie er so versessen darauf gewesen war, sich umzubringen, dass er glatt den Korken verschluckt hatte.

Gelächter und neuerlicher Applaus ertönten, und die Leute nahmen gemächlich ihre Plätze wieder ein, um sich die zwei Minuten Anti-Klimax anzusehen, die von dem Stück noch übrig waren.

Joe verdrehte die Augen, als er auf Eve zukam.

Ehe sie etwas zu ihm sagen konnte, eilte Mr Fallon an ihnen beiden vorbei. »Ich brauch 'ne Zigarette«, stieß er halblaut hervor, dann verschwand er in der Lobby.

Jetzt brauchte David Fallon die Zigarette wirklich *dringend*. Einen Moment lang hatte er aufrichtig geglaubt, er sähe gerade einen echten Mord auf der Bühne geschehen, und die Erleichterung, dass es nicht so gewesen war, ließ ihn am ganzen Körper zittern.

Er bat den alten Eric um eine Schachtel, doch sie boten keine Zigaretten mehr an. Zum Glück war Eric selbst Raucher, was ja eine Wahnsinnswerbung für dieses Laster war, wenn man es recht bedachte – ein achtzigjähriger Raucher, der immer noch in Lohn und Brot und außerdem klar genug im Kopf war, um mit Geld umzugehen.

»Dreißig am Tag, seit fünfundsechzig Jahren«, verkündete Eric stolz und reichte David eine Zigarette und eine Streichholzschachtel.

David trat durch die Glastür auf die Stufen vor dem Theater hinaus, nur um festzustellen, dass der Landstreicher wieder da war.

»Verdammt noch mal!«, fauchte er. »Was machen *Sie* denn hier?«

Er drehte sich um, um einen Polizisten herbeizurufen und den Mann zum zweiten Mal an diesem Abend wegschaffen zu lassen.

Doch da schlang sich ein Arm um seinen Hals und drückte zu.

So fest und auf beiden Seiten so genau auf die Stelle, wo sich die Halsschlagader gabelte, dass David Fallon die herabhängenden Arme nicht mehr hochbekam, um zu versuchen, den Griff zu lockern.

In einer Art merkwürdigem, ruhigem Schockzustand spürte er, wie ihm die Zigarette und die Streichhölzer aus den Händen fielen, und in irgendeinem fernen Universum hörte er sie sogar auf den Stufen landen. In der hell erleuchteten Lobby jenseits der Glastüren konnte er sehen, wie Eric die Süßigkeiten auffüllte, während seine Knie langsam unter ihm einknickten und ein sehr starker Mann ihn sanft auf den Boden aus Pappe legte – genau hier, auf der obersten Stufe des Barnstormers Theatre.

Lippen an seinem Ohr flüsterten. »Danke. *Danke.*«

Sogar durch die Pappe hindurch spürte David Fallon die Eiseskälte von Granit und Tod, und er blickte stumm – und schön – in das Gesicht des Landstreichers empor. Und als seine Augen sich schließlich verdrehten, sah er den Flyer, den irgendjemand an die Wand über seinem Kopf geklebt hatte.

AUSSTELLUNG …

Die Pressemitteilung kam in den frühen Morgenstunden, zu spät für die Deadlines der Zeitungen und so früh, dass sie in den elektronischen Neuigkeiten-Warteschleifen bereits nach hinten rutschte.

Die Mitteilung an sich war so dürr, dass man Hellseher hätte sein müssen, um zu erraten, dass eine saftige Story hinter dem Leichnam lauerte, der in einer Gegend gefunden worden war, wo es von Obdachlosen, Süchtigen und Nichtsesshaften nur so wimmelte. Jeder halbwegs kompetente Reporter erkannte auf den ersten Blick, dass das Opfer wahrscheinlich niemand *Reelles* war …

Die Londoner Polizei führt eine Untersuchung durch, nachdem gestern Abend ein 47-jähriger Mann tot vor dem Barnstormers Theatre in der Nähe der Shaftesbury Avenue aufgefunden wurde.

Die Polizei bittet Zeugen, sich zu melden.

Es wurden keine Namen veröffentlicht. Die Polizei gab nicht bekannt, dass es sich bei dem Opfer um den Manager des Theaters handelte. Sie verriet nicht, dass er unter einem Flyer ermordet worden war, auf dem sein Tod angekündigt wurde wie eine bevorstehende Attraktion. Und *ganz sicher* informierte sie die Öffentlichkeit nicht darüber, dass das Verbrechen direkt vor der Nase von fünfundzwanzig angeblich hochkompetenten Mordermittlern verübt worden war, die sich *nur deswegen* dort aufgehalten hatten, weil sie gewarnt worden waren, dass jemand an genau diesem Abend in dem Theater ermordet werden sollte …

Aber es nicht mitbekommen hatten.

Und so wurde das traurige Dahinscheiden von David Fallon kaum und nur ganz kurz erwähnt, und bis zu den Morgen-Bulletins war er schon von einem Fahrradfahrer, der in der City unter einen Bus gekommen war, und einer Schießerei aus einem fahrenden Auto in Peckham vollkommen aus den Nachrichten verdrängt worden.

Niemand fütterte seine Katze.

29. Kapitel

David Fallons Augen drehten sich gen Himmel, als er auf der Stufe niedergelegt wurde. Die Hand des Mannes, die seinen Unterarm umklammerte, lockerte sich und öffnete sich wie eine Blume.

In der Brust des Mörders pochte es, und er berührte seine Narbe und lächelte.

Nur der Tod gab ihm das Gefühl, lebendig zu sein.

Und wie seltsam war es doch, dass das fremde Herz, das so lange gedroht hatte, ihn zu töten, ihm endlich eine Möglichkeit gezeigt hatte, leben zu können.

Egoistischerweise.

Das Feuer brannte herunter, und er erhob sich. Es überraschte ihn immer wieder, wie viele Bilder er gemalt hatte. Und alle völlig sinnlos. Aufs Geratewohl nahm er eins von einem Stapel und schüttelte den Kopf. Er musste vierzehn oder fünfzehn gewesen sein, als er es aus einem Buch kopiert hatte. »Der ungläubige Thomas« von Caravaggio: der runzlige Jünger mit dem Finger im Fleisch von Jesus Christus. Nur befand sich in *seiner* Version die Wunde direkt über dem Herzen, und Thomas' Hand steckte bis zum Handgelenk darin …

Irgendwann musste er das mal für bedeutsam gehalten haben.

Es war nicht bedeutsam. Es war lachhaft.

Der Mörder bellte ein kurzes, trockenes Auflachen der Verachtung hervor und warf das Bild ins Feuer.

Er hatte sich für einen Maler gehalten. Geld war ihm natürlich nicht wichtig, aber ihm war klar gewesen, dass Geld der Maßstab war, nach dem sein Werk von kommenden Generationen bewertet werden würde, und er hatte nach der Anerkennung gegiert, danach, dass man ihn loben würde.

Ihn preisen würde.

Ihn sich kaum leisten können würde.

Doch das war nicht geschehen.

Damals war er am Boden zerstört gewesen. Gedemütigt. Es hatte ihn fast vernichtet. Jetzt jedoch wusste er, dass Malen lediglich ein erbärmlicher Abklatsch seines wahren Talents war.

Die Pioniere der Kunst hatten Leichen für ihren Anatomieunterricht geraubt. Sie hatten Zensur riskiert, eine Anklage wegen Ketzerei, den Kerker, um etwas über die Schönheit im Inneren zu erfahren. Sie hatten gewusst, dass das Gesetz ein Esel war – und außerdem ein Banause.

Und dann waren sie zurückgeschreckt!

Sie hatten ihre Leichen zugenäht und weiter nur die Oberfläche ihrer abgrundtiefen Motive gezeigt.

Picasso und da Vinci und Rembrandt hatten eine krude Annäherung an das Leben zusammengestümpert.

Sie waren bloß Maler: *Er* war ein Künstler.

Nur *er* hatte jemals gewagt, das Leben zum Tod zu formen – *und wieder zurück* –, in einer Transformation, die so fundamental war, dass die Welt seine Genialität noch gar nicht zu erfassen vermochte.

Kein Wunder, dass er missverstanden wurde! Das Gesetz strebte danach, seine eigenen kleinlichen Grenzen zu schützen. Man musste ein Visionär sein – ein Seher –, um neue Welten zu entdecken, um andere Augen für extreme Möglichkeiten zu öffnen. Wohin er führte, würden andere folgen. Alles, was ein Meister brauchte, waren Jünger, die seine Botschaft verbreiteten.

Und Eve Singer war sein Jünger.

Seit ihrer allerersten Begegnung hatte er gewusst, dass sie etwas Besonderes war. Zwischen ihnen bestand eine *Verbindung.* Sie verstand ihn. Und was noch wichtiger war, sie verstand sein Werk und hatte ihren Wunsch und ihre Fähigkeit, es mit der Welt zu teilen, hinlänglich bewiesen.

Und so würden die Generationen seinen Namen erfahren und sich daran erinnern, lange nachdem er dahin war.

Seine Opfer erkauften ihm Zeit.

Seine Kunst würde ihm Unsterblichkeit einbringen …

Der Mörder hielt die Aufnahme von David Fallons Tod an und schaltete die Nachrichten ein.

Doch die Mitternachtsnachrichten kamen und gingen, ohne dass die Darbietung vor dem Barnstormers Theatre erwähnt wurde.

30. Kapitel

15. Dezember

Eve reckte sich.

Es war nach Mitternacht, und sie hatte eigentlich gar nicht so lange bleiben wollen, doch sie hatte ein wenig Zeit für sich gebraucht, ehe sie sich die Theater-Aufnahmen auf ihrem Computer anschauen wollte. Mindestens vier Leute von der Nachtschicht waren hier *irgendwo*, im Augenblick jedoch war das große Redaktionsbüro leer, und sie machte sich rasch an die Arbeit.

Sie konnte nur hoffen, dass Ross Tobin sich von den spektakulären Hintergrund-Infos beschwichtigen ließ, die sie und Joe gerade zusammenstellten, wenn er herausfand, was eigentlich los war. Das hier war so gut, dass es mehr sein könnte als einfach nur Nachrichten. Eine beängstigende Retrospektive eines kranken Geistes, der seine Verbrechen angekündigt und eine blutige Schneise durch London geschlagen hatte. Eine einstündige Doku, die sie vielleicht an Channel 4 verkaufen konnten.

Ihre Fahrkarte weg vom Fleischwolf?

Ungeachtet dieser sonnigen Hoffnung war es eine traurige Aufgabe, das Material zu sichten. Anscheinend hatte Mr Fallon allein gelebt, und weder die Polizei noch seine Kollegen im Theater wussten, wie man etwaige Verwandte kontaktieren sollte. Das einzige Interview, dass sie bisher ergattert hatte, war mit einem der Platzanweiser – ein Schauspielschüler, der beim Anblick einer Fernsehkamera so fürchterlich angegeben hatte, dass sie ihn zurechtweisen musste wie eine Mutter.

Hier geht's nicht um Sie, Rafael, also drehen Sie gefälligst nicht so auf.

Selbst nach ihrer Warnung hatte Rafael einen Auftritt hingelegt, bei dem nur das Händeringen gefehlt hatte.

Sie seufzte. Der arme Mr Fallon. Das alles schien ihn so aufgeregt zu haben – die Anwesenheit der Polizei, dass die Vorstellung nicht pünktlich begonnen hatte, die kaputte Tiefkühltruhe …

Er hatte sich wegen allem und jedem Gedanken und Sorgen gemacht – nur nicht darüber, dass er ermordet werden könnte.

Das zumindest war ein Segen. Zu wissen, dass man sterben würde, dachte Eve, war bestimmt das Fürchterlichste, Grauenvollste, was einem Menschen passieren konnte. Sie fragte sich, was für Gedanken wohl in Mr Fallons Kopf aufgetaucht waren, als er begriffen hatte, was geschah. Oder in Layla Martins Kopf oder in Maddie Matthews'. Das einzige Opfer, dem das Wissen um seinen eigenen Tod erspart geblieben war, war anscheinend Kevin Barr, und Stan Reddy hatte ihr erzählt, der Kerl sei ein Arsch gewesen. Das erschien ihr nicht fair.

Maddie Matthews.

Jedes Mal, wenn Eve der Name durch den Kopf ging, hinterließ er eine Spur aus Bildern und Grauen und Schuldgefühlen, wie blutige Wimpel. Eve musste weiterarbeiten, musste in Bewegung bleiben, um nicht an Maddie und an den Mann denken zu müssen, der sie umgebracht hatte.

Ein Mann, der ihre Telefonnummer hatte.

Bin Freund, und komme nicht, zu strafen.

Die Worte machten Eve zu schaffen. Damals hatte sie den Mann einfach angefaucht. Gereizt. Bemüht, die Wahrheit über ihren Vater zu verbergen. Doch die Worte waren ihr vage vertraut gewesen und waren in ihrem Gehirn hängen geblieben wie eine Klette.

Sie googelte sie.

Es war ein Gedicht. »Der Tod und das Mädchen«. Bestimmt hatte sie es mal in der Schule gelesen.

Gib deine Hand, du schön und zart Gebild!
Bin Freund, und komme nicht, zu strafen.
Sei gutes Muts! ich bin nicht wild,
Sollst sanft in meinen Armen schlafen!

Sollst sanft in meinen Armen schlafen! Die Worte waren eine Verlockung. Es wäre so schön, sanft in den Armen von jemandem zu schlafen, der sie liebte.

Doch da gab es auch Bilder – Gemälde und Holzschnitte vom grinsenden Tod, der das Mädchen verführte.

Eve schauderte und stand auf. Sie würde sich einen Kaffee holen. Sie würde den Flur hinuntergehen und sich einen Kaffee holen und ans Gehen und an Flure und an Kaffee denken und nicht an pinkfarbene Skijacken und eine Hand in einem Handschuh zwischen einem Zug und einer Bahnsteigkante ...

Jetzt, da sie stand, sah Eve, dass noch jemand im Großraumbüro war. Ein ganzes Stück entfernt und fast von seinem Bildschirm verborgen.

Gary Irgendwas. Er machte irgendetwas in der Sportredaktion, und Eve kannte ihn kaum.

Nachts war es unheimlich in der Redaktion. Das war ihr noch nie aufgefallen. In dem riesigen, fast leeren Büro musste sie plötzlich an Layla Martin denken. Hatte ihr Ende so begonnen? Mit einem einsamen Kollegen am anderen Ende eines leeren Raumes? Jemand, von dem sie geglaubt hatte, sie könne ihm vertrauen, nur weil sie beide einen Gehaltsscheck vom selben Unternehmen bekamen?

Eve nahm ihre Handtasche und verließ das Büro.

Dann stand sie einen Moment lang draußen vor der Flügeltür und spähte durch das kleine Fenster ins Büro zurück, um zu sehen, ob er aufstand, um ihr zu folgen.

Er tat es nicht.

Natürlich nicht. Er war Gary Irgendwas aus der Sportredaktion, kein wahnsinniger Killer.

»Idiotin«, schalt sie sich und ging sich einen Kaffee holen.

Aus irgendeinem Grund, den niemand je erklärt hatte, stand der nächste Kaffeeautomat in einem düsteren Alkoven, der drei lange Korridore und zwei Brandschutztüren vom Redaktionsbüro entfernt war. Früher hatten sie Wasserkocher auf ihren Schreibtischen stehen gehabt, aber das Unternehmen hatte irgendwelchen Sicherheits-Blödsinn geltend gemacht, und jetzt mussten sie iWitness News jedes Mal fünfzig Cent für einen halben Becher Bitterkeit bezahlen, wenn sie bei der Arbeit einen Kaffee trinken wollten. Der Tee war geringfügig besser, aber auch nur, weil Tee weniger interessant und die Kluft zwischen Erwartung und Enttäuschung daher vergleichsweise kleiner war.

Eve hatte noch nie über die Entfernung zwischen dem Büro und dem Kaffeeautomaten nachgedacht. Jetzt – als sie die zweite Flügeltür aufstieß – dachte sie an wenig anderes.

Um sich davon abzulenken, dachte sie daran, was sie vor Weihnachten noch alles zu erledigen hatte.

Bloß noch ALLES!

Ihre Weihnachtseinkäufe musste sie noch machen – sowohl die Geschenke als auch das Essen. Und den Baum hatte sie auch noch nicht geschmückt. Die Lichterkerzen lagen in einem wirren Bündel auf dem Wohnzimmerboden, wo Duncan sie hatte liegen lassen, und die Kugeln und das Lametta waren immer noch in dem Karton, den sie neulich im Wohnzimmer stehen gelassen hatte.

An dem Tag, an dem ihr Vater ihr mit der Faust ins Gesicht geschlagen hatte.

Im Geiste redigierte sie das weg.

Sie musste das mit dem Baum auf die Reihe kriegen. Weihnachten ohne einen hübschen Baum war *ganz* schrecklich. Und sie würde ein Huhn kaufen, keinen Truthahn, weil ihr Vater sich daran nicht so leicht verschlucken würde.

Sie überlegte, ob sie Joe zum Weihnachtsessen einladen sollte, verwarf die Idee jedoch sofort wieder. Ihren Vater und ihre innere Anspannung konnte sie doch niemandem zumuten, schon gar nicht zu Weihnachten.

Vielleicht würde sie sich noch eine Flasche Advocaat kaufen, als Gesellschaft. Sich ganz allein über dem Rosenkohl besaufen … *Ho, ho, ho. Fröhliche Weihnachten, auch wenn keiner da ist!*

Sie seufzte und wünschte, es wäre Januar, dann steckte sie fünfzig Cent in den Automaten und drückte auf »Tee«.

Der Automat behauptete, Tee wäre alle, was lächerlich war, doch sie drückte dreimal auf »Tee« und bekam jedes Mal dieselbe blöde Antwort. Also drückte sie den Knopf für das, was der Automat pompös als »Cappuccino« bezeichnete und was ganz genau dasselbe war wie das, was er »Kaffee mit Milch« nannte, nur sah das Zeug aus, als hätte jemand hineingespuckt.

Der Automat rumpelte wie Three Mile Island an einem ganz miesen Tag, und Cappuccino sprotzte zornig in den wackelnden Becher.

Aus heiterem Himmel nieste Eve rasch viermal hintereinander, dann stand sie mit kribbelnder Nase da und wartete auf ein fünftes Mal. Nichts geschah, doch sie verfluchte Guy Smith halblaut. Alles, was ihr jetzt noch fehlte, war seine verdammte Erkältung. Sie tupfte an ihrer Nase herum und zuckte vor Schmerz zusammen. Wahrscheinlich war sie wirklich gebrochen.

Der Automat piepste, um ihr mitzuteilen, dass ihr halbvoller Becher fertig sei. Als sie danach griff, hörte sie ein ganz leises Quietschen hinter sich.

Unverkennbar.

Ein Schuh auf Linoleum …

Eve fuhr herum und schüttete Ross Tobin den Kaffee ins Gesicht.

Er jaulte vor Schmerz auf.

»Schleichen Sie sich gefälligst nicht so an mich *ran*!«, schrie Eve ihn an. »*Geht's* noch?«

»Scheiße, verdammte!«, stieß er hervor und tupfte sich die Augen mit dem Hemdzipfel ab. »Ich glaube, Sie haben mir die Hornhäute verbrüht.«

»Gut!«, brüllte sie. »Da sind fünfzig Cent doch mal gut angelegt.«

Damit schmiss sie ihren Becher in Richtung des überquellenden Mülleimers und stürmte zurück ins Redaktionsbüro, wo ihr Handy gerade langsam auf den Rand ihres Schreibtischs zu vibrierte.

Sie schnappte es sich und fauchte: »Ja? Was gibt's?«

»Ich bin enttäuscht von Ihnen, Eve.«

Unwillkürlich fuhr sie zusammen und sah sich nervös im Büro um, als könne der Mörder aus jeder dunklen Ecke auftauchen.

Sie gab sich alle Mühe, weiter zu atmen. Versuchte, ihren rasend schnellen Herzschlag zur Ruhe zu bringen.

»Warum haben Sie meine Vorstellung von heute Abend nicht besprochen?«

Sie zögerte kurz. »Es ist eine Nachrichtensperre verhängt worden. Niemand darf über Ihre *Verbrechen* berichten.«

Sie hielt den Atem an.

»Sie brauchen doch keine Erlaubnis, um Ihren Job zu machen, Eve. Ich mag es nicht, wenn Sie mich anlügen.« Seine Stimme klang geduldig. Es war die Stimme eines Vaters, eines Lehrers, eines Priesters – und sie wurde rot, weil sie beim Lügen ertappt worden war.

Einem Mörder gegenüber!

Lächerlich!

»Es ist mir egal, was Sie mögen«, fauchte sie. »Niemanden interessiert es einen Scheiß, was Sie mögen, wenn Sie andere Menschen *ermorden*!«

»Was ich tue, ist kein Mord«, wandte er ruhig ein. »Es ist *Kunst*! Im Leben sind meine Modelle nichts. Sie sind bedeutungslose Unbekannte. Aber im Tod werden sie fotografiert und dokumentiert und verhätschelt wie die Pharaos. Ganze Ermittlerteams denken Tag und Nacht über sie nach, im Fernsehen und in den Zeitungen wird über ihren Tod berichtet. Ihre Angehörigen werden geachtet, die Nation erwartet ein Endergebnis ihrer Geschichte, ihre unbekannten Namen sind auf Millionen von Lippen …«

»Modelle posieren für Künstler«, unterbrach Eve ihn. »Sie sterben nicht für sie.«

»Sie haben recht! Sie sterben ja auch nicht. Meine Kunst macht sie unsterblich!« Er lachte. *»Deswegen* lächelt die Mona Lisa, Eve, weil sie *weiß*, dass sie hundert Jahre überdauern wird, tausend, eine *Million*. Hätte sie sich nicht glücklich schätzen können, den Preis des Meisters zu zahlen? Ein einziger unwichtiger Tod, obwohl doch der Tod das ist, wo all der Schmerz und all die Verwirrung des Lebens einfach aufhört … Und wo alles, was bleibt, die ruhige Umarmung des unabänderlichen Schicksals ist.«

Seine Stimme war hypnotisch.

Verführerisch.

Eve war schwindlig.

Die ruhige Umarmung des unabänderlichen Schicksals.

»Das ist keine Schande, Eve«, sagte er. »Was ist denn so schlimm daran, jemanden tot sehen zu wollen, wenn das Sterben doch so wunderschön ist?«

Eve blinzelte. Was er sagte, klang so …

Was?

Hatte sie gerade *logisch* denken wollen?

»Sie können mich mal!«, brüllte sie erschrocken los. *»SIE KÖNNEN MICH MAL KREUZWEISE!«* Ihr Herz pochte wie wild, pumpte Schuldgefühle und Wut. »Wenn Sterben so toll ist, warum bringen Sie sich dann nicht um und tun uns allen einen Gefallen? Sie wollen Menschen umbringen? Nur zu! Aber versuchen Sie ja nicht, mich in Ihre abartige Mission reinzuziehen!«

Damit brach sie die Verbindung ab.

Sie wusste nicht, ob sie in Panik geraten oder lachen sollte. Und tat ein bisschen von beidem.

Sie hatte gerade einen Serienmörder abgewürgt.

Eve starrte ihr Handy an.

Gespräch beendet.

Das war ich, dachte sie. *Das war ich, und es war GANZ LEICHT.*

Dann schauderte sie. Beinahe hätte er sie gehabt. Beinahe hätte er sie dazu verführt, so zu denken wie er. Eve wurde übel, wenn sie an dieses warme, schwindelnde Gefühl der Unterwerfung dachte. Daran, wie vernünftig sein Wahnsinn für ihre erschöpften Ohren geklungen hatte.

Aber er hatte es nicht geschafft. Diesmal hatte *sie* gewonnen. Heute Abend hatte sie dem Mörder sein Publikum genommen – und damit seine Macht.

Joe würde ja so stolz auf sie sein!

31. Kapitel

Der Mörder hatte keinen Tisch, also schrieb er auf den Knien, wobei ihm eine missglückte Caravaggio-Kopie als Schreibpult diente.

Mein Mädchen hat eine Glaubenskrise.

Es liegt in ihrer Natur zu fragen, nachzuforschen.

Zu zweifeln.

Der Mörder war kein zorniger Mensch, aber er unterstrich *zweifeln.* Mehr als einmal. Dick und mit immer mehr Nachdruck, bis das Papier aufriss und der Stift die nächste Seite verwundete und die Seite danach und die danach …

So heftig, dass er einen Krampf in der Hand bekam.

Er milderte den Druck, während er gleichzeitig die Luft zwischen den zusammengebissenen Zähnen hervorströmen ließ, dann blätterte er behutsam die Seiten des DIN-A4-Notizbuches um, eine nach der anderen. Auf der fünften war von dem Strich keine Spur mehr zu sehen. Auf jeder der vier Seiten davor malte er sorgfältig ein Rechteck um die Tintenkerbe, damit er nicht versehentlich darüberschreiben würde, was zu möglichen künftigen Fehlinterpretationen seiner gestochen scharfen Worte führen könnte. Irrungen der Geschichte wären eine Tragödie. Wie Newtons *Principia Mathematica,* wo ein Kaffeering seine eleganteste Gleichung verborgen hatte;

wie die Relativitätstheorie, wo die Ecke von einem jungen Hund zerkaut war.

Wie vollkommen hat sie mir vertraut, als ich gekommen war, um sie zu holen. Jetzt zweifelt sie wie Thomas, den das Antlitz und die Gestalt des untoten Christus nicht überzeugen konnten, bis er die Wunde der Römer mit seinem eigenen Finger öffnete und das Fleisch berührte, das einen Geist von Neuem zu einem Menschen machte.

Er legte den Stift hin, und seine Hand hob sich unbewusst an seine eigene Brust.

Dort war alles still.

Ein Fingernagel puhlte am Rand der Narbe, doch die war zu einem starren weißen Wulst geworden, der sich seinen Brustkorb hinabzog wie die Anden. Jetzt wäre mehr nötig als ein Fingernagel, um sie zu öffnen und die Wahrheit dort drinnen zu enthüllen: ein verräterisches Herz, das die systolischen Sekunden bis zu seinem eigenen Tod herunterzählte.

Er durfte nicht darüber nachdenken. Er tat doch, was er konnte.

Er ließ die Hand sinken und schaute sich im Salon um.

Die Waschmaschine hatte er auf dem Boden liegen lassen, und dort war sie immer noch, zu einem ordentlichen Quadrat von sechs mal sechs Metern ausgelegt.

Das belebte ihn jedes Mal, genau wie jeder Tod es tat.

Oft tappte er vorsichtig zwischen ihren Innereien umher, ihrer zweckmäßigen Pracht. Hin und wieder polierte er ein Stück der Verkleidung oder richtete ein Motorteil neu aus.

Stupste eine Schraubenmutter an.

Er bog und streckte seine langen weißen Finger und beugte sich von Neuem über das gestohlene Notizbuch.

Soll sie also ihre Moral befingern wie Rosenkranzperlen.
Soll sie einen Finger in der Seite ihres Herrn verlangen.
Soll sie zweifeln.
Ich werde sie überzeugen.

32. Kapitel

16. Dezember

Eve wurde vom Knallen einer Küchenschranktür geweckt. Sie wusste, was das für ein Geräusch war, noch ehe ihre Augen sich öffneten, und sie sprang augenblicklich aus dem Bett.

Rasch schaute sie auf ihr Handy. 03.33 Uhr.

Leise schlich sie die Treppe hinunter, ließ die Stufen aus, die knarrten. In der Küche brannte Licht.

Vorsichtig ging Eve durch den Flur, hielt sorgsam ihre Atmung unter Kontrolle und hatte fürchterliche Angst, dass ihr pochendes Herz sie verraten würde.

Ihr Vater war in der Küche und machte sich ein Sandwich. Mit Käse und Gurke.

»Hi, Dad.«

Er schaute auf und lächelte. »Hallo, Evie«, sagte er.

Eves Herz blieb an einem Glücksnagel hängen.

Er *erkannte* sie!

Er erkannte sie, *und* er wusste ihren Namen!

»Dad …« Sie wischte sich jähe Tränen von den Wangen, doch es kamen mehr und immer mehr, bis sie sich schließlich nicht mehr die Mühe machte, sie wegzuwischen. Sie zog sich einfach einen Stuhl heran, setzte sich und sah ihm durch ein salziges Kaleidoskop zu.

Duncan Singer machte alles richtig, wusste, wo alles war. Das Brot, die Butter, der Käse, das Gurkenglas. Nachdem er drei Jahre lang die Milch vor die Hintertür gestellt und das Brot ins Spülbecken gepackt hatte, wurde jetzt jede Zutat für sein Sandwich rasch und effizient von ihrem angestammten Platz geholt und nach Gebrauch dorthin zurückgeräumt.

Duncan Singer blickte sogar ab und zu auf, um seine Tochter anzulächeln.

Eve sagte kein Wort. Wollte den wie auch immer beschaffenen seidenen Faden nicht zerreißen, der ihn in dieser kurzen Realität verankerte.

»Auch eins?«, fragte er, als er sein Sandwich in der Mitte durchschnitt, und sie sagte *Ja, bitte,* nur um sich daran zu freuen, wie er alles noch einmal machte. Weinte und lächelte vor Freude über diese Normalität.

Als er fertig war, legte er sein Sandwich in einen Tupperware-Behälter und ihres auf einen Teller.

»Danke.«

»Na schön«, meinte er. »Dann mache ich mich wohl mal lieber auf den Weg.«

Eine unheilvolle Vorahnung zuckte in Eves Brust. »Wohin denn?«

»Na, zur Arbeit. Wir müssen doch Mrs Coles Leitungen fertig verlegen.«

Eve zögerte.

Wenn sie ihn jetzt darauf hinwies, dass er gar nicht angezogen war oder dass er schon seit Jahren nicht mehr arbeitete, dann würde seine Seifenblase zerplatzen.

Und sie wollte nicht, dass es endete!

Das Verlangen danach zu sehen, wie lange sie ihren Vater

in diesem kostbaren Moment hier bei sich behalten konnte, war so mächtig, dass sie es im tiefsten Inneren spürte. Aber sie konnte doch nicht einfach zusehen, wie er im Schlafanzug zur Tür und in den Schnee hinaus marschierte.

»Du bist ein bisschen früh dran, Dad.«

»Ach ja?« Duncan Singer sah auf die Armbanduhr, die er nicht trug, und runzelte die Stirn. »Wie spät hast du's denn?«

»Es ist noch nicht mal vier Uhr morgens, Dad.«

Er schaute zur Küchenuhr hinauf und furchte abermals die Stirn. »Es ist ja noch nicht mal vier Uhr morgens«, stellte er fest.

Dann betrachtete er nachdenklich die Butter. »Wieso zum Teufel mache ich dann Sandwiches?«

»Sie haben die Uhren zurückgestellt«, schwindelte Eve. »Ich bin auch drauf reingefallen; ich bin runtergekommen und wollte frühstücken.«

Ihr Vater lachte kurz und verwirrt auf. »Wir sind bestimmt beide verrückt.«

»Glaube ich auch.« Eve lächelte. »Wir sollten wieder ins Bett gehen.«

»Stimmt«, sagte er, und sie stand auf. Doch er rührte sich nicht. Stattdessen starrte er sein Käsesandwich mit Gurke in dem Plastikbehälter an. »Aber die Uhren werden doch immer nur eine Stunde zurückgestellt, und ich stehe um halb sieben auf.«

Dann blickte er mit ängstlichen Kinderaugen zu ihr auf.

Déjà vu.

Duncan Singer hatte sich schon einmal so gefühlt, doch er wusste nicht mehr, wann.

Oder warum es ihm solche Angst machte.

Das Sandwich lag in dem Behälter, und er wollte sich auf den Weg zur Arbeit machen. Aber er arbeitete doch gar nicht mehr! Schon seit Jahren nicht mehr!

Warum arbeitete er nicht mehr?

Und wenn er nicht mehr arbeitete, warum stand er dann auf, um sich ein Sandwich zu machen? Mitten in der Nacht?

Und warum war Eve wach?

Und warum war sie so alt?

Irgendetwas hatte er verpasst. Duncan wusste, dass er definitiv irgendetwas verpasst hatte, und machte sich daran, alle seine Schritte noch einmal zurückzugehen, bis zum Anfang.

Aber wo war der Anfang? Als er im Dunkeln nach unten gegangen war, um sich ein Sandwich zu machen? Als er aufgewacht war und sich gewundert hatte, dass Maggie nicht neben ihm im Bett lag? Und nach unten gegangen war, um sie zu suchen?

Aber Maggie ist doch tot.

Blinzelnd starrte er das Sandwich an, als hätte *das* diese ausdruckslosen, grausamen Worte ausgesprochen.

Seine Frau war schon seit Jahren tot.

Und er hatte es vergessen.

Duncan wurde schwach. Er hatte vergessen, dass seine eigene Ehefrau tot war. Was für ein Mensch vergisst denn etwas so ... *Schreckliches*? Jemanden, den er so sehr geliebt hatte. Wie war das möglich? *Wie?*

Weil er verrückt war.

Plötzlich fiel es ihm wieder ein. Er erinnerte sich daran, wie die Ärztin, Dr. Gupta, seine Hand berührt und ihn so mitfühlend angesehen hatte, als sie ihm mitteilte, dass er dabei war, den Verstand zu verlieren, wie etwas, das in einer Sofaritze verschwand.

Er erinnerte sich an Dr. Gupta, aber nicht an den Tod seiner Frau.

Duncan starrte das Sandwich in der Tupperware-Box an und spürte, wie eine riesige Angstblase in seiner Brust immer größer wurde und alle anderen Gefühle verdrängte, alle anderen Interessen, alle anderen Gedanken.

Er schaute Eve an, wollte sehen, ob sie vom Tod ihrer Mutter wusste, und er sah, dass es so war. Sie wusste Bescheid – und sie hatte es ihm nicht gesagt!

Warum nicht?

»Evie?« Seine Stimme brach. »Was habe ich noch alles vergessen?«

Er entglitt ihr. *Er entglitt ihr wieder!*

Eve sah, wie ihr Vater so unaufhaltsam aus der Realität hinausgeschwemmt wurde, als rutschte er vom überfluteten Deck eines Schiffes in schwerer See. Blitzschnell überwand sie die Entfernung zwischen ihnen und umarmte ihn ganz fest, als könne sie seinen Verstand festhalten, indem sie seinen Körper festhielt.

Doch das konnte sie nicht.

»Warst du Weihnachtsgeschenke kaufen?«, fragte er.

Einen Moment lang konnte sie nicht sprechen. Sie hielt ihn einfach nur fest, ihre nasse Wange auf seiner warmen Schulter.

Schließlich antwortete sie: »Ja, Dad.«

»Und was hast du für mich gekauft?«

»Ein Glasauge«, erinnerte sie sich.

Er tätschelte ihr sanft den Rücken. »Genau das habe ich mir gewünscht.«

Eve half Duncan die Treppe hinauf und zurück ins Bett, dann saß sie zusammengesunken am Fußende ihres eigenen Bettes, die Hände im Schoß ineinander verschlungen, wie eine hoffnungslose Irre in einem alten Gemälde.

Ihr Vater war noch dort drinnen.

Irgendwo.

Einen Moment lang war er wieder bei ihr gewesen, vollkommen normal und freundlich und *anwesend.* Und dann war er wieder verschwunden – war von irgendeinem Dämon in sich selbst zurückgezerrt worden, einem Dämon, der in seinem Gehirn ausgebrütet worden war und der jetzt dort das Regiment führte.

Und das Schlimmste daran war – *es war ihm klar gewesen!*

Eve hatte immer gedacht, Duncan lebe in seliger Unkenntnis seines eigenen Zustandes. Doch ein paar grauenvolle, albtraumhafte Augenblicke lang hatte er ganz genau gewusst, wer er war und was mit ihm geschah … Und doch war er genauso wenig imstande gewesen, die Realität festzuhalten, wie eine Feder im Wind ihren eigenen Kurs über den Himmel bestimmen kann.

Es war, als wäre er eingesperrt und versuchte verzweifelt zu entkommen, wüsste aber nicht, wie er die Tür finden sollte.

Weil es nämlich gar keine Tür gab.

Ihr Handy klingelte auf dem Nachttisch.

Mit alten, knarrenden Beinen erhob sie sich, weigerte sich, sich zu beeilen, und hob das Telefon ans Ohr, ohne es auch nur anzusehen. Sie war nicht in der Lage, sich dafür zu interessieren, wer da dran war oder warum der- oder diejenige anrief.

»Hallo, Eve.«

»Was wollen Sie?«

»Wir hatten eine Abmachung.«

»Wir hatten keine Abmachung.«

Er achtete nicht auf ihre Worte. »Sie haben gegen diese Abmachung verstoßen.«

»Wir hatten keine Abmachung«, erwiderte sie ausdruckslos. »Sie sind ein Mörder, und ich bin eine Reporterin. Wir machen beide unseren Job, das ist alles.«

»Also, *ich* mache meinen Job, Eve, aber es wird Ihnen sehr leidtun, wenn Sie nicht anfangen, Ihren zu machen.«

Eine Drohung. Eve hatte nicht die nötige Energie, sich etwas daraus zu machen.

»Ich bin müde«, sagte sie. »Ich will nicht, dass Sie mich noch mal anrufen.«

Sie brach die Verbindung ab. Diesmal empfand sie weder Triumph noch Panik. Aus reiner Gewohnheit drückte sie auf »Eingegangene Anrufe«.

Und starrte mit behäbigem Staunen auf den ersten Eintrag in der Liste.

Der Mörder hatte seine Nummer nicht unterdrückt!

Adrenalin strömte wie elektrischer Strom durch Eve hindurch. Ihr Herz klopfte so schnell und ihre Hände zitterten so sehr, dass sie drei Versuche brauchte, um Huw Rees anzurufen.

»Hallo?« Er klang, als schlafe er noch.

»DS Rees?«

»Ja.«

»Hier ist Eve Singer. Er hat mich gerade wieder angerufen. Und ich habe seine Telefonnummer!«

»Was?«

»Ich habe sie! Hier in meinem Handy! Und Sie werden's

nicht glauben – aber es ist eine verdammte Festnetznummer! Sie können sie direkt zu ihm nach Hause verfolgen! Sie lautet: null, zwei, null, acht …«

»Moment.«

Laute mäßiger Aktivität – Körper, die sich bewegten, leise Stimmen –, die Geräusche, mit denen Huw Rees aus dem Ehebett stieg.

Ganz langsam.

Eve hätte am liebsten durch die Leitung gegriffen, ihn auf die Beine gezerrt und ihm einen Stift in die Hand gedrückt, damit er sich die Nummer aufschreiben und sie zurückverfolgen konnte. Damit er den Mörder aus *seinem* Bett reißen, ihm das Knie in den Rücken stemmen, ihm Handschellen anlegen und dem Ganzen ein Ende machen konnte, *jetzt gleich.*

»Geben Sie mir die Nummer«, sagte Rees.

Sie tat es.

»Ich rufe Sie zurück«, versprach er.

»Okay.«

Eve legte auf. Wieder einmal wusste sie nicht, ob sie lachen oder weinen sollte. Sie empfand Angst und freudige Erregung, beides im selben Ausmaß, und sie wusste nicht, welches davon sie ausleben sollte. Stattdessen waberte beides in ihr herum und ließ sie so heftig zittern, dass es schon komisch war.

Sie saß da und gab sich Mühe, ruhig zu bleiben. Ihre Füße wurden kalt, und sie fing an zu schlottern, aber sie konnte doch nicht wieder ins Bett gehen – nicht, während sie darauf wartete, dass die Polizei ihr mitteilte, dass sie den Anruf zurückverfolgt hätte und unterwegs sei, um das Arschloch festzunehmen.

Das Handy klingelte.

»Ich hab's«, meldete Huw Rees, doch sie konnte hören, dass irgendetwas nicht stimmte. Er klang merkwürdig enttäuscht. »Der Anruf kam aus einer öffentlichen Telefonzelle.«

»Scheiße!«, stieß sie hervor. *»Scheißescheißescheiße!«*

»Ein Streifenwagen ist unterwegs dorthin, aber er ist ohne Zweifel längst weg.«

Eve war am Boden zerstört. Der Mörder könnte von überall aus angerufen haben – und dort nie wieder auftauchen. Sie hatten gar nichts. Die Kluft zwischen Hoffnung und Wirklichkeit gähnte.

»Und wo war er?«, wollte sie wissen.

»Irgendwo in Isleworth«, antwortete er, und Eve hörte, wie eine Notizbuchseite umgeblättert wurde. »In der College Road.«

33. Kapitel

Aber da wohne ich doch.

Eves Verstand verlangsamte sich stumpfsinnig.

»Das ist *meine* Nummer«, stieß sie hervor. »Da wohne *ich*. Es tut mir leid, ich glaube, ich habe Ihnen aus Versehen meine eigene Telefonnummer gegeben.«

»Was?«, fragte Huw Rees.

»*Ich* wohne in der College Road.«

Ganz kurz herrschte Schweigen. Und dann sagte er: »Aber der Anruf kam von einem Münztelefon«, und las die Nummer vor, die sie ihm gegeben hatte.

Es war nicht ihre Telefonnummer.

Eve stand auf. Ohne zu spüren, dass sie ihre Beine benutzte, ging sie zum Fenster.

»Eve?«

Auf der anderen Straßenseite glänzte die rote Telefonzelle unter der Straßenlaterne wie dunkles Blut.

»Eve? Sind Sie noch da?«

»Das ist ja *meine* Telefonzelle«, flüsterte sie.

Und dann rannte sie los.

Barfuß, im rosaroten Schlafanzug. Die Treppe hinunter und zur Haustür hinaus und in die Nacht hinein und den Weg hinunter und durch die Pforte und zwischen den Autos hindurch und über die Straße zu der roten Telefonzelle.

Sie riss die Tür auf.

Die Zelle war leer. Der Hörer ruhte auf der Gabel, und es roch ein klein wenig nach Lavendel-Raumspray.

Ihre Füße waren kalt.

Ihre Füße waren *eiskalt.*

Allmählich kam sie sich blöd vor. Was hatte sie denn vorgehabt? Sie hatte den Mörder nicht in der Telefonzelle vorgefunden, und Gott sei dafür gedankt.

Jetzt, da ihr Gehirn ihre Beine einholte, fiel ihr nichts Gutes ein, das ihr hirnloser Sprint in den Schnee hinaus hätte bewirken können.

Das Münztelefon klingelte, und sie fuhr zusammen. Sie starrte den großen schwarzen Hörer an, der dort hing wie eine Keule.

Das Telefon klingelte abermals.

Sollte es doch klingeln. Für sie war der Anruf nicht, bestimmt war er für *niemanden.* Wer in einer Telefonzelle anrief, hatte sich immer verwählt – solche Anrufe waren immer Irrtümer.

Das Telefon klingelte und klingelte und klingelte und klingelte.

Und klingelte.

Sie nahm den Hörer ab.

Der Mörder lachte. »Das ist ja *so was* von typisch für Sie, Eve!«

»W-was?«

Doch er war weg.

Klappernd legte sie den Hörer auf, stand da und starrte ihn an, während sie spürte, wie die Kälte des Betonbodens ihr schmerzhaft die Beine hinaufkroch.

Was war so typisch für sie? Was meinte er damit? Im

Schlafanzug mitten im Schnee in einer Telefonzelle zu stehen war *typisch* für sie? Sie war völlig verwirrt.

»Hallo!«

Der Ruf war kaum zu hören. Eve wurde klar, dass sie noch immer ihr Handy in der anderen Hand hielt und noch immer mit Superintendent Rees verbunden war.

»Ich bin in der Telefonzelle«, sagte sie. »Er ist nicht hier.«

»Herrgott noch mal!«, schnauzte Rees. »Was zum Teufel treiben Sie da? Gehen Sie zurück ins Haus und warten Sie da, bis Sie meine Leute sehen!«

»Er hat mich gerade auf dem Telefon hier in der Zelle angerufen.«

»Was hat er gesagt?«

»Das ist so was von typisch für Sie.«

»Na, da hat er recht«, blaffte Rees. »Und der Kerl könnte überall sein. Gehen Sie zurück ins Haus und schließen Sie die Türen ab.«

»Okay«, nickte sie.

»Und bleiben Sie dabei am Handy.«

»Okay«, sagte sie.

Eve war so schnell in die Nacht hinausgestürzt, dass sie gar keine Zeit gehabt hatte, Angst zu haben.

Jetzt hatte sie Angst. Rees wollte, dass sie am Handy blieb, damit er es hören konnte, wenn der Mörder zwischen der Telefonzelle und ihrem Haus über sie herfiel. Durch die kleinen, zerkratzten Scheiben, die sie auf drei Seiten umgaben, spähte sie auf die Straße hinaus. Ihr keuchender Atem ließ sie beschlagen, also hielt sie die Luft an und wischte sie sauber.

Die College Road war still und friedlich wie ein Weihnachtskarten-Motiv.

Die vierte Wand der Telefonzelle bestand nicht aus Glas. Dahinter konnte sich alles Mögliche verbergen. Sie konnte nicht wissen, was sich auf der anderen Seite befand, nur Zentimeter entfernt. Und auf sie wartete.

Um das herauszufinden, würde sie aus der Zelle treten und um sie herumgehen müssen.

Oder sie könnte einfach die Tür aufstoßen und losrennen.

Plötzlich fühlte sich die Telefonzelle an wie eine kleine rote Kastenfalle.

Adrenalin befeuerte sie, und bevor sie es sich anders überlegen konnte, stieß Eve die Tür auf und rannte los. Zurück über die Straße, vorbei an ihren eigenen eisigen Fußspuren, zwischen den Autos hindurch. Sie stolperte über die unsichtbare Bordsteinkante, fiel auf den Ellenbogen und die Seite und kam wieder hoch, noch ehe sie den Sturz überhaupt registriert hatte. Spurtete durch die Pforte, den Weg hinauf ins Haus, und *knallte* die Haustür zu.

Sie schloss sie ab und keuchte ins Handy: »Alles klar!«

»Okay. Welche Hausnummer?«

»Vier-zweiundzwanzig.«

»Machen Sie niemandem auf außer der Polizei. Die Kollegen werden das Codewort *Victory* nennen.«

»Victory«, wiederholte sie. »Okay.«

Eve beendete das Gespräch, während sie die Treppe hinaufflitzte und dabei überall Licht machte.

Oben angekommen, blieb sie stehen und machte Bestandsaufnahme. Es hatte keinen Sinn, ihren Vater zu ängstigen. Er war heute Nacht doch schon einmal aufgescheucht worden. Sie konnte von ihrem Schlafzimmerfenster aus die Straße beobachten und die Polizisten abfangen, bevor sie an die Tür klopfen konnten. Mit ihnen in die Küche gehen und dort mit ihnen reden. Ganz leise.

Eve spähte durch den Türspalt. Duncan war nicht in seinem Zimmer.

»Dad?« Sie machte Licht.

Er war trotzdem nicht da.

Scheiße.

Sie sah in den anderen Zimmern und im Badezimmer nach und eilte dann nach unten.

Dort war er auch nicht.

Noch einmal sah sie überall nach – rief diesmal dabei seinen Namen. Das Sandwich lag immer noch in der Tupperware-Box auf dem Küchentisch. Die Hintertür war abgeschlossen, aber Duncan Singer war nicht im Haus.

Eve stand im Flur und überlegte. Mit aller Kraft.

Langsam beschlich sie ein ungutes Gefühl.

Hatte sie die Haustür hinter sich abgeschlossen, als sie hinausgerannt war?

Wohl eher nicht ...

Hatte sie sie überhaupt *zugemacht*?

Ein Kribbeln fuhr ihr den Nacken hinauf. Sie hatte die Tür aufgerissen und war so schnell hinausgestürzt, hatte unbedingt den Mörder schnappen wollen.

Und die Tür war noch offen gewesen, als sie zurückgekommen war.

O Gott.

Duncan könnte dort hinausgetappt sein, ohne überhaupt zu erfassen, dass er sich im Freien befand.

Und könnte *sonstwohin* davongewandert sein ...

Eve eilte zur Haustür und streckte die Hand nach dem Riegel aus, dann zuckte sie zurück, als hätte sie sich verbrannt.

Machen Sie niemandem auf.

Der Mörder könnte dort draußen überall sein. Selbst Huw Rees glaubte das. Aber sie musste doch ihren Vater suchen! Er war draußen im Schnee unterwegs. Im Schlafanzug!

Eve joggte in die Küche und holte die Taschenlampe, dann zog sie Mantel und Gummistiefel an. Die Stiefel waren innen ganz kalt – sogar noch kälter als ihre Füße –, doch sie wollte keine Zeit damit verschwenden, sich Socken zu holen. Rasch steckte sie das Handy in die Manteltasche und griff nach dem Tennisschläger, der noch immer an der Wand lehnte.

Sie legte die Hand auf den Riegel, schickte sich an, ihn zu öffnen.

Dann atmete sie tief durch und …

Machte die Tür doch nicht auf.

Stattdessen betrachtete sie mit gefurchter Stirn ihren eigenen Handrücken, ohne ihn zu sehen. Verarbeitete irgendetwas Unbewusstes. Etwas Wichtiges. Etwas *Verkehrtes.*

Ihre Nase krauste sich, als sie etwas roch, das … *anders* war.

Was war das?

Wo war das?

Langsam wandte Eve den Blick nach rechts und spürte, wie sich ihr Inneres in nacktem Gruselfilm-Entsetzen verkrampfte.

Wie war das möglich?

Auf dem Tisch im Flur brannte eine Duftkerze.

34. Kapitel

»Es ist meine Schuld«, sagte Eve dumpf.

»Es ist nicht deine Schuld«, widersprach Joe.

»Er hat mir die Wahl gelassen«, sagte sie. »Mitzuspielen oder ihn zu provozieren.«

»Und du hast dich dafür entschieden …?«

»Dreimal darfst du raten.« Sie putzte sich die schmerzende, geschwollene Nase mit einem Papiertaschentuch.

Sie und Joe saßen auf dem Sofa, während Superintendent Rees und DI Marr in den abgewetzten Sesseln zu beiden Seiten des Kamins Platz genommen hatten.

DS Rees hatte die zerknitterte, kaffeegetränkte Aura eines überarbeiteten Mannes. Der Fall Layla Martin hatte sich von einem einzigen brutalen Mord zu etwas von sehr viel größeren Ausmaßen entwickelt, und er stand im Zentrum der Ermittlungen. Er sah aus, als hätte er seit November nicht mehr geschlafen.

Er hatte Eve nicht versichert, dass es nicht ihre Schuld sei, und sie wusste seine Ehrlichkeit zu schätzen.

Joe griff nach ihrer Hand. »Ich wünschte, du hättest mir das von deinem Dad erzählt«, sagte er leise. »Ich hätte doch helfen können.«

Eve schüttelte den Kopf. »Niemand kann ihm helfen.«

»Nicht *ihm*«, erwiderte Joe. *»Dir.«*

Eve blieb vor Verblüffung stumm. Sie hatte es für unwahrscheinlich gehalten, dass jemand anderes ihre Situation tolerieren würde; der Gedanke, dass jemand ihr vielleicht tatsächlich würde *helfen* wollen, war ihr nie gekommen.

Sie drückte Joes Hand, doch jetzt war es zu spät.

Jetzt war sie sowohl für den Mord an Maddie Matthews verantwortlich, als auch dafür, dass ihr Vater von einem Irren entführt worden war. Es *war* ihre Schuld. Alles. Und was auch immer als Nächstes geschah, sie würde den Rest ihres Lebens mit diesem Wissen leben müssen.

Sie legte beide Hände um einen Becher. Es war kein Tee mehr darin, aber die Wärme hielt sich noch. Es war fast elf Uhr vormittags, und die Duftkerze war längst gelöscht und auf nicht existierende Fingerabdrücke untersucht worden, doch der Geruch von Sandelholz lag noch immer schwer in der Luft.

Ab und zu kam ein Polizist am Fenster vorbei, in Uniform, in Zivil oder in einem weißen Papieroverall mit passenden Überschuhen. Sie sagten, sie ermittelten in alle Richtungen. Sie sagten, Duncan Singer sei doch schon öfter weggelaufen und hätte das vielleicht wieder getan.

Eve wusste, dass sie damit falschlagen, und ihnen beim methodischen Ermitteln in alle Richtungen zuzusehen machte sie wahnsinnig.

In der Küche hatte Schnee gelegen. Allerdings war es natürlich kein Schnee mehr gewesen, als das Team von der Spurensicherung eingetroffen war – nur kalte, nasse Pfützen. Auf den Stufen und oben im Flur waren noch mehr und auch neben dem Bett ihres Vaters, wo jemand über ihm gestanden hatte, ehe er …

Ehe er … *was*?

Ihn durch den Schnee davongeführt hatte? Ihn geschlagen hatte? Ihn betäubt und den Gartenweg hinuntergeschleift hatte, der von Mr Elias so gut geräumt worden war, dass dort keine Spuren mehr waren, denen man folgen könnte?

»Ziehen wir keine voreiligen Schlüsse«, sagte DI Marr, als spräche er mit einem betagten, beschränkten Menschen. »Wir lassen die ganze Gegend absuchen, von einem Dutzend Kollegen.«

»Wenn er einfach losgezogen wäre, wäre er inzwischen gefunden worden«, gab Eve unverblümt zurück. »Lebendig *oder* tot.«

»Vielleicht schläft er ja irgendwo in einem Schuppen«, meinte Marr. »Vielleicht ist er in einen Bus gestiegen …«

Eve schleuderte ihren Becher quer durchs Wohnzimmer. Er zerschellte über dem Kamin und hinterließ ein Rohrschachbild aus Teeresten auf der Tapete.

»Er hat mich beobachtet!«, brüllte sie wütend los. »Er war in meinem Haus! In meinem Flur war eine Scheiß-*duftkerze*!«

Jähes, knirschendes Schweigen folgte auf ihren Ausbruch. Jegliche Aktivität im Haus hörte auf, und die drei Männer wechselten nervöse Blicke, als wüssten sie insgeheim, dass Frauen nun mal aus Nitroglyzerin gemacht waren.

DI Marr inspizierte die Fernbedienung, als habe er so etwas noch nie gesehen.

Huw Rees starrte ins Zimmer und fragte: »Ist das ein Hamster?«

»Ja«, bestätigte Joe dankbar. Er stand auf, nahm Munchkin aus seinem Käfig und reichte ihn Rees behutsam. Auf einmal völlig fasziniert, beugte Marr sich vor, um das Tier zu betrachten.

Langsam kam der Spurensicherungstrubel im Haus wieder in Gang, jetzt allerdings gedämpfter.

»Meine Kinder haben auch Hamster«, meinte Rees und liebkoste Munchkins Köpfchen mit einem großen, rauen Daumen.

Eve schauderte. Trotz des Feuers war ihr kalt, und sie war sich nicht sicher, ob es irgendetwas auf der Welt gab, das sie wieder aufwärmen konnte.

»Er hat gewusst, was er tat«, sagte sie unglücklich. »Und was ich tun würde. Er hat gewusst, dass ich Sie die Nummer zurückverfolgen lassen würde. Er hat gewusst, dass ich nicht warten würde; er hat gewusst, dass ich wie eine verdammte Idiotin rausrennen würde. Als er mich in der Telefonzelle angerufen hat, hat er sich nur vergewissert. Deshalb hat er auch gelacht und gesagt, das sei *so typisch für mich.* Da habe ich das nicht verstanden. Jetzt verstehe ich es.«

Es herrschte bedeutungsschwangeres Schweigen.

»Dad könnte schon tot sein!« Eves Stimme brach, und wieder schwiegen alle düster.

»Das glaube ich nicht«, sagte Huw Rees bedächtig. »Wenn er den Tod Ihres Vaters gewollt hätte, hätte er ihn gleich hier im Haus umbringen können. Das wäre doch viel einfacher gewesen, als einen verwirrten erwachsenen Mann in die Nacht hinaus zu bugsieren und ihn durch den Schnee zu lotsen, während Sie in der Telefonzelle festgesessen haben.«

Eve nickte. Da war durchaus etwas dran.

»Darf ich Sie um einen Riesengefallen bitten?«, fragte sie Rees.

Er öffnete die Hände und antwortete: »Bitten können Sie.«

»Können Sie das hier *bitte* nicht an die Presse weitergeben? Ich weiß, das ist heuchlerisch, aber die Vorstellung, dass hier Leute anklopfen – Leute wie *ich* ...« Sie errötete und beendete den Satz nicht.

»Selbstverständlich«, versprach Rees, und sie warf Joe einen erleichterten Blick zu. »Wir haben es hier sowieso mit einem Sicherheitsrisiko zu tun, so etwas wäre also kontraproduktiv für die Operation, Sie zu schützen.«

»Was denn für eine Operation?«, fragte sie.

»Er ist auf Sie fixiert, Eve. Und deswegen stelle ich Sie unter Polizeischutz.«

»Ein Bodyguard?«, fragte Joe.

»Ich halte das für geboten.«

Eve machte den Mund auf, um zu protestieren, weil das nun einmal ihr übliches Verfahren war, doch dann schloss sie ihn wieder. Die Vorstellung von einem eigenen muskulösen Leibwächter – einem Riesenschrank von Kerl – zwischen ihr und dem Mörder war ein Trost in dieser unsicheren neuen Welt, in der sie sich barfuß und töricht im Schnee wiedergefunden hatte, während ein Killer ihren Vater aus seinem Bett raubte.

Also nickte sie stattdessen zustimmend und fragte: »Haben Sie in der Telefonzelle irgendetwas gefunden?«

Marr schüttelte den spiegelblanken Kopf. »Ein paar Fingerabdrücke. Sagten Sie nicht, es gibt da einen Nachbarn, der da drin sauber macht?« Er zückte sein Notizbuch.

»Mr Elias«, nickte Eve. Sie war vorhin bei ihm gewesen, um ihm zu sagen, dass Duncan verschwunden war. Dass er vielleicht von einem Serienmörder entführt worden war, hatte sie nicht gesagt – zum Teil, weil die Polizei sich nicht auf dieses Szenario festlegen wollte, und zum Teil, weil Eve sich zu sehr schämte, um das Ganze zu erklären. Obgleich um sein Haus herum keine frischen Spuren zu sehen waren, hatte er darauf bestanden, seine Stiefel anzuziehen und hinten im Garten nachzusehen, nur für alle Fälle.

»Elias, genau«, meinte Marr. »Ganz schön komischer Kauz.«

»Er ist sehr nett«, verteidigte sie ihn.

»Nun, wir werden seine Fingerabdrücke nehmen, zum Vergleich. Und wir haben eine Mikrokamera da drin versteckt, wenn der Mörder also zurückkommt, kriegen wir ein Gratis-Fahndungsfoto.«

Dann seufzte Marr und sagte: »Die schlechte Nachricht ist, er wird waghalsiger.«

Rees gab ein angedeutetes Lächeln zum Besten. »Aber die *gute* Nachricht ist, er wird waghalsiger.«

»Wie meinen Sie das?«, fragte Joe.

»Wenn er Mr Singer entführt hat, dann eskaliert er. Wird leichtsinniger. Wir wissen, dass er auf Publikum steht, also muss er sich in der Öffentlichkeit aufhalten, und wenn er leichtsinniger wird, sollte er leichter zu schnappen sein. Er hat mir in die Hand gemacht.«

Eve nickte und brauchte einen verständnislosen Moment, um Rees' letzte Worte mit der Tatsache zu verknüpfen, dass der Hamster ihm gerade in die Hand geschissen hatte. Rasch raffte sie Munchkin an sich und setzte ihn wieder in seinen Käfig. Rees saß mit zwei winzigen braunen Knödelchen in der Hand da wie ein Weiser, der fragwürdige Geschenke überbringt.

»Entschuldigung«, sagte Eve und gab ihm ein Papiertaschentuch.

Mit einer Grimasse kippte Rees die Knödel in das Tuch und wischte sich die Hand ab. »Woher weiß dieser Mann, wo Sie wohnen?«

»Ich habe keine …«

Eve hielt inne. Ihre Kinnlade sackte herab. In einem Hinterzimmer ihres Gehirns hatte irgendein neurologischer Lakai sich abgerackert und präsentierte ihr jetzt seinen Fund. Eine Collage aus Schritten und Straßenlaternen und der wild wuchernden Vorgartenhecke.

»O mein Gott!«, sagte sie langsam. »Ich weiß es *doch*! Er ist der Kerl, der mir nach Hause gefolgt ist.«

»*Was?*«, stieß Joe hervor. »Wann?«

»Vor ein paar Wochen«, antwortete Eve. »An dem Abend, nachdem Layla Martin umgebracht worden ist. Hat mir echt Angst gemacht. Es war so gegen ein Uhr morgens, und weit und breit war keine Menschenseele, und er ist von hinten so nahe an mich rangekommen …« Eve hielt inne; plötzlich überkam die Furcht vor den Schritten hinter ihr sie aufs Neue. Die Gewissheit, dass sie es nie bis zu ihrer Hecke und bis nach Hause schaffen würde.

»Dicht genug, um die Hand auszustrecken und die Enden von meinem Schal zu packen …«

Alle schwiegen und malten sich die Szene aus. Der Schal, der gepackt, die Frau, die rückwärts von den Beinen gerissen wurde, der Zug der Wolle, die vorquellenden Augen, das blaurot angelaufene Gesicht, der kalte, stille Tod …

»Und was ist passiert?«, wollte Joe wissen.

»Gar nichts«, meinte Eve achselzuckend. »Ich habe ihn gebeten, mich nach Hause zu bringen, und das hat er auch getan.«

»Du hast *was*?«

»Ich habe ihn gefragt, ob er mich wohl nach Hause bringen würde, und er hat gesagt, okay, und hat mich dann an der Pforte stehen lassen.«

»Sie haben einen *Mörder* gebeten, Sie nach Hause zu bringen?«, fragte Marr.

»Ich wusste doch nicht, dass er ein Mörder war!« Eve lief rot an. »Ich war allein. Ich hatte Angst. Ich dachte, ich werde gleich überfallen. Ausgeraubt. Vergewaltigt. Ermordet. Hab einfach nur instinktiv reagiert.«

»Großer Gott«, sagte Joe. »Du musst echt aufhören, mir alles Mögliche *nicht* zu erzählen!«

»Können Sie den Mann beschreiben?«, fragte Rees, und Marr klappte sein Notizbuch auf.

»Nicht besonders gut. Es war dunkel, und er hatte eine Kapuze auf und einen Schal um die untere Gesichtshälfte gewickelt. Durchschnittlich groß«, meinte sie. »Schlank. Weiß. Nicht alt, glaube ich …«

»Was ist mit dem Haar? Den Augen?«

»Es war dunkel«, wiederholte Eve und runzelte heftig die Stirn. »Er ist mir einfach … ganz gewöhnlich vorgekommen.«

Marr notierte sich in Blockbuchstaben »GEWÖHNLICH«, dann schnalzte er missbilligend mit der Zunge und strich das Wort durch.

Rees seufzte. »Das ändert einiges. Sie haben eine Verbindung zu ihm. Vielleicht fühlt er sich Ihnen durch die Entführung Ihres Vaters ja irgendwie näher.«

»Wir haben keine Verbindung miteinander«, wehrte Eve scharf ab.

»Doch!«, beharrte Rees. »Und die haben *Sie* hergestellt, als Sie ihn gebeten haben, Sie nach Hause zu bringen. Da

bin ich mir ganz sicher – allerdings weiß ich nicht genau, *wie*. Vielleicht haben Sie ja sein Ego gebauchpinselt. Oder vielleicht haben Sie sich ja unbewusst auf den sozialen Imperativ berufen, dass man jemandem helfen *muss*, nur weil der oder die Betreffende darum bittet. Sie könnten irgendein Gefühl des Anstands angesprochen haben …«

»*Anstand!*«, schnaubte Joe abfällig.

»Mörder sind nicht die ganze Zeit wahnsinnig«, erklärte Rees ihm mit einem Achselzucken. »Dann wären sie leicht zu kriegen.«

Er wandte sich wieder an Eve. »Egal, was es war, Eve, Sie haben eine Verbindung zu diesem Mann hergestellt, die ihn von seinem Vorhaben abgebracht hat. Er hat Sie als Mensch gesehen, nicht als Opfer. Wenn Sie ihn nicht gebeten hätten, Sie nach Hause zu bringen, dann hätte er Sie umgebracht, daran habe ich keinen Zweifel.«

Plötzlich hatte Eve auch keinen Zweifel daran.

Eigentlich sollte ich tot sein.

Es war ein schwindelerregender Gedanke. Eine bebende Spirale des Entsetzens und des Davongekommen-Seins und Staunen über die fließende Grenze zwischen Leben und Tod.

Und dann die erschütternde Gewissheit …

Wenn ich tot wäre, dann wäre wenigstens Dad in Sicherheit.

TEIL 3

35. Kapitel

Eine kleine, zierliche dunkelhäutige Frau mit einer Reisetasche in der Hand stand vor der Haustür.

»Hi«, sagte Eve brüsk. Hoffentlich wollte die Frau ihr nichts verkaufen oder versuchen, sie zu bekehren.

»Hi«, antwortete die Frau mit einem knappen Lächeln. »Ich bin Detective Sergeant Aguda, Ihre Personenschützerin.«

Eve blinzelte und gab sich Mühe, sich ihre Verblüffung nicht anmerken zu lassen.

Ihr Leibwächter …

War.

Eine winzig.

Kleine.

Elfe.

»Oh«, sagte sie. »Hallo. Kommen Sie doch rein.«

»Nein«, wehrte Aguda entschieden ab. »Das ist Ihr erster Fehler. Ich bin gar keine Polizistin, ich bin eine Auftragskillerin, darin ausgebildet, mit bloßen Händen zu töten.«

Eve zog die Stirn kraus und schielte auf Agudas Hände hinab. Die waren auch winzig. »Echt jetzt?«

»Könnte doch sein.« Aguda nickte trotzig. »Und Sie haben mir gerade die Tür *sperrangelweit* aufgemacht, haben nicht verlangt, dass ich mich ausweise, und mich in Ihr

Haus eingeladen. Finden Sie das nicht ein bisschen dämlich von jemandem, der von einem Serienmörder gestalkt wird?«

Eve plusterte sich ein wenig auf.

»Der Mörder ist doch keine Frau«, wandte sie ein. »Und auch nicht schwarz.«

»Und dieser Mörder kann keine Komplizin haben? Keine Freundin? Kann keine Schauspielerin anheuern, gegen Bezahlung? Oder irgendeine arme Wildfremde, die er sich auf der Straße geschnappt und mit dem Tod bedroht hat, wenn sie nicht genau das tut, was er sagt?«

»Großer Gott!«, meinte Eve. »Das ist doch nun wohl ein bisschen übertrieben, oder?«

Aguda zuckte die Achseln. »Einem Mann mitten in einem Liam-Neeson-Film das Rückenmark zu durchtrennen auch.«

»Touché«, meinte Eve. »Wenn das so ist, könnte ich dann bitte Ihren Ausweis sehen?«

Aguda bekundete mit einem Lächeln ihre Zustimmung und zeigte ihren Ausweis vor. »Ich bin hier, um Sie zu beschützen, Miss Singer, aber Sie können eine Menge tun, um sich selbst zu schützen.«

»Bitte nennen Sie mich Eve.«

»Okay«, antwortete Aguda. Doch sie sagte nicht, dass Eve sie irgendwie anders nennen könne.

Eve machte die Tür noch weiter auf, und DS Aguda trat in den Flur und sah sich mit professionellem Blick um.

»DS Rees sagte, Sie hätten auch so schon einen guten Instinkt, das sollte mir meinen Job also um einiges leichter machen.«

»Gut«, sagte Eve.

»Sind Sie erkältet?«, erkundigte sich Aguda.

»Glaub schon. Hoffentlich stecke ich Sie nicht an.«

»Ich werde nicht krank«, verkündete die Polizistin stolz. »Ich war seit sieben Jahren nicht mehr krank. Nicht mal ein Schnupfen.«

»Wow«, sagte Eve, obwohl sie bei sich dachte, dass es wahrscheinlich nicht besonders gesund war, nie krank zu werden. Dann machte sie Tee für sie beide, während Aguda ein Aufnahmegerät an das Festnetztelefon anschloss und eine Fangschaltung legte.

Maurertee mochten sie beide am liebsten. Stark und süß. Als gemeinsame Basis gab das nicht viel her, und es herrschte betretenes Schweigen, als sie beide am Küchentisch saßen und an ihren Bechern nippten.

»Ich weiß, es ist vielleicht unangenehm, eine Fremde im Haus zu haben«, sagte Aguda, »aber ich hoffe, es wird Ihnen nicht zu aufdringlich vorkommen.«

Sie werden in meinem HAUS wohnen, dachte Eve. *Wie könnte das nicht aufdringlich sein?* Doch sie entschied sich für ein diplomatisches: »Nun, es ist ja bestimmt nicht für lange.«

»Ich hoffe nicht«, meinte Aguda.

Und dann fiel Eve nicht ein einziger Satz ein, den sie sagen konnte – obwohl es ja eine Menge Dinge gab, die sie *nicht* sagen konnte.

Über den Rand ihres Bechers hinweg betrachtete sie Sergeant Agudas kleine Hände und ihre schmalen Handgelenke.

Schmal war gar kein Ausdruck.

Zerbrechlich war ein Wort, das einem dazu eher durch den Sinn ging.

Die Polizistin stand auf und ging langsam in der Küche umher.

Und klein ist sie auch noch!, dachte Eve. Sie konnte nicht viel größer sein als gute eins fünfzig. Ein Serienmörder, der von Sergeant Aguda gestellt wurde, brauchte sie bloß hochzuheben und zur Seite zu stellen, um dann weiter zu metzeln.

Aguda öffnete die Hintertür und begutachtete die Schlösser. »Sicherheitsschloss und Riegel«, stellte sie fest. »Das ist gut.«

»Ja«, pflichtete Eve ihr bei.

»Aber keine Kette.«

»Nein«, sagte Eve. »Hinten kommt doch niemand rein.«

»Serienmörder schon«, erwiderte Aguda. »Wir besorgen eine Kette.«

Die kleine Frau setzte ihren Inspektionsrundgang fort. Dabei löste sie die blanken Handschellen von dem Clip hinten an ihren Jeans und spielte damit. Öffnete und schloss sie immer wieder mit einer einzigen geschickten Bewegung des Handgelenks.

TrrrrrrT.

TrrrrrT.

Das Geräusch klang wie etwas aus tausend Gefängnisfilmen, und es war seltsam hypnotisch.

Eve überlegte, ob Aguda wohl versuchte, sie einzuschüchtern, und spannte den Kiefer.

Mit der würde ich fertigwerden, dachte sie.

Selbst in ihrem eigenen Kopf hörte sich das ziemlich blöd an. Eve hatte sich noch nie mit einer anderen Frau geprügelt und konnte es kaum fassen, dass sie jetzt überlegte, wie sie wohl bei so etwas abschneiden würde. Aber sie war so was von *irritiert*, gottverdammt noch mal! Wenn Aguda alles an so genanntem Personenschutz war, dann wollte Huw Rees ihren Tod! Eve überragte sie um Haupteslänge – und war bestimmt auch mindestens fünfzehn Kilo schwerer.

Im Vergleich zu Sergeant Aguda kam Eve sich riesengroß vor.

Von *fett* ganz zu schweigen …

Aguda öffnete ein Fenster, und ein eisiger Luftklumpen kam wie eine Ladung Kohle in die Küche gerutscht.

»Keine Schlösser?«, fragte sie.

»Nein.«

»Und an den anderen Fenstern?«

»Nein«, antwortete Eve abermals. Sie kam sich blöd vor und sehnte sich danach, den Spieß umzudrehen. Okay, ihre Fenster ließen sich also nicht abschließen. Und wenn schon! Eigentlich sollte doch nicht sie die Expertin für Sicherheitsmaßnahmen und Serienmörder sein, sondern *DS Aguda. Die* war doch geschickt worden, um Eve vor dem möglichen Angriff eines Psychopathen zu schützen, und jetzt untersuchte sie hier die Schlösser, als wäre sie Kontaktbereichsbeamtin und Eve eine unbedarfte Rentnerin. Sollte Aguda nicht irgendwelche Worst-Case-Szenarien mit ihr durchsprechen? Einen Panikraum einrichten? Einen Fluchtweg festlegen?

Sie beschloss, dass Aguda nicht nur winzig war, sondern auch ihren Job beschissen schlecht machte. Was hatte sie überhaupt für Qualifikationen? Wie viel Berufserfahrung hatte sie?

Sie würde sie fragen. Sei's drum! Sie hatte ein Recht darauf zu wissen, wie viele Personen Aguda beschützt hatte und wie viele sie *nicht* hatte beschützen können. Wie viele entführt oder umgebracht worden waren, während sie unter ihrer winzigen Obhut gestanden hatten. Sie wollte Prozentangaben. Sie wollte Statistiken. *Sie* musste hier eine Risikoeinschätzung vornehmen. Vielleicht würde das die Gefühle der Polizistin verletzen, aber hier stand *ihr* Leben auf dem Spiel. Eve beschloss, dass sie ihr ganzes journalistisches Geschick aufbieten würde, um die Informationen zu bekommen, die sie brauchte. Sie würde ganz sachte anfangen und Aguda dann aus dem Hinterhalt mit den harten Fragen überfallen, wenn sie es am wenigsten erwartete.

Sie räusperte sich und wählte ihre Worte mit Bedacht, schlug einen ganz lockeren Ton an. »Wie sind Sie denn zu Ihrem Beruf gekommen?«

Aguda lächelte. »Sie meinen, wo ich doch so klein bin?«

»Ach, *sind* Sie denn so klein?« Eve lief rot an.

»Ich möchte nicht, dass Sie sich deswegen Sorgen machen«, meinte Aguda. »Ich habe einen schwarzen Gürtel im Kickboxen und im Judo, außerdem habe ich Qualifikationen und praktische Erfahrungen in folgenden Bereichen: Steuern von Fluchtfahrzeugen, Anti-Terror-Operationen, Personenschutz, Psychopathologie, Gebäudesicherheit, Observationen, Such- und Rettungseinsätze, Notfallmedizin und Wiederbelebungsmaßnahmen. Und Erfolge bei Geiselnahme-Verhandlungen und Konfliktlösungen.«

»Oh, ich mache mir keine Sorgen«, beteuerte Eve. »*Überhaupt* nicht.«

»Gut«, meinte Aguda. »Aber wenn meine Körpergröße Sie jemals doch beunruhigen sollte …«

»Was absolut *nicht* der Fall ist!«

»Dann sollten Sie wissen, dass ich eine *Riesen*knarre bei mir trage.«

»Echt?«, fragte Eve zweifelnd. »Wo denn?«

Aguda griff hinter sich, und ihre Hand kam wie durch Zauberei mit einer Pistole darin wieder zum Vorschein. »Hier.«

Sie legte die Waffe zwischen ihnen beiden auf den Tisch. Die Pistole war elegant und mattschwarz und sehr bedrohlich.

Eve starrte diese *echte* Schusswaffe, mit der man *richtig* töten konnte, einen ausgedehnten, surrealen Moment lang an. Dann stellte sie mit einem Knall ihren Tee hin. »Na, *Gott* sei Dank.«

Sie brachen beide in Gelächter aus.

Als sie fertig gelacht hatten, setzte Aguda noch einmal Teewasser auf und sagte Eve, dass sie Emily heiße.

Emily Aguda hatte sehr viel länger gebraucht, um Detective zu werden, als eigentlich nötig gewesen wäre.

Das lag daran, dass sie schwarz war.

Aber das war kein *böser Wille* gewesen, rief sie sich immer wieder in Erinnerung, sondern nur ein Irrglaube.

Obgleich sie schon während des Studiums als Freiwillige bei der Polizei gearbeitet und ihr Jura-Examen in Reading mit Auszeichnung bestanden hatte, hatte sie während ihrer ersten Jahre bei der Londoner Polizei auf einem Revier am Empfang gesessen, hinter einer Glasscheibe wie ein Zootier, überdeutlich mit ihrer Rasse und ihrem Geschlecht etikettiert, damit jeder sehen konnte, dass die Polizei von London definitiv nicht von Haus aus rassistisch *oder* sexistisch war.

Natürlich war die Polizei beides, deswegen waren die hohen Tiere ja so scharf darauf gewesen, Emily Aguda in ihrer weithin sichtbaren Rolle am Empfang sitzen zu lassen – so schlugen sie nämlich zwei Fliegen mit einer Klappe.

Sich eine neue Klappe zu suchen – Gott bewahre!

Obwohl sie gern als Erstkontakt zwischen Polizei und Öffentlichkeit fungiert hatte – und ihren Anteil an bizarren und aufregenden Momenten erlebt hatte –, hatte Emily Aguda stets danach gestrebt, weiterzukommen und aufzusteigen, in eine Rolle, wo ihre Intelligenz durch Herausforderungen geschärft werden würde, anstatt durch die tägliche Tretmühle der marginalen Beteiligung am Ermittlungsprozess abzustumpfen.

Trotzdem wäre sie vielleicht dazu verdammt gewesen, bis zu ihrer Pensionierung hinter diesem Fenster zu sitzen, wäre sie nicht für eine Beförderung empfohlen worden, und zwar von einem Vorgesetzten, den sie nie hatte leiden können – gerade wegen seines Rassismus und Sexismus und seiner allgemeinen Frauenfeindlichkeit.

Komisch, wie das Leben so spielte.

Also hatte Emily Aguda es dank eines Arschlochs endlich zur Zivilbeamtin gebracht, und wegen ihrer Intelligenz und ihrer Besonnenheit in Drucksituationen war sie schnell zum Detective Sergeant befördert worden. Doch ihr war klar geworden, dass ihr verspäteter Start ihren Karriereaussichten stets hinderlich sein würde. Warum eine dreißig Jahre alte Frau zum Inspector machen, wenn man stattdessen einen fünfundzwanzigjährigen Mann befördern konnte? Und noch dazu einen fünfundzwanzigjährigen Mann, der nicht schwanger werden würde? Nicht dass Emily jemals vorgehabt hätte, schwanger zu werden, aber heutzutage ging es bei Beförderungen genauso sehr um Statistiken wie um die Menschen. Alles drehte sich darum, für das Geld des Steuerzahlers so viel wie möglich zu kriegen, bevor derselbe Steuerzahler anfangen musste, eine gemütliche Polizeipension zu finanzieren.

Stets pragmatisch eingestellt, hatte Emily Aguda beschlossen, dass sie sich eine Nische im Mittelfeld schaffen würde, anstatt gegen die Zahlen anzukämpfen, um es ganz nach oben zu schaffen. Sie war schon immer sportlich und für ihre Größe – eins dreiundfünfzig und selbst klatschnass fünfundvierzig Kilo schwer – sehr stark gewesen. Seit ihrem siebten Lebensjahr war sie zum Kickboxen gegangen, mit zehn hatte sie Fußball gespielt. Und sie war auch gut; der Scout der Frauenmannschaft von Arsenal hatte sie mal auf dem Zettel gehabt, und sie hatte den Sommer ihres vierzehnten Lebensjahres damit verbracht, Milch zu trinken und Gewichte zu stemmen, als könne sie ihren faulen Knochen weismachen, dass sie noch ein Stück zu wachsen hätten.

Was sie nicht getan hatten.

Doch während ihrer langen, symbolischen Jahre in der Dienststelle von Lewisham war Emily aufgefallen, dass ein dramatischer Mangel an hinlänglich qualifizierten Zivilpolizistinnen herrschte, die als Personenschützerinnen für Zeugen oder prominente Besucher dienen konnten, wenn diese bedroht waren. Obwohl doch gerade Frauen oft die Bedrohten waren.

Nachdem sie diese Marktlücke identifiziert hatte, machte Emily jede Sonderausbildung, die die Londoner Polizei anzubieten hatte – sowie einige, die von der Polizei nicht angeboten wurden –, um sie zu füllen. Ihre Fitness und ihre Kampfsport-Erfahrung halfen ihr, sie fuhr schnell und furchtlos, und sie erwies sich auch als ausgezeichnete Schützin. Tatsächlich war Emily ein wenig verstört darüber gewesen, wie sehr sie auf Schusswaffen abfuhr, wo sie sich doch immer vehement gegen eine bewaffnete Polizei ausgesprochen hatte.

Doch das gehörte jetzt alles zum Job.

Ein Glück für die schießfreudige Emily!

Sie hatte im Dienst bisher noch nie einen Schuss abgegeben und hoffte, es auch nie tun zu müssen, doch sie übte fleißig, weil vielleicht irgendwann einmal Menschenleben davon abhängen könnten, und ihr Geschick mit der Waffe war ein weiterer Pfeil im Köcher ihrer Fähigkeiten.

In weniger als drei Jahren hatte Emily Aguda die Marktlücke so nachhaltig geschlossen, dass sie innerhalb der Polizei *die* Personenschützerin für gefährdete oder prominente Frauen war. Innerhalb von fünf Jahren half sie außerdem noch dabei, andere Polizistinnen für ähnliche Aufgaben in ganz Großbritannien zu rekrutieren.

Nichts jedoch verschaffte ihr größere Befriedigung als Aufträge, bei denen sie selbst aktiv werden musste, bei denen ihre intellektuellen, sozialen und körperlichen Begabungen nahtlos miteinander kombiniert werden konnten, um jede Bedrohung zu umgehen.

Seit sie Personenschützerin war, hatte sie die Entführung einer Ministerin vereitelt, sie hatte einen mit einer Machete bewaffneten Mann kampfunfähig gemacht, der seine von ihm getrennt lebende Ehefrau hatte enthaupten wollen, und sie hatte ganz allein zwei Angreifer entwaffnet und festgenommen, die mit Messern und Kabelbindern ausgerüstet ins Haus des Moderators einer kontroversen Fernseh-

Talkshow eingebrochen waren. Als die Verstärkung eintraf, fanden sie den aufsässigeren der beiden Männer unter einem Sofa vor. Und zwar unter keinem kleinen Sofa, sondern einem riesigen Leder-Dreisitzer mit fest angebauten Fußstützen. Später hatte der Mann vergeblich versucht, die Londoner Polizei zu verklagen. Vor Gericht hatte Aguda – die auf einer Kiste stehen musste, damit die Geschworenen sie auch gut sehen konnten – zugegeben, dass sie das Sofa auf ihn gewuchtet hatte, beharrte aber darauf, dass dies »nicht aus großer Höhe« geschehen sei.

Am Tag nachdem sie den Entführungsversuch vereitelt hatte – noch bevor sie nach dem längsten Dienst ihres Lebens auch nur zu Hause gewesen war –, hatte DS Frank Sallis sie in die Herrentoilette im dritten Stock der Hauptwache mitgenommen, um ihr zu zeigen, dass irgendjemand *»Aguda schafft sie ALLE«* an die Wand einer Kabine gekritzelt hatte, und sie hatte eine seltene Träne der Siegesfreude vergossen.

Daher machte Emily Aguda sich keine Sorgen wegen Eve Singers erkennbar mangelndem Vertrauen.

Sie war es gewohnt, unterschätzt zu werden.

Das war ihre größte Stärke.

36. Kapitel

Duncan Singer erwachte an einem kalten, dunklen Ort, der nicht sein Schlafzimmer war. Sein Kopf schmerzte in einem weichen Stoffbeutel, und im Mund hatte er einen sonderbaren chemischen Geschmack. Seine Hände waren hinter seinem Rücken zusammengebunden, sodass ihm die Schultern wehtaten.

»Maggie?«

Der Baumwollstoff des Beutels berührte sachte sein Gesicht und bewegte sich bei jedem Atemzug an seinen Lippen vor und zurück. Die Stelle war feucht, wegen der Kondensation. Kondensation war ganz schlecht für Stromkabel. Mrs Cole hatte ein Problem mit Kondensation. Deshalb auch die neuen Leitungen.

»Maggie?« Er rollte sich von der Seite auf den Rücken, doch dabei taten ihm die Hände weh, also rollte er sich in die andere Richtung und stieß mit der Nase an etwas Festes. Der harte Boden bestand aus Holz, die Wand war verputzt, und an ihrem Fuß war eine hohe Scheuerleiste. Er betastete sie mit der Nase. Das war nicht seine Scheuerleiste. Seine Scheuerleiste war glatt; die hier hatte ein Zierprofil.

Duncan zog den Kopf weg und wartete darauf, dass irgendetwas passierte.

Er wackelte mit den Fingern, weil die allmählich einschliefen.

Er hatte Hunger.

»Maggie?«, rief er. »Wo bist du?«

Sie hörte ihn nicht.

»Maggie!«, rief er ein wenig lauter. »Wie sieht's mit einem Sandwich aus?«

»Wer ist Maggie?«

»Meine Frau«, sagte Duncan. Er hatte niemanden kommen hören, aber da war jemand. Ein Mann, der ihm jetzt unter die Arme griff und ihn aufsetzte.

Er wusste nicht, wie weit die Wand hinter ihm weg war, also lehnte er sich nicht zurück. Stattdessen kreuzte er die Beine zum Schneidersitz wie ein Pfadfinder-Wölfling. Es fühlte sich an, als sei es Jahre her, dass er das getan hatte, und bestimmt war es früher leichter gewesen. Doch schließlich schaffte er es.

»Hab furchtbar Kopfweh«, meinte er.

»Ketamin«, sagte der Mann. »Das nehmen Tierärzte immer.«

»Gegen Kopfweh?«

»Für Hunde.«

»Oh«, sagte Duncan. »Wir haben auch einen Hund. Der furzt ganz fürchterlich.«

»Ich mache jetzt Ihre Hände los«, sagte der Mann. »Nehmen Sie die Kapuze nicht ab.«

»Geht in Ordnung«, versicherte Duncan.

Ein kleines *Schnipp*, und Duncans Hände lösten sich voneinander und fielen mit den Knöcheln voran schlaff auf den Boden, so taub, dass er sie zuerst überhaupt nicht bewegen konnte.

»Aua«, sagte er.

»Kann man wohl sagen«, erwiderte der Mann und ging weg. Sehr *weit* weg. Die Schritte verklangen, während das Echo immer stärker wurde.

Bestimmt war das Zimmer sehr groß.

»Wo sind Sie?«

Der Mann antwortete nicht.

Langsam zog Duncan die Hände nach vorn und rieb sich die Handgelenke. »Maggie?«

Ein leises Geräusch; etwas wurde auf dem Holzboden herumgeschoben. Ein kurzes Scharren. Und dann kamen die Schritte zu Duncan zurück, aber diesmal schwerer. Langsamer.

Duncan spürte, wie der Mann hinter ihn trat.

»Okay«, sagte der Mann. »Jetzt können Sie die Kapuze abnehmen.«

Langsam hob Duncan den Beutel vor seinem Gesicht in die Höhe, sodass er darunter hervorspähen konnte.

Er befand sich in einem großen Raum.

Wie eine Höhle.

Durch hohe Fenster sah er, wie der Morgen anbrach und einen sanften orangeroten Schein über das staubige Kirschholzparkett schickte. Duncan blinzelte im Licht und ächzte dann verblüfft.

In der Mitte des Raums war eine ganze Stadt.

Rund um ein majestätisches modernes Stadion herum standen Wolkenkratzer und Wohnblöcke und Gaswerke, es gab Spielplätze und Reihenhäuser und Schneeflächen und wirre Unterholzdickichte – alles von der aufgehenden Sonne als Silhouette dargestellt, die großartige Schatten die Straßen entlang und über die Parklandschaften warf, wo

Menschen zur Arbeit eilten und mit ihren Hunden spazieren gingen oder sich zu kleinen Grüppchen versammelten, um zu plaudern und Kaffee zu trinken.

Und alles in Miniatur.

Wie die Miniaturdörfer, die er als Kind besucht hatte. Und er und Maggie waren mal mit Eve und Stuart in so einem gewesen, irgendwo an der Südküste. Hüfthohe Kirchtürme mit winzigen Wetterhähnen aus Blech oben drauf. Mini-Farmer, die spielzeuggroße Kühe versorgten. Ein Orchester im Park – mit einer Tuba von der Größe seines Daumens.

Es war wunderschön.

Aber es war unmöglich.

Duncan schloss die Augen, dann öffnete er sie wieder.

Als sie sich an den Raum und das Licht angepasst hatten, sah er, dass er sich tatsächlich geirrt hatte. Das da vor ihm war keine Stadt, sondern ein Gewirr aus Einzelteilen – weiße Verkleidungen, Plastikschläuche, Schalter und Relais und Kabelbündel, die als Hecken und Bäume fungiert hatten.

Das riesige Stadion in der Mitte der Stadt war ein Metallzylinder mit Tausenden runder Fensterchen …

»Ist das …«, setzte er an, dann hielt er inne und runzelte die Stirn. »Ist das eine *Waschmaschine*?«

Der Mann hinter ihm stellte seine Füße anders hin.

»JA!« Er klang überrascht.

Das Licht veränderte sich die ganze Zeit, und jetzt war es noch offensichtlicher, doch Duncan konnte sehen, warum er gedacht hatte, es wäre eine Stadt. Eine kleine Stadt mit einem Chromtrommel-Stadion und Kupferdraht-Ziersträuchern und Schrauben-und-Muttern-Menschen mit ihren kleinen Schräubchen-Hunden. Seine anfängliche Vision verblasste zusammen mit dem Sonnenaufgang, wie das magische Dorf Brigadoon, doch er konnte sehen, dass sie morgen von Neuem eingefangen werden könnte und am Tag danach und an dem danach.

»Die könnte ich für Sie heilmachen«, erbot er sich. »Wenn Sie alle Teile dahaben.« Er runzelte ein wenig die Stirn, suchte nach etwas. Nach etwas ganz Offenkundigem – zumindest für ihn.

Nach etwas *Großem* …

Dann ging es ihm auf. »Wo ist denn das Ausgleichsgewicht?«

»Hier«, sagte der Mann.

Duncan schaute nach oben.

Der Mann hielt einen fünfundzwanzig Kilo schweren Betonblock in den Händen … direkt über seinem Kopf.

»Ah.« Duncan lächelte wehmütig. »Eine Hotpoint.«

37. Kapitel

Eve und Aguda sahen sich nach einem Abendessen aus Fischstäbchen und Weißwein gemeinsam *Desperate Housewives* an. Dabei wurde Eve zweierlei klar: erstens, dass *How It's Made* eigentlich doch nicht so schlimm war, und zweitens, dass sie seit zwei Jahren kein richtiges Essen mehr gekocht hatte. Und dass ihr Vater, wo immer er auch war, wahrscheinlich auch Rachitis auf die Liste seiner tochterinduzierten Leiden setzen konnte. Wenn er nach Hause kam, würde sie ihm jeden Tag frisches Gemüse kaufen und rotes Fleisch, wegen des Eisens. Wenn er nach Hause kam, würde sie sich ihre Überstunden nehmen und sinnvolle Zeit mit ihm verbringen, im Park oder am Meer. Wenn er nach Hause kam, würde sie sich nie wieder wünschen, dass er tot wäre …

Wenn er nach Hause kam …

Sie kippte den letzten Rest ihres Weißweins hinunter und sagte: »Hey! Zeigen Sie mir doch mal diese Nummer mit Ihren Handschellen.«

»Was denn für eine Nummer?«

»Na, das, was Sie da immer machen. Diesen Trick.«

Aguda lächelte und zog die Handschellen aus dem Clip an ihren Jeans. »Sie meinen das hier?«

Eine flinke Bewegung des Handgelenks, und die Handschellen waren offen. Eine zweite, und sie schlossen sich mit befriedigendem Klicken.

Eve furchte die Stirn. »Zeigen Sie's mir noch mal.«

Sie war ein bisschen beschwipst, doch Aguda hatte viel Geduld, und nach ein paar Stunden war Eve nüchtern und konnte den Handschellentrick, wenngleich langsam – ließ sie aufschnappen und klappte sie dann um ihr eigenes Handgelenk herum wieder zu.

Das machte richtig süchtig.

Nach einer Weile gähnte Aguda diskret und meinte: »Ich gehe dann mal ins Bett.«

Eve steckte sie in Stuarts Zimmer, mit all dem alten *Top Gear*-Schwachsinn und dem halben Modell der *Titanic,* Maßstab 1:24, das er aus so einer dämlichen Zeitschrift zu bauen begonnen hatte. Er hatte erst aufgegeben, als ihr Vater ihn behutsam darauf hingewiesen hatte, dass Stuart bei einem Teil für £ 5.99 pro Woche fast genauso viel für das Modell ausgeben würde, wie der Bau des ursprünglichen Schiffes gekostet hatte.

Sie ging ebenfalls ins Bett, konnte aber nicht schlafen. Konnte sich nicht vorstellen, jemals wieder zu schlafen. Konnte die Augen nicht vor den Bildern von ihrem Vater verschließen – verängstigt, durchgefroren, verwirrt, verletzt …

Tot …

… die wie ein Horrorfilm durch ihren Kopf rasten.

Wenn sie die Augen vor diesen Bildern verschloss, fühlte es sich an, als überließe sie ihn seinem Schicksal, bis sie bereit war, aufzuwachen und sich wieder zu ihm zu gesellen.

In der Hölle.

Sie müsste Stuart anrufen.

Sie *müsste.* Doch sie konnte nicht.

Die Wahrheit war, sie schämte sich zu sehr, es ihm zu sagen. Es würde noch reichlich Zeit sein, ihm alles zu erzählen, wenn sie Duncan erst gefunden hatten.

Und wenn sie Duncan *nicht* fanden …

Eves Kehle wurde so eng, dass ihr Elend nur als dünnes Pfeifen entkommen konnte.

Bitte komm nach Hause, Dad. Es tut mir so leid. Das ist alles meine Schuld. Bittebittebitte komm nach Hause.

Ihr Handy klingelte.

Aguda stand in Sekundenschnelle in der Tür, hellwach und angezogen, als hätte sie die ganze Zeit im Flur Wache gehalten.

Nummer unterdrückt.

Eve starrte das Handy an, als könne es sie beißen. Was wollte er? Was würde er sagen? Was würde *sie* sagen?

Sie hatte keine Ahnung.

»Gehen Sie ran«, sagte Aguda ruhig.

Sie meldete sich.

»Hi, Eve.«

Sie runzelte die Stirn. Es war nicht der Mörder. Doch die Stimme klang vertraut …

»Guy?«

»Hallo.«

Sie blickte zu Aguda auf und schüttelte den Kopf, und ihre winzige Leibwächterin zog sich lautlos zurück.

»Was zum Teufel wollen *Sie* denn?«

»Tja, *eigentlich* hatte ich ja was für Sie«, antwortete Smith hochnäsig, »aber wenn Sie mir *so* kommen …«

»Ich hatte Schiss, das ist alles.«

»Wieso *das* denn?«

»Weil es *spät* ist, Guy! Ich liege schon im Bett!«

»Es ist doch erst halb zehn. Wie alt sind Sie, fünfzig?«

Am liebsten hätte sie ihn abgewürgt. Dämliche Spielchen zu spielen, während das Leben ihres Vaters in Gefahr war. Dafür hatte sie keine Zeit!

Aber er hatte sie noch nie angerufen. Und irgendetwas in seiner Stimme ließ Eve zögern. Das war nicht die künstliche Selbstsicherheit, die sie von Guy Smith gewohnt war, sondern etwas Neues. Etwas Lässiges, Selbstgefälliges, das sie veranlasste, nicht aufzulegen, obwohl ihr die Erfahrung dazu riet.

»Tut mir leid, Guy«, sagte sie vorsichtig.

»Also gut«, zeigte er sich besänftigt. »Wir treffen uns im YO! Sushi am Bahnhof Paddington Station. Und kommen Sie *allein.*«

»Und wann?«

»Jetzt gleich.«

»Ich kann jetzt nicht, Guy, ich habe zu tun.«

»Sie haben nicht zu tun. Sie liegen im Bett, schon vergessen? Und zwar allein, nehme ich mal an.«

»Ach, halten Sie die Klappe.« Eve nieste und zuckte zusammen, als sie sich die Nase mit einem Papiertaschentuch abtupfte.

»Sie haben sich meine Erkältung eingefangen?«, lachte Guy.

»Ja.«

»Ist echt gemein, stimmt's?«

»Ja.«

»Tja, also wenn Sie das hier verpassen, dann wird's Ihnen noch dreckiger gehen«, verkündete er selbstsicher.

»Wozu die ganze Heimlichtuerei? Können Sie es mir nicht jetzt gleich erzählen?«

»Nein«, antwortete Guy. »Und *ich* tue hier *Ihnen* einen Gefallen, also seien Sie lieber nett zu mir.«

»Was meinen Sie mit *nett*?«

»Ich meine nett.«

Argwöhnisch spitzte Eve die Lippen. »Ich schlafe nicht mit Ihnen, Guy.«

»Bilden Sie sich bloß nichts ein!« Er lachte, und sie errötete.

»Na gut«, sagte sie.

»Na gut, *was*?«

»Na gut, *danke.*«

»So ist's schon besser«, sagte er und legte auf.

YO! Sushi.

Guy stand *total* auf YO! Sushi. Er hatte Eve einmal erzählt, dass er sich dort immer mit seinen Kontakten traf. Wahrscheinlich befriedigte es irgendein Höhlenmenschenbedürfnis in ihm, sich seinen Metrosexual-Fraß selbst zu schnappen, wenn der auf einem Fließband vorbeigewackelt kam.

Guy aß gerade, als Eve um Viertel nach zehn in der Paddington-Filiale ankam.

»Sind Sie allein?«, wollte er wissen.

»Ja«, antwortete sie. Das stimmte auch fast. *Hier drin* war sie allein, aber Emily Aguda wartete draußen. Sie hatte sich geweigert, Eve zu erlauben, allein das Haus zu verlassen, und Eve war klar geworden, dass Aguda ihr bloß gefolgt wäre, wenn sie es versucht hätte.

Also hatte Aguda sie in ihrem Polizei-Range-Rover hier abgesetzt und wartete darauf, sie wieder nach Hause zu fahren. Manchmal war diese Personenschutz-Nummer ja ganz praktisch.

Guy aß Teriyaki-Lachs und hatte Soße am Kinn. Er gestikulierte mit seinen Essstäbchen. »Möchten Sie was?«

»Nein, danke, Guy«, erwiderte sie. »Ich habe doch schon Ihre Erkältung.«

»Naseputzen tut bestimmt ganz schön weh«, bemerkte er. »Mit dem dicken Rüssel da.«

Reumütig zog sie eine Braue hoch, und er lachte. »Wie ist das denn passiert, verdammte Scheiße?«

»Jemand hat mir eine verpasst«, sagte sie.

»Wow!«, stieß er hervor. »Und wie sieht der andere jetzt aus?«

»Was haben Sie für mich, Guy?«

Guy fing einen Teller mit California Rolls ein und schob sich eine in den Mund. Als er antwortete, konnte Eve den Bissen dort drinnen sehen – er purzelte herum wie weiße Wäsche mit Spinatsocken drin.

»Etwas, was *sehr* interessant für Sie sein wird.«

»Etwas, *das* sehr interessant für mich sein wird«, verbesserte Eve ihn. Sie wusste nicht, warum; die Grammatik anderer Leute korrigierte sie doch auch nicht. Bei Guy Smith kam immer ihre schlimmste Seite zum Vorschein.

»Sie halten sich wohl für so was von schlau, wie?« Guy wusch noch eine Ladung Wäsche. »Immer müssen Sie derart scheißclever sein.«

Eve seufzte. »Es tut mir leid«, sagte sie, und es tat ihr auch fast leid. »Ich hatte eine schlimme Woche.«

»Na schön«, erwiderte Guy und bedachte sie mit einem herablassenden Lächeln. »Ich verzeihe Ihnen.«

Eve verbiss sich eine sarkastische Antwort und sagte: »Danke, Guy. Also, was haben Sie?«

Einen Moment lang sah er sie nicht an und war mit seinen Essstäbchen auf dem Teller hinter einer neuen Sushirolle her. Als er endlich eine zu fassen bekam, hob er sie hoch und betrachtete Eve mit triumphierender Miene.

»Einen Flyer.«

Eves Herz dröhnte in ihrer Brust, und Blut rauschte an ihren Trommelfellen vorbei, sodass der Lärm des Bahnhofsrestaurants zu einer schwachen Unterströmung wurde.

»Einen was?«

Guy stopfte sich die California Roll in den Mund.

»Einen Flyer«, wiederholte er. »Für 'ne Ausstellung.«

Eve konnte mit ihrem schockierten Mund kaum Worte formen. »*Wo?*«

Guy klopfte sich vorn auf sein Jackett. »Genaaauuu hier.«

»Doch nicht wo Sie den Flyer haben. Wo ist die *Ausstellung?*«

Er grinste sie weiß und grün an. »Da würde ich mich ja verplappern.«

»Guy, Sie *müssen* es mir sagen«, drängte sie.

»Ach, wirklich? Hab gar nicht mitbekommen, dass Sie *mir* irgendwas von den Flyern erzählen mussten, die *Sie* gefunden haben.«

Das Blut schoss Eve ins Gesicht. Woher wusste er von den anderen Flyern? Huw Rees? DI Marr? Oder hatte das ganze Morddezernat jede Menge undichte Stellen? Sie hatten doch einen *Deal*! Und jetzt war es sogar noch wichtiger, dass *sie* diejenige war, die über diese Verbrechen berichtete. Für Guy war es nur ein Job – aber für sie ging es um Leben und Tod. Um Leben und Tod ihres *Vaters*.

»Es gab doch eine Nachrichtensperre ...«

»Schwachsinn«, knurrte er. »Hören Sie zu, dank Ihnen hängt mein Job an einem seidenen Scheißfaden. Seit dem

Layla-Martin-Mord kriege ich ständig was aufs Dach. Laufe hinterher, verpasse allen möglichen Scheiß. Und dann finde ich raus, *warum*. Dass Sie irgendeinen *Deal* mit den Bullen haben, damit Sie exklusiv über die Flyer berichten können! Was für ein unfassbarer *Scheiß*!« Er schüttelte den Kopf, als könne er kaum glauben, dass sie sich wie eine Journalistin verhalten hatte.

»Hören Sie zu, Guy, der Deal war, dass ich eben *nicht* darüber berichte. *Ich* habe *die* auf die Flyer gebracht, nicht umgekehrt. Ich habe das aus den Nachrichten *rausgehalten*! Was dieses Arschloch will, ist Sendezeit. Wenn Sie ihm die geben, sind Sie mitverantwortlich!«

»Mitverantwortlich?« Guy runzelte die Stirn. »Ich mache doch nur meinen Job. Im Gegensatz zu Ihnen.«

»Haben Sie der Polizei von dem Flyer erzählt?«

»Seien Sie doch nicht albern.«

Er peilte seine nächste California Roll an, und Eve riss ihm den Teller unter den Essstäbchen weg.

»Hey!«

»Hören Sie«, fing sie an und gab sich dann unglaubliche Mühe, ganz ruhig zu sprechen. »Hören Sie. Guy. Vorgestern Abend hat dieser Drecksack meinen Vater entführt. Ich muss wissen, wo diese Ausstellung ist, damit die Polizei dort sein kann, bevor er ihn umbringt. Verstehen Sie jetzt, wie wichtig das für mich ist?«

Einen Augenblick lang hörte Guy Smiths Mund auf zu kauen, und er glaubte ihr.

Und dann nicht mehr.

»Netter Versuch, Eve.«

»Es ist *wahr*!«

Er lächelte. »Wissen Sie, die ganze Zeit habe ich geglaubt,

Sie wären als Reporter besser als ich, aber wie sich herausstellt, sind Sie bloß eine bessere Lügnerin. Oder vielleicht vögeln Sie ja auch mit Huw Rees.«

»Ich vögele mit *überhaupt niemandem!*«, schrie Eve ihn unter den interessierten Blicken der Vorübergehenden wütend an.

Guy setzte eine traurige Miene auf. »Der arme Mike.«

Dann zwinkerte er und zückte seine Brieftasche. »Ich habe einiges nachzuholen, Eve. Das ist doch nur fair, oder? Betrachten Sie's einfach so, dass jetzt Chancengleichheit besteht.«

Er legte fünfzehn Pfund auf den Tresen und rutschte von seinem Hocker.

Eve stellte sich ihm in den Weg. »Guy, *bitte.* Bitte sagen Sie mir, wo und wann das passieren soll.«

Er lächelte. »Das ist etwas, was ich weiß und was Sie rausfinden müssen.«

»Dann sagen Sie's der Polizei! Die Story ist mir egal, aber ich flehe Sie an, ich *flehe Sie an.* Dieser Scheißkerl ist in mein *Haus* gekommen und hat meinen *Dad* entführt.«

»Gut.« Er zuckte die Achseln. »Dann kriegen Sie Ihre Exklusivstory, und ich kriege meine.«

Eve fuhr auf ihn los, zielte auf die Innentasche seines Jacketts. Er wehrte sie mit Leichtigkeit ab, verdrehte ihr schmerzhaft das Handgelenk, während er ihre Hand von ihrem Ziel fernhielt.

Einen Moment lang waren sie einander so nahe wie Verliebte, die Gesichter nur Zentimeter voneinander entfernt. Sein Atem roch nach Fisch.

»Ich bin da jetzt dran, Eve«, zischte Guy sie an, »und Sie können nichts dagegen machen.«

»Bitte, Guy«, flehte sie, doch sie wusste, dass es nichts helfen würde.

Er ließ ihre Hand los und sah auf die Uhr. »Tja«, sagte er, »ich muss los. Muss mich da mit jemandem treffen und Zeuge bei 'nem Mord sein.«

Er wandte sich ab, und Eve spürte, wie sämtliches Blut aus ihrem Kopf wich.

Sie packte ihn am Arm.

»Sie meinen, *jetzt*? Die Ausstellung ist *jetzt*?«

Guy schenkte ihr ein grauäugiges Lächeln. »Na, jetzt sind wir wohl nicht mehr so empfindlich, wie?«, fragte er. »So gefallen Sie mir viel besser.«

Dann ließ er ihren Arm los und ging davon.

Eve sah Guy Smith nach, als dieser mit forschen Schritten über den Bahnhofsplatz ging. Zweimal schaute er sich nach ihr um, dann bog er in den Ausgang zur Praed Street ein.

Sie konnte ihm nicht folgen. Sie konnte sich nicht bewegen. Sie fühlte sich ganz schwach und benommen, als würde sie gleich in Ohnmacht fallen. Ein wirbelnder Albtraum nahm allmählich Gestalt an, während überall um sie herum Leute Bücher und Burger kauften und die Abfahrts- und Ankunftszeiten auf den großen Anzeigetafeln studierten. Sie wollte, dass sie alle einfach *anhielten*. Dass die ganze Welt einfach *anhielt*, damit sie Zeit zum Nachdenken hatte, Zeit, besser zu planen, als sie es bisher getan hatte. Zeit, alles anders zu machen.

Nicht nur alles heute oder diese Woche, sondern alles in ihrem ganzen *Leben*, das sie zu jenem grauenvollen Moment gebracht hatte, in dem sie sich gewünscht hatte, ihr

Vater wäre tot – und jetzt würde es geschehen, und es war ihr unmöglich, irgendetwas zurückzunehmen.

Jemand fasste sie am Arm, und sie hätte beinahe aufgeschrien.

Es war Aguda.

»Kommen Sie, schnell«, sagte sie ruhig und zog Eve mit sich.

»Er hat einen Flyer«, stammelte Eve verzweifelt. »Er fährt jetzt da hin!«

»Ich weiß«, antwortete Aguda. Sie klappte Eves Jackenaufschlag um und zeigte ihr ein erbsengroßes Mikrofon. »Schnell jetzt.«

»Aber wir brauchen ein Auto!« Sie hatten am anderen Ende des Bahnhofs geparkt.

»Ich weiß. Schnell.«

»Da!« Eve zeigte auf den Wagen von News 24/7, der gerade losfuhr und links blinkte.

Aguda öffnete die Tür eines Autos, und Eve fuhr zurück, ehe ihr klar wurde, dass es sich um den Range Rover handelte, der hierhergezaubert worden war. Irgendwie.

»Einsteigen«, sagte Aguda.

Eve stieg ein.

Aguda hatte irgendetwas von Fahrtraining gesagt, da war Eve sich sicher. Was sie *nicht* gesagt hatte, war, dass sie dieses Training offenbar an der Hollywood-Schule für Raser, Stuntfahrer und Lebensmüde absolviert hatte.

Eve wäre am liebsten ausgestiegen, und es wäre ihr eigentlich egal gewesen, ob Aguda zu diesem Zweck anhielt oder nicht. Oder auch nur langsamer wurde. Aber in dem durch das chronisch verstopfte Herz Londons schlingernden, schleudernden, röhrenden Range Rover sitzen zu bleiben war die einzige Möglichkeit, Guy Smith einzuholen und das Leben ihres Vaters zu retten.

Es war, als habe sie einen Tiger am Schwanz gepackt. Sie musste einfach festhalten und das Beste hoffen.

Sie rief Joe an und erzählte ihm, was los war.

»Wo bist du?«, wollte er wissen.

»Wir fahren nach Norden, auf der ... *Großer Gott!«* Eve kniff die Augen zu, um ihr Leben nicht rasend schnell an sich vorbeiziehen zu sehen, als Aguda direkt auf eine rote Ampel zusteuerte.

Dann öffnete sie sie ein ganz klein wenig und stellte fest, dass sie noch am Leben waren und das Auto der News-24/7-Crew noch immer in Sicht war, einen Block vor ihnen. Sie warf Aguda einen wütenden Blick zu, doch die Frau sah so gelassen aus wie eine Nonne bei einem Schulausflug.

Nur eben halb so groß.

Ihre winzigen Hände, ihre Füße Größe 34, all das bewegte sich in vollendeter Harmonie auf den Pedalen und an Lenkrad und Schaltknüppel, um den zwei Tonnen schweren Geländewagen mit halsbrecherischer Geschwindigkeit durch lange Autoschlangen hindurchzumanövrieren, die im Vergleich zu ihnen stillzustehen schienen. Manchmal standen sie auch wirklich still! Und wenn sie das taten, dann wählte Agudas unheimliche Voraussicht immer die Spur aus, in der man am schnellsten vorwärtskam und die am ehesten wieder frei wurde, wenn die Ampel auf Grün sprang.

»Können Sie eine Sirene anmachen?«, fragte Eve.

»Die sollen nicht merken, dass sie verfolgt werden«, erwiderte Aguda. »Wir wollen nicht, dass sie anhalten. Wir wollen, dass sie uns geradewegs zu dem Mörder führen.«

Ohne den Blick von der Straße zu wenden, rief Aguda Superintendent Rees an, während Eve die Seitenstraßen im Auge behielt, um ihre Position und die Richtung durchgeben zu können, in die sie fuhren. Jetzt waren sie direkt hinter ihnen. Sie konnten sie gar nicht verlieren.

Sie kamen um eine sanfte Kurve und fuhren einen Hügel hinunter und unter einer Eisenbahnbrücke hindurch.

Etwas fiel vom Himmel.

»Scheiße!« Aguda trat auf die Bremse. Der Range Rover schwenkte aus, um eine Kollision zu vermeiden, und es wäre auch alles okay gewesen, nur geriet der Wagen der Crew vor ihnen ins Schleudern, kippte auf die Seite und trug beide Fahrzeuge mit einem grauenhaften Schultafelkreischen in den Gegenverkehr hinein.

Eve stemmte sich mit beiden Händen gegen das Armaturenbrett und schloss die Augen.

38. Kapitel

»Bleiben Sie im Wagen!«

Die Tür knallte zu, und Eve öffnete langsam die Augen.

In ihren Ohren dröhnte es gewaltig, als hätte ihr jemand mit einer Stimmgabel eins auf den Schädel gegeben. Irgendjemand brüllte etwas von irgendwo weit, weit weg.

Fragend schaute sie zu Aguda hinüber, doch Aguda war verschwunden.

Die Kühlerhaube des Range Rovers war gegen das dunkle Mauerwerk der Brücke gequetscht, und vorn aus dem Kühler stieg Dampf auf, als wäre der Rover so eine uralte Karosse aus einem Hillbilly-Film.

Dann lichtete sich der Dampf, und wie in einem bösen Traum wurde an der Mauer ein Graffito sichtbar:

AUSSTELLUNG ...

Eve schnappte nach Luft, als hätte man sie geohrfeigt, und stieß die Tür auf.

Sie kam nicht aus dem Auto.

Wieder und wieder versuchte sie es und begriff schließlich, dass es der Sicherheitsgurt war, der sie am Aussteigen hinderte. Sie stocherte ein halbes Dutzend Mal an dem Verschluss herum, bis sie ihn endlich richtig traf und loskam. Doch ihre Beine gaben nach, sobald ihre Füße auf der Straße landeten, und sie fiel auf dem rauen Asphalt auf die Knie.

Mühsam kam sie auf die Beine, hielt sich am Wagen fest und ging los. Dabei erinnerte sie sich weniger, wie das mit dem Gehen noch mal funktionierte, als dass sie es irgendwie improvisierte.

Eine Hand an ihrem Arm. »Bleiben Sie hier.«

»Ich muss da hin.«

»Bleiben Sie hier«, sagte die Frau noch einmal. »Sie stehen unter Schock.«

Es war eine Frau mittleren Alters in einem leuchtend blauen Mantel.

»Ja«, nickte Eve, »ich stehe unter Schock.«

Sie sah sich um. Der Verkehr war zum Erliegen gekommen. Eine Menschenmenge versammelte sich. In der Ferne hörte sie Polizeisirenen.

Aguda war bei dem Crew-Auto. War *auf* dem Crew-Auto, zog die Tür auf wie die Luke eines U-Boots ... Sie streckte den Arm hinein, und Eve hielt den Atem an.

Guy Smith krabbelte aus dem Auto, zerschunden und voller Blut, und ließ sich auf die Straße hinunterrutschen.

Emily Aguda brauchte ihre umfangreichen Qualifikationen auf dem Gebiet der Notfallmedizin nicht, um zu wissen, dass der Fahrer des Crew-Autos tot war.

Er hatte keinen Kopf mehr.

Ein Betonbrocken von der Größe einer Mikrowelle war durch die Windschutzscheibe gekracht und hatte ihn voll ins Gesicht getroffen. Seine Schultern und Arme waren noch da. Eine schlaffe Hand hielt noch immer das Lenkrad umfasst. Doch sein Kopf war zu Brei zerquetscht worden und hatte den Innenraum des Volvos mit Blutklumpen und zackigen weißen Splittern tapeziert.

Sie richtete sich neben dem auf der Seite liegenden Auto auf und rief Huw Rees an.

»Hier ist Aguda, Sir. Hier hat es einen Autounfall gegeben. Ein Toter, ein gehfähiger Verletzter. Eve Singer ist okay.«

»Hängt das mit dem Fall zusammen?«

»Könnte sein, Sir. Die Beteiligten hatten einen Flyer bekommen, angeblich vom Täter …«

Sie schaute kurz zur Brücke hinauf. Ein Männerkopf verschwand blitzschnell hinter dem Geländer.

»Scheiße!« Aguda war um das Auto herum und in vollem Lauf, noch ehe sie den Gedanken zu Ende gedacht hatte. Wenn sie *schnell* handelte, bestand die Chance, den Mann zu erwischen und diesem Albtraum hier und jetzt ein Ende zu machen.

»Sir, ich sehe einen Verdächtigen! Ich verfolge ihn! Habe ich die Erlaubnis, mich vom Personenschutz abzumelden?«

Eine gähnende Pause entstand, und ihr Blick zuckte wild umher, suchte nach dem kürzesten Weg die steile Böschung hinauf zu den Gleisen. Zu beiden Seiten der Brücke versperrten ihr von schmiedeeisernen Geländern gekrönte Mauern den Weg, die die Schienen schützten und an denen sich der Müll von Jahrzehnten fing.

»Ist Eve Singer in Sicherheit?«

»Es sind Leute bei ihr, und Verstärkung ist unterwegs.«

»Dann legen Sie los!«

Sie legte los.

Von der Straße aus kam man dort nicht hinauf. Ihr flinker Verstand wechselte binnen eines Augenblicks die Richtung, und sie stürmte geradewegs in Lou's Fish Bar direkt an der Brücke hinein, sprengte ein Häuflein erschrockener

Kunden auseinander, die sich an Türen und Fenster drückten, um den Unfall da draußen zu begaffen, ohne ihren Platz in der Warteschlange zu verlieren.

»Polizei! Komme ich durch den Laden zu den Gleisen rauf?«

Ein nicht mehr junger Mann in weißer Kochkluft – vermutlich Lou – schaute über den Tresen und musterte sie von oben bis unten.

»Polizei?«, fragte er mit zusammengekniffenen Augen.

»Sir«, drängte Aguda und hielt ihren Dienstausweis hoch, »ich muss zu den Gleisen rauf. Und zwar *schnell.«*

»Sie sind doch zu klein für 'ne Polizistin«, befand Lou.

»Sir!« Aguda steckte ihren Dienstausweis weg und hielt ihre Pistole hoch.

Lou ging hinter dem Tresen auf Tauchstation und krächzte: »Hinten raus!«

Hinten raus war ein kleiner, zugemüllter Hof voller Paletten und weißer Plastikkästen, tödlich glatt von verstreutem Eis. Die hintere Mauer war aus Backsteinen und nach innen ausgebeult, weil sie all die Jahre die Böschung zurückgehalten hatte.

Aguda steckte die Pistole in das Holster hinten am Rücken. Gewandt sprang sie auf die Kästen und von dort auf die Mauer und machte sich daran, die steile Böschung zu erklimmen. Brombeerranken wollten sie dort nicht haben und zerrten wie Bettler an ihren Ärmeln. Sie machte sich los, zerriss sich Jacke und Hände und wirbelte Neuschnee um sich auf, während sie sich den steilen Hang hinaufkämpfte und -zog.

Schließlich erreichte sie die Gleise.

Dort war niemand.

Aguda schaltete ihre Taschenlampe an und rannte zur Mitte der Brücke, wo sie eine schneefreie Stelle auf dem Geländer sehen konnte.

Von dort war der Betonblock hinabgeworfen worden.

Sie blieb ein kleines Stück entfernt stehen, um keine Spuren zu zertrampeln, und blickte die Straße hinunter. Von hier aus hatte man freie Sicht auf die Autos, die den Hügel herunterkamen. Blinkendes Blaulicht war ihre Verstärkung und wand sich langsam durch den Stau. Der Mörder hatte Guy Smith einen Tipp gegeben – zweifellos handelte es sich um einen Ort ganz in der Nähe – und dann einfach abgewartet, bis der Wagen des Fernsehsenders aufgetaucht war.

Das ließ auf Verwegenheit und sorgfältige Planung schließen.

Es ließ auf einen kaltblütigen Killer schließen.

Aguda leuchtete mit ihrer Taschenlampe über den Boden. Hier war der Schnee schmutzig vom Staub und Dreck vorbeifahrender Züge, doch die Spuren waren klar zu erkennen, sie führten zum Geländer hin und wieder von ihm weg. Sie leuchtete auf die deutlichsten von ihnen und machte rasch ein Foto mit ihrem Handy, für den Fall, dass es wieder zu schneien begann.

Dann überquerte sie die Gleise, um die Stelle nicht zu kontaminieren, und rannte neben ihnen her. Ihr Blick suchte die dünne, schmutzige Schneeschicht und das Gleisbett nach allem ab, was ein Hinweis sein könnte. Überall lagen Plastikflaschen, Fast-Food-Papier, alte Zeitungen und Wegwerfwindeln.

Wer zum Teufel wickelte denn im Zug ein Baby und schmiss dann die schmutzige Windel aus dem Fenster?

Allem Anschein nach jeder.

Sie drückte sich gegen die Mauer, als ein Zug vorbeiratterte, und spürte, wie der Fahrtwind an ihr sog.

Als er vorüber war, rannte sie weiter.

Aguda folgte den Spuren des Mörders hundert Meter weit, bis dorthin, wo sie sie die Böschung hinunter abbiegen sah. Hastig rutschte und schlitterte sie den Hang hinab und hinterher. Auf dieser Seite der Brücke waren weniger Dornenranken, und der Zaun unten an der Böschung war kein schmiedeeisernes Gitter mehr, sondern bestand hinter den Brückenpfeilern aus Maschendraht.

Sie kletterte daran hinauf, vollführte ganz oben eine saubere Rolle und landete sachte in einer ruhigen Straße, die zu beiden Seiten mit Autos zugeparkt war.

Ihre Taschenlampe fand die Spuren des Mörders mit Leichtigkeit. Und als das geschah, durchfuhr sie ein Schock.

Sie führten nicht vom Unfallort weg.

Sondern geradewegs wieder dorthin zurück.

39. Kapitel

Mit dumpfem Mitgefühl sah Eve zu, wie Guy Smith sich in den Rinnstein übergab.

Die Dunkelheit machte alles noch verwirrender. Überall waren Straßenlaternen und Autoscheinwerfer und beleuchtete Schaufenster – doch dadurch wurden die Räume dazwischen nur umso finsterer.

Sie hörte die Sirenen näher kommen und hoffte, dass sie hierher unterwegs waren. Da niemand sie aufhielt, knirschten die Autos weiter ganz langsam um die Trümmer herum.

Langsam fügte ihr Verstand die Stücke zusammen. Etwas war von der Brücke gefallen oder geworfen worden und hatte den Wagen von News 24/7 getroffen. Sie wusste nicht, was es gewesen war, und es war ihr auch egal. Ricky, der Kameramann, war tot. Ganz bestimmt, sonst hätte Emily Aguda den Schauplatz des Geschehens nicht verlassen, und Guy würde nicht kotzen.

Die Frau im blauen Mantel war noch immer bei ihr. Berührte noch immer hin und wieder besitzergreifend Eves Arm.

»Alles okay? Kann ich Ihnen etwas zu trinken holen? Sind Sie verletzt? Wie heißen Sie?«

Eve antwortete, konnte jedoch ihre eigene Stimme nicht hören, daher wusste sie nicht, was sie sagte.

Guy Smith saß neben dem Vorderrad des Range Rovers auf dem Bordstein, die Ellenbogen auf den Knien; sein Kopf und seine Krawatte hingen dazwischen herab. Er starrte auf seine ganz persönliche Lache aus recyceltem YO! Sushi.

Eve schaute sich um, sah die Gaffer an, die sich auf dem Gehsteig versammelten. Es war seltsam, selber Gegenstand des Interesses zu sein, sich in der Mitte dieses Kreises zu befinden, anstatt wie sonst draußen zu stehen und zu versuchen, irgendwie hineinzukommen. Sie ließ den Blick über die verschwommenen Gesichter wandern, suchte nach Joe, fand aber nur Fremde. Die meisten hatten ihr Handy gezückt und sahen also gar nicht sie an, sondern ihre kleinen Displays, um später ihre Freunde mit dem Blutbad erschrecken zu können, in das sie da auf dem Weg zu McDonald's oder auf dem Nachhauseweg vom Pub hineingestolpert waren.

Der eine Mann war von oben bis unten voller Blut, und die Frau hat einfach nur dagestanden, so ›O mein Gott‹ …

Ein Mann trat vom Gehsteig und kam über die Straße auf sie zu.

Nicht Joe.

Ein ganz gewöhnlicher Mann.

Er ging an dem Crew-Auto vorbei, ohne hineinzuschauen, dann trat er zu Guy Smith und schlug ihm einmal – *hart* – mit etwas Langem, Dünnem und Schwarzem auf den Hinterkopf. Eve fuhr vor Schreck zusammen. Von den Schaulustigen war Japsen und unterdrücktes Quietschen zu hören, und die Frau im blauen Mantel kreischte auf und schlug sich die Hand vor den Mund.

Als Guy lautlos vornüberkippte, schlug der Mann noch

einmal zu, mit einer brutalen Hackbewegung, als bringe er gerade eine Schlange mit einem Golfschläger zur Strecke.

Guys totes Gesicht schlug mit einem schwarzen Aufspritzen auf der Straße auf.

Der Mann ließ die Stange mit lässigem Eisenklirren fallen und lächelte Eve an. »Sie wissen ja, was Sie zu tun haben«, sagte er. Dann ging er davon, unter der Eisenbahnbrücke hindurch, und wurde von der Finsternis zwischen den gleißend hellen Scheinwerfern verschluckt.

Im Kopf rannte Eve los. Im Kopf setzte sie ihm nach und packte ihn hinten an der Jacke und schleuderte ihn herum, bis er das Gleichgewicht verlor und zu Boden ging, und setzte ihm das Knie auf die Kehle, packte sein Haar und drosch seinen Kopf zu Brei, während sie ihm ins Gesicht schrie: *»Wo ist er? Wo IST er, du verschissenes Arschloch? Wo! Ist! Mein! Vater?«*

In der Realität machte sie einen einzigen Schritt, dann knickte sie ein und sackte unbeholfen auf ein Knie.

»Haltet ihn!«, krächzte sie. »Haltet ihn auf!«

Niemand hielt ihn auf. Obgleich etliche Leute ihm mit ihren Handykameras folgten, bis er verschwand.

»O mein Gott!«, stieß die Frau im blauen Mantel hervor. *»O mein Gott!«*

Der Mörder war fort. Er war *hier* gewesen, aber jetzt war er fort. Und damit ihre Chance, ihn zu packen, ihn festzuhalten, ihn zu zwingen, es ihr zu *sagen* …

Wieder kam Eve taumelnd auf die Füße, hielt sich dabei an dem Range Rover fest.

Sie starrte Guy Smiths leblosen Körper an und spürte, wie sich die brüchigen Schwingen des Wahnsinns langsam um sie schlossen.

Sie wissen, was Sie zu tun haben.

Das wusste sie.

Auf unsicheren Beinen tappte sie zu dem Leichnam hinüber.

Zog ihr Handy hervor und begann zu filmen.

Sie filmte Guy Smiths zerschmetterten blonden Hinterkopf, sein schlaffes Gesicht vor dem Hintergrund des Asphalts, die blutige Eisenstange, die, achtlos weggeworfen, ganz in der Nähe lag. Dann zwängte sie die Hand unter seine noch warme Brust, zog den Flyer aus seiner Jackentasche und faltete ihn auf der Straße auseinander:

AUSSTELLUNG

Ort: Westbourne Green

Datum: 17. Dezember

Uhrzeit: 23 Uhr

Sie filmte den Flyer.

Und dann das Graffito. Dann ein Close-up von dem Crew-Auto. Eine Weitwinkelaufnahme, fiel es ihr wieder ein, Joe hätte eine Weitwinkelaufnahme gemacht …

Eine Polizeisirene jaulte einmal halbherzig auf, und die letzten paar Wagen im Stau schickten sich an, langsam zur Seite zu manövrieren, um die Gesetzeshüter durchzulassen.

Eve reichte der Frau im blauen Mantel, die gegen den Range Rover gesackt war, ihr Handy.

»Hier«, sagte sie. »Filmen Sie mich.«

»Was?« Die Augen der Frau waren von dem Trauma ganz trüb, allerdings war ihre Stirn glatt und sorgenfaltenfrei.

»Die Kamera läuft schon«, erklärte Eve. »Sie müssen es einfach nur halten.«

»Aber«, stammelte die Frau. »Aber …«

»Halten Sie einfach das Scheißhandy!«

Die Frau hielt das Handy.

»Gut«, sagte Eve etwas ruhiger. »Die Polizei ist jetzt da, und bald ist das alles vorbei. Ich stelle mich jetzt da drüben hin, und Sie brauchen bloß das Handy hochzuhalten und dafür zu sorgen, dass ich im Bild bin und die Leiche auch, okay?«

»Ja.«

»Machen Sie sich keine Gedanken über irgendetwas anderes.«

»Okay.«

»Können Sie mich sehen?«

»Ja.«

»Können Sie die Leiche sehen?«

»Ja.«

»Gut«, sagte Eve.

Sie zog ihre zerknitterte Jacke glatt, strich sich mit einer blutigen Hand das Haar aus dem Gesicht – dann hielt sie den Flyer hoch und zog vor laufender Kamera ihr Ding durch.

Der Mörder hätte es selbst nicht besser machen können.

Alles war da. *Alles!* Die Verwüstungen des Autounfalls, die Nahaufnahme von dem Betonblock in der zerschmetterten Windschutzscheibe, der Leichnam hinter dem Lenkrad, mit einer Decke verhüllt, die die Tatsache nicht zu verbergen vermochte, dass da *kein Kopf war*!

iWitness News hatte sogar einen verwackelten Clip von *ihm* gekauft oder geklaut, auf dem er zu dem Reporter auf dem Bordstein ging und ihm eins mit der Stange verpasste – allerdings war es natürlich sehr dunkel, und der Augenblick der Wahrheit war absichtlich unscharf gemacht worden, sodass die Leute auf YouTube gehen und nach dem guten Teil des Clips fahnden mussten.

Aber das Beste an der ganzen Besprechung war Eve Singer.

Sie sah scheiße aus. Ihr Haar war völlig durcheinander, und sie hatte dunkle Ringe um die Augen. Auf ihrer Wange und ihrer Jacke war Blut, und ihre Unterlippe zitterte; dadurch hatte es den Anschein, als sei sie so überwältigt von seinem Werk, dass es *ihm* glatt die Tränen in die Augen trieb.

Ihre Besprechung entsprach nicht ihrem üblichen professionellen Standard.

Sie war viel, *viel* besser.

Sie war unverfälscht und unmittelbar. Eine Begleitung zu einem *danse macabre*, die die wunderbare Essenz des unverhofften Todes einfing.

Unverhofft für die zumindest, die gestorben waren …

Er lächelte den Fernseher an.

Eve Singer sprach in zusammenhanglosen Bruchstücken, die ein vollendetes, irrwitziges Bild von Verwüstung, Schock und Entsetzen schufen.

»… wir haben einen Tipp bekommen … von der Brücke in das Auto gekracht, Sie sehen … wenn Sie genau hinschauen, können Sie sehen … wir dachten, wir wären sicher …«

Das brachte den Mörder zum Lachen! Leute, die glaubten, sie wären sicher! Das machte ihm das Leben leichter, gewiss – aber das war auch alles, was man zugunsten ihrer Dummheit sagen konnte.

Niemand war sicher.

Unsterblichkeit war ein Privileg, kein Anrecht – und jenen Millionen fremd, die lediglich als Statisten für die nötige Masse sorgten. Dafür brauchte man großes Talent, und alles musste sorgsam geplant und der Plan dann perfekt ausgeführt werden.

Und dann, am Ende des Berichts, hielt Eve Singer den Flyer hoch, den er Guy Smith geschickt hatte. Auseinandergefaltet und mit Blutflecken in den Knickstellen, wie das Turiner Grabtuch.

»... ein Köder«, sagte Eve, »... absichtlich irreführend ...«

Er kicherte. Es war *wirklich* ein Köder gewesen! Und der hatte sie *wirklich* in die Irre geführt!

Und dann ein gelungener Schnitt zu dem Graffito an der Brückenmauer:

AUSSTELLUNG

Ort: Hier

Datum: 17. Dezember

Uhrzeit: 23 Uhr

Dann trat Eve nahe an die Kamera heran. Zu nahe, sodass der Auto-Fokus hastig wieder scharfstellte.

Es war alles so *real*!

Besser als real! Es war, als wäre er wieder dort, hätte aber genug Zeit, um den Moment auszukosten.

Eve schüttelte den Flyer vor der Kamera – schaute dabei an dessen Rand vorbei und sah verzweifelt und verwirrt und am Boden zerstört aus.

»Bitte halten Sie Ausschau nach einem solchen Flyer. *Ausstellung.* Sie könnten das nächste Leben retten. Wenn Sie einen finden oder irgendwelche weiteren Informationen haben, bitte rufen Sie die Polizei an, damit Sie helfen können, diesen Sch****Irren zu *stoppen*!« Wieder lachte der Mörder laut auf. *Scheiß* war mit einem Piepton überlagert worden, aber jeder wusste, was das gewesen war.

Nur *er* verstand den Subtext von Eve Singers Botschaft. Den Teil, der nur für ihn bestimmt war.

Den Teil, der ihm sagte:

Das ist jetzt unsere gemeinsame Show.

40. Kapitel

18. Dezember

Mit einem hatte Huw Rees recht gehabt. Ungefähr zwei Minuten nachdem Eve Singers Bericht gesendet worden war, war die Hölle losgebrochen.

Das Social-Media-Team der Londoner Polizei gab sich alle Mühe, bei dem Spiel mitzuhalten, das Eve Singer angefangen hatte, doch sobald das Team ihr Foto von dem Layla-Martin-Flyer auf der Facebook-Seite der Polizei hochgeladen hatte, wurde das Internet von der Wucht zweifelhafter Kommentare und Anregungen sowie Fotos möglicher weiterer Flyer erschüttert. Ein paar waren gut gemeint, manche waren böswillig, viele waren Beschwerden, die meisten waren selbstsüchtig.

Hilfreich war nichts davon.

Zuallererst herrschte Entrüstung, weil niemand die zehn Millionen Einwohner Londons gewarnt hatte, dass ein Mörder unter ihnen war. Und dann, gleich danach – und angesichts eines garantierten Publikums aus fünfundfünfzigtausend neugierigen Facebook-Freunden auf der Polizei-Seite –, beeilte sich jeder, der etwas zu verkaufen oder zu veröffentlichen hatte, auf den Zug aufzuspringen.

AUSSTELLUNG

SQUARE ROOT

Im Rose and Crown Southwark
Eintritt £ 5

AUSSTELLUNG!
Kunstgewerbe!
Andenken & Geschenkartikel!
Finden Sie günstige Weihnachtsgeschenke!
Gemeindezentrum Hackney!
Eintritt FREI!

AUSSTELLUNG
Bengalkatze
Hört auf den Namen
JOANIE
Entlaufen in der Brompton Road
FINDERLOHN und KEINE FRAGEN!

Schließlich mussten die Administratoren der Polizei die Posts löschen und darum bitten, dass jeder, der einen echten Flyer fand, einfach die Einsatzzentrale anrief.

Am nächsten Morgen ging eine Flut von Anrufen ein, die alle etwas meldeten, das bald als »Flyer-Vorfälle« bekannt wurde. Jeder, der versuchte, einen Aushang zu machen, war sofort verdächtig. Die Polizei musste zu einem Beinahe-Tumult gerufen werden, der damit begann, dass der Besitzer eines Zeitungskiosks einer Frau nicht erlauben wollte, einen Zettel im Fenster auszuhängen, auf dem für eine Kreuzstich-Ausstellung zwecks Unterstützung bedürftiger Senioren geworben wurde. In einem Kunstzentrum in Golden Green brach eine Schlägerei aus, als zwei Amateurdetektive in dem Versuch, einen Ausstellungs-Flyer zu finden, jede einzelne Nachricht von der öffentlichen Pinnwand abrissen. Und in der Regent Street wurde ein Student verfolgt und verprügelt, nachdem er einen Flyer für ein Indie-Pop-Konzert in der Nähe des Apple Store an ein Geländer gebunden hatte. Schließlich wurde er von einem Mob zu Boden gerissen, und als die Polizei kam, saß ein Weihnachtsmann mit einem Schild in der Hand auf ihm drauf. Auf dem Schild stand GOLF SONDERANGEBOTE.

Huw Rees beobachtete die Situation grimmig und hoffte, dass es gut für die Ermittlungen sein würde, die Katze aus dem Sack zu lassen. Dass sie den nächsten Flyer schneller finden und rechtzeitig da sein würden, um den Mörder zu fassen, anstatt Stunden – *Tage* – zu spät zu kommen.

Als die Mittagsnachrichten ausgestrahlt wurden, waren die Ausstellungsflyer Stadtgespräch.

Doch sehr bald wandte sich dieses Gespräch der Frage zu, wieso die Polizei den Killer nicht dingfest machen konnte, obwohl bei diesem letzten Mord doch jetzt Millionen Menschen Zeuge gewesen waren.

Und obwohl er ihnen doch gesagt hatte, wo und wann er das nächste Mal zuschlagen würde.

TrrrrT.

Eve Singer war verrückt geworden.

Nicht auf Dauer oder nach außen hin. Sie rannte nicht mit ihrem Schlüpfer auf dem Kopf im Haus herum und war Nofretete, aber Detective Sergeant Aguda wusste, dass sie nicht mehr ganz klar im Kopf war.

Kein geistig gesunder Mensch hätte tun können, was sie getan hatte, auch wenn es ein Versuch gewesen war, ihren Vater zu retten.

Sie hatten versucht, sie im Krankenhaus zu behalten, doch sie hatte darauf bestanden, nach Hause zu gehen. Und zwar nicht auf normale Art und Weise, sondern ganz leise und unheimlich, sodass sogar der ziemlich arrogante junge Arzt nachgegeben hatte.

Jetzt saß sie neben ihrem Kameramann Joe zusammengesunken auf dem Sofa, blass und voller blauer Flecke, und spielte mit Agudas Handschellen.

TrrrrT.

Seit sie aus dem Krankenhaus zurückgekommen waren, tat sie das. Allerdings war »Spielen« nicht der richtige Ausdruck für all die Stunden, die Eve wie in Trance damit zugebracht hatte, zwanghaft die Handschellen immer wieder um ihre eigenen Handgelenke zuschnappen zu lassen – erst links, dann rechts. Sie war so fixiert darauf, dass Agudas eigenes beträchtliches Geschick mit den Handschellen dagegen wie das Herumhantieren eines daumenlosen Kindes aussah.

TrrrrT.

TrrrrT.

TrrrrT.

»Könnten Sie damit aufhören?«, fragte Huw Rees, doch Eve hörte nicht auf. Mit einer Drehbewegung ließ sie Agudas Handschellen aufschnappen und schloss sie dann mit dem harschen Rasseln einer Metallschlange um ihr gerötetes Handgelenk.

TrrrrT.

TrrrrT.

Aguda bereute es zutiefst, dass sie die Handschellen auf dem Couchtisch liegen gelassen hatte. Sie seufzte und schaute kurz aus dem Wohnzimmerfenster, als Mr Elias von nebenan gerade vorsichtig seinen Gartenweg hinunterging, einen Eimer mit dampfendem Wasser und diverse Sprayflaschen und Lappen in den Händen. Zweifellos war er auf dem Weg zur Telefonzelle. Während all dies geschah, ging das Nachbarschaftsleben weiter.

»Ich bringe Sie in eine sichere Wohnung«, verkündete Rees mit fester Stimme.

Eve schüttelte den Kopf. »Sie können mich nicht zwingen.«

»Hier sind Sie eine Zielscheibe.«

»Wenn er Leute in aller Öffentlichkeit umbringt, bin ich *überall* eine Zielscheibe, nur hier nicht.«

Rees setzte zu einer Erwiderung an und musste dann innehalten, weil ein Flugzeug im Tiefflug über sie hinwegröhrte. Stattdessen wechselte er einen vielsagenden Bick mit Emily Aguda.

Aguda wollte Eve Singer nicht noch mehr Angst machen, als sie ohnehin schon hatte. Tatsächlich war sie sich gar nicht sicher, ob das überhaupt möglich wäre. Doch Logik und Erfahrung besagten, dass Eve in ihrem eigenen Haus ein leichtes Ziel war.

Jetzt sagte sie sanft, aber fest: »Wir halten es für das Beste, wenn wir Sie ganz aus London rausschaffen, Eve.«

»Ich gehe hier nicht weg«, beharrte Eve. »Mein Dad hat 25 Jahre in diesem Haus gelebt. Er kennt es. Ich muss doch hier sein, wenn er nach Hause kommt.«

TrrrrT.

Wieder wechselte Aguda einen Blick mit Superintendent Rees. Sie wussten, dass Eve nicht rational dachte. Das war natürlich nicht ihre Schuld, aber es machte alles schwieriger.

Und gefährlicher.

»Eve«, sagte Aguda sanft, »wenn Sie hierbleiben, ist es für mich viel schwerer, Sie zu beschützen. Verstehen Sie?«

Eve nickte.

TrrrrT.

»Ich möchte doch nur, dass Ihnen nichts passiert.«

»Ich weiß«, sagte Eve.

»Dann lassen Sie sich von uns woanders hinbringen.«

»Nein.«

TrrrrT.

Rees stieß einen vernehmlichen, genervten Seufzer aus.

Aguda versuchte es noch einmal. »Eve. Bis jetzt hat er vorgegeben, wo's langgeht, und wir sind ihm gefolgt. Jetzt müssen *wir* versuchen, *ihm* einen Schritt voraus zu sein. Wir müssen agieren, nicht immer nur reagieren. Und das geht nur, indem wir verstehen, was er will. Indem wir herausfinden, was er als Nächstes tun wird. Um einen Mörder zu fassen, müssen wir denken wie ein Mörder.«

Eve Singer starrte sie mit einem kalten, harten Blick an. »Genau das versuche ich ja.«

Eve versuchte wirklich, wie ein Mörder zu denken.

Gut fühlte sich das nicht an.

Die Grenzen ihres Berufs und ihrer Widerstandsfähigkeit hatte sie ja schon lange ausgetestet, bis an die Grenze ihrer eigenen Fantasie jedoch war sie noch nie gegangen.

Jetzt lag sie im Bett, starrte die dunkle Zimmerdecke an und fing an, diese Grenze zu erforschen. Es war erschreckend, was für Grauen in den weichen Falten ihres eigenen Hirns lauerte. Was für Qualen und Grausamkeiten anderen zugefügt werden konnten. In welche Ängste man jemanden stürzen konnte. Was das kalte Herz eines Mörders empfand, wenn es einen verängstigten, hilflosen Menschen in seiner Obhut vor sich sah.

Nämlich … gar nichts.

41. Kapitel

19. Dezember

»Eve!«

Eve erwachte im Dunkeln und konnte sich nicht erinnern, eingeschlafen zu sein.

»Was ist?«

Emily Aguda stand in der Tür, ihr Handy in der Hand.

»Sie haben den Mörder identifiziert«, sagte sie. »Sie sind gerade auf dem Weg zu seiner Adresse.«

In einer bitterkalten, nebligen Wintermorgendämmerung sah Superintendent Huw Rees vor einem großen, alten cremefarbenen Doppelhaus im Westen Londons auf die Uhr und sprach zum ersten Mal seit der Geburt seiner Tochter ein kurzes Gebet.

Holly war mit der Nabelschnur um den Hals herausgekommen. Still und ganz blau im Gesicht. Maureen war völlig erschöpft gewesen, hatte sie aber unbedingt gleich in die Arme nehmen wollen.

Doch Huw hatte gesehen, dass es bei den hektischen Bemühungen in der Ecke des Entbindungszimmers nicht darum gegangen war, das Baby seiner Mutter sauber und ordentlich zu präsentieren, sondern darum, das Leben der Kleinen zu retten.

Und so hatte Huw gebetet – *Bitte, bitte, bitte* … Hatte den Herrn – und sich selbst – daran erinnert, dass er doch nur eine Generation von gottesfürchtigen Kirchgängern entfernt war.

Und während er gebetet hatte, hatte er seiner Frau die ganze Zeit etwas vorgelogen.

Sie ist wunderschön.

Ja, Finger und Zehen sind alle dran.

Gleich wird sie losheulen. Und dann hört sie wahrscheinlich nicht mehr auf.

Pass auf, gleich heult sie.

Gleich geht's los.

Achtung, gleich …

Und Holly hatte losgeheult, und *er* hatte losgeheult, und er hatte seiner Frau – oder irgendjemandem sonst – niemals von dem Grauen jener langen, einsamen Momente erzählt.

Der zwanzig Kilo schwere Betonblock, der von der Brücke geworfen worden war und den Fahrer des News-24/7-Autos enthauptet hatte, hatte sich als Ausgleichsgewicht einer Frontlader-Waschmaschine erwiesen.

Der Seriennummer nach einer Waschmaschine der Marke Hotpoint, um genau zu sein.

Huw Rees hatte nicht gewusst, dass es ein Ausgleichsgewicht war. Und hätte er es doch gewusst, so wäre ihm niemals bekannt gewesen, dass das Ausgleichsgewicht einer Wachmaschine eine Seriennummer hatte.

Veronica Creed jedoch wusste beides.

Wie sich herausstellte, hegte Veronica Creed eine richtiggehende Leidenschaft für Ausgleichsgewichte aus Beton. Wie sich herausstellte, hatte sie eine ganze *Sammlung.*

»Natürlich nicht viele«, hatte sie ihm mit einem Blinzeln erklärt, bei dem es ihm kalt den Rücken hinuntergelaufen war, als sie ihm ihren Bericht überreicht hatte. »Nur die interessanteren.«

Wer zur *Hölle* fand Beton-Ausgleichsgewichte *irgendwie* interessant? Was für vollkommen freundlose Spinner dachten denn so? Jetzt mal im Ernst!

Huw Rees schauderte.

»Arschkalt, wie?«, brummte Hamilton neben ihm, ohne das Auge vom Zielfernrohr seines halbautomatischen Gewehrs zu nehmen.

Das Ausgleichsgewicht war in mehrere Stücke zerbrochen und widerlich blutverschmiert gewesen. Mit Beton zu arbeiten war bekanntermaßen schwierig. Blutverschmierter Beton war vollends unmöglich. Die Chance, da drauf einen Fingerabdruck zu finden, war gleich null gewesen. Das schaffte niemand.

Doch Veronica Creed hatte es geschafft.

Und dieser Fingerabdruck gehörte dem zweiunddreißigjährigen William Stafford Vandenberg, der vor fast drei Jahren ein einziges Mal polizeilich verwarnt worden war, weil er in einem Schreibwarengeschäft am Bahnhof King's Cross vier Notizbücher und einen Bic-Kugelschreiber geklaut hatte.

Das schien Rees ein dürftiges Vorspiel für Serienmorde zu sein.

Rees zog sein Handy hervor und betrachtete abermals Vandenbergs Polizeifoto. Er musste das immer wieder tun. Das Gesicht des Mannes war so *nichtssagend*, dass es einfach nicht in seinem Kopf hängen blieb. Es war ein Gesicht, über das Blicke leicht hinweggleiten würden, in einer Menschenmenge ober bei einer Gegenüberstellung. Ebenmäßig, ohne gutaussehend zu sein, stumpfbraunes Haar. Vandenberg sah aus wie jemand, der irgendwo in einem Büro arbeitete. Einen Job hatte, den seine Frau nicht verstand und nach dem zu fragen sie sich auch gar nicht die Mühe machte, für ein Gehalt, das nie viel hermachen würde.

So langweilig. So *gewöhnlich.*

Es war schwer, sich vorzustellen, dass der Mann auf diesem Foto etwas so Riskantes tat, wie sich ein Rubbellos zu kaufen, von einem Mord ganz zu schweigen.

»Drei, zwei, eins …«

Mit einem Ruck wurde Huw Rees ins Hier und Jetzt zurückgerissen.

Neben ihm gab Hamilton das Signal zum Einsatz, und plötzlich stürmten ein Dutzend schwer bewaffnete Männer auf die Haustür zu.

Und als er ihnen folgte, betete Huw Rees im Takt seiner Schritte.

Bitte … bitte … bitte …

Denn das mit dem Fingerabdruck war die gute Nachricht gewesen.

Die *schlechte* war das Blut gewesen, das Veronica Creed schnell, aber gründlich analysiert hatte. Das meiste davon stammte von Richard Short, dem Fahrer des News-24/7-Autos.

Doch es war auch Blut von Duncan Singer dabei gewesen.

Bitte … bitte … bitte …

Es behagte Rees nicht, dass sein Leben von Gebeten und Wundern bestimmt wurde, doch bei einem Fall wie diesem würde er von überall her Hilfe annehmen.

Während sie warteten, sahen Eve und Emily Aguda *How It's Made*.

Aguda war fasziniert, aber nicht im guten Sinne. Das Ganze erinnerte sie an die Bildungs-Sendungen, die ihre Mutter immer geschaut hatte, als sie Kinder gewesen waren. Männer mit Koteletten und Trägerhemden, die quietschend auf Schultafeln zeichneten und Flüssigkeiten in Reagenzgläser kippten, um wiederholbare Resultate zu erzielen.

Das hier war auf genauso hypnotisierende Weise öde.

Rollerblades, Bratpfannen und Klebestreifen. Ein Massenproduktions-Handbuch im Schnelldurchlauf. Es nahm kein Ende, und die Musik war *grauenvoll.*

Mitten in der Klebestreifen-Herstellung fragte Eve Singer: »Warum haben sie noch nicht angerufen?«

»Das kann ich Ihnen nicht sagen«, antwortete Aguda ehrlich. »Der Einsatz könnte vorbei sein, aber es herrscht noch totales Durcheinander, oder er wurde aufgeschoben und hat noch gar nicht angefangen. Alles, was ich Ihnen sagen würde, wäre geraten.«

»Sind die bewaffnet?«, fragte Eve mit tonloser Stimme.

»Superintendent Rees hat eine bewaffnete Einheit angefordert.«

»Und wenn sie nun aus Versehen Dad erschießen?«

»Sie sind sehr gut ausgebildet, damit solche Fehler nicht passieren.«

»Das kommt doch andauernd vor!«

Nicht andauernd, dachte Aguda. *Nur ab und zu.* Doch ihr war klar, dass das wahrscheinlich kein Trost für jemanden war, der einen geliebten Menschen auch nur in der Nähe der Schusslinie wusste. Also sagte sie stattdessen: »Bald ist es vorbei. Niemand wird da irgendwelche dämlichen Risiken eingehen.«

Lügen war nicht Agudas Ding, aber gegen inhaltsloses gutes Zureden hatte sie nichts einzuwenden.

Also redete sie Eve gut zu, bis Joe an die Haustür klopfte.

Dann ließ sie *ihn* Eve gut zureden, während sie für alle Tee machte.

Beim ersten Stoß der Ramme wusste Superintendent Rees, dass sie einen furchtbaren Fehler gemacht hatten.

Das Haus war alt, und die Tür bestand aus sieben Zentimeter dickem Eichenholz. Nicht aus so modernem Spanplatte-Sperrholz-Balsa-Quatsch.

Das Specialist Firearms Command war nicht dafür ausgerüstet, vornehme Türen aufzubrechen.

Noch ein gewaltiges Anrennen und noch ein heftiger Rückstoß, der einen Mann stolpern und rückwärts die Stufen hinunterpurzeln ließ. Irgendjemand lachte, und Hamilton blaffte wütend, er solle das *Maul halten, verdammte Scheiße!*, und einen Moment lang herrschte keuchendes Schweigen.

Die glänzend schwarze Tür hatte kaum Dellen bekommen.

Das Überraschungsmoment jedoch war rettungslos dahin.

Dann mussten sie mit ihren Pistolen, ihren kugelsicheren Westen und ihren Helmen vor der Tür herumstehen wie Betrunkene vor einem Dixi-Klo, während einer aus der Truppe eine Ewigkeit brauchte, um das Schloss zu knacken und sie hineinzulassen.

Das Erste, was Huw Rees auffiel, war der Geruch. Holzrauch und Öl und irgendetwas darunter, das seine Nase in primitiver Wachsamkeit zucken ließ.

Hamilton deutete mit dem Finger himmelwärts, und sechs Bewaffnete stürmten die elegant geschwungene Treppe hinauf; die Strahlen ihrer Helmlampen durchkreuzten vor ihnen die Luft wie Suchscheinwerfer.

Rees betätigte einen Lichtschalter, doch nichts geschah.

Selbst im frühmorgendlichen Halbdunkel konnte er sehen, dass das Haus sehr groß war, umso mehr, als überhaupt keine Möbel vorhanden waren. Die Decken waren hoch und die Böden aus Holz, und der Raum dazwischen hallte vor Leere.

Alles war von einer feinen Staubschicht bedeckt, die unter den eindringenden Stiefeln erwachte und emporstieg, sodass die Männer husten mussten.

Rees stand in dem großen leeren Flur und hörte zu, wie Hamiltons Team das Haus durchkämmte. Das einzige Geräusch waren schwere Schritte und »Alles klar!«-Rufe, während die Polizisten jedes Zimmer überprüften.

Er war so angespannt, dass er zitterte. Erst wenn sie ihren Täter in Gewahrsam hatten, würde der Knoten in seinen Eingeweiden sich allmählich lösen. Fürs Erste hieß es einfach die Luft anhalten und es bis zur anderen Seite schaffen.

Zur anderen Seite von *was*, wusste er nicht genau. Ein Wahnsinniger war ein unberechenbarer Feind. Er hatte einmal einen Verrückten aus einem Kamin springen sehen, noch immer voller Mordlust, obgleich er in Flammen stand.

»Sir. Hier drüben …«

Rees trat zu Hamilton in eine Tür, die vom Flur abging, und folgte seinem Finger mit dem Blick.

»Was ist *das* denn, verdammte Scheiße?«

Der Raum war riesig, und in seiner Mitte lag auf dem Boden ein Quadrat aus kleinen Gegenständen. Aus kleinen, missgestalteten Dingen.

Rees ging fünfzehn Schritte weit, ehe er den Rand des Quadrats erreichte.

Langsam schritt er an den Rändern entlang.

Das Quadrat bestand aus Maschinenteilen. Aus Muttern, Schrauben, Plastikrohren, Krümmern, Dichtungen, Motorenmänteln und – genau in der Mitte, wie ein Gebetsrad – einem großen Edelstahlzylinder.

Durchlöchert.

»Glauben Sie, das ist 'ne Bombe?«, fragte Rees misstrauisch.

»Weiß nicht«, antwortete Hamilton. »Passen Sie bloß auf, wo Sie hintreten.«

Die beiden Männer trennten sich an einer Ecke des Arrangements und gingen vorsichtig im rechten Winkel voneinander fort daran entlang.

Hamilton blieb stehen. »Ich glaube, das ist 'ne verdammte Waschmaschine.«

»Ich denke, Sie haben recht«, lachte Rees.

»Schön, nicht wahr?«, meinte Hamilton.

Seine Worte überraschten Rees.

Und dann nicht mehr.

Es war nämlich *wirklich* schön.

Aus ihrem Platz in der Maschine herausgelöst und präzise innerhalb der strengen Grenzen des Quadrats ausgelegt, hatten die utilitaristischen Einzelteile eine neue – romantischere – Daseinsform angenommen.

Jedes Teil war aus der Maschine ausgebaut und wie ein

aus der Erde geschürfter Diamant zur Schau gestellt worden. Jedes konnte jetzt für sich zur Geltung kommen, ausgelegt in seinem eigenen Bereich – nicht länger ein Rädchen im Getriebe, sondern ein Schatz.

Man hatte das überwältigende Gefühl, dass die Teile aus ihrem dunklen, engen Verlies befreit worden waren und endlich *atmen* durften.

Während Rees weiter stumm um das Viereck herumging, warf das Licht seiner Helmlampe lange Schatten hinter jedes Einzelteil, die beim Gehen von ihm wegschwenkten; jeder Schatten waberte schützend über seinen Nachbarn, als wären sie alle noch immer irgendwie miteinander verbunden und drehten sich alle zusammen wachsam auf der Stelle, während er sie umkreiste.

Huw Rees war seltsam gerührt. Fühlte sich seltsam *verbunden.*

Bescheuert, sagte er sich, *das ist doch bescheuert.* Doch das verhinderte nicht, dass sich ein Kloß in seiner Kehle bildete.

Nie wieder würde er eine Waschmaschine so ansehen wie früher.

An der einen Ecke des perfekten Quadrats war etwas Blankes. Ein einziges Wort aus Chromplastik.

Behutsam berührte Rees es mit der Schuhspitze, dann hob er es auf und zeigte es Hamilton mit einem Jungenlächeln im Gesicht, das von Gold und Piratenschätzen kündete.

»Hotpoint!«

»Sir, wir haben eine Leiche gefunden!«

Der Ruf von irgendwo über ihnen riss Rees aus seinem Tagtraum, und er spürte, wie sein Inneres schwer vor düsteren Vorahnungen wurde.

Scheiße.

Duncan Singer. Tot. Ermordet. Eve Singers Gesicht, wenn er es ihr sagte und ihr das Herz brach …

Dieser Teil seines Berufs war ihm verhasst.

Mit einem tiefen Seufzer legte er den Hotpoint-Schriftzug wieder dorthin, wo er ihn gefunden hatte; dann folgte er Hamilton die Treppe hinauf und schwitzte dabei unter dem ungewohnten Helm, obgleich es in dem Haus kaum wärmer war als draußen.

»Wir haben 'ne Leiche, Sir«, meldete ein Polizist auf dem Flur im zweiten Stock und zeigte auf eine Tür.

Daher kam also der Geruch. Jetzt erkannte Rees ihn, obwohl er nur schwach war und anders als der übliche Verwesungsgeruch eines Leichnams.

Ferner.

Er ging durch ein Zimmer, in dem die Asche eines Feuers noch im Kamin glühte. Vage registrierte er einen gelben Lehnstuhl, einen Fernseher, eine Kiste und eine Tasse mit Untertasse.

Hoch aufgestapelte Notizbücher.

Hinein ins nächste Zimmer, wo ein halbes Dutzend Männer sich an einem Bett versammelt hatten wie Trauergäste, die dem Toten die letzte Ehre erweisen wollten. Eine Magnesiumlampe warf das einzige richtige Licht – einen geisterhaften weißen Schein – auf die Gesichter der schwarz gekleideten Umstehenden.

Scheiße. Jetzt kommt's.

Der Leichnam war auf dem Bett.

Und *in* dem Bett.

»Scheiße, was …?«, setzte Hamilton an.

Rees furchte die Stirn und bückte sich, um das alles besser begreifen zu können.

Es war nicht Duncan Singer.

Danke danke danke.

Wer auch immer es war, er oder sie war hier gestorben, war hier von Faulgasen aufgebläht worden und dann wieder in sich zusammengefallen. Und war dann in die Matratze gesickert, sodass Leiche und Bett zu einer homogenen Masse geworden waren – mumifiziert und taschenkerngefedert zugleich. Jetzt war die Leiche vertrocknet, deswegen war auch der Geruch so anders und so alt und vom Innenleben des Bettes aufgesogen, den Polsterschichten aus Kapokfasern.

Es war der Leichnam einer Frau, vermutete er, der Größe nach zu urteilen. Eine mit Silberdraht fixierte Zahnprothese schimmerte in einer grausigen Grimasse wie ein Diamant in einem Kohlebergwerk.

Vorsichtig hob Rees die spitzenbesetzte Bettdecke an. Hier und da klebte sie am Bett und an dem stinkenden Leichnam fest. Irgendjemand hinter ihnen gab erst einen Laut des Abscheus und dann ein kurzes verlegenes Auflachen von sich.

Es war unmöglich zu erkennen, woran diese Frau gestorben war.

»Sir, das Haus ist leer, Sir«, meldete ein Mann von der Tür her.

Hamilton sah Rees an, und Rees trat zurück, weg von dem Bett.

»Suchen Sie noch mal«, sagte er. »Das Feuer nebenan ist noch nicht aus. Er muss hier sein. Suchen Sie noch einmal.«

PC Dougie Trewell hatte einen echt beschissenen Tag.

Der Rückstoß der Ramme hatte ihn die Steinstufen hinuntergeschleudert, und zur Strafe ließ Hamilton ihn draußen vor der Tür Wache schieben, anstatt ihm zu erlauben, mit seiner Einheit und seiner Knarre das Haus zu stürmen.

Und jetzt stand er hier wie ein Scheißreserverad auf der Schwelle.

Dies hier war erst sein zweiter Einsatz mit dem SOC19, und beim ersten war er mit dem Fuß in einem Abfluss stecken geblieben. Wenn er sich nicht bald bewährte, würde er wieder auf Streife müssen, und zwar ohne Knarre.

Frühe Pendler kamen vorbei, also richtete Dougie sich auf und gab sich Mühe, so auszusehen, als nähme er seine Aufgabe ernst, und nicht, als wäre er draußen vor der Tür stehen gelassen worden wie ein kleiner Junge mit einer Eselsmütze.

»Was ist denn hier los?«

Ein Mann spähte durch den Türspalt des Hauses nebenan.

»Polizei, Sir«, knurrte Dougie barsch.

»Ihr macht einen Mordskrach.«

»'tschuldigung, Sir«, antwortete Dougie. »Der Typ, der hier wohnt, ist Verdächtiger in 'nem Mordfall. Da kann man nicht mit Samthandschuhen ran.« Er ruckte mit seiner Halbautomatik, um zu zeigen, mit was für Samthandschuhen man da nicht rankonnte.

»Mord?« Der Mann sah ihn misstrauisch an. *»Der?«*

»Ja, Sir«, bestätigte Dougie. »Kennen Sie ihn?«

»Eigentlich nicht«, meinte der Mann. »Er ist Künstler.«

»Echt?«, fragte Dougie ohne jedes Interesse. Seiner Ansicht nach war Kunst bloß ein Trick, um Leute übers Ohr zu hauen, die mehr Kohle als Verstand hatten.

Der Mann kam heraus. Er war älter angezogen, als er

war, in Altherrenhosen und einem gemusterten Pullover. Rosa und gelbe Argyle-Karos. Hellbeige Slipper mit so kleinen Troddeln dran.

Der stand wahrscheinlich auf Kunst, dachte Dougie mit einem innerlichen Schnauben.

Sie standen einen Moment da, starrten zusammen zu dem cremefarbenen Haus empor und lauschten auf die gedämpften Rufe und das Trampeln von Stiefeln, das daraus hervordrang.

»Die werden die Böden schrecklich zurichten«, bemerkte der Mann. »Wissen Sie, die sind alle aus Kirschholz. Diese Häuser hier haben alle Kirschholzparkett.«

»Echt?«, fragte Dougie abermals. Er hatte noch nie in einem Haus gewohnt, wo auf den Böden etwas anderes gewesen war als Spannteppich oder Linoleum. Kirschholzparkett hatte keinerlei Bedeutung für ihn. »Na ja«, meinte er, »die bringen das bestimmt alles wieder in Ordnung, wenn was kaputt geht.« Das war gelogen. Besonders, wenn sie da drin einen Mörder festnahmen. Dann würden sie das *nicht* tun, da war sich Dougie ziemlich sicher.

»Das will ich doch hoffen«, sagte der Mann, dann drehte er sich um, rollte eine Kiste auf einer Sackkarre aus dem Haus und fing an, sie die Stufen hinunterzukippen und zu rollen. Die Kiste war groß, und das Ganze war ein ziemlich riskantes Unterfangen. Dougies Instinkt befahl ihm zu helfen, aber er hatte doch schon einmal Mist gebaut und wagte nicht, seinen Posten zu verlassen, nicht einmal für eine Sekunde, also wandte er dem Mann den Rücken zu und tat so, als sehe er nicht, wie sehr er sich abplagte.

Seine Ohren glühten ein bisschen bei all dem Ächzen

und Poltern; er schaute finster die Straße hinauf und hinunter und hoffte, dass er härter aussah, als ihm zumute war.

»Machen Sie sich etwas aus Kunst?«, fragte der Mann.

Dougie schrak ein wenig zusammen. Der Mann hatte die Kiste unten an den Stufen stehen gelassen. Doch anstatt wieder ins Haus zu gehen, stand er hier draußen und machte Smalltalk. Über Kunst.

»Hab ich eigentlich nie drüber nachgedacht«, brummte Dougie achselzuckend.

Der Mann lächelte. »Sie gehören noch nicht mal zu den Leuten, die behaupten *Ich weiß, was mir gefällt*?«

»Nö«, antwortete Dougie.

Er wünschte, der Mann würde wieder hineingehen. Sollte er auch, es war nämlich echt kalt, und der hatte doch nur Klamotten für drinnen an und so dämliche Schuhe. Als wäre er gestört worden, als er gerade Bücklinge zum Frühstück gegessen hatte. Und außerdem hatte er eine totale Vollglatze.

Dem musste doch arschkalt sein.

»Ich weiß aber wirklich, was mir gefällt.« Dougie verblüffte sich selbst mit diesem Nachsatz. »Autos.«

»Mhm«, sagte der Mann mit einem abfälligen Schniefen. »Autos.« Als hielte er Dougie für einen Volltrottel.

Dougie lief rot an und beeilte sich, das ausführlicher zu erklären. Warum er das Gefühl hatte, das tun zu müssen, wusste er nicht, es *war* einfach so.

»Nicht einfach nur Autos«, sagte er, »sondern all die kleinen *Teile* in Autos.«

»Kleine Teile?«, fragte der Mann stirnrunzelnd.

»Ja«, antwortete Dougie träumerisch. »All die kleinen Einzelteile. Ich nehme gern Motoren auseinander – jedes kleine Ventil und jede Feder und jede Dichtung – und schaue, wie das alles zusammengehört hat, damit das Auto fährt. Breite alles aus, damit ich's verstehe. Das ist, also, nicht *Kunst* – aber das ist das, was mir gefällt.«

Der Mann sagte nichts, und plötzlich war Dougie sehr verlegen. Irgendwie hatte er das Gefühl, zu viel gesagt zu haben und außerdem zum Falschen. Zu irgend so einem reichen Typen in einem versnobbten Pulli und mit einem Zehn-Millionen-Haus. Was würde der denn von der Schönheit eines Motors verstehen? Er fühlte sich bloßgestellt und ein bisschen wütend, wie früher als Kind. Wie der dumme kleine Dougie, der Bruder von Skew Ronnie, Ronnie Hinkefuß, dem Autodieb, und nicht wie PC Doug Trewell, Guardian of the Galaxy, wie er sich heutzutage im Geiste selbst gern sah.

Verlegen und ein bisschen sauer kehrte er dem Mann abrupt abermals den Rücken zu und hoffte, dass er kapieren und wieder hineingehen würde. Tat er aber nicht. Dougie konnte ihn spüren, wie er dort hinter ihm einfach nur dastand. Davon fing sein Nacken an zu jucken …

Also stieg er zur Schwelle empor und tat so, als habe er im Haus irgendetwas gehört. Gutes Timing, denn gerade als er die Tür erreichte, vernahm er tatsächlich einen erregten Aufschrei von drinnen.

Scheiße!

Adrenalin schoss durch seinen Körper, während er auf die Schüsse wartete. Sein Finger krümmte sich um den Abzug, und sein Herz hämmerte, denn wenn der Mörder jetzt versuchte abzuhauen, dann war er die letzte Verteidigungslinie, und wäre *das* nicht der Hammer, Scheiße noch mal? Wenn der Killer allen durch die Lappen ging, außer Dougie dem Trottel, der draußen Wache schob?

Doch nichts geschah.

Es gab noch ein bisschen mehr Gebrüll, aber das war kein Alarm. Was immer sie gefunden hatten, es versuchte nicht abzuhauen.

Scheiße.

Dougie entspannte sich ein wenig. Aber nicht sehr. SCO19 war eine Eliteeinheit, und Entspannen konnte den Tod bedeuten. Und Dougie hatte zu hart geschuftet und war zu weit gekommen, um jetzt draufzugehen.

Ein Klappern ließ ihn herumfahren.

Der Mann war die Steinstufen hinuntergestiegen und schob jetzt die große Kiste forsch durch den Schnee davon, in seinen Schuhen, die doch nur für drinnen waren.

Die gebrüllte Meldung war von einem Polizisten namens Rollins gekommen, der eine Falltür zum Dachboden gefunden hatte. Und zwar in einem Einbauschrank im kleinsten Schlafzimmer des Hauses.

Die ganze Operation kam zum Stillstand, während sie nach Sprengfallen suchten. Rees war ungeduldig – und dann sehr betreten, als sie tatsächlich eine fanden, oben auf dem Dachboden, gleich neben der Falltür. Es war ein kleiner Sprengsatz, versteckt in einer alten Quality-Street-Bonbondose. Die Dose versetzte ihn in seine Kindheit zurück. Sie war riesig! Er erinnerte sich, dass sein Vater mal so eine zu Weihnachten bekommen hatte, und sie war ihm wie eine bodenlose Schatztruhe voller Schokoladenjuwelen erschienen. Heutzutage waren Quality-Street-Dosen winzig. Nichts mehr wert. Auf dieser pappte sogar ein »50 % Rabatt!«-Aufkleber.

Ein Schnäppchen!

Ein kleiner blonder Polizist mit einer Nadelzange erklärte den Sprengsatz für ungefährlich. »Da ist ein Draht lose«, verkündete er und hielt einen schimmernden Kupferstachel hoch. »Sonst hättest du hundert Fünf-Zentimeter-Nägel direkt in deine Scheißfresse gekriegt, Rollins, du Schnarchsack!«

Endlich auf dem Dachboden, folgten sie vorsichtig einem Kabel voller geklautem Strom durch ein mannsgroßes Loch, das in die Mauer zwischen den beiden Haushälften gebrochen worden war.

Dann stiegen sie durch eine zweite Luke ins Haus nebenan ein.

In diesem Haus gab es Licht und Wärme, und die Einrichtung war üppig. Schmuckvasen und Tischchen mit Schellackpolitur und japanische Lackschränkchen.

Außerdem fanden sie einen kaputten Spiegel auf dem Treppenabsatz, einen Haufen schmutzige Kleider auf dem Boden im Schlafzimmer des Hausherrn und – ahnungslos im angrenzenden Badezimmer – einen alten Mann, der unter der Dusche »Love Me Tender« sang.

42. Kapitel

20. Dezember

Als Aguda ihr berichtete, dass der Mörder entkommen war und dass sie ihren Vater nicht gefunden hatten, hatte Eve das widerwärtige Gefühl gehabt, haltlos rücklings durch die Zeit zu stürzen, als wirbele sie atemlos herum und sei wieder sieben Jahre alt, dürr und verfroren, mit dem Geruch von frisch gemähtem Rasen in der Nase und in heller Panik wegen des Beanbag-Wettlaufs.

Dieselben verzweifelten Tränen stiegen jetzt in ihr empor, wie ein Geysir kurz vor dem Ausbrechen.

Nur war ihr Vater nicht mehr da, um ihr das Haar aus dem Gesicht zu streichen und ihre Tränen zu trocken und ihr zu sagen, sie solle *einfach immer weiterlaufen.*

Und würde auch nie wieder da sein.

Warum zum Teufel wartest du dann weiter darauf, dass es passiert?

Die Stimme in ihrem Kopf überraschte Eve so sehr, dass sie sich auf ihrem Stuhl aufsetzte.

Sie war kein Kind mehr.

Der liebevolle Rat ihres Vaters für den Beanbag-Wettlauf war zu einem Motto geworden, zu einem Mantra und schließlich zu einer Lebensweise, bei der es nur darum ging, weiterzumachen und Schwieriges hinter sich zu lassen.

Doch es gab Dinge, die man nicht hinter sich lassen konnte.

Dinge, denen man sich eben stellen musste …

Und mit dieser schlichten Klarheit ließ der irrwitzige Panzer, der sich um Eve geschlossen hatte, als sie über Guy Smiths geschundenem Leichnam gestanden hatte, sie frei wie eine Taube.

Während Emily Aguda ihr schilderte, was während des Einsatzes geschehen war und was als Nächstes passieren würde, war sie mit den Gedanken woanders, sah die Dinge klar und deutlich und machte andere Pläne.

Eve hatte jegliche Kontrolle abgegeben – erst an den Mörder und dann an die Polizei.

Aber die Polizei konnte nicht für ihre Sicherheit sorgen. Und sie konnte auch den Mörder nicht fassen. Und ihren Vater konnte sie auch nicht finden.

Zum ersten Mal in ihrem Leben begriff Eve, dass *niemand* auf einem Schimmel in die Stadt geritten kommen und diesem Albtraum ein Ende machen würde.

Sie würde es eben selbst tun müssen.

43. Kapitel

Drei Tage nachdem Guy Smith vor ihren Augen erschlagen worden war, verkündete Eve Singer, dass sie wieder zur Arbeit gehen werde.

»Sind Sie sicher?«, fragte Aguda argwöhnisch beim Frühstückstoast mit Hefeaufstrich.

»Ich muss etwas zu tun haben«, antwortete Eve. »Wenn ich rumsitze und warte, drehe ich durch.«

»Bist du sicher?«, fragte Joe, als sie ihn anrief und ihm von ihrem Plan erzählte.

»Ja«, sagte sie schlicht. »Hilfst du mir?«

Am anderen Ende der Leitung entstand eine lange Pause, und Furcht loderte in Eves Herzen auf. In diesem Moment wurde ihr klar, dass Joe der einzige Mensch auf der ganzen weiten Welt war, dem sie vertraute, und dass sie wirklich und wahrhaftig allein wäre, wenn er sagte, dass er ihr nicht helfen würde.

Daher wurde ihr vor Rührung die Kehle eng, als er *Ja* sagte.

Trotzdem war es schwerer, als sie gedacht hatte, das Haus zu verlassen. Joe hatte ihr angeboten, sie abzuholen, doch sie wusste, dass sie wieder in ihren normalen Rhythmus zurückfinden musste, wenn sie auch nur halbwegs den Anschein von Normalität aufrechterhalten wollte – auch wenn sie jetzt ihren persönlichen Bodyguard im Schlepptau hatte.

Wenigstens sah Aguda nicht aus wie ein Bodyguard.

Eve stand eine Ewigkeit lang hinter der Haustür und versuchte sich zu erinnern, wie man gleichmäßig atmet, während ihr in Mütze, Handschuhen und Schal heiß wurde.

Dann öffnete sie die Tür und sah Mr Elias mit einer Schaufel voll Salz dort stehen.

»Gehst du etwa zur Arbeit?«, fragte er verblüfft.

»Ja«, sagte Eve. »Ich muss mich irgendwie beschäftigen.«

Mr Elias verstreute das Salz auf dem Gartenweg, dann stützte er sich auf seine Schaufel. »Ich habe deinen ... *Bericht* in den Nachrichten gesehen, Eve. Bist du sicher, dass alles in Ordnung ist?«

Eves Lächeln geriet ein wenig ins Rutschen. »Ich komme schon zurecht«, versicherte sie. »Und vielen Dank für all Ihre Freundlichkeit und Ihre Hilfe. Das bedeutet mir wirklich viel.«

Mr Elias winkte ab. »Was Neues von Duncan?«

Eve schüttelte den Kopf und zeigte auf Aguda. »Das ist Detective Sergeant Aguda«, sagte sie. »Sie gehört zum Suchteam.«

Sie fand, dass sie es möglichst einfach halten sollte; sie wollte Mr Elias nicht mit Entführungen und Morden beunruhigen.

Mr Elias nickte und gab Aguda die Hand. »Viel Glück.«

Als sie die kleine hölzerne Pforte hinter sich zumachten, hatte er sich schon wieder ans Streuen gemacht.

»Scheiße«, sagte Eve auf dem Weg zur U-Bahn-Station. »Ich muss noch ein Weihnachtsgeschenk für ihn kaufen. Ich muss noch *für alle* Weihnachtsgeschenke kaufen!«

Eve holte tief Luft und öffnete die Tür des Redaktionsbüros.

»Jawoll!«, brüllte Ross Tobin. »*Das* nenne ich doch mal eine verdammte Reporterin!«

Alle sahen Eve an, und sie wurde rot. Es schien unendlich lange her zu sein, seit sie das letzte Mal hier gewesen war. Sie kam sich vor wie eine Fremde – und die anderen behandelten sie auch so.

Sie war nämlich eine.

Fremder als beim letzten Mal, als sie sie gesehen hatten.

Sie alle hatten über Verbrechen und Tragödien und schockierende Ereignisse berichtet – aber keiner von ihnen hatte sich das Haar glattgestrichen und einen Beitrag in die Kamera gesprochen, während ein ermordeter Kollege hinter ihm oder ihr ausblutete.

Nach dem einen oder anderen blassen Lächeln schoben sich die Kollegen nervös an ihr vorbei oder taten so, als sähen sie sie nicht an ihrem Schreibtisch sitzen.

Eve hatte vorgehabt, Aguda als eine von ihren Kontakten vorzustellen, doch niemand fragte, wer sie sei.

Joe kam ins Büro und umarmte und drückte Eve rasch und tröstlich, und Katie Merino kam herüber, um ziemlich steif *Schön, dass du wieder da bist* zu sagen, doch Ross schickte sie mit einem Händewedeln weg. »Als Journalistin nicht halb so viel wert wie Sie«, erklärte er Eve, als Katie verschwand. »Ich bin mir nicht mal sicher, ob sie naturblond ist.«

Ganz geschäftsmäßig drehte Eve sich zu Ross Tobin um. »Also, was haben Sie für uns?«

»Suchen Sie sich was aus«, meinte Tobin. »Enthauptete Männerleiche in Camden Lock gefunden, Frau in Belsize Park von zwei Dackeln gefressen und anscheinend ein doppelter Selbstmord auf 'nem Parkplatz in der Nähe der Edgware Road.«

Eve und Joe wechselten Blicke. Jeder dieser Todesfälle könnte sich als das Werk ihres Mörders herausstellen – oder auch keiner –, aber sie wussten beide, welcher es garantiert in die Abendnachrichten schaffen würde.

»Wir nehmen die Dackel«, sagte Eve.

Die schuldigen Dackel waren fortgeschafft worden, als sie bei der noblen Adresse in Belsize Park ankamen, und der Polizist vor Ort verriet nicht, wohin. Aguda bedauerte das nicht – sie hatte es grundsätzlich nicht so mit Hunden und fand zwei Hunde, die ihre Besitzerin gefressen hatten – wenngleich post mortem –, ganz besonders gruselig.

Eve und Joe waren unerklärlicherweise am Boden zerstört.

»Warum denn?«, fragte Aguda. »Die Leute wissen doch, wie Dackel aussehen.«

»Aber nicht *diese* Dackel«, erwiderte Eve. »Nicht Dackel, die in Belsize Park ihre reiche Besitzerin gefressen haben.«

Doch Aguda war verwirrt. Der Kollege hatte doch schon gesagt, dass Katinka Nasarenko vor mindestens einer Woche bei einem Sturz die Treppe hinunter ums Leben gekommen war. Die Hunde hatten nur ein wenig an ihren Beinen genagt und sie nicht etwa gehetzt und gerissen.

»Ist ja nicht gerade Watergate, oder?«, fragte sie.

Eve zuckte die Schultern. »Vielleicht nicht«, antwortete sie. »Aber es ist die beste Story des Tages, und damit kriegen wir garantiert Sendezeit.«

Aguda verstand immer noch nicht. Das sagte sie zwar nicht, doch dieser Job als Reporter fürs Verbrechens-Fernsehen erschien ihr ein wenig lächerlich – eine dämliche Nacherzählung von Leben und Tod mitten in der Realität. Sie war ja sehr für die Pressefreiheit, aber diese kleinliche Geilheit ging ihr gegen den Strich.

Also stand sie an der Straßenecke und stampfte mit den Füßen, um sie warm zu halten, während Eve und Joe umherwanderten und Kamerawinkel überprüften, zwischen den Autos hindurch auf die Straße traten und zu dem fraglichen Wohnhaus hinaufstarrten. Früher war dies einmal eine Reihe prächtiger Villen gewesen; manche waren schon in Mehrfamilienhäuser umgewandelt worden, bei anderen war dieser Prozess noch im Gange. Allmählich fragte sich Aguda, ob es wohl eine einzige Straße in London gab, die nicht durch Baugerüste und zwei Meter hohe Bauzäune voller abblätternder Flyer verunstaltet wurde.

Am Ende ihrer Vorbesprechung gesellten Eve und Joe sich wieder zu ihr. »Wir brauchen die Hunde«, verkündete Joe missmutig. »Sonst kommt das nie in die Nachrichten.«

Er warf Eve einen vielsagenden Blick zu, und es entstand ein kurzes Schweigen. Aguda war klar, dass hier irgendetwas im Busch war.

»Sie könnten uns wohl nicht helfen, oder?«, erkundigte sich Eve.

»Wie denn?«, fragte Aguda misstrauisch.

»Rausfinden, wo die Hunde sind, und ein gutes Wort für uns einlegen? Fragen, ob wir sie ganz kurz filmen dürfen? Dann könnten wir hier einen Bericht drehen und dann direkt zum Tierheim oder so fahren und die Killerdackel filmen, und fertig.«

Aguda lächelte über die *Killerdackel*, dann begriff sie, dass es Eve todernst war.

Sie zögerte. Das war nicht ihre Aufgabe. Ihre Aufgabe bestand darin zu verhindern, dass Eve Singer umgebracht wurde, nicht mehr und nicht weniger. Aber sie mochte Eve, und Joe schien ein netter Kerl zu sein, und es wäre doch nicht schwer, ihnen zu helfen, also wäre es ihr ziemlich unhöflich vorgekommen, Nein zu sagen.

»Okay«, verkündete sie. »Ich frage, aber betteln werde ich nicht. Nicht wegen Dackeln.«

»Danke«, sagte Eve. »Wir machen hier ein paar Aufnahmen und fahren dann da hin, wenn Sie's schaffen, die Hunde zu finden.«

Aguda trat ein Stück von ihnen weg und sprach mit dem Polizisten, der ihr eine Telefonnummer gab. Sie zückte ihr Handy und rief die Nummer an, während Joe und Eve mit Belichtungsmessern und Mikrofonen herumhantierten. Dabei schauten sie immer wieder zu ihr herüber, um zu sehen, wie sie vorankam, also ging sie noch ein Stückchen weiter weg, damit sie ihren Apell für ihr Anliegen nicht mithören konnten. Emily Aguda war es gewohnt zu bekommen, was sie wollte, weil sie hart genug gearbeitet hatte, um es sich zu verdienen, und sie hasste es, um Gefallen bitten zu müssen.

Doch das hier war kein großer Gefallen, und der Kollege, der als Letzter dafür zuständig war, meinte, er habe kein Problem damit, wenn Aguda jemanden schicken wollte, der Fotos von den Hunden machte.

»Sind total lieb, die beiden«, berichtete er Aguda. »Wenn die Angehörigen dich nicht haben wollen, dann nehme ich dich, ja, Schätzchen.«

Aguda begriff, dass er mit einem der Killerdackel redete und nicht etwa ein sexistisches Schwein war, also bedankte sie sich, beendete das Gespräch und ging zurück zum Bauzaun, wo Eve gerade ihren Bericht beendete.

»... Eve Singer aus Belsize Park für iWitness News.« Mit fröhlicher, aber trotzdem mitfühlender Miene schaute sie weiter in die Kamera.

Erst als Joe »Okay« sagte, verfinsterte Eves Gesicht sich wieder zu echter Beklommenheit.

Das musste Aguda ihr lassen – bestimmt war sie krank vor Sorge, vor der Kamera jedoch war sie ganz der Profi.

»Alles klar?«, fragte Eve grimmig.

»Alles klar«, sagte Joe.

Beide drehten sich um und sahen Aguda an, und die konnte sich ein triumphierendes kleines Lächeln nicht verkneifen. »Hier auch.«

Sie aßen Reste. Das stand in Eves hastig gekritzelter Handschrift auf dem Etikett des Beutels in der Gefriertruhe. Reste von *was* stand da nicht.

Es stellte sich als eine Art Risotto mit Hühnchen heraus, das nach fast nichts schmeckte.

Emily Aguda warf einen raschen Blick auf die Küchenuhr. »Schauen wir uns die Nachrichten an?«

»Warum denn?«

»Na, Ihr Bericht über die Hunde.«

Eve winkte mit einem kleinen Lächeln ab. »Ist doch nicht gerade Watergate, oder?«

Das hatte sie wahrscheinlich verdient, dachte Aguda bei sich – aber sie hatte etwas zu der Story beigetragen und konnte nicht umhin, ein klein wenig enttäuscht zu sein.

44. Kapitel

Der Mensch erlebt nur zwei Zustände der Wahrhaftigkeit und der Schönheit: den des Neugeborenen und den des Leichnams …

Huw Rees legte das Notizbuch hin und rieb sich die roten Augen. Seit vier Stunden war er jetzt damit zugange. Dieses Notizbuch war eins von sechsundsechzig. Er hatte sie in sein Büro bringen lassen und dann von dort zu sich nach Hause, in der Hoffnung, dass sie ihm Einblicke in den gegenwärtigen Geisteszustand des Mörders verschaffen würden. Doch bis jetzt war es nicht viel mehr als Geschwafel gewesen – manches esoterisch, manches religiös, alles egoistisch. Alles vollkommen durchgeknallt.

Er nahm ein anderes Notizbuch zur Hand und schlug es aufs Geratewohl auf.

Unsterblichkeit muss des Künstlers Ziel sein.

Ein wahrer Künstler muss danach streben, ALLES von seinem Motiv zu offenbaren – nicht nur die äußere Hülle, sondern auch das Innenleben.

Die Kubisten haben es versucht, sind aber gescheitert. Sie offenbaren ihr Motiv aus vielfältigen Perspektiven, doch alles ist äußerlich. Wenn ich den »Akt, eine Treppe herabsteigend« aus allen Blickwinkeln sehen will, kann ich dann nicht einfach um die nackte Frau herumgehen? Und aus jedem Blickwinkel ist sie immer noch nur zweidimensional. Ich sehe ihre Rückseite, doch die hat große Ähnlichkeit mit der Vorderseite! Um sie zu verstehen, müssen wir das INNERE zeigen!!!

Kunst war nicht gerade Huw Rees' Stärke. Er wusste, was ihm gefiel – nämlich Gemälde von Spitfires und Messerschmitts, die sich am sommerlichen Himmel über Kent duellierten –, aber er hätte sich nie als Kunst*liebhaber* bezeichnet.

Er kannte *Akt, eine Treppe herabsteigend* nicht, deshalb verstand er den Witz des Mörders nicht – allerdings erkannte er an den dicken, wiederholten Ausrufungszeichen am Ende des Satzes, dass da ein Witz gemacht worden sein musste.

Die Ausrufungszeichen hatten sich durch drei Seiten durchgedrückt.

DI Marr hatte es doch so mit Kultur. Vielleicht verstand *er* ja den Witz mit der nackten Frau. Huw Rees nahm sich vor, ihn zu fragen, ob das irgendwie relevant sein könnte, dann blätterte er ein paar Seiten vor.

Jack the Ripper verfügte über eine gewisse Einsicht, doch es fehlte ihm an Beherrschung. Er ahnte, dass die Wahrheit im Innern zu finden war und zum Vorschein gebracht und mit anderen geteilt werden sollte …

Abartiger Dreckskerl. Er blätterte weiter, las Bruchstücke; seine müden Augen suchten nach Schlüsselwörtern wie »töten« und »Blut«.

Wie vollkommen hat sie mir vertraut, als ich gekommen war, um sie zu holen. Jetzt zweifelt sie wie Thomas, den das Antlitz und die Gestalt des untoten Christus nicht überzeugen konnten, bis er die Wunde der Römer mit seinem eigenen Finger öffnete und das Fleisch berührte, das einen Geist von Neuem zu einem Menschen machte.

Also, *das* erkannte Huw Rees wieder. Verschwommene Erinnerungen an den Religionsunterricht in der Schule und an eine Illustration in der kleinen Bibel, die seine Großmutter ihm zum zehnten Geburtstag geschenkt hatte: ein Aquarell von einem verwirrten alten Mann, der mit dem Finger in die Rippen von Jesus pikte. Gott sei Dank hatte sein Vater ihm am selben Tag ein Trikot der Rugby-Nationalmannschaft von Wales gekauft, sonst wäre sein Geburtstag völlig im Eimer gewesen. Die Bibel hatte er nie gelesen, aber er hatte sich die Bilder angesehen, die waren nämlich blutrünstig gewesen wie nur was. Köpfen und Auspeitschen und die verdammte Kreuzigung ... Alles Gute zum Geburtstag, Kleiner! Hipp, hipp, hurra!

Rees seufzte, ließ das Notizbuch auf seinen Schreibtisch fallen und rieb sich erneut die Augen. Er hatte nicht geschlafen. Er konnte sich nicht erinnern, wann er das letzte Mal geschlafen hatte, ohne mindestens einmal aufzuwachen – sein Gehirn arbeitete zu schwer, um sich dem Schlaf hingeben zu können.

Nachdem sie die ersten drei Morde miteinander in Verbindung gebracht hatten, war er ins Gästezimmer gezogen, damit er Licht machen und die Akten durchgehen konnte, ohne Maureen zu wecken. Funktioniert hatte das eigentlich nicht. Oft blickte er von Fotos von Layla Martins ausgeblutetem Leichnam oder der blutigen U-Bahn der Piccadilly Line auf und sah seine Frau in der Tür stehen, die ihm Kaffee oder ein Sandwich anbot.

Um drei Uhr morgens.

Als er jetzt an ihre Güte dachte, hätte Huw Rees beinahe losgeheult. Hatte richtig einen Kloß im Hals! Er schnaubte abfällig; er war bloß rührselig, weil er erschöpft war. Seine ganze Hoffnung hatte er auf diese Razzia gesetzt, ohne sich darüber im Klaren zu sein, dass es die letzte Hoffnung war, die er hatte. Und als bei diesem Einsatz weder eine Geisel noch ein Mörder gefunden worden war, hatte Huw Rees gespürt, wie seine mentalen und physischen Reserven mit einem leisen Zischen implodierten. Seitdem fuhr er mit leerem Tank, hielt Körper und Geist mit falschen Hoffnungen und Gummibärchen aufrecht. Irgendjemand hatte ihm mal erzählt, man könne mit nichts als Wasser und Gummibärchen die Tour de France fahren – so weit, so gut. Aber wenn er diesen Dreckskerl nicht bald zu fassen bekam, würde er noch zum zahnlosen Diabetiker werden.

Es fühlte sich an, als sei er nicht mehr zu retten.

Das Büro des Commissioners hatte ihm schon Feuer unter dem Hintern gemacht, *bevor* Eve ihre Nummer mit ihrem iPhone und dem Flyer abgezogen hatte. Jetzt kam er sich vor wie ein Mann, der mit dem Kopf voran in einen Brennofen geschoben wird. Er machte Eve keine Vorwürfe, dass sie den Flyer öffentlich gemacht hatte. Sie war verzweifelt, wollte unbedingt ihren Vater finden, und Verzweiflung stellte seltsame Sachen mit einem an. Aber es hatte alles sehr viel komplizierter gemacht.

Rees nahm Vandenbergs Polizeifoto zur Hand. Seit zwei Tagen starrte es jetzt von jeder Titelseite und von den Fernsehschirmen herunter, aber niemand hatte ihn gesehen. Zumindest *erinnerte* sich niemand, ihn gesehen zu haben. Vielleicht war er ja einfach nur niemandem aufgefallen. Der Mann hatte ein Teflongesicht; da war nichts, wo der Blick Halt finden und wodurch sich das Bild im Gedächtnis verankern konnte.

In der Einsatzzentrale waren pro Tag hundert Anrufe wegen irgendwelcher Flyer eingegangen, die sich dann als Werbung für Teppich-Abverkäufe und Puppenhaus-Messen erwiesen hatten. Fünfzig Anrufe pro Tag meldeten Männer, die Flyer an Bushaltestellen-Wartehäuschen oder Laternenpfähle geklebt hatten – und jeder Einzelne davon musste überprüft werden –, aber nicht ein einziger Anrufer behauptete, William Stafford Vandenberg gesehen zu haben.

Das System funktionierte nicht.

Es war alles Scheiße.

Alles, was Rees wusste, war, dass er sich verzweifelt nach einer Pause sehnte, die er sich nicht gönnen konnte, und nach Schlaf, der nicht kam. Er sorgte sich nicht nur, dass Vandenberg mit seiner weihnachtlichen Mordserie weitermachen würde, sondern auch, dass seine eigene Fähigkeit, ihn zur Stecke zu bringen, mit jedem Tag, der verging, exponentiell weniger wurde. Er fürchtete sich vor jeder neuen Morgendämmerung, während die Drohung eines weiteren öffentlichen Mordes wie ein Schwert über ihm hing.

Huw Rees ging schließlich ins Bett, schlief jedoch nicht.

Das Handy vibrierte stumm unter Eves Kopfkissen, und sie meldete sich, bevor es ein zweites Mal brummte.

Nummer unterdrückt.

»Ich habe Ihre Nachricht erhalten, Eve. Sehr clever.«

Sie stand auf und schloss sachte die Schlafzimmertür, dann ging sie leise zum Fenster, mied die Dielen, die knarrten, ohne darüber nachzudenken. Die kühle Luft, die durch die Glasscheiben drang, liebkoste ihre nackten Beine.

Die Straße draußen war von frischem Schnee weichgezeichnet worden. Am Fuß des Laternenpfahls war die Telefonzelle, blutrot mit einer dicken Marshmallow-Mütze.

War der Mörder da drin?

Er könnte von überall anrufen; das Innere der Telefonzelle war dunkel. Undurchdringlich.

»Was wollen Sie?«, fragte er.

»Meinen Vater«, antwortete sie. »Lebendig.«

»Sind Sie *sicher?«*, fragte er. »Die Affenpfote?«

Ihre Eingeweide krampften sich zusammen. Sie kannte die Gruselgeschichte. Jeder kannte sie. Ein schlechter Tauschhandel und ein toter Sohn, der seinen Eltern zurückgegeben wurde – jedoch grauenhaft entstellt von dem Unfall, der ihn getötet hatte.

Einen Moment lang war Eve wütend, dass er Witze darüber riss, doch sie ging nicht darauf ein. Sie holte tief Luft. Sie musste mitspielen, nicht provozieren. Wenn sie es persönlich nahm, würde sie nicht in der Lage sein, *wie ein Mörder zu denken.*

»Und was wollen *Sie*?« Sie stotterte nicht – und überlegte ganz kurz, ob das gut war.

Oder sehr, sehr schlimm.

In der Telefonzelle: eine Bewegung. Eve zuckte zurück, als sich eine weiße Handfläche gegen die Glasscheibe legte.

Mit weit gespreizten Fingern.

»Der Tod will sein Mädchen.«

Eve wurde ganz schwach vor Grauen. Sie legte ihrerseits die Hand ans Fenster, um sich zu stützen, und eine lange, lange Zeit verging, ehe sie genug Luft bekam, um irgendeinen Laut von sich zu geben.

Dann flüsterte sie: »Abgemacht.«

Sie brach die Verbindung ab und trat auf unsicheren Beinen vom Fenster weg und zurück in den Schatten.

Er wird mich umbringen, dachte sie wie betäubt.

Und wahrscheinlich habe ich das auch verdient.

45. Kapitel

22. Dezember

Mr Elias fluchte nie, doch als er sah, dass die Telefonzelle verschandelt worden war, sagte er im Schutz eines Air-France-Jets mit großem Nachdruck *irgendetwas* vor sich hin und ging dann forschen Schrittes zurück ins Haus, um einen Eimer heißes Wasser und eine Scheuerbürste zu holen.

Er war wütend, aber er war auch gekränkt.

Mehr, als er es für möglich gehalten hätte.

Unverhoffte Tränen stiegen ihm in die Augen. Erst Phoebe, dann Jennifer und jetzt *das.*

Im Herzen wusste er, dass die ersten beiden Ereignisse nichts mit dem dritten zu tun hatten, doch in seinem Herzen waren es noch immer offene Wunden, und dies hier fühlte sich wie Salz an.

Er putzte sich die Nase, während das Wasser lautstark in den Eimer rauschte.

Wer konnte das gewesen sein? Er hoffte, dass es ein Fremder war. Wenn es ein Fremder gewesen war, würde es sich nicht so verdammt *persönlich* anfühlen!

Er trottete wieder zur Telefonzelle hinaus und machte sich daran, den Flyer von der Wand zu schrubben.

Die untere linke Ecke hatte er fast schon weggerubbelt,

ehe sich der rote Nebel lichtete und er las, was da eigentlich stand.

AUSSTELLUNG
rt: Madame Tussauds
tum: 24. Dezember
t: 14:00 Uhr

Mr Elias ließ seinen Eimer fallen, eilte abermals über die verschneite Straße und hämmerte laut an Eve Singers Haustür.

Es war Nacht. Die Tür der Telefonzelle öffnete sich und zeigte ein kurzes Aufblitzen von grünem Nachtsicht-Schnee. Eine dunkle Gestalt kam herein, die Kapuze hochgezogen, einen Schal ums Gesicht gewickelt.

Nur die Augen glitzerten wie Fuchsaugen im Licht von Autoscheinwerfern.

Ein kurzer Blick darauf, wie der Flyer auseinandergefaltet wurde, dann hoben behandschuhte Hände ihn hoch und klebten ihn über die Kameralinse …

»Glauben Sie, das ist er?«, fragte Joe.

»Ich denke, das hier müssen wir sehr ernst nehmen«, sagte Huw Rees. »Anhand dieser Aufnahmen können wir Vandenberg unmöglich identifizieren, aber seine Fingerabdrücke sind überall an der Tür.« Er hielt eine Kopie des Flyers hoch. »Wenigstens wissen wir jetzt, wo wir ihn wann finden.«

»Letztes Mal wussten Sie auch, wo Sie ihn wann gefunden hätten«, bemerkte Eve.

»Verlassen Sie sich drauf«, erwiderte Rees grimmig, »diesmal haben wir an alles gedacht.« Er hielt kurz inne und sah Aguda an. »Wir müssen uns nur einen Vorteil verschaffen …«

Beide sahen Eve an. Es herrschte bedeutungsschwangeres Schweigen.

Dann sagte Joe mit heraufdämmerndem Zorn: »Die wollen dich als Köder benutzen!«

Rees zuckte zusammen. »Nicht als *Köder«,* erwiderte er. »Als Ablenkungsmittel.« Er wandte sich an Eve. »Vandenberg ist besessen von Ihnen«, erklärte er. »Besessen davon, dass Sie der Welt sein Werk zeigen. Sie sind diejenige, die er am allerdringendsten beeindrucken will …«

»Oder ermorden will!«, warf Joe ein.

Rees beachtete ihn nicht. »Das hier ist etwas anderes als die Razzia in seinem Haus. Diesmal wissen wir genau, wo er sein wird und wann. Wir haben achtundvierzig Stunden Zeit, um den Einsatzort zu sichern. Wir können da rein und das Ganze *kontrollieren,* Eve. Zum ersten Mal werden wir die Oberhand haben. Sie werden von Polizisten umgeben sein. Emily wird bei Ihnen sein, und wir haben ein Team aus zwanzig bewaffneten Zivilbeamten vor Ort, die so dicht an Ihnen dranbleiben können, dass dieser Irre keine drei Meter an Sie rankommt, verlassen Sie sich drauf. Sobald wir ihn sehen, greifen wir zu.«

Eve hielt die Handschelle einen Augenblick lang still.

Aguda sah sie an und meinte vorsichtig: »Klingt wie ein guter Plan.«

»Es ist aber kein guter Plan«, fauchte Joe. »Das ist ein *Scheißplan.* Und wenn Sie ihn nun *nicht* sehen? Oder Sie sehen ihn und versauen das Ganze irgendwie? So, wie Sie's im Barnstormers Theatre versaut haben? Was ist, wenn dieser Spinner gar nicht bis auf drei Meter an Eve ran *muss*? Wenn er oben in den Dachbalken hockt, mit 'nem Scheißgewehr? Was *dann*?«

»Joe …« Eve legte ihm die Hand auf den Arm. Alle sahen sie an. Sie wählte ihre Worte mit Bedacht. »Ich weiß, du versuchst bloß, mich zu beschützen. Aber ich will einfach nur, dass das vorbei ist. Ich bin doch diejenige, die es versaut hat. Ich habe eine Verbindung mit dem Mörder hergestellt. Ich habe den Kevin-Barr-Clip gezeigt, ich bin zu seiner Scheißausstellung am Piccadilly Circus gegangen, ich habe das Arschloch in dieses Haus gelassen, und er hat meinen *Dad* entführt …!«

Sie verstummte, bevor sie in Tränen ausbrechen konnte. Ein Flugzeug flog vorbei und gewährte ihr den Moment, den sie brauchte, um weiterzusprechen. »Und wenn das hier die einzige Möglichkeit ist, ihn zurückzubekommen, dann muss ich es versuchen. Ich *muss* einfach!«

»Dann machen Sie es also?«, fragte Rees.

Eve zuckte eine Schulter. »Der Mörder will mich«, meinte sie. »Wir müssen ihm geben, was er will.«

»Das ist doch *Schwachsinn*!«, verkündete Joe. Er erhob sich und stürmte hinaus.

Eve folgte ihm. Sie erwischte ihn an der Gartenpforte, wo er gerade in seine Jacke schlüpfte. »Joe …«

Er drehte sich zu ihr um, erwiderte ihr Lächeln jedoch nicht. »Diesen Arschlöchern bist du doch scheißegal oder dein Dad. Die wollen nur einen Serienmörder einbuchten.«

»Wollen *wir* das nicht auch?«, fragte Eve. »Ganz gleich, was die vorhaben, für *uns* macht das doch keinen Unterschied.«

»Es geht ums Prinzip.«

»Das ist ihr Job. Das kannst du ihnen doch nicht zum Vorwurf machen.«

»Doch, kann ich«, gab er wütend zurück. »Scheiß auf die. Und scheiß auf ihren Job.«

Er sah aus, als wäre er den Tränen nahe.

Eve legte ihre Hand auf seine oben auf der Pforte. »Was ist wirklich los?«

Joe sah sich um, als hinge die Antwort irgendwo in einer verschneiten Hecke. »Ich will einfach, dass dir nichts *passiert*.«

»Es geht bestimmt alles gut.«

»Das weißt du doch gar nicht.«

Sie nickte. »Da hast du recht. Aber keiner von uns weiß das. Jeden Tag stehen wir aus dem Bett auf und gehen davon aus, dass wir am Abend wieder da reinsteigen werden. Ein paar von uns liegen damit falsch. Aber Joe – die meisten von uns liegen damit *richtig*.«

»Die meisten von uns versuchen auch nicht, einen Serienmörder auszutricksen.«

Eve lächelte. »Wie könnte ich das nicht schaffen? Ich hab doch dich als Beschützer dabei.«

Joe lächelte nicht. »Das ist kein Spiel, Eve. Das ist verdammt ernster Scheiß.«

»Glaubst du etwa, das *weiß* ich nicht? Glaubst du, ich *will* so ein Risiko eingehen? Ich mache mir hier fast ins Hemd, Joe, aber es gibt keine andere Option. Egal, was Huw Rees sagt, wenn der Mörder auch nur eine falsche Bewegung macht, dann feuern die aus allen Rohren. Und wenn der Kerl draufgeht, finde ich meinen Dad nie. Und *das* ist alles, worauf es mir ankommt. Das ist das einzig Wichtige.«

Joe starrte blinzelnd den Schnee an und schüttelte den Kopf.

»Ich möchte das mit dir zusammen machen«, sagte sie. »Aber ich mach's auch allein.«

Er zog seine Hand unter ihrer weg und öffnete die Pforte. »Das weiß ich.«

Damit stieg er in den Dienstwagen von iWitness News und ließ den Motor gellend aufheulen, ehe er losfuhr, wobei er nur knapp einen UPS-Lieferwagen verfehlte.

Langsam ging Eve wieder ins Haus.

46. Kapitel

Mr Elias öffnete einem UPS-Fahrer die Tür.

»Mr Elias?«

»Ja.«

»Paket für Sie. Bitte unterschreiben Sie hier.«

»Was denn für ein Paket?«

Der Mann trat zur Seite, so dass Mr Elias einen großen Karton auf einer Sackkarre sehen konnte. Auf der Seite stand *Hotpoint.*

»Ich habe aber gar keine Waschmaschine bestellt.«

»'ne Überraschung«, meinte der Mann achselzuckend.

Das stimmte, dachte Mr Elias. Es war schließlich Weihnachten. Doch er sah erst nach, ob der Karton auch wirklich ordnungsgemäß an ihn adressiert war, ehe er mit einem Plastikstäbchen eine dürftige Version seines Namens auf ein Display kritzelte.

Der Karton war hoch – gut hüfthoch – und sah schwer aus.

»Ist das Ding schwer?«

»Ja, ziemlich.«

»Wenn das so ist, würde es Ihnen wohl etwas ausmachen, ihn hereinzubringen?«

»Ist eigentlich nicht mein Job«, erwiderte der Fahrer und sah auf die Uhr. Dann seufzte er, drehte die Sackkarre herum und kippte und zerrte und hebelte sie die Stufen hinauf und über die Schwelle, und das alles mit einem so angestrengten Ächzen, dass Mr Elias froh war, um Hilfe gebeten zu haben.

Er schaute ins Wohnzimmer, doch ihm wurde klar, dass dort nicht genug Platz sein würde, um den Karton zu öffnen, ohne sein wohlgeordnetes Leben durcheinanderzubringen. Also lotste er den Fahrer zu dem Zimmer an der Rückseite des Hauses, wo Jennifers Klavier und all das Zeug stand, das er nach ihrem Tod zwar eingepackt, aber *immer noch nicht* zu Oxfam gebracht hatte.

»Hier drin wäre es gut, vielen Dank«, sagte er.

Dann fiel ihm ein, dass er dem Mann wohl ein Trinkgeld geben sollte, und er grub in seiner Hosentasche nach einem Pfund. Ein Pfund war nicht viel, das war ihm klar, aber er hatte keine Ahnung, wie viel Trinkgeld man einem Paketboten heutzutage gab. Oder ob man überhaupt welches gab.

»Danke«, sagte er. »Und das hier ist für Sie.«

Er schaute von seiner Handvoll Kleingeld auf, zu spät, um zu sehen, was ihn traf.

Der UPS-Fahrer hieß Tyson Reid. Er war nach dem Boxerrüden seines Vaters benannt worden. Kurze Zeit hatten sie sich überschnitten, er und der Hund, doch dann war der andere Tyson eines Sommerabends draußen von einem Lieferwagen überfahren worden, und danach ging es bei ihnen zu Hause sehr viel weniger verwirrend zu.

Es war kein UPS-Lieferwagen gewesen.

Dem kleinen Tyson sollte Großes beschieden sein. Das hatte seine Mutter ihm jedenfalls andauernd erzählt. Und eine Zeitlang sah es so aus, als könne das auch tatsächlich der Fall sein. In der Schule war er so schlau, wie seine Freunde es ihm gestatteten, und er hatte Fußballtalent, aus dem eine Gabe hätte werden können, wenn er weiter daran gearbeitet hätte. Er spielte für die Schule und in einer Jugendmannschaft – die Hackney Hunters –, und einmal war er zu einem Trainingslager von West Ham eingeladen worden. Doch daraus hatte sich nichts ergeben, und nach einer Weile verlor er allmählich das Interesse an harter Arbeit ohne greifbare Resultate.

Seine Mutter hielt ihm ihre Standartpredigt von wegen immer alles sofort haben wollen, aber sie musste ja auch nicht für nichts und wieder nichts viermal die Woche im Regen fünf Kilometer rennen. Also hörte er mit dem Fußballspielen auf, abgesehen vom Kicken gegen die Mauer der Garagen, wo all die Jugendlichen abhingen, und als er sechzehn war, war Tyson nicht mehr schlau.

Er hatte die Schule auslaufen lassen, statt seinen Abschluss zu machen, und geriet kurz in Konflikt mit dem Gesetz, als er versuchte, Geld zu verdienen, indem er ein bisschen Dope vertickte. Nichts Großes – nur ein paar Tütchen an Freunde und Bekannte –, aber man hätte meinen können, er wäre *Breaking Bad,* so wie seine Mutter getobt und ihn angeschrien hatte, während die Polizisten gemächlich alles, was er besaß, vor seiner Zimmertür im Flur aufstapelten.

Einer von denen war auf seinen Millennium-Falken getreten.

Er hatte »Uups, tut mir leid« gesagt – aber mit einer leblosen Miene, die Tyson klargemacht hatte, dass es ihm überhaupt nicht leidtat und dass er mehr davon erwarten konnte, wenn er beschloss, weiter dem gerade eingeschlagenen Pfad zu folgen.

Es war mehr das als die Wut seiner Mutter, was ihn gerettet hatte. Ihn daran erinnert hatte, wie viel leichter das Leben doch gewesen war, als er schlau gewesen war.

Es war noch nicht zu spät für Tyson. Fußball und Studium waren vom Tisch, eine ehrliche Arbeit aber – da die Polizei beschlossen hatte, es bei einer Verwarnung und einem kaputten Star-Wars-Spielzeug zu belassen, anstatt ihn zu verhaften – war noch immer eine Option, und Tyson nutzte sie.

Auf einer Tankstelle hatte er miese Nachtschichten zugeteilt bekommen, aber so hatte er die Fahrschule bezahlt, und dann hatte er bei UPS angefangen. Die ersten zwei Jahre mit Sortieren und Etikettieren und dann schließlich als Fahrer. Es gefiel ihm, den ganzen Tag auf der Straße zu sein; die Leute freuten sich immer, ihn zu sehen, und nur seine hässliche braune Uniform erinnerte ihn daran, dass er nicht sein eigener Herr war.

Es war nicht das Leben, das Tyson sich ausgemalt hatte, aber schlecht war es nicht. Er fing wieder an, Fußball zu spielen – bloß in einem Wochenend-Verein, aber er hatte vergessen, wie viel Spaß ihm das machte, und hatte sich genug Können bewahrt, um zu glänzen.

Er hatte eine Freundin, Rose, und ein Baby war unterwegs. Sie wollten die Kleine Brady oder Fern nennen. Außerdem standen sie auf einer Warteliste für eine Wohnung und *mussten* da allmählich ziemlich weit oben sein. Tysons Mutter strickte wie eine Wahnsinnige, und sein Vater war von Gott weiß woher aufgetaucht und hatte fünfzig Pfund auf ein Sparkonto für das Baby eingezahlt. Hatte eine Riesenshow daraus gemacht und gesagt, er würde jeden Monat fünfzig Pfund überweisen, für ihre Schulbildung, und dann hatten sie ihn nie wieder gesehen. Doch das war etwas, worüber man lachen konnte, und Tyson dachte – da sein Vater das Konto nun mal eingerichtet und ihnen das Sparbuch gegeben hatte –, dass das doch eine gute Idee gewesen war, und so hatte *er* dort immer, wenn er konnte, fünfzig Pfund im Monat eingezahlt. Brady oder Fern besaß bereits dreihundert Pfund, und dabei war sie noch gar nicht geboren!

Außerdem waren es nur noch ein paar Tage bis Weihnachten, und er würde einen tollen Bonus kriegen, weil wahnsinnig viel zu tun war, wegen all der Leute, die Sachen online kauften, statt den Arsch hochzukriegen und einkaufen zu gehen.

Tyson war dankbar für ihre Faulheit.

Zufrieden mit seinem Schicksal.

Er sang beim Fahren leise vor sich hin. Zusammengepanschte Bruchstücke von Kinderliedern und Rap-Songs, über Gemütlichkeit und betrunkene Matrosen und das Ghetto-Dasein.

»Ear-ly in the morning …«

Am 19. Dezember wurde Tyson beauftragt, ein Paket in West London abzuholen. Es war ein großer, schwerer Karton, aber zum Glück hatte der Typ das Ding bereits auf einer Sackkarre am Bordstein stehen. Er half Tyson sogar, es auf die hydraulische Rampe seines Lieferwagens zu manövrieren, obwohl er nur Slipper und einen Golfpulli trug.

Tyson ließ ihn die Papiere unterzeichnen, dann fuhr er die Rampe hoch, schloss die Tür und sprang in die Fahrerkabine.

Der Typ saß auf dem Beifahrersitz.

»Hey, Mann«, sagte Tyson. »Aussteigen!«

Aber der Typ stieg nicht aus.

Der Typ hatte ein Messer und einen kalten Ausdruck in den kleinen schwarzen Augen.

Er zwang Tyson, in Richtung Heathrow zu fahren – zu einer großen, flachen Wiese, wo hungrige Zigeunerponys an langen blauen Stricken im Schnee angepflockt waren.

Er zwang ihn, seine hässliche braune Uniform auszuziehen.

Schlotternd und verlegen stand Tyson in Unterwäsche da, sah zu, wie der Mann seine Sachen anzog, und fragte sich, ob er seinen Weihnachtsbonus wohl trotzdem bekommen würde.

Dass er gerade ausgeraubt wurde, war ihm klar.

Dass er jedoch ermordet werden würde, wurde ihm erst klar, als es passierte.

Mr Elias öffnete vorsichtig den großen Karton, während der UPS-Fahrer auf dem Sofa saß und in einer widerwärtigen Weihnachts-Parodie freudige Erwartung verströmte.

Sie waren im Wohnzimmer, doch der Raum war so verwüstet worden, dass das Öffnen des Kartons auch keinen Unterschied mehr machen würde. Mr Elias nahm an, dass sich der Rest des Hauses bestimmt in einem ähnlichen Zustand befand, und er war beinahe dankbar, dass er es nicht gesehen hatte. Gefesselt und geknebelt war er auf dem Sofa zu sich gekommen und hatte zugehört, wie sein Heim rund um ihn herum zerstört worden war.

UPS würde noch von ihm hören.

Er hatte Angst gehabt. Er hatte immer noch Angst, doch die verblasste allmählich zu einem fatalistischen Taubheitsgefühl, gepaart mit Unbehagen und wachsendem Verdruss.

Der Fahrer schien keinerlei Interesse an ihm zu haben.

Seit dem ersten Mal hatte er ihn nicht mehr geschlagen oder ihn auch nur angesehen, bis er ihn in eine sitzende Stellung hochgezerrt, den Karton vor ihn geschoben, gelacht und »Aufmachen!« gesagt hatte.

Er hatte Mr Elias' Hände nicht losgebunden, doch nachdem dieser endlich an der einen Seite einen Fingernagel unter das braune Paketband schieben konnte, ging der Karton ziemlich leicht auf und gab den Blick auf solche kleinen Schaumstoff-Chips frei, die den Inhalt schützten.

»Rausnehmen«, sagte der Paketbote.

Mr Elias schöpfte eine Doppelhandvoll heraus und schaute sich um, wo er sie hintun könnte, doch der Paketbote schlug von unten gegen seine Hände, sodass die Dinger allesamt in die Luft flogen und sich über den Teppich und den Couchtisch verstreuten.

Er lachte wie ein Schulhofschläger.

Auch *dazu* hätte Mr Elias so einiges zu sagen gehabt, doch der Knebel ließ das nicht zu. Er bestand aus einem seiner eigenen Kopfkissenbezüge, der ihm fest in den Mund gestopft und mit demselben braunen Paketband rund um den Hinterkopf befestigt war, das auch an dem Karton klebte.

Also schaufelte er Hände voller Chips auf den Boden, bis er ein Stückchen weiter unten etwas *Merkwürdiges* berührte und mit einem kleinen *Nnngg!* der Verblüffung zurückfuhr.

Der UPS-Mann lachte und brüllte »Fröhliche Weihnachten!«, dann griff er in den Karton, schmiss die Chips in die Luft wie mächtige Schneeschauer und rannte schließlich kichernd aus dem Zimmer.

Vorsichtig beugte Mr Elias sich vor und ächzte dann vor Schreck.

In dem Karton lag ein Kopf.

47. Kapitel

23. Dezember

Eingesperrt in dem engen kleinen Haus, fuhrwerkte der Mörder in erwartungsvoller Raserei wild herum.

Überall suchte er nach Erleuchtung. Steckte die Finger in jede kuriose Ritze. Jeder Schrank wurde ausgeräumt, jedes Fach leer gemacht.

Er lief auf Marmelade und Salat herum.

Er lachte sich schief darüber, wie der UPS-Bote auf dem Handy in seiner Tasche bibberte. *Gib mir doch wenigstens Schuhe, Alter! Wie soll ich denn sonst zu Fuß nach Hause kommen?*

»Gar nicht!«, schrie er vergnügt und synchron mit seiner eigenen Stimme. »Du gehst nirgendwohin!«

Hin und wieder drückte er das Ohr an die Zwischenwand zum Nachbarhaus und schloss die Augen, um besser hören zu können, und brabbelte im Takt der Pläne vor sich hin, die er in seinem Ohr oder im Kopf vernahm.

Es hatte hier mal ein Klavier gegeben; jetzt füllte es das hintere Zimmer mit einem Wust aus Splittern und goldenen Drahtspiralen, und im Wohnzimmer war jedes Schiff und jedes Sepia-Porträtfoto von den Wänden gerissen worden, wobei sehr viel sauberere Tapete oder Wandfarbe darunter zum Vorschein gekommen war.

Vierecke des Verlusts und des Schmerzes.

Jetzt nicht mehr. Jetzt nicht mehr!

Er hatte das Haus ausgeweidet und war jetzt so voller Leben, dass er zu platzen glaubte! Er riss sich die braune Uniform herunter und spürte, wie sich seine Haut abmühte, all das Leben einzuschließen, das er eingesammelt hatte; das ganze Blut und Gedärm und die Augen und das Haar und die Zähne und das Fleisch und die Knochen füllten ihn bis zum *Rand*! Er war mit Leben gesättigt! Seine Beine bestanden nur aus Muskeln, sein Schwanz war steinhart. Sein einst völlig taubes Herz war eine große, dröhnende Kammer und pumpte Ochsenblut und Feuer!

Und seine Narbe hielt. Nicht ein Muckser.

»Schaut mich an!« Mit Armen wie Wunderkerzen drehte er sich auf dem Teppich im Kreis. *»Schaut mich an!«*

Das Sofa schwieg, aufgerissen und zerfetzt.

Die Stühle schwiegen, aufgehäuft wie Mikado-Stäbchen.

Der Mann schwieg, gefesselt und geknebelt.

Superintendent Rees ging am Fenster vorbei, und der Mörder duckte sich neben dem großen Karton.

Der Polizist ging Eve Singers Gartenweg hinunter, und dann versetzte das leise Geräusch der rostigen Gartenpforte den Mörder wieder zurück in jene erste Schicksalsnacht.

Zurück zum Anfang, in einem wunderbaren Kreis.

»Das Ende ist nahe!«, zischte er Mr Elias ins Ohr.

Dann rannte er die Treppe hinauf.

Immer zehn Stufen auf einmal!

Zum Dachboden.

48. Kapitel

24. Dezember

An Heiligabend dämmerte der Tag eigentlich gar nicht richtig. London wurde an den Rändern ein klein wenig heller, ansonsten jedoch war der Tag von der Nacht fast nicht zu unterscheiden, da sämtliche Lichter an blieben und ein Himmel von der Farbe winterlicher See eindeutig vor schlechtem Wetter warnte. Der Aufmacher der Nachrichten war, dass die Buchmacher jammerten, die bevorstehenden weißen Weihnachten würden sie alle in den Ruin treiben.

Emily Aguda rollte sich herum und machte das Radio aus.

TrrrrT.

Sie seufzte und ging nach unten.

Eve Singer war bereits auf den Beinen und angezogen; sie trank Kaffee und spielte mit den Handschellen.

TrrrrT.

Aguda schenkte sich einen Becher Kaffee ein und setzte sich.

»Nervös?«, fragte sie. Es hatte ja keinen Sinn, um den heißen Brei herumzureden.

Eve nickte. »Mir ist schlecht.«

Sie ließ die Handschellen um ihr linkes Handgelenk zuschnappen, dann löste sie sie wieder und tat dasselbe mit dem rechten – alles binnen eines glitzernden Lidschlages.

Aguda schaute auf die Uhr. 09:30. Um zwölf sollten sie in Madame Tussauds Wachsfigurenkabinett sein, und sie plante zwei Stunden ein, um dort hinzukommen, des Schnees wegen.

»Wenn wir erst unterwegs sind, geht's Ihnen bestimmt besser.«

»Sicher«, antwortete Eve. »Wahrscheinlich haben Sie recht.«

»Prima.« Aguda trank ihren Becher leer und stand auf. »Ich gehe schnell duschen, dann schnappe ich mir meine *Riesenknarre*, und wir gehen einem Serienmörder in den Arsch treten.«

Eve lächelte.

Doch als Aguda zwanzig Minuten später wieder nach unten kam, war Eve weg.

Scheiße, Scheiße, Scheiße.

Aguda rief Eve mehrmals an, während sie das Haus durchsuchte. Sie schaute sogar mit einer Taschenlampe auf dem Dachboden nach, fand dort aber nur ein Schaukelpferd, geisterhaft weiß unter einer Staubschicht. Dann rief sie Huw Rees an, um ihn wissen zu lassen, dass sie ein Problem hatten.

»Ist sie abgehauen oder entführt worden?«, wollte er wissen.

Aguda zögerte. Sie hatte nur zehn Minuten geduscht, aber eine Dusche war eine höchst effektive Geräuschbarriere.

»Ich würde sagen, abgehauen, Sir. Es gibt keinerlei Anzeichen für gewaltsames Eindringen oder einen Kampf, und ich denke, sie ist der Typ, der es ihm nicht leicht machen würde.«

»Dann hat sie also gekniffen?«

Aguda zögerte wieder und sagte dann »Ja, Sir«. Der Begriff »gekniffen« behagte ihr nicht, sie konnte es Eve Singer nämlich nicht verdenken, dass sie nicht als Köder für einen Serienmörder herhalten wollte. Aber was für eine Erklärung konnte es sonst geben.

Sie stand am Küchentisch und wartete auf weitere Anweisungen.

Doch bevor Rees ihr die geben konnte, stieß sie hervor: *»Scheiße!* Sir – ich glaube, sie hat meine Handschellen mitgenommen!«

Das Schweigen am anderen Ende der Leitung sagte ihr, dass es Superintendent Rees ebenso klar war wie ihr: Wenn Eve Singer abgehauen war, weil sie ganz einfach kneifen wollte, dann war das eine Sache.

Wenn sie aber mit voller Absicht Agudas Handschellen mitgenommen hatte, dann war das möglicherweise etwas *ganz anderes* …

»Okay«, sagte Rees. »Wir fahren früher hin und halten vor Ort nach ihr Ausschau, für den Fall, dass sie erwägt, eigenmächtig vorzugehen. Sie bleiben, wo Sie sind, und schauen, ob Sie sie erreichen können oder ob Ihnen irgendwas einfällt, wo sie sein und was sie treiben könnte.«

»Ja, Sir.«

»Melden Sie sich wieder.«

»Ja, Sir.«

»Genau das hat uns noch gefehlt, verdammt noch mal«, seufzte Rees.

»Ja, Sir«, stimmte Aguda ihm inbrünstig zu.

Sie beendete das Gespräch und rief sofort wieder Eve an. Währenddessen joggte sie die Treppe hinauf und machte sich abermals auf die Suche – diesmal nach Hinweisen in Gestalt von Dingen, von denen sie sich ziemlich sicher war, dass sie zusammen mit Eve verschwunden waren. Ihre Geldbörse mit allen Bankkarten konnte sie nicht finden. In der Schublade neben ihrem Bett lag ein Handy, doch das war ein älteres Modell und ließ sich nicht einschalten, auf dem Display pappte ein schmuddeliger Werbe-Aufkleber.

Also hatte Eve ihr Handy dabei, sie ging nur nicht ran. Hoffentlich aus freien Stücken – so ärgerlich das auch sein mochte.

Emily Aguda versuchte, wie Eve Singer zu denken. Ihr Vater war entführt worden, ihr Leben war in Gefahr, der Mörder lief immer noch frei herum. Und die Polizei war keine Hilfe.

Sie verspürte einen Stich der Scham. Wenn sie Eve Singer wäre, hätte sie das Vertrauen in die Fähigkeit der Londoner Polizei, ihren Vater zu retten, auch verloren. Wenn *sie* Eve Singer wäre, würde sie vielmehr ...

Selbst mit dem Geiselnehmer verhandeln.

Ein jähes Flattern tief im Bauch sagte Emily Aguda, dass sie auf der richtigen Fährte war. Sie eilte nach unten. Die Uhr im Flur zeigte halb elf.

Schon?

Sie stand im Wohnzimmer und bemühte sich, *schneller* zu denken, während hinter ihr der Hamster in seinem quietschenden Rad dahinzottelte.

Könnte Eve Singer irgendetwas in ihrem Tagebuch vermerkt haben? Aguda kam sich ein bisschen blöd vor, während sie eine rasche Runde durchs Haus drehte und nach einem Tagebuch suchte. Über dem Kühlschrank hing ein Kalender mit zwei Border-Terriern drauf, aber der war von vor zwei Jahren. Sie überprüfte das heutige Datum trotzdem.

Weihnachtseinkäufe machen stand da.

Sie lachte über Eve. Und dann lachte sie noch einmal über sich selbst. Was hatte sie denn erwartet? *10:00 Yoga, 13:00 Serienmörder?*

Selbst wenn Eve eine Erinnerung gebraucht hatte, niemand unter siebzig notierte sich so etwas doch noch in einem Kalender. Es wäre auf ihrem Handy vermerkt.

Das sie bei sich hatte.

Das aber *vielleicht* mit ihrem Computer synchronisiert war …

Im Wohnzimmer lag das Stromkabel von Eves Laptop auf dem Couchtisch. Wenn sie ihren Laptop mitgenommen hätte, dann doch bestimmt auch das Kabel?

Aguda fing an einem Ende des Wohnzimmers mit dem Suchen an. Unter einem Sofakissen versteckt fand sie ein flaches silbernes MacBook und klappte es auf. Dieses Eindringen in jemandes Privatsphäre verursachte ihr jedes Mal leichtes Unbehagen, doch dafür zu sorgen, dass Eve am Leben blieb, hatte für sie Priorität, und dieser Zweck heiligte fast jedes Mittel.

Der Browser war bereits offen, doch es sah aus, als hätte Eve außer Weihnachtseinkäufen online nichts weiter unternommen.

Soweit Aguda sehen konnte, bekam jeder eine Oxfam-Unverpackt-Ziege geschenkt.

Emily Aguda durchforstete den Mac, suchte nach vertrauten Programmen und Menüs, an die sie sich halten konnte. Es gab einen Kalender, aber dort war für heute nichts eingetragen. Sie fand das Suchprogramm und tippte Schlüsselwörter wie »Killer« und »Mörder« ein, bekam aber so viele Resultate, dass sie ihre Suchbegriffe verfeinern musste. »Weihnachten« und »24. Dezember« brachten jedoch auch nichts Relevantes.

Es gab ein Auswahlmenü mit dem Titel »Kürzlich verwendet«. Zwanzig Dateinamen erschienen in einem neuen Fenster, und sie ließ den Blick auf der Suche nach Hinweisen die Liste hinunterwandern.

Man musste nicht Sherlock Holmes sein …

Ausstellung.pdf

Aguda öffnete die Datei.

AUSSTELLUNG

Ort: Madame Tussauds

Datum: 24. Dezember

Uhrzeit: 14:00 Uhr

Es war eine Kopie des Flyers, den ihr Nachbar in der Telefonzelle gefunden hatte. Vielleicht wollte Eve sie irgendwann in ihrem Bericht über den Fall verwenden.

Das erschien Aguda möglich. Aber es kam ihr nicht *richtig* vor.

Sie wühlte herum und fand die Dateieigenschaften. In dem neuen Fenster waren der Dateityp, Größe, Ort und das Datum aufgelistet, an dem die Datei erstellt worden war – der 20. Dezember.

Sie starrte den Bildschirm an.

Das konnte doch nicht sein.

Im Kopf zählte sie zurück.

Der Flyer in der Telefonzelle war am 22. gefunden worden; Mr Elias war sicher gewesen, dass er am Vortag noch nicht da gewesen war. Wie konnte Eve ihn also vor dem 20. gesehen haben? Gar nicht. Das war unmöglich.

Es sei denn, sie war diejenige, die ihn gemacht hatte!

Dieser Gedanke ließ Aguda jäh innehalten. *Das* war möglich. Verwirrend und beunruhigend, aber definitiv möglich. Und wenn Eve den Flyer am 20. erstellt hatte, hatte *sie* ihn dann in der Telefonzelle angeklebt?

Aguda dachte an die kurzen Nachtsicht-Bilder von einem vermummten Gesicht und glitzernden Augen, ehe der Flyer über die Linse der verborgenen Kamera gepappt worden war. Sie waren davon ausgegangen, dass es Vandenberg gewesen war, aber es hätte jeder sein können. Es hätte Eve Singer sein können.

Aber warum sollte sie das tun? Aguda mühte sich ab, ihrer Logik zu folgen. Wenn Eve Kontakt mit dem Mörder aufnehmen wollte, warum sollte sie dann einen Flyer drucken und ihn dort hinhängen, wo er so leicht gefunden werden würde? Der Polizei ihre Pläne verraten?

Aguda schnappte nach Luft, als die Antwort sie traf wie ein Schwall eiskaltes Wasser – ein Schock und dann ein Frösteln.

Der Flyer war ein Lockvogel!

Was hatte sie zu Eve gesagt: *Um einen Mörder zu schnappen, muss man denken wie ein Mörder.*

Und Eve hatte geantwortet: *Genau das versuche ich ja gerade.*

Der Mörder hatte Guy Smith einen unechten Flyer geschickt – einen Lockvogel, um ihn auf die falsche Fährte zu locken. Wenn sie dachte wie ein Mörder, dann war Eves Flyer nicht gemacht worden, um Kontakt mit dem Mörder aufzunehmen, sondern um die Polizei in die Irre zu führen.

Und sie hatten sich auch in die Irre führen lassen, dachte

Aguda grimmig. Wie ein Idiot, dem die Taschen ausgenommen werden, während er irgendetwas Glänzendes anglotzt.

Und wenn es einen unechten Flyer gab, dann musste es auch einen echten geben.

Aber *wo*?

Das wusste Aguda nicht.

Nur zwei Dinge wusste sie mit Übelkeit erregender Gewissheit.

Dass die bewaffnete Einheit in Madame Tussauds Wachsfigurenkabinett einem Mörder auflauerte, der dort nie eintreffen würde.

Und dass Eve Singer – *irgendwo* – versuchen würde, ihren Vater vor einem Serienmörder zu retten.

Ganz allein.

49. Kapitel

TrrrrT.

Joe fuhr in Richtung Osten, auf das Stadtzentrum zu. Die Straßen waren geräumt, und noch schneite es nicht, trotz des immer tiefer hängenden Himmels.

»Hast du die Kamera dabei?«, fragte Eve. »Er wird eine Kamera sehen wollen.«

TrrrrT.

Joe nickte nur und schielte nervös auf die Handschellen.

Sie kamen zur Hyde Park Corner.

Doch anstatt nach Norden in Richtung Madame Tussauds zu fahren, bog Joe nach rechts ab, und sie schwenkten nach Süden und fuhren auf den Fluss zu.

Joe starrte die Rückseite eines Busses an. »Ich hoffe bloß, du weißt, was du tust.«

»Ich bin unterwegs zu einem Showdown mit einem Serienmörder, Joe«, antwortete Eve grimmig. »*Wie* soll ich da wissen, was ich tue, verdammte Scheiße?«

Aguda hinterließ eine Nachricht auf Eves Mailbox.

»Eve, hier ist Emily Aguda. Ich weiß, was Sie vorhaben. Bitte machen Sie das nicht allein. Bitte rufen Sie mich an und sagen Sie mir, wo Sie sind, damit ich kommen und Ihnen helfen kann. Noch ist es nicht zu spät.«

Sie hoffte inständig, dass das stimmte.

Dann rief sie Huw Rees im Wachsfigurenkabinett an und erzählte ihm von ihrer Theorie.

»Sie könnten durchaus recht haben«, meinte er. »Aber nur aufgrund einer Vermutung kann ich nicht handeln.«

»Aber Sir ...«

»Emily«, schnitt er ihr das Wort ab, »ich glaube Ihnen ja, aber Sie haben keine brauchbare Alternative für mich. Bringen Sie mir auch nur den kleinsten fundierten Hinweis darauf, wo dieses Arschloch heute um zwei sein wird, und ich mache mich auf den Weg dorthin. Aber bis dahin ist das hier alles, was wir haben.«

»Ja, Sir.« Aguda brach die Verbindung ab. Sie starrte sich in dem großen Wohnzimmerspiegel an. Rees hatte recht. Das wusste sie. Aber sie wusste auch, dass er falschlag. Sie musste es ihm nur beweisen, sonst würden sie in ein paar Stunden einen Anruf von *irgendwo* in London bekommen und die Trümmerstücke aufsammeln müssen.

Höchstwahrscheinlich die von Eve Singer.

Oder die von ihrem armen Vater.

Die Uhr über dem Kamin zeigte siebzehn Minuten nach elf.

Von nebenan drang unregelmäßiges Hämmern durch die Wand, und ein Flugzeug flog dicht über sie hinweg. Jetzt fiel ihr das kaum noch auf. Es war erstaunlich, wie die Sinne einfach ausklammerten, was unnötig war. Dinge unsichtbar machten, unhörbar.

Doch das hieß nicht, dass sie nicht da waren. Sie musste sich nur mehr anstrengen, sie zu finden. Sie musste nur schärfer *nachdenken.*

Wieder öffnete sie die Datei. *Ausstellung.pdf*

Wieder betrachtete sie die Dateieigenschaften.

Danach studierte sie abermals die »Kürzlich verwendet«-Liste, öffnete aufs Geratewohl Dateien, überflog sie auf der Suche nach Relevantem und schloss sie wieder, ehe sie zur nächsten wechselte.

Dann blieb ihr Blick an einem Dateinamen ganz unten in der Liste hängen.

Watergate.avi

Sie öffnete sie. Es war der iWitness-Bericht über die Killerdackel.

Aguda fiel ihre sarkastische Bemerkung wieder ein: *Ist ja nicht gerade Watergate.*

Und es war auch kein Watergate, aber der Bericht war trotzdem ziemlich gut. Ernsthaft, aber blutrünstig. Das war wohl die Kunst bei Fernsehberichten über Verbrechen, nahm Aguda an, selbst wenn die mutmaßlichen Verbrecher nur zwanzig Zentimeter Schulterhöhe hatten. Sie ließ den Clip weiterlaufen, während ihr Unterbewusstsein im Hintergrund vor sich hin grummelte. Eve stand vor dem Gebäude, nannte die Hunde beim Namen – Boris und Bubba – und stand dabei vor einem Bauzaun voller …

Flyer.

Aguda schnappte nach Luft. Sie starrte den Bildschirm an, ohne ihn zu sehen, während ihr Gedächtnis auf Hochtouren lief.

Eve Singer hatte sie den Bericht nicht sehen lassen, als er im Fernsehen gesendet worden war. Damals hatte sie gedacht, Eve sei bloß eingeschnappt wegen ihres Watergate-Kommentars.

Vielleicht hatte es ja einen ganz anderen Grund dafür gegeben …

Sie klickte auf »Replay« und schaute sich den Clip von Neuem an. Sah diesmal nicht Eve an, sondern den Bauzaun hinter ihr.

Und da war es.

Sie klickte auf »Pause« und betrachtete das Bild eingehend. Man musste gezielt danach suchen. Oder sich den Bericht sehr aufmerksam ansehen. Oder ihn sich mehrmals ansehen.

Man musste besessen sein …

Auf einer Seite unten an dem Bauzaun, ganz neu über die anderen Flyer geklebt:

AUSSTELLUNG

Ort: Tate Modern

Datum: 24. Dezember

Uhrzeit: 14:00

Die Tate Gallery of Modern Art.

Was wäre besser für eine Ausstellung geeignet?

50. Kapitel

Die Tate Gallery of Modern Art dräute finster am Südufer der Themse. Die Wucht des ehemaligen Kraftwerks hatte eine düstere Präsenz, die durch die schimmernde Millennium Bridge, das London Eye im Westen und selbst durch den frommen Blick der St. Paul's Cathedral am andern Flussufer gegenüber nicht gemildert werden konnte.

Es war, was es war. Verdrießlich und gedrungen und hässlich, und ein einsamer riesiger Turm war das einzig Auffällige daran. Dreißig Jahre lang hatte es den Süden Londons mit Strom versorgt, zusammen mit seinem eleganteren, beliebteren Schwesterkraftwerk in Battersea, bis die Ölpreise es aus dem Geschäft gedrängt hatten. Nicht einmal das Wissen, dass es jetzt die wertvollste moderne Kunst der Welt beherbergte, konnte an seiner brutalen Nachkriegsfassade etwas ändern.

Im Innern jedoch war das Kraftwerk bis zur Unkenntlichkeit verändert worden. Es war vollkommen entkernt worden. Die Turbinen, Rohre und Pumpen waren fortgeschafft worden, und an ihrer Stelle gab es jetzt luftige Galerien voller Licht und Schönheit.

Joe und Eve gingen die breite Rampe hinunter aus der Winterdüsternis in die Eingangshalle und blieben am Fuß der

Rampe stehen, inmitten anderer hingerissener Besucher, für die der erste Blick auf die große Turbinenhalle an sich durchaus der atemberaubendste Moment ihres ganzen Besuches sein konnte. Fünf Stockwerke hoch, erstreckte sich die Halle fast über die gesamte Länge des Gebäudes und war so eindrucksvoll wie sämtliche Kunstwerke in der ganzen Galerie.

Eve und Joe starrten mit offenen Mündern zu dem riesigen eisernen Baum hinauf, der den höhlenartigen Raum fast ganz ausfüllte. Seine dicken, winterkahlen Äste reckten sich zwischen den Balkonen dort oben und ragten hoch über den winzigen Menschlein unter ihnen empor, die wie Ameisen um seinen Stamm herumwuselten.

»Das Ding ist *echt groß*«, stellte Joe fest, der die ganze Serienmörder-Nummer einen Augenblick lang vergessen hatte.

Eve lächelte. »Gefällt er dir? Ich kann das mit der Ziege noch canceln.«

»Hmm«, überlegte er. »Aber wo soll ich den hinstellen?«

Sie lachten beide und blickten sich dann um, wurden rasch ernst, als ihnen wieder einfiel, warum sie hier waren.

»Wohin gehen wir jetzt?«, wollte Joe wissen.

»Ich weiß nicht genau«, gestand Eve und sah sich ein wenig beklommen um. »Aber wenn ich ihn nicht finde, dann findet er bestimmt mich.«

»Es ist immer noch Zeit, es dir anders zu überlegen.«

»Für dich vielleicht«, gab sie zurück und sah ihn dann ernst an. »Ich würd's dir nicht übelnehmen, wenn du hiermit nichts zu tun haben willst, Joe.«

Er zuckte die Achseln. »Ich kann dich das doch nicht allein durchziehen lassen«, erwiderte er. »Aber ich finde immer noch, es ist ein mieser Plan.«

»Es ist ja auch ein mieser Plan«, meinte sie. »Aber es ist der einzige, den wir haben.«

»Es ist der einzige Plan, den *du* hast. Mein Plan lautet, wir fahren jetzt sofort zum Flughafen und fliegen nach Jamaika. Sonne, Meer und Sand, während jemand anders sich um diese ganze Mörderscheiße kümmert. Das hört sich doch wirklich an wie ein besserer Plan, findest du nicht?«

»Und was ist mit meinem Dad?«

Joe wurde rot. »Entschuldige«, sagte er. »Ich hab nur an dich gedacht.«

»Das weiß ich doch.« Sie küsste ihn fest auf die Wange, und er sah sie misstrauisch an.

»Du willst dich doch nicht etwa absetzen, oder?« Er sprach nur halb im Scherz.

»Natürlich nicht!«

Eve wandte den Blick von ihm ab. Sie fand es grässlich, Joe anzulügen.

Eve machte sich daran, die Treppe zu den einzelnen Galerien hinaufzusteigen. Als sie sich von Joe entfernte, fühlte sich das an, als geriete sie in Treibsand. Urplötzlich auf schwankendem Boden und ohne festen Anker, hatte sie das Gefühl, über den Rand der Welt hinauszutreten. Sie holte ihr Handy heraus, um sich ein letztes Mal das Allerweltsgesicht von William Stafford Vandenberg in Erinnerung zu rufen.

Nie hätte sie gedacht, dass der Tod so *gewöhnlich* aussehen würde.

Nach der Turbinenhalle erschienen ihr die Galerien mit ihren weißen Wänden zunächst eng und albtraumhaft. Sie eilte durch drei Räume, ohne irgendetwas zu sehen, ehe ihr wieder einfiel, dass sie doch eigentlich nach dem Mörder Ausschau halten sollte – und dass sie doch eigentlich atmen sollte. Also wurde sie langsamer und versuchte, sich auf Gesichter zu konzentrieren, doch es war voll, und jeder sah aus wie er – und zugleich niemand. Sein Gesicht rutschte immer wieder aus ihrem Kopf heraus, so unscheinbar, dass es dort nicht Fuß fassen konnte. Immer wieder musste sie ein zweites Mal hinschauen. Hatte solche Angst, ihn zu übersehen, dass sie sich immer wieder noch mal nach jemandem umschaute und dabei jemand anderen verpasste ...

Ihr war schwindlig. Sie war in Panik. Eve stand ganz still und atmete und atmete und atmete, bis sie das Gefühl hatte, dass tatsächlich Luft in ihre Lunge drang.

Ihr Kopf wurde ein bisschen klarer, und sie sah sich nach Joe um. Er war dort drüben – auf der anderen Seite der Galerie, die Stirn in besorgte Falten gelegt. Rasch schaute sie weg, um ihn nicht zu verraten. Er benutzte die versteckte Kamera, die er auch im Barnstormers Theatre dabeigehabt hatte, damit das Personal nicht auf ihn aufmerksam wurde.

Eve holte abermals tief Luft und wollte weitergehen. Als sie sich umdrehte, wäre sie fast mit Elvis Presley zusammengestoßen.

Er war drei Meter groß, silberfarben und schwarz. Ganz tolle und schmale Hüften, auf Gefahr und auf Sex ausgelegt. Keine Spur von den Drogen oder den Erdnussbutter-Bananen-Sandwiches, die noch kommen würden. Allein seine Jugend und Schönheit waren hier auf der Leinwand eingefangen worden, und als sie so direkt vor dem Bild stand, fühlte sie sich Elvis irgendwie *verbunden.* Sie lächelte und drehte sich um, damit Joe dieses Gefühl mit ihr teilen konnte, doch es liefen zu viele Leute zwischen ihnen hindurch, und sie konnte ihn nicht sehen.

Sie sah sich um – halb nach Joe und halb nach Vandenberg. Die ganze Zeit rechnete sie damit, dem Blick des Mörders zu begegnen und den Ruck des Erkennens und der Furcht zu spüren.

Doch alle Blicke waren auf die Wände gerichtet, und selbst ihr eigener ließ sich nicht lange davon losreißen.

Elvis hatte die Tür geöffnet, und Eve streifte durch die Galerien wie ein Kind, das die Seiten des tollsten Pop-up-Bilderbuchs der Welt umblättert – wo man jedes Wunder mit neuen Augen und zwischen den Schultern Fremder hindurch sieht. Nach jedem Meisterstück sah Eve sich um, doch auf der Suche nach dem Mörder fand sie immer nur noch mehr magnetische Schönheit. Die umherwimmelnde Menschenmenge wurde lichter und teilte sich plötzlich, um sie mit einem *Wham!* zu verblüffen oder mit einem *Splash!* zu erfrischen. Dort war ein Freud-Akt, ganz bleiches Fett und kaltes Licht; üppige Mädchen auf einem Matisse-Strand, ein schimmernder Wasserfall aus Klimt-Farben.

Die Menge teilte sich, um einen unverhofften van Gogh sichtbar werden zu lassen. Doch bestimmt ein zu früher für diese Sammlung – und sogar Eve konnte sehen, dass es kein *guter* van Gogh war. Keine Sonnenblumen und kein Selbstporträt. Nur düstere, windgezauste Zypressen, rosiger Himmel und ein braunes, gepflügtes Feld. Und …

Eve beugte sich vor und spürte, wie es ihr den Atem verschlug.

Und ein Daumenabdruck.

Ein einziger, versehentlicher Fingerabdruck in der dicken Farbe.

Die Erkenntnis traf sie wie ein Blitzschlag.

Sie stand dort, wo der Künstler gestanden hatte. Vincent van Gogh hatte genau hier gestanden – *ganz genau hier* – und diese cremig-rosigen Wolken herbeirollen sehen, hatte zugesehen, wie diese Zypressen im Wind schwankten, war jedem schlammigen Zoll dieser Furchen gefolgt; zuerst mit den Stiefeln und dann mit dem Pinsel.

Und dann hatte er die Hand ausgestreckt und den Himmel berührt.

Vielleicht als er die Leinwand von der Staffelei gehoben hatte oder beim Festhalten, als er den Kopf für einen anderen Blickwinkel zur Seite geneigt hatte. Oder war ein Insekt auf einer Wolke gelandet? Eine winzige französische Blattlaus, von einem flinken Daumen zerquetscht?

Der hier sein Zeichen hinterlassen hatte.

Für immer.

Hatte er beschlossen, dass es ihm so gefiel?

Hatte er vorgehabt, den Makel zu beheben, aber keine Zeit mehr dazu gefunden?

War es ihm überhaupt *aufgefallen*?

Oder waren seine fiebrigen Gedanken bereits von dem öden Feld und den Bäumen weitergewandert? Hatten sie diesen ereignislosen, unromantischen Tag bereits verlassen und ihn gegen eine Nacht voller Sterne getauscht?

Eve war überwältigt.

Der Daumenschnörkel in einem Himmelswirbel war wie eine Zeitreise – er verband sie nicht nur mit dem Künstler selbst, sondern mit jedem anderen Menschen und jedem

Tier und jedem Felsen, die es jemals gegeben hatte oder jemals geben würde.

Das hier war Unsterblichkeit. Das wusste Eve in ihrem allertiefsten Inneren.

Das hier war es, was die schönen Toten zurückließen, wenn sie den Übergang aus der körperlichen Existenz in die Herzen und Köpfe der Menschheit vollzogen. Diese Verbindung, dieses Gefühl, an etwas Wunderbarem teilzuhaben, etwas, das über das bloße Leben hinausging, etwas, das überdauert hatte und weiter überdauern würde. Das Bild war Millionen wert, der Daumenabdruck jedoch war unbezahlbar – ein der Geschichte aufgedrücktes Zeichen, ein Trilobit, eine Hieroglyphe, ein Fußabdruck auf dem Mond. Eve brach das Herz für jeden, der solche Schönheit niemals erlebt hatte. Ihre Kehle schmerzte so sehr, dass sie dachte, sie würde gleich in Tränen ausbrechen.

Wenn sie nur den Arm heben würde, so könnte sie *ihren* Daumen dorthin legen, wo *seiner* gewesen war …

Sie hob ihren zitternden Daumen der Leinwand entgegen.

»Hallo, Eve.«

Eve zuckte von dem Bild zurück.

Der Mörder stand neben ihr.

Er sah alles andere als gewöhnlich aus.

Sein Kopf war frisch rasiert, hier und dort rot angekratzt, und unnatürlich klein. Auch seine Augenbrauen waren abrasiert, sodass seine blasse Stirn wulstig und fremdartig wirkte. Seine Augen waren so schwarz, wie das Foto versprochen hatte, im richtigen Leben jedoch waren sie seltsam unstet. Obwohl er sie ansah, fand Eve es schwer, Blickkontakt mit ihm zu halten.

Vor die Brust hatte er sich sein Handy geschnallt; die Kameralinse zeigte auf sie. Sie dachte an Kevin Barr.

Jetzt war sie der Star.

Und sie wusste, wie dieser Film endete.

»Das ist perfekt, Eve. Man kann sich darauf verlassen, dass Sie's immer richtig hinkriegen.« Er lächelte. Seine Zähne waren kurz und weiß – wie die Zähne eines Kindes.

»Wo ist mein Vater?«

»Haben Sie die Bacon-Ausstellung schon gesehen?«

»Nein.«

»Wir könnten sie uns doch zusammen ansehen«, sagte er. Und fügte dann fast schüchtern hinzu: »Wenn Sie möchten?«

»Wo ist mein Vater?«, wiederholte Eve. »Wir hatten eine Abmachung.«

Er machte ein enttäuschtes Gesicht. »Also gleich zum Geschäft?«

Zum Geschäft ihrer Ermordung. Sie atmete weiter, machte weiter. »Ja.«

Der Mörder seufzte. Dann löste er sein Handy von dem Clip an seiner Brust.

Eve warf einen kurzen Blick darauf; sie wusste, was jetzt kam, und wurde wütend. »Nicht auf Ihrem Handy! Ich will ihn *hier* sehen! In *echt*!«

Er beachtete sie nicht und tippte auf dem Handy herum.

Eve beobachtete sein Handgelenk. Das linke, das nicht so viel in Bewegung war. Sie hatte so oft geübt. Es würde ganz leicht sein. Die Handschelle saß fest um ihr rechtes Handgelenk. Es würde so einfach sein, die andere zu öffnen und sie dann zuschnappen zu lassen …

Im Geist probte sie das Ganze rasch. Wie der Daumen den

Verschluss entriegelte. Die schnelle Bewegung des Handgelenks. Das *TrrrT,* mit dem der Verschluss einrastete …

Und dann konnte er nicht mehr entkommen. Kam nicht mehr weg. Sollte er sie doch gleich hier neben dem van Gogh ermorden. Er würde an ihren Leichnam gefesselt sein, und Joe und die Polizei würden ihn festnehmen und ihn zwingen, Duncans Aufenthaltsort preiszugeben, und ihr Vater würde in Sicherheit sein.

Sie drehte die Hand und fasste die freie Handschelle.

Öffnete lautlos den Verschluss …

»Hier.«

Er hielt ihr das Handy hin, und jeder Gedanke an die Handschellen verschwand aus ihrem Kopf.

Duncan Singer saß im Dunkeln. Nur Kopf, Schultern und Brust waren sichtbar, doch Eve konnte genug sehen, um ihren Vater zu erkennen.

Am Leben.

»Dad! Bist du okay!«

Lange war nur statisches Dröhnen zu hören, während Duncan Singer sich umblickte und nach dem Ursprung der Worte suchte. Dann drang seine gereizte Stimme aus der Finsternis. »Wer ist Dad?«

Fast hätte Eve vor Erleichterung losgeheult. »Wo *bist* du?«

Doch der Mörder riss ihr das Handy weg. »Nicht mogeln!«

»Sie haben doch gesagt, Sie lassen ihn laufen. Wir hatten eine *Abmachung*!«

»Und an die werde ich mich halten. Solange Sie es auch tun.«

Sie zeigte auf Duncans Brust, wo eine Reihe grüner Ziffern flackerte. »Was ist das?«

»Oh«, sagte der Mörder, »das ist der Timer für die Bombe.«

»W-was?«

Er grinste, und Eve starrte entsetzt seine kleinen weißen Zähne an, während sich dicht unter ihren Rippen ein tiefer, dunkler Schmerz breitzumachen begann, als würde jedes einzelne Organ in ihrem Innern von einer Riesenfaust ausgequetscht.

»Ich mag Ihren Vater, Eve. Aber wenn ich nicht bekomme, was ich will ... Wenn mir etwas passiert, wenn man mir *verweigert* ...« Er verstummte vielsagend und zuckte die Achseln.

Sie war wie betäubt. Doch sie durfte nicht betäubt sein. Sie musste nachdenken.

Gehirn einschalten, Eve!

Also hörte sie auf, den Mörder anzustarren, und konzentrierte sich wieder auf das Handy, suchte verzweifelt nach Hinweisen – suchte nach mehr, als das schreckliche Bild zu bieten hatte. Das einzige Licht kam von den geisterhaften grünen Ziffern, die langsam heruntertickten.

01:58:29 ... 28 ... 27 ...

Ihr Vater hatte weniger als zwei Stunden zu leben.

Aber dort war noch etwas *anderes.* Etwas Wichtigeres. Das sagte ihr ihr Bauchgefühl, und das irrte sich nur selten, aber *was war es*?

Der Mörder schob das Handy wieder in den Clip an seiner Brust.

»Kann ich noch mal mit ihm reden?«

»Nein.«

Scheiße.

Verzweifelt ließ sie das kurze Gespräch noch einmal im Kopf ablaufen. Irgendetwas ganz Wichtiges entging ihr hier.

An ihrem Vater? Oder an dem Raum? Oder an den Ziffern, am Klang seiner Stimme … *irgendetwas*! Eve wollte unbedingt noch einmal mit ihm sprechen … ihn noch einmal sehen … nur noch ein einziges Mal. Wenn sie nur herausfinden könnte, wo er war, dann würde sie diesen grauenhaften Tauschhandel nicht eingehen müssen. Sie könnte einfach kehrtmachen und davonlaufen, diesen Albtraum hinter sich lassen und ihren Vater finden und dann glücklich leben bis ans Ende ihrer Tage. Wenn sie nur wüsste, wo er war.

Wenn sie es nur wüsste.

»Woher weiß ich, dass Sie ihn nicht trotzdem umbringen? Hinterher?«

Der Mörder sah sie eindringlich an. »Niemand hat mir je so vertraut wie Sie an dem Abend, als wir uns zum ersten Mal begegnet sind, Eve – und jetzt können Sie mir auch vertrauen. Wir haben eine Abmachung, und ich beabsichtige, sie einzuhalten.«

Er schaute an ihr vorbei zu den Galerien hinüber und zu den Menschenmassen, die sie füllten. »Ihren Tod mit der Öffentlichkeit zu teilen ist das« – er suchte nach dem richtigen Wort – »das *Vollkommenste*, was Sie jemals tun werden. Mehr als Kunst. Mehr als *Leben*.«

Seine Augen zuckten und glitzerten, doch nur seine kleinen Zähne lächelten.

»Und danach stoppe ich den Countdown und lasse Ihren Vater unversehrt frei. Wir haben eine ganz besondere Verbindung zueinander, Eve, und durch den Tod allein kann die nicht gelöst werden.«

Seine unsicheren Augen glänzten vor Rührung, und Eve war übel. Sie wollte ihm wehtun. Sie wollte ihn umbringen. Sie schämte sich für die Grenzenlosigkeit ihres Hasses.

Doch so irre das alles auch war, es war *seine* Wahrheit – und es war die einzige Wahrheit, die hier zählte.

Sie konnte ihm nur vertrauen.

Also tat sie wie geheißen, als er sagte: »Folgen Sie mir.«

Hinaus aus den weißen Galerien hoch oben im vierten Stock und auf den Balkon. Hier waren weniger Leute – nur ein halbes Dutzend oder so, die sich über das Geländer beugten, Freunden tief unter ihnen zuwinkten oder ins nackte Geäst des gewaltigen Baumes hinausblickten.

Sie sah Joe. Er hielt sich vielleicht dreißig Schritte hinter ihnen. Ganz kurz begegnete sie seinem Blick und sah die wachsende Beklommenheit darin. Sie schaute weg, ehe sie schwach werden konnte, und konzentrierte sich auf den Rücken des Mörders. Dieser erreichte das Ende des Balkons, blieb jedoch nicht stehen. Stattdessen legte er die Hände aufs Geländer, flankte hinüber und landete auf einem Ast des Baumes, alles mit einer einzigen geschmeidigen Bewegung.

Dann drehte er sich um und streckte ihr die Hand entgegen.

»Kommen Sie.«

Sie zögerte. Seine Hand. Sein Handgelenk. Die Handschellen. *Tu's jetzt! Tu's jetzt!*

»Eve!«

Sie schaute über die Schulter. Es war Joe, der gerade losrannte. Um sie aufzuhalten. Um sie zu retten!

Aber wenn sie gerettet wurde, würde ihr Vater sterben.

Also ergriff Eve Singer die ausgestreckte Hand des Mörders und kletterte über das Geländer auf den dicken Ast des großen Eisenbaumes.

Jetzt war das hier *wirklich* ihre gemeinsame Show.

51. Kapitel

Einen grauenhaften, schwindelnden Moment lang kniete Eve da und schaute durch die knorrigen Äste auf den Boden der Turbinenhalle hinunter, hundert Meter unter ihr. Sie war starr vor Angst, konnte sich nicht bewegen.

Der Killer half ihr, neben ihm auf die wackeligen Beine zu kommen. »Nicht nach unten schauen«, sagte er. »Sehen Sie mich an.«

»Okay«, antwortete sie.

Er führte sie den Ast entlang. Der wurde breiter, als er sich dem dicken Stamm näherte, doch er war nicht ganz flach, und Eve hielt den Mörder mit einer Hand gepackt, während sie sich mit der anderen vorsichtig von einem schmiedeeisernen Zweig zum nächsten tastete, um das Gleichgewicht zu halten. Dabei mühte sie sich die ganze Zeit ab *nachzudenken.*

Ihr Verstand raste, in ihrem Inneren lief noch immer das Telefongespräch ab. *Irgendetwas* war da … etwas in dem dunklen Raum. An Duncans undeutlichem Umriss. In den Worten ihres Vaters oder in seiner Stimme oder …

Irgendetwas.

Aber was?

Während ihre Füße sicheren Halt fanden, schmerzte ihr Kopf. Ihr ganzes Leben drehte sich um stündliche Deadlines, doch noch nie war ihr bewusster gewesen, wie die Zeit an ihr vorbeirann – von ihr fort. Wie sie immer knapper wurde. Sie musste aufsteigende Panik niederkämpfen.

Sie musste nachdenken. *Schneller!*

Bei jedem Schwanken und Wackeln schnappte die Menge nach Luft, als sähen die Leute einem Hochseilakt zu. Doch der Mörder stand sicher auf den Beinen, und er hielt ihre Hand fest.

»Na, haben Sie schon Angst?«, foppte er sie.

»Nein«, log Eve.

Er lachte. »Immer so mutig, Eve. Deswegen liebe ich Sie.«

»Wenn Sie mich lieben, warum wollen Sie mich dann umbringen?«

»Gibt es eine bessere Art Liebe als diese? Dass ich Sie töten würde und dass Sie für mich sterben würden? Was sind im Vergleich dazu schon Lieder und Rosen?«

»Ich glaube, ich kriege hier das kürzere Ende der Wurst ab.«

Er lachte abermals.

Sie erreichten den gewaltigen schwarzen Stamm, und er drehte sich um und schaute hinab. Hielt ihre Hand, sodass sie beide der Menge zugewandt waren. »Wir haben unser Publikum, Eve.«

Tief unter ihnen blickten immer mehr Gesichter in rosiger Erwartung zu ihnen empor. Die Augen weit aufgerissen, die Hände vor den Mund geschlagen.

Die Handys im Anschlag, um den Augenblick des Todes festzuhalten.

Eve empfand schmerzhafte Scham. Das war genau das Publikum, das sie verdiente.

Der Mörder griff in die Tasche und zog einen zu kleinen

Schlingen zusammengerollten golden glänzenden Draht hervor. Dann kniete er nieder und knotete ein Ende um den dicken Ast, auf dem sie standen.

Eine Klaviersaite.

Eve kannte so etwas aus ihrer Kindheit, als sie Klavierunterricht gehabt hatte. Der »Flohwalzer« und »Für Elise«.

»Spielen Sie Klavier?«, fragte sie stumpfsinnig.

Der Mörder sagte nichts, als er sich neben ihr erhob. Und ehe Eve begriff, was geschah, hatte er ihr die Schlinge am anderen Ende der Saite über den Kopf geworfen.

Die Menge keuchte auf, und Eve erstarrte.

Plötzlich fühlte sich das alles sehr real an. Bis jetzt war es zu verrückt gewesen, um Wirklichkeit zu sein – zu wahnsinnig, um wahr zu sein. Und jetzt war das nicht mehr so. Jetzt war es verrückt und wahnsinnig *und* wahr. Eve schwankte auf dem Ast und umklammerte den Arm des Mörders.

So würde sie sterben. Sie würde hinabspringen, oder er würde sie hinabstoßen, und die Saite würde durch ihren Hals schneiden wie durch Weichkäse.

Und ihr den Kopf abreißen.

Es war *real* – und das Entsetzen war so extrem, dass sie sich nicht rühren konnte. Nicht atmen konnte. Nichts hören konnte. Nicht *denken* konnte. Ein Dröhnen hallte in ihren Ohren, das alle Geräusche übertönte, wie eine 747 im Landeanflug …

Und die Antwort auf alles leuchtete wie eine wunderschöne Feuerwerksrakete in ihrem Kopf auf.

Der Mörder sagte irgendetwas, doch unter dem donnernden Takt ihres eigenen Blutes bewegten sich seine Lippen lautlos. Sie starrte ihn an, und er fragte noch einmal:

»Haben. Sie. Schon. Angst?«

Es war nicht scherzhaft gemeint. Diesmal nicht.

»Nein«, antwortete Eve.

Und das war nicht gelogen.

Diesmal nicht.

Weil sie wusste, wo ihr Vater war.

Ihr Bauchgefühl hatte recht gehabt. Der Hinweis war da, in dem gefilmten Telefongespräch. Sie hatte mit den Augen nach Antworten gesucht, doch die Lösung war in ihren *Ohren* zu finden! Dieses statische Dröhnen, das nachgelassen hatte, bevor Duncan gesprochen hatte – das kannte sie doch schon ihr ganzes Leben lang …

Es war ein Flugzeug, das über ihr Haus hinwegflog.

Duncan Singer war in seinem Haus! In seinem eigenen Scheiß*haus*!

»Gib deine Hand, du schön und zart Gebild!« Der Mörder begann, mit sanfter Singsang-Stimme das Gedicht aufzusagen.

Beinahe hätte Eve gelacht. Noch vor einer Sekunde war sie bereit gewesen zu sterben.

Jetzt jedoch war sie nur noch bereit zu töten.

»Bin Freund, und komme nicht, zu strafen.«

Er versuchte, sie in ewigen Schlaf zu wiegen.

Doch Eve Singer schlief nicht. Eve Singer *dachte wie ein Mörder.*

Und fühlte sich auch wie einer. Kühl. Selbstsicher. Berechnend.

»Sei gutes Muts!«, sagte er. *»Ich bin nicht wild.«*

Ich schon, dachte Eve, kalte Mordlust im Bauch. *Ich bin SCHEISSwild!*

Langsam sank sie auf die Knie, wie im Gebet. Er nickte zufrieden zu ihr hinab.

»Sollst sanft in meinen Armen …«

Mit einer einzigen schnellen Bewegung packte Eve seine Knöchel und riss ihm die Füße unter dem Leib weg.

Das Publikum brüllte auf.

Der Mörder verdrehte sich unbeholfen und fiel mit einem Ächzen auf die Seite. Er kam halb wieder hoch, fuchtelte mit den Armen und verlor das Gleichgewicht. Wild griff er nach einem metallenen Zweig.

Dann nach ihrem Bein.

Und dann stürzten sie *beide* ab.

52. Kapitel

Hätte Eve nicht gedacht wie ein Mörder, wäre sie tot gewesen. Als sie von dem Baum heruntergezerrt wurde, ließ sie die Handschelle vorschnellen.

Die Menge schrie auf …

TrrrrT.

Die Handschelle schloss sich um einen schlanken metallenen Ast, und Eve schrie vor Schmerz auf, als ihr Fall mit einem grausamen Ruck gestoppt wurde.

Der Mörder klammerte sich noch immer an ihre Beine.

Wie Kugeln an einem Weihnachtsbaum hingen sie zusammen da, hoch über dem Boden. Er krallte sich quietschend vor Entsetzen an ihren Schenkeln fest wie ein verängstigter Affe; seine Beine strampelten unter ihnen in der Luft, zogen sie hinab. Eve schaute nach oben und betete, dass Agudas Handschellen, die Schweißarbeit des Künstlers und ihr eigenes Fleisch und ihre Knochen halten würden. Die beiden Ersten sahen ganz stabil aus, doch ihre Haut dehnte sich und riss bereits ein; die Handfläche war auf unnatürliche, schmerzhafte Weise nach innen gefaltet – ihre Hand suchte nach einem Weg durch den scharfen Metallring …

Sie rutschte ein Stückchen tiefer, und die dünne goldene Metallsaite grub sich in ihren Hals.

»Hilfe!«, keuchte der Mörder. »Ich kann mich nicht mehr halten!«

»Dann lass doch los!«

Das tat er nicht, sondern rutschte mit gnadenlosem Zerren noch ein paar Zentimeter weiter an ihr hinab. Eve brüllte vor Schmerz, schaute hoch und sah, wie ihre Haut langsam anfing, sich an der Hand hinauf abzuschälen, damit diese durch die Fessel passte. Sie drehte und zerrte und strampelte ein verzweifeltes Bein aus seinem Griff frei.

»Wenn ich falle, stirbt er!«, brüllte er wütend. »Du wirst ihn nie finden!«

»Ich *habe* ihn schon gefunden, du Sackgesicht! Ich *weiß* schon, wo er ist! Und sobald ich dich abgeschüttelt habe, fahre ich nach Hause, und wir werden uns beim Scheiß-Weihnachtsessen über dich totlachen!«

»Hure!«, schrie er. *»Hure!«* Dann versuchte er, an ihr hinaufzuklettern. Von wilder Wut getrieben, pressten und quetschten seine Finger; seine Nägel kratzten tiefe Furchen in ihre Hüften. Seine Hände grabschten nach der ihren ... Eve kreischte und riss sie weg, dann tastete sie mit der linken Hand über ihrem Kopf und fand die Handschellen, packte die kurze Kette – ein klein wenig Linderung für ihr rechtes Handgelenk – und fing an, sich zu winden und sich gegen ihn zu wehren. Sie spürte, wie *irgendetwas* ihr den Hals hinunterlief, unter dem rechten Ohr. Hoffte, dass es Schweiß war. Wusste, dass es Blut war. Wie viel Haut und Gewebe war noch zwischen der Klaviersaite und ihrer Halsschlagader? Ein Zentimeter? Ein *Millimeter*?

Sie musste ihn *loswerden*!

Eve dachte an nichts außer an das eigene Überleben. Trat wie wild nach ihm. Spürte, wie sich sein Griff lockerte ...

Sein verzerrtes Gesicht war mit Blut bespritzt; Eve wusste, dass es ihres war. Und unter ihm die Menschenmenge – das Publikum, nach dem sie beide gierten. Die gesichtslose, amorphe Masse stumpfer Menschheit, die erwartungsvoll heraufstarrte, wie Seelöwen, die auf Fische warteten.

Bis auf eine kleine leere Fläche, wo die Menschen respektvoll auseinandergewichen waren, um Platz zu machen für …

… eine winzige dunkelhäutige Frau, die mit einer Pistole zielte.

Selbst von hier oben sah die Waffe aus wie eine Riesenknarre.

Der Mörder erblickte sie – und schaute dann mit so unverhohlener Todesangst zu Eve auf, dass sie laut auflachte.

»Jetzt bist *du* dran mit Abkratzen!«, schrie sie ihn an.

Und dann trat sie ihm ins Gesicht. Und noch einmal. Und noch einmal. Während er unter ihr klammerte und zappelte und ihre Hand unter Höllenschmerzen langsam durch die Handschelle glitschte.

»Doch nicht ich!«, kreischte er. »Nicht ich!«

»Ist das nicht wunderschön?«, lachte sie ihn aus. »Findest du nicht, dass du *Glück* hast?«

»Wir hatten eine Abmachung!«, schrie er. »Das hier ist *meine* Ausstellung!«

»Na, jetzt gucken doch auch alle«, erwiderte sie. »Du verschissener Angeber!«

Und sie trat ein letztes Mal zu.

Die Menge stob auseinander, als der Mörder abstürzte, doch Eve sah nicht, wie er auf dem Boden aufschlug.

Unter einem unmenschlichen Aufheulen gab ihr Daumen schließlich nach, und ihre Hand rutschte glatt durch die eine Fessel von Emily Agudas bestem Paar Handschellen.

Doch sie fiel nicht.

Warum fiel sie denn nicht?

Einen Moment lang war Eve völlig desorientiert. Wie betrunken schwankte sie in der Luft hin und her – wartete noch immer auf den schwindelerregenden Sturz in den Tod.

Dann schaute sie nach oben, direkt in Joes Gesicht – Schweiß auf der Stirn und die Zähne fest zusammengebissen vor Anstrengung, ihre glitschigen, blutigen Handgelenke festzuhalten.

Langsam zog er sie zu seinem unsicheren Sitzplatz auf dem dicken Eisenast hinauf.

Dann löste er die Klaviersaite von ihrem blutigen Hals, während sie dasaß, ihre rasch anschwellende Hand umklammerte und zitterte wie ein Blatt an einem gewaltigen Eisenbaum.

»Wir müssen los«, krächzte sie.

Er nickte. »Ich habe einen Krankenwagen gerufen.«

»Nein!«, beharrte sie. »Wir müssen zu mir *nach Hause*!«

Joe widersprach nicht. Auf zittrigen Beinen lotste er sie zum Balkon zurück, während tief unter ihnen das letzte Publikum, das Eve Singer jemals haben würde, beifällig bellte und mit den Flossen klatschte und sich herandrängelte, um den zerplatzten Leichnam auf dem Boden zu filmen.

53. Kapitel

»Eve! Warten Sie auf das Entschärfungskommando! *WARTEN SIE!*«

Doch Eve Singer wartete nicht. Sie hatte die Tür des verbeulten Range Rovers aufgestoßen und war hinausgesprungen, noch ehe Aguda angehalten hatte. Dann schoss sie durch die Pforte.

»Scheiße!« Entnervt trat Aguda mit aller Kraft auf die Bremse und stieß ihrerseits die Tür auf. »Ist sie immer so?«

»Immer«, versicherte Joe und folgte den beiden.

So wie er das sagte, hörte es sich an, als sei es etwas Gutes, fand Aguda.

»Dad! *Dad!*«

Eve rannte durchs Haus.

Duncan war nicht im Erdgeschoss. Sie rannte nach oben. Sein Zimmer. *Ihr* Zimmer. Die Abstellkammer.

»DAD!«

Joe und Aguda eilten ihr nach.

»Er ist nicht hier!«, rief Eve. Panik stieg in ihr auf. »Er ist *nicht hier*!«

Sie war sich so sicher gewesen. So sicher, dass es ihr egal gewesen war, ob der Mörder umkam. Dass sie ihn in die Tiefe getreten hatte! Sie brauchte ihn nicht, um Duncan zu finden! Sie *wusste* doch, wo er war! Sie brauchte doch nur nach Hause zu fahren, und *genau dort* würde er sein! Sie hatte es doch *gewusst*! Ihr Bauchgefühl hatte es ihr doch gesagt.

Ihr Bauchgefühl hatte sich geirrt.

Wie blöd war sie gewesen. Wie arrogant! Irgendein beliebiges statisches Rauschen mit dem Hintergrund-Soundtrack ihres eigenen Lebens gleichzusetzen. Selbst wenn das, was sie aus dem Handy gehört hatte, *wirklich* ein Flugzeug gewesen war – und selbst wenn dieses Flugzeug in Heathrow gelandet oder gestartet war –, es musste doch hunderttausend Häuser in der Einflugschneise geben. Hunderttausend Häuser, in denen Duncan sein könnte!

Und wenn dies hier nicht das richtige war, wie sollten sie ihn dann finden?

Die grauenhafte Wahrheit war, sie würden ihn gar nicht finden. Nicht mehr rechtzeitig, um sein Leben zu retten.

Eve schaute auf die Uhr. Noch fünfzehn Minuten.

Es war zu spät. Ihr Vater würde sterben.

Irgendwo.

Und sie würde schuld daran sein.

»Hier riecht's nach Katzenpisse.«

Eve und Joe sahen Aguda an. Sie hatte angewidert die Nase gerümpft.

»Ich habe doch gar keine Katze«, erwiderte Eve.

»Dann könnte es Gas sein«, meinte Aguda.

»Gas habe ich auch nicht.« Dann runzelte Eve die Stirn. »Mr Elias hat Gas …«

Joe klopfte laut an Mr Elias' Haustür, doch es öffnete niemand.

Kein Licht brannte, obwohl es draußen dunkel war.

Eve spähte durch den Briefschlitz und schrie seinen Namen, doch es war nichts zu hören. Ein Schauer lief ihr über den Rücken, als sie durch eine Tür weiter unten im Flur goldene Klaviersaitenschlingen aus einem Haufen Splitterholz hervorragen sah.

»Geht zur Seite«, befahl Aguda und zog ihre Pistole.

Rasch steckte Eve sich einen Finger ihrer unversehrten Hand ins Ohr, doch Aguda feuerte nicht. Stattdessen schlug sie die Scheibe des Wohnzimmerfensters ein.

Gasgestank quoll heraus.

»Bleibt hier«, wies Aguda sie an und schaltete ihre Taschenlampe ein. »Bloß keine Funken.«

Dann überzeugte sie sich mit ein paar raschen Bewegungen ihres Pistolenlaufs rechts und links durch den Fensterrahmen, dass keine Gefahr bestand, und hechtete kopfüber ins Haus.

Das Zimmer sah aus, als wäre hier eine Bombe hochgegangen. Mr Elias lag bewusstlos auf der Seite auf dem völlig zerfetzten Sofa. Ächzend wuchtete Aguda ihn sich über die Schulter und kippte ihn dann durch das Fenster ins Freie.

»Schafft ihn vom Haus weg!«

Sie wartete nicht ab, ob die beiden gehorchten. Rasch sah sie auf die Uhr. Noch zwölf Minuten.

Der Taschenlampenstrahl war dünn, und das Haus war verwüstet worden, es war also schwer, irgendetwas zu erkennen. Wenn hier irgendwo ein Sprengsatz war, würde sie ihn nicht finden, es sei denn, er war sehr groß und trug die Aufschrift BOMBE. Statt nach einer Bombe zu suchen, machte sich Aguda also daran, Türen und Fenster aufzureißen, rannte von Zimmer zu Zimmer und versuchte verzweifelt, das Gas aus dem Haus zu kriegen, damit die Explosion vielleicht nicht ganz so gewaltig sein würde, wenn sie erfolgte.

Noch zehn Minuten.

Das Gas brannte ihr im Rachen, und sie musste husten, doch es war keine tödliche Konzentration. Das war gut. Es bedeutete, dass Mr Elias wahrscheinlich noch am Leben gewesen war, als sie ihn aus dem Fenster geschmissen hatte – sie hatte sich nicht die Zeit genommen, das zu überprüfen.

Sie bekam einen Hustenanfall, als sie die Treppe hinaufstürmte, um zu sehen, ob Duncan in einem der oberen Zimmer war. Oder sonst irgendjemand.

Dort oben war niemand.

Noch acht Minuten.

Aguda hatte alles getan, was sie konnte. Sie riss die Haustür auf und rannte den Gartenweg hinauf.

»Er wird wieder«, sagte Joe.

Sie knieten vor der Pforte im Schnee. Joe hatte das Klebeband von Mr Elias' Kopf gelöst, und nachdem der Knebel weg war, hatte er allmählich wieder Farbe bekommen.

Sie konnten Sirenen näher kommen hören.

»Wir müssen weg von den Häusern«, keuchte Aguda atemlos, als sie schlitternd neben ihnen zum Stehen kam. »Über die Straße!«

»Aber was ist mit Dad?«

»Er ist nicht hier, Eve. Ich habe überall nachgesehen. Es tut mir leid.«

Aguda und Joe halfen Mr Elias auf die Beine und stützten ihn, während sie über die Straße zu der roten Telefonzelle wankten.

Eve sah auf die Uhr.

Noch sieben Minuten.

»Scheiße!«, entfuhr es ihr. *»Munchkin!«*

Bevor jemand sie zurückhalten konnte, machte sie kehrt und sauste wieder ins Haus. Munchkin wartete auf sie; anklagend stand er auf den Hinterbeinen.

»Denkst du etwa, ich hätte dich vergessen?«, fragte sie. »Na ja, *hatte* ich auch.«

Und sie beugte sich vor, hob ihn mit ihrer unverletzten Hand hoch und steckte ihn in die Tasche.

»There were birds in the sky …«

Eve erstarrte. Dann drehte sie langsam den Kopf in Richtung des Liedes.

»But I never saw them winging …«

»Dad?«

Es war die Stimme ihres Vaters. Dieser alte Song, den er früher immer ihrer Mutter im Auto vorgesungen hatte. So deutlich und doch so weit entfernt, dass es wie eine magische Erinnerung war, tief in ihrem eigenen Kopf begraben.

»There were bells on a hill …«

Ein herzzerreißendes Miteinander von Melodie und Worten. Und eine einsame akustische Gitarre …

»Oh mein Gott!«, schrie sie auf. »Er ist auf dem Dachboden!«

Eve nahm immer zwei Stufen auf einmal, rannte die Treppe so schnell hinauf, dass es mehr wie Fliegen war. In der Abstellkammer schaute sie keuchend nach oben und spürte, wie alles Blut aus ihrem Herzen wich.

Dort – auf der Luke.

AUSSTELLUNG
Ort: Hier
Datum: Heute
Uhrzeit: 16:00
Eve sah auf die Uhr.
Sie hatte noch vier Minuten.

54. Kapitel

Nur eine von Eves Händen war gebrauchsfähig, und es war auch noch die falsche. Der Haken am Ende der langen Holzstange wollte eine gefühlte *Ewigkeit* lang einfach nicht in die Öse an der Luke! Eve konnte wegen ihrer verzweifelten Tränen so schlecht sehen, und ihre Hand zitterte so sehr, dass sie das verdammte Ding einfach nicht stillhalten konnte.

Schließlich hakte es doch ein, und sie zerrte die Leiter herunter, schmiss die Stange zur Seite und kletterte unbeholfen die wackeligen Holzstufen hinauf.

Hier oben war der Gasgestank viel schlimmer.

»Dad!«

Duncan Singer sah sie überrascht an. Er saß im Dunkeln auf einem Karton, seine Gitarre auf den Knien und ein Handy um die Brust geschnallt, das die letzten Minuten seines Lebens in grünen Leuchtziffern herunterzählte.

00:03:17 … 16 … 15 …

Eve hastete über die rauen Bodendielen und umarmte ihn. Ein Aufschluchzen der Erleichterung entschlüpfte ihr.

Alte Erleichterung, neue Panik.

»Dad, wir müssen hier raus.« Sie nahm seine Hand und versuchte, ihn hochzuziehen, doch er rührte sich nicht.

»Wer ist Dad?«, fragte er verständnislos.

Deswegen hatte er ihr vorhin nicht geantwortet. Natürlich! Er wusste doch nie, dass er Dad war.

»Da… Duncan«, sagte sie. »Wir müssen los! Schnell!«

»Ich habe zu tun«, behauptete er und klopfte auf die Gitarre. »Ich mache hier wichtige Arbeit für die Regierung.«

»Aber hier ist eine Bombe im Haus!«

»Ich weiß.« Er schaute auf seine Brust hinunter. »Noch drei Minuten.«

»Duncan, du musst jetzt mitkommen, sonst gehen wir beide *drauf*!«

Wieder griff sie nach seiner Hand, doch er machte sich los.

»Geh ruhig schon vor«, sagte er. »Und deine Mutter und ich kommen dann nach.«

»Sei doch nicht …« Beinahe hätte Eve losgeheult. Beinahe hätte sie aufgegeben. Beinahe hätte sie ihn zurückgelassen und wäre getürmt.

00:02:22 … 21 … 20 …

Verzweifelt sah Eve sich nach einer Inspiration um. Der Dachboden war so, wie sie ihn das letzte Mal gesehen hatte, bis auf einen Haufen Schutt, der einmal Teil der Wand zwischen ihrem Boden und dem von Mr Elias gewesen war. Die Bücher ihrer Mutter waren mit einer frischen Schicht Ziegelstaub überzogen.

Beim Anblick dieser Bücher sehnte sie sich schmerzhaft nach den Menschen, die sie früher gewesen waren. Kein Wunder, dass Duncans Verstand Zuflucht in der Vergangenheit gesucht hatte. Dort war alles einfacher.

Nicht alles, dachte sie plötzlich.

»Duncan«, sagte sie mit fester Stimme, »bei Mrs Cole sind die Leitungen durchgebrannt.«

»O nein.« Er legte die Gitarre weg. »Die hab ich doch gerade erst alle neu verlegt!«

»Ich weiß«, sagte sie. »War 'ne Wahnsinnsarbeit!«

Ein wenig zittrig erhob er sich und kam in der Dunkelheit auf sie zu. Alles, was sie sehen konnte, waren diese grünen Leuchtziffern:

00:1:55 ... 54 ... 53 ...

Sie flitzte die Leiter so schnell hinunter, dass sie fast hinabfiel, und zuckte jedes Mal zusammen, wenn sie mit ihrer verletzten Hand irgendetwas berührte.

»Wo gehen wir hin?«

Sie schaute nach oben. Duncan war oben auf der Leiter stehen geblieben.

»Zu Mrs Cole. Die Leitungen. Beeil dich!«

»Wer ist Mrs Cole?«

Entsetzt starrte Eve zu ihrem Vater hinauf. Mrs Cole hatte er noch *nie* vergessen. Nicht ein einziges Mal! Drei lange Jahre war Mrs Cole eine Konstante in ihrem Leben gewesen – ein Prüfstein, bei dem sie sich stets darauf verlassen konnte, dass sie durch ihn Verbindung zu Duncan bekam. Und jetzt, gerade als sie sie am dringendsten brauchten, war Mrs Cole aus dem zerbröckelnden Gedächtnisgebäude ihres Vaters herausgebrochen wie ein herabfallender Ziegelbrocken.

Eve griff nach oben, packte ihn am Hosenaufschlag und versuchte, ihn die Leiter herunterzuzerren, doch er wollte sich mit aller Kraft losreißen und wieder auf den Dachboden hinaufsteigen.

»Daddy! Duncan! *Bitte!* Ich will nicht sterben, und ich will auch nicht, dass du stirbst, deshalb *müssen wir hier raus*!«

Doch ihr Vater schaute ohne jedes Erkennen oder Verstehen in den Augen zu ihr herab, und Eve sah die Ziffern des Timers rot aufleuchten.

Noch eine Minute.

Sie riss ihn mit einem Ruck von der Leiter. Er landete auf ihr, und sie schob ihn weg. Duncan war benommen und rang nach Luft. Das war ihr egal. Es war ihr egal, ob sie ihm sämtliche Knochen gebrochen hatte. Sie packte den Arm ihres Vaters und schleifte ihn den Flur entlang zur Treppe.

»Joe!«

Joe packte Duncan und warf ihn sich über die Schulter wie eine Schweinehälfte auf dem Großmarkt.

»Raus hier!«, schrie er. *»Mach, dass du nach draußen kommst!«*

Das tat sie. Das taten sie alle. Sie rannten nach unten und aus dem Haus und auf die weihnachtliche Straße hinaus, wo sich die Blaulichter zweier Feuerwehrwagen, die die College Road herunterkamen, zu der Festbeleuchtung gesellten.

Joe setzte Duncan an der Gartenpforte ab, und sie nahmen ihn zwischen sich und führten ihn über die Straße, auf die blutrote Telefonzelle zu, wo Mr Elias neben Emily Aguda stand und atmete und lebte.

Und wenn das Haus in die Luft flog, wen kümmerte es? Das war nicht wichtig. Sie hatten es nach draußen geschafft, mit knapper Not, aber sie waren alle am Leben, und das war das Einzige, worauf es ankam …

»Eve! *EVE!*«

Plötzlich rannte Aguda los und brüllte: »In Deckung! *RUNTER!« Und* zeigte mit dem Finger.

Aber nicht auf sie.

Auf ihren *Vater.*

Eve drehte sich um und sah Duncan an.

Und erst da – in der silbernen Lichtlache der Straßenlaterne – sah sie, dass er die Bombe *am Körper trug.*

55. Kapitel

»Eve! *LAUF WEG!*«

Das war das Einzige, was man tun konnte.

Doch Eve tat es nicht.

Die Ziffern zählten herunter.

13 … 12 … 11 …

Joe hatte sie am Arm gepackt, doch Eve rührte sich nicht. Nicht einmal ihr Herz rührte sich. Es war stehen geblieben, und sie spürte tatsächlich das Fehlen der Schläge.

Stattdessen stand sie da und starrte stumpfsinnig den Sprengsatz an, der mit braunem Paketband um die Taille ihres Vaters festgezurrt war. Drähte und Schalter und Stecker und ein grauer Block, das war wohl Plastiksprengstoff. Zuerst von der Gitarre, dann von der Dunkelheit und schließlich von ihrer eigenen irrwitzigen Panik vor den Blicken aller Beteiligten verborgen.

Davor konnte sie nicht weglaufen.

Und sich ihm zu stellen würde nicht helfen.

8 … 7 … 6 …

»Eve!«, flehte Joe. Doch er ließ sie nicht los.

Eve lebte tausend Leben in der Ewigkeit zwischen Sekunde sechs und Sekunde fünf und traf ihre Entscheidung noch eine Million Mal öfter aufs Neue …

5 … 4 … 3 …

… und kam immer wieder zu derselben Antwort.

»Ich hab dich lieb!«, sagte sie heftig und umarmte ihren Vater, so fest sie konnte.

Er legte die Arme um sie und sagte: »Keine Sekunden mehr.«

Eve hörte den Sprengsatz nicht explodieren.

56. Kapitel

Langsam, ganz langsam öffnete Eve Singer die Augen.

Sie standen noch immer mitten auf der College Road. Sie blickte auf den Timer zwischen ihnen hinab.

00:00:00

»Sie ist nicht explodiert«, stammelte sie.

»Ich weiß«, antwortete Duncan und trat von ihr weg. »Ich hab gemacht, dass nichts passiert.«

Er hielt zwei lose Drähte hoch. Neben dem einen pappte ein kleiner gelber Bananen-Aufkleber.

Fairtrade stand darauf.

»Er hat sie entschärft?«, fragte Joe, während er zögernd die Augen öffnete. »Das hätte er uns doch sagen können.«

Eve lachte los.

Duncan lächelte sie beide an. »Manchmal wünsche ich mir, ich könnte auch sterben«, sagte er, und das Lachen blieb Eve im Hals stecken.

»Aber nicht heute«, fügte er fröhlich hinzu. »Nicht heute.«

57. Kapitel

25. Dezember

Auf Befehl von Detective Sergeant Emily Aguda begann der erste Weihnachtsfeiertag für Eve Singer in einer Notaufnahme, die eine Linoleum-Vorhölle aus Besoffenen, Blut und Kotze war.

Ihr Daumen war ausgerenkt, und jetzt, wo ihr Adrenalinspiegel wieder gesunken war, war das Einrenken sogar noch schmerzhafter als das Ausrenken, doch aus irgendeinem Grund hielt der staatliche Gesundheitsdienst NHS eine Schmerzspritze bei dieser Behandlung für unnötig.

Schließlich drängte Aguda angesichts von Eves Schmerzensschreien die verkniffene Schwester zur Seite, öffnete einen Schrank, fand eine Spritze und ein Fläschchen und verpasste Eve vor den Augen des wütenden, völlig fertigen jungen Assistenzarztes eine Dosis Morphium.

»Ich melde Sie bei Ihrem Vorgesetzten!«, brüllte der Arzt.

»Und ich Sie bei Hippokrates«, gab Aguda ruhig zurück, während sie den Kolben der Spritze hinunterdrückte. »Also hab ich gewonnen.«

Während Emily Aguda vom NHS grob unterschätzt wurde, saß Huw Rees in einem fast leeren Büro an seinem Schreibtisch und sah sich die Videos an, die auf dem angeknacksten, aber noch immer funktionsfähigen iPhone des Mörders gefunden worden waren.

Rees hatte keinerlei moralische Bedenken dagegen gehabt, das Handy mit dem blutigen Daumenabdruck des Mannes zu entsperren, bevor der Leichnam in einem schwarzen Plastiksack verstaut worden war. Trotzdem war es ihnen nicht möglich gewesen, es zu einem IT-Spezialisten zu schaffen, bevor der Timer des Sprengsatzes abgelaufen war, der beide Häuser himmelhoch in die Luft gejagt hätte – wenn Eve Singers dementer Vater nicht dafür gesorgt hätte, dass nichts passierte.

Dem Himmel sei Dank für Arbeitsschutz-Fortbildungen, dachte Huw Rees zum allerersten Mal.

Er war ins Büro zurückgefahren, um ungestört zu sein, bevor er das Handy näher inspiziert hatte.

Gott sei Dank war er allein.

Es waren Videos von sämtlichen Opfern darauf.

Sie waren zu grausig, als dass man sie ansehen konnte, aber ansehen musste er sie sich trotzdem – manchmal war ihm übel, manchmal war er wütend und manchmal so traurig, dass sein Unterkiefer schmerzte angesichts der Todesangst, des herzzerreißenden Flehens und dieses beiläufigen Diebstahls von Menschenleben.

Alle waren da, einschließlich der Modern-Tate-Aufnahmen von Eve Singer. Er war gleichermaßen entsetzt und beeindruckt.

Zwei Opfer waren darunter, die er nicht kannte – eine junge Frau, die an irgendeinem dunklen Ort mit ihrem eigenen Schal erwürgt wurde, und ein junger Mann, der schlotternd in Unterwäsche dastand, bis an die Knie in Schnee und Unwissen. Keiner der beiden war die arme

Siobhan Mackie, aber trotzdem, das waren zwei weitere Fälle, die sie aufklären konnten – zwei weitere Familien, die Bescheid wissen würden. Es lag eine grimmige Befriedigung darin, doch Rees war nicht in Stimmung zu feiern.

Es waren noch andere Videos auf dem Handy. Nicht viele. Er ging sie in chronologischer Reihenfolge durch. In den meisten war die Mutter des Mörders zu sehen. Tot in ihrem Bett, in verschiedenen Stadien der Verwesung. Andere zeigten nichts als staubige Vorhänge im Sonnenlicht oder die explodierte Waschmaschine auf dem Kirschholzparkett.

Hotpoint.

Es war fünf Uhr morgens, als Huw Rees die letzten Videos anklickte.

Sie zeigten alle Duncan Singer.

Rees rutschte unbehaglich herum, fürchtete sich vor dem, was da kommen mochte. Was für Grausamkeiten? Was für Foltermethoden?

Im ersten sah man Duncan Singer langsam um die Waschmaschine herumgehen. Hin und wieder stellte er eine Frage oder gab einen aufmunternden Kommentar ab.

»Der Motor ist richtig schön, nicht wahr?«

»Meine Güte, es ist wirklich ein Verbrechen, diese Trommel zu verstecken, finden Sie nicht?«

»So was wird heute nicht mehr gebaut.«

Und nach jedem Kommentar die Antwort des Mörders, dicht am Mikrofon. Zu laut. Verzerrt.

»Es hat eine Ewigkeit gedauert, das Ding auseinanderzunehmen. Ich musste all die richtigen Verbindungsstellen finden.«

»Die Trommel mag ich am liebsten. Die ist so schön blank.«

»Heutzutage sind die ja alle aus Plastik.«

Rees hatte die Stimme des Mörders nie gehört, doch hier klang der Mann … *glücklich.* Wie ein kleiner Junge, der von seinem Lieblingslehrer gelobt wird, *wand* er sich jedes Mal geradezu vor Vergnügen, wenn Mr Singer einen wohlwollenden Kommentar abgab.

Und das war alles.

Rees startete das nächste Video.

Die beiden im Schneidersitz auf dem Boden, einander gegenüber – offenbar war das Handy irgendwo ganz in der Nähe aufgestellt worden. Duncan bastelte irgendetwas, etwas Kleines, mit Drähten.

Ihre Köpfe berührten sich fast.

Diesmal war es schwerer zu verstehen, was sie sagten, doch wieder war der Tonfall der eines gütigen Meisters und seines Schülers. Duncan zeigte mit einem Schraubenzieher auf etwas in seiner Hand. Duncan bat um etwas, der Mörder verschwand aus dem Bild und kam mit einem Glas voller Nägel zurück …

Es war die Nagelbombe, die an dem Tag, an dem sie das Haus des Mörders gestürmt hatten, den Ersten getötet hätte, der den Dachboden betrat.

Duncan Singer hatte sie gebaut.

Und sie zweifellos auch entschärft und mit seinem Markenzeichen-Aufkleber versehen.

Hatte er verstanden, warum? Hatte er gewusst, was er tat – wen er damit rettete? Oder hatte sein »Sicherheit geht vor«-Denken einfach alles andere ausgestochen?

Das letzte Video mit Duncan zeigte ihn mit dem Sprengsatz am Körper, wie er Vandenberg irgendeinen Aspekt seiner Funktion erklärte.

Dann stieg Duncan in einen großen Karton, und die

Hand des Mörders kam ins Bild und schloss die dicken Pappklappen über seinem Kopf.

Dann öffnete die Hand sie wieder.

»Halloo!«, sagte Duncan Singer und winkte, und der Mörder lachte das entzückte Lachen eines kleinen Jungen, der das Gefühl hat, etwas ganz Besonderes zu sein.

Huw Rees erinnerte sich lebhaft an eben jenes Gefühl und stieß auf ein so tiefes Tränenreservoir, dass er sie sich zur Nase hinausschnauben musste.

»Was gibt's denn da so Trauriges?«

Fast wäre ihm das Herz stehen geblieben.

Veronica Creed.

Er hatte nicht gehört, wie sie die Tür öffnete. Hatte sie nicht durchs Büro kommen hören. Wusste nicht, wie lange sie schon dort stand und zuschaute.

Ihm beim Zuschauen zuschaute.

»Ich hab 'ne Erkältung«, antwortete er schroff.

Ohne zu lächeln, starrte Creed ihn an. Auf ihrem Pullover war ein Kätzchen mit einem aufgenähten Pompon; das Ding sah aus wie ein violetter Tumor auf ihren Rippen.

»Ist das da das Vandenberg-Material?«

»Ja.«

»Darauf freue ich mich schon«, meinte sie.

Genau davor hatte Huw Rees Angst. Er stand auf und nahm sein Jackett von der Lehne des Stuhls. »Ich fahre dann wohl besser«, verkündete er und hoffte, dass er selbstsicherer klang, als er sich fühlte. »Muss vor dem großen Auspacken zu Hause sein.«

»Auspacken?«, fragte sie, den Kopf schief gelegt wie ein Kobold.

»Na, die Weihnachtsgeschenke.«

»Natürlich«, sagte sie.

Rees steckte das Handy ein. Ihm fiel auf, dass sie dem Ding mit den Augen folgte, den ganzen Weg von seinem Schreibtisch bis zu seiner Tasche.

Er griff nach der Türklinke und hatte das Gefühl, er sollte sich noch einmal umdrehen.

»Fröhliche Weihnachten, Mrs Creed.«

»*Miss* Creed«, verbesserte sie.

Huw Rees trat aus der Tür von New Scotland Yard und hinein in ein so weißes Weihnachten, dass die Buchmacher sich möglicherweise niemals davon erholen würden.

Er sah auf die Uhr. Sieben Uhr früh. Holly und Bronwyn waren bestimmt schon auf und konnten es kaum erwarten, sich über die Geschenke herzumachen. Maureen würde verlangen, dass sie auf ihn warteten; er sollte sich also beeilen.

Er ging zu seinem Wagen, stieg ein und steckte den Schlüssel ins Schloss – und schlief dann so schnell und so tief ein, dass er erst aufwachte, als Weihnachten wieder einmal für ein Jahr vorbei war.

58. Kapitel

Sie waren gerade mit dem Weihnachtsessen fertig. Es hätte aus übrig gebliebener Lasagne aus Eves Tiefkühltruhe bestanden, doch zum Glück hatte Mr Elias darauf bestanden, dass er viel zu viel für eine Person hätte, und da der Mörder alles aus dem Tiefkühlschrank auf den Boden geschmissen hatte, war der Truthahn sogar aufgetaut.

Also brieten sie Mr Elias' Truthahn mit allem Drum und Dran, und sie rissen seine Knallbonbons auseinander und tranken seinen Wein und aßen seinen Weihnachtspudding. Eve kam sich ein bisschen dreist vor, doch Mr Elias schien das alles überhaupt nicht zu stören.

Dann packten sie die Geschenke aus, die sie füreinander gekauft hatten. Mr Elias schenkte Eve einen kleinen Blumentopf mit weißen Hyazinthen, die nach Frühling rochen, und Joe schenkte ihr eine Heckenschere.

»Ich weiß gar nicht, wie man mit so was umgeht«, bemerkte sie schelmisch.

»Aber ich«, erwiderte er.

Eve hatte alle ihre Geschenke in dem Minimarkt am U-Bahnhof gekauft, der Gott sei Dank sogar am ersten Weihnachtstag offen hatte. Es war verblüffend, was man dort alles finden konnte, wenn man mit dem richtigen Blick suchte.

Für Mr Elias einen Garten-Kalender, für Joe eine Schneekugel mit einem Yeti drin. Sogar runde Dauerlutscher, die wie Augäpfel aussahen, hatte sie gefunden, und einen davon heimlich in den Knallbonbon ihres Vaters gesteckt.

»Genau das, was ich mir gewünscht habe!«, schrie er, als der Lutscher über das Tischtuch kullerte.

Als es spät wurde, half Joe Eve, für Mr Elias das Bett in der Abstellkammer zu beziehen. Morgen würden sie und Joe hinübergehen und ihm helfen, das Chaos aufzuräumen, das der Mörder hinterlassen hatte.

Vielleicht schuldete sie ihm ja ein Klavier, dachte Eve bei sich.

Und da erwischte es sie.

Eve setzte sich auf das Gästebett und weinte und weinte und weinte.

Mr Elias zog sich taktvoll ins Badezimmer zurück, während Joe Eve sanft wiegte, bis sie keine Tränen mehr hatte.

»Ich habe wirklich nicht damit gerechnet, heute noch am Leben zu sein«, stieß sie mit einem letzten stotternden Seufzer hervor.

»Ich bin aber echt froh, dass du noch am Leben bist«, meinte er und strich ihr das tränenfeuchte Haar aus den Augen.

»Ich auch«, nickte Eve.

»Und dass dein Dad auch noch am Leben ist.«

»Ich auch«, nickte sie abermals. »Ich meine, es wird nicht besser werden mit ihm … Ich weiß, dass es schwer sein wird und dass er *irgendwann* stirbt, aber ihn jetzt zu verlieren …« Sie brachte den Satz nicht zu Ende.

Joe nickte ernst. Dann sagte er: »Niemand, der Schönheit hinterlässt, stirbt.«

Eve errötete und lächelte auf ihre Hände hinab, die in ihrem Schoß lagen. »Wer hat das gesagt?«

»Ich«, grinste er. »Gerade eben.« Und er küsste sie ganz leicht auf die Lippen.

»Du bist doch zu jung für mich«, wandte sie ohne große Überzeugung ein.

»Nein, bin ich nicht«, erklärte er ihr und küsste sie noch einmal. »Siehst du?«

»O ja«, nickte sie. »Mein Fehler.«

Eve und Joe sagten Mr Elias Gute Nacht und gingen nach unten, wo Duncan noch fernsah. Sie setzten sich so aufs Sofa, dass sie sich von den Schultern bis zu den Knien hinunter berührten, die Hände ganz neu ineinander verschlungen.

How It's Made machte niemals Pause. In einem Anti-Weihnachts-Spektakel waren heute Trinkstrohhalme, Clogs und Fahrradreifen an der Reihe.

»Hast du das schon mal gesehen, Dad?«, erkundigte sich Eve.

Duncan runzelte die Stirn. »Na klar!«, erwiderte er. »Ungefähr fünfzig Mal.«

Rotwein schien sein früheres Ich wiedererweckt zu haben und ihn leutseliger zu machen, geerdeter. Ein Teil seines Verstandes war schon vorausgegangen, sicher, aber es gab so viel von ihrem Vater, das noch *hier* war und das man festhalten und berühren und umsorgen konnte.

Und Eve war dankbar. Sie sah ihm beim Fernsehen zu – den Lutscher zwischen Augenbraue und Wangenknochen geklemmt, was er wahnsinnig lustig fand. Von Zeit zu Zeit nahm er ihn heraus und sah ihn an.

Und der Lutscher sah ihn an.

Dann leckte er ihn ab und klemmte ihn sich wieder ins Gesicht.

»Lass das, Dad.«

»Wer ist Dad?«

Eve sah Joe an und verdrehte die Augen. »Wenn er unsterblich wäre, würde ich ihn abmurksen.«

Schließlich begann Duncan zu schnarchen.

Eine neue Folge von *How It's Made* begann.

»Auf BBC1 läuft *Der weiße Hai*«, flüsterte Joe.

»*Genau* der richtige Weihnachtsfilm«, flüsterte Eve zurück.

Die Fernbedienung lag noch immer in Duncans schlaffer Hand, und Eve griff behutsam danach, wollte ihn nicht wecken. Er regte sich, und der klebrige Augapfel ploppte heraus und kullerte über seinen Pullover.

Joe kicherte, und Eve erstarrte.

Doch dann schnarchte Duncan von Neuem los, und sie klaute ihm die Fernbedienung mit einer Bewegung von geradezu chirurgischer Präzision. Sie drückte auf einen Knopf, doch nichts geschah. Sie hielt die Fernbedienung in einem anderen Winkel, doch es geschah noch immer nichts. Also öffnete sie das Batteriefach, doch die Batterien waren weg – an ihrer Stelle war ein »Eins kaufen, zwei mitnehmen!«-Aufkleber.

»Ach, was soll's«, lachte Eve. »Lass uns ins Bett gehen!«

Und das taten sie auch.

Aber zuerst mussten sie Duncan Singer die Treppe hinaufschieben.

Zu zweit ging das sehr viel leichter.

ENDE

Danksagung

Herzlichen Dank an meine Agentin Jane Gregory und meine Lektorinnen Frankie Gray, Sarah Adams, Stephanie Glencross und Amy Hundley für ihre Geduld, ihr Können und ihren Humor.

Außerdem vielen Dank an den Herztransplantations-Überlebenden und Marathon-Mann John Fisher bei ttab.co.uk für seine großherzigen Beschreibungen der Psychologie und der Symptome nach der Operation und auch später. Laufen Sie immer weiter …

Huw Rees hat das Recht, als namentlich genannte Figur in diesem Buch aufzutreten, durch ein großzügiges Gebot bei einer Auktion gewonnen, die von Clic Sargent veranstaltet wurde, einer Organisation, die sich um krebskranke Kinder und ihre Angehörigen kümmert. Vielen Dank an ihn und an alle Überbotenen, die den Preis in die Höhe getrieben haben!

Belinda Bauer im Goldmann Verlag:

Ihr liebt sie nicht. Psychothriller
Was tot ist. Psychothriller
Mädchenbeute. Psychothriller
Totenkind. Psychothriller
(alle auch als E-Book erhältlich)

Der Beschützer. Psychothriller
(nur als E-Book erhältlich)

GOLDMANN
Lesen erleben